与他的 神秘约定

羲和
清零

著

XI HE QING LING

works

广东旅游出版社
GUANGDONG TRAVEL & TOURISM PRESS
找读书·找旅行·找事人生

中国·广州

图书在版编目（CIP）数据

与他的神秘约定 / 羲和清零著.—广州：广东旅游出版社，2020.9
ISBN 978-7-5570-2312-6

Ⅰ.①与… Ⅱ.①羲… Ⅲ.①长篇小说－中国－当代 Ⅳ.①I247.5

中国版本图书馆CIP数据核字(2020)第165473号

与他的神秘约定

YU TA DE SHEN MI YUE DING

著 者	羲和清零	
出 版 人	刘志松	
责任编辑	梅哲坤	戴璐琪
封面绘制	容 境	

广东旅游出版社出版发行

地 址	广东省广州市荔湾区沙面北街71号首、二层	
邮 编	510130	
电 话	020-87347732	
印 刷	三河嘉科万达印刷厂	
	（地址：三河市三香路大枣林村西三河嘉科万达彩色印刷有限公司）	
开 本	710毫米×1000毫米 1/16	
字 数	450千	
印 张	18	
版 次	2020年9月第1版	
印 次	2020年9月第1次印刷	
定 价	42.80元	

CONTENTS **目录**
与 他 的 神 秘 约 定

Chapter 01　前奏

　　总会有那么一些人，在你最懵懂无知的年纪，如天神般降临在你面前，在不知不觉间，引领你为之脱胎换骨。

与他的
神秘约定

Part 01　初次见面

凌可第一次见到戚枫，是在他小学毕业那一年的暑假。

还记得那个夏天气温出奇地高，骄阳似火，他独自坐地铁去音乐学院参加钢琴业余八级的等级考试，到了地方，热得浑身衣服湿透了。

进了候考室，凌可找了个靠边位置坐下，翻着乐谱，回忆那几个会被重点考查的技巧点，尤其是那首克拉莫的《21号练习曲》。

这首曲子节奏很快，以训练右手三四五指的力度为主。这三指恰恰是凌可最薄弱的点，轮指练习时经常弹错，他试着在桌上轻轻敲击手指做小幅度练习。

就在这时，身边突然一阵轻响，有个年纪和他一般大的男孩坐了下来。

男孩穿一身精致漂亮的黑色演奏服，裹身的小马甲收着腰，一头黑发梳得整齐，衬着玉瓷似的肤色，虽然年纪还小，巴掌大的脸没完全长开，但他俊俏的五官已能瞧出帅哥的雏形。加上一双天生带笑的眼，想必不出几年男孩就会成为众星捧月般的人物。

凌可呆呆地看了他两秒，以前没见过这么漂亮的人，莫名有些紧张。

"喂，"那人笑吟吟地看着他，问，"你叫什么名字？"

对方身上有一股很好闻的味道，淡淡的，不知道来自衣服还是头发。

凌可想起自己几乎被汗湿透的T恤，怕让对方不舒服，下意识地往边上倾了倾身子。

那人反而凑得更近了点儿，主动自我介绍道："我叫戚枫。"

"我叫凌可。"他低声回答。

戚枫脸上绽开一个灿烂的笑容，伸着脖子又问："你今年多大了？"

他猫儿似的漂亮眸子扫了候考室一圈，转回来盯着凌可道："我看这里就你跟我一样年纪，你小学毕业了吗？"

凌可在人前性格有些内向，没想到这人这么自来熟，熟得好像跟你第一次见面就是你的老朋友，让人完全没有抵抗力！

"我……毕业了，今年刚毕业。"凌可道。

戚枫开心道："哇，我也是哎！你原来是什么小学的？你初中上哪儿读啊？你学钢琴几年了？"

对方车轱辘似的问了这么多问题，凌可都不知道先回答哪一个了。

理了理思绪，他报出自己的小学和对口初中，又道："我是二年级开始学琴的，有五年了。"

二年级学琴不算早了，很多人从幼儿园就开始基础训练，到小学毕业之前就能考完十级。

戚枫也主动说了自己的学校，凌可没听过，问道："那是什么地方？好不好？"

戚枫挠挠头，道："私立的，上的人比较少，好不好我不太知道，我也没上过别的，但我妈妈说这是我们市能去的最好学校了，她也不想让我这么早出国。"

凌可听了一怔，"出国"对这个年龄的他来说还是一件遥不可及的事，他突然感觉到了自己和戚枫之间的差距。

戚枫又眉飞色舞地说了些学校里发生的趣事，比如爱吹牛的外教老师、丰富的课余活动、时不时的户外教学……

凌可不禁心生羡慕，这学校比他们小学可有意思多了。

说了一会儿，戚枫的注意力被凌可的考级曲谱吸引，伸手抽了过去："哇，都翻这么烂了，你肯定弹得很好吧！"

凌可窘道："一般般。"

戚枫挑起一边眉毛："啧，少谦虚了。"

真不是凌可谦虚，的确是一般，他的钢琴老师总说他天赋平平，但老师也知道他学琴是为了什么，对他没太多要求。

"你选什么曲子？"戚枫边问边直接翻凌可的考级书，页面最旧的肯定是常弹的，他很快有了结论，"我就舒伯特那首，跟你一样哎。"

在戚枫翻看凌可的谱子时，凌可却在关注他的手。

弹钢琴的人，总是会下意识地去看同行的手，尤其是凌可这种小指短上一小截的，天生的弱势让他特别在意自己与他人的差距。

戚枫的手很漂亮，尽管才十几岁，却已经生得干净修长，要是凌可的钢琴老师见了，肯定会如获至宝地赞一句"天生的钢琴手"。

"喂，你以后想考音乐学院吗？"戚枫随口问。

思绪被打断，凌可几乎毫不犹豫地说："不想。"

考音乐学院？还不如杀了他！

4

从小学二年级开始，凌可就没有过一个轻松的暑假，每年七八月份，他都待在家里一遍又一遍重复那些单调的考级曲目。五年来，他对钢琴的热情已经被这些枯燥的练习消耗殆尽，现在只想尽快考完级完成任务，这辈子再也不碰琴了！

戚枫有一点惊讶："那你学琴干什么？"没等凌可出声，他又恍然大悟般自问自答道，"我知道了，就是学着玩儿的吧……那你用不着考级啊，考级曲目太无聊了。"

凌可无奈地坦白："不是，是为了中考加分。"

戚枫更纳闷了："加分？"

凌可简单解释了几句，戚枫评价道："啊？那有什么意思？"

"是没什么意思……"凌可并不想装，也没有刻意掩饰自己对弹琴的厌恶。但不知道为什么，看着"精心打扮"的戚枫，凌可头一次为自己说出这样的学琴理由而感到羞愧。

对方穿得这么正式，应该跟自己很不一样吧……

凌可瞥了戚枫一眼，盘旋心头的疑惑脱口而出："你穿成这样不热吗？"

戚枫低头扯了一下脖子上的领结，苦笑道："我也不想这么穿的，可我的老师说，每一次在人前弹奏都要当是正式演出，所以必须认真对待……唉，热也没办法啊。"

稀奇的是，戚枫说着热，脸上却干干净净的，一点没出汗。

"七号考生，李旭，"门口传来了工作人员机械的传唤声，"下一个，八号考生，凌可，准备。"

凌可一下子紧张起来："快到我了。"说罢他就没心思再跟戚枫聊天。

戚枫单手托着下巴看着他，漫不经心道："都快进考场了就别想太多啦，放松点，老师又不会吃人。"

凌可听不进去，坐了会儿又觉得尿急，让戚枫帮忙看着自己的东西，赶紧去上了个厕所。

转眼十几分钟就过去了，凌可回来后，戚枫笑嘻嘻地把曲谱递给他，道："加油哦。"

凌可："嗯，谢谢。"

克拉莫的《21号练习曲》，他果然弹错了两次，不过后两首曲子还算顺利，尤其是舒伯特的《即兴曲》，是他练得最顺的一首。

应该……能过吧？

凌可舒了一口气，走出考场，犹豫着要不要再去陪戚枫坐一会儿。排在自己后面的人还有好几个，也不知道那家伙是第几个考。

可当他走向候考室时，工作人员拦住了他，轻声道："同学你已经考完了吧？"

凌可指了指候考室的方向，支吾道："我……等人。"

工作人员无情道："等人的话去外面。"

凌可只能认命地抱着曲谱离开考场。

外头的太阳又毒又辣，他躲在阴凉处等了半个小时，都没见戚枫出来。

凌可的视线不由得落在马路对面停着的那辆黑色轿车上，只见车身漆面在光照下泛着锃亮的光。

他恍恍惚惚地想起两个小时前发生的事，那时刚到音乐学院门口，入口处来来往往全是考试的人，他抱着快被揉烂的乐谱在指示牌前看考场的位置，一辆黑色轿车突然开过来。

人很多，凌可只匆匆往那个方向一瞥，看见一个穿演奏服的男孩，也没放在心上。

后来在候考室里遇见戚枫，被他主动搭讪，再到现在看见那辆轿车，凌可才把这些串联在一起。

从那辆车上下来的人，好像就是戚枫。

毕竟这么热的天还穿演奏服来考试的，人群中都找不到第二个了。

"哇，宾利耶！"这时，边上忽然传来一声惊呼，打断了凌可的思绪。

几个陪同孩子考完试的家长结伴路过，一个大人指着街对面的轿车咋舌道："那是送考生来的车吧？"

另一个家长附和道："是啊，我刚看见了，唉，有钱人的小孩这么注重教育，我们的孩子更不能输在起跑线上。"

那孩子仰着头一脸天真地问："妈妈，我们家没钱吗？"

家长道："没钱也砸锅卖铁让你学，你好好学习就是给我们的回报，知道吗？"

孩子"嗯"了一声，微微垂头，用欣羡的目光瞥了一眼那辆轿车。

酷热的温度很快磨光了凌可的耐心，使他莫名有些沮丧。

唉，就算等到了戚枫又能如何？顶多相互问一句"考得怎么样"，他是有钱人家的小孩，也许今天分开以后，两人就再也不会见面了。

思及此，凌可甩了甩头，转身离去。

晚饭时，凌可向父母汇报了考级情况，又好奇道："爸、妈，什么是'宾利'？"

凌母捡了块肉到他碗里，道："是一款名牌车……你哪里听来的？"

凌可扒了口饭，道："今天考级，有个跟我差不多大的男生是坐宾利车来的。"

凌父推了推眼镜，平静道："哦，那家里应该很有钱吧，宾利车可不是一般人买得起的。"

凌可"哦"了一声，又说："那个人在'德音国际'上学，你们知道那所学校吗？"

凌母与凌父对视了一眼，德音国际是当地一所知名的私立学校，因常年有学生被海外名校录取而登报、登电视，他们自然听过。

凌母看向凌可，率先道："听说那里的学费要十多万一年哦，相当于我们家大半年的收入呢，就算你想去，负担也太大了。"

凌可："……"他也没说想去啊。

接着凌父道："小可，这个社会的资源分配本来就不平均，有些人出身条件好，有些人出身条件差，我们比上不足，但比下有余。你成绩优秀，爸妈还培养你学了钢琴，已经比很多人好了，所以你也用不着自卑……"

凌可越听越蒙，什么跟什么啊，谁自卑了？

可凌父的话还在继续，唐僧念经似的，嘀嘀咕咕，不绝于耳。

凌可听到后头实在不耐烦了，急急地吃了饭就把碗筷一搁，道："我回房间了。"

关上房门，凌可往床上一躺，慢慢平静下来，眼前再次浮现戚枫的模样。

他想起对方凑过来的笑脸、说"少谦虚了"时挑眉坏笑的样子、翻阅曲谱时下垂的自然带卷的长睫毛，和那双漂亮的手。

他还想起对方身上淡淡的香味和那种难以用语言描述的骄矜气质，让他莫名有种低人一截的错觉——但又无比向往。

因为凌可从小到大都没有接触过像戚枫这么、这么……

他的字词库里没有更高级的形容词了，所以，还是用"酷"来形容吧。

跟那人比起来，自己和身边的小伙伴们就像是一群扎堆的煤球。

现在他知道这种差距来自哪里了。

来自音乐学院门口路人的态度，来自凌父嘀嘀咕咕的语气。

他才十三岁，原本不需要去思考这种深度的问题，可是大人们很现实地给他上了一课，让他被迫接受他和戚枫本质上是两个世界的人。

凌可眨了眨眼睛，心里很不舒服，也有些不服气。

就因为他们家没有轿车，也上不起私立学校，他和戚枫就不能交朋友了吗？

凭什么？

凌可吹着冷冷的空调，心里像是压了块沉甸甸的巨石。

凌妈妈端着一小盘水果进来，见儿子瘫在床上，以为他还在赌气。

她轻叹了一声，把果盘搁在写字台上，柔声道："小可，别胡思乱想了，考完级先休息两天，有空看看新的教科书，争取上了初中保持成绩。相信自己，以后你不会比别的小孩差的。"

凌可懵懵懂懂的，觉得他妈妈的话哪里不对，但听着又好像有点道理。

他低低地应了一声，从床上坐起来，看了一眼还没收拾的琴谱，起身塞进琴凳下。

说实话，他之前还有点后悔傍晚没有多等戚枫一会儿，没跟对方说一声再见。但是现在看来，根本没有后悔的必要了，他先走一步是对的。

他不知道，在潜移默化中，自己想交朋友的欲望，就这么被硬生生地扭成了竞争的欲望。

几个月后，凌可收到八级的考级证书，那本考级曲谱便再没被拿出来弹过。

直到一年后，他顺利考完业余钢琴十级，整理琴谱时，才翻出那本皱巴巴的八级考级曲谱。

随手翻了翻，恰好翻到舒伯特《即兴曲》的末页，凌可惊讶地发现，那上头不知何时写了一行淡淡的铅笔字——

"我的Q号：6868×××，回去加我好友啊——戚枫。"

凌可瞪大了眼睛，完全不知道这行字是怎么出现的。

舒伯特的曲子他练得比较熟，考级的时候根本不用看谱，考级曲谱带在身边只是为了安心，考完后更是一次都没再翻过。他没想到，就这么不知不觉地忽略了一条信息。

想起一年前偶遇的戚枫，凌可心头一暖，又有些着急，赶紧开了电脑在QQ搜索框里输入了对方的Q号，查找结果是一个动漫帅哥的头像，昵称就一个字，"枫"。

凌可添加对方为好友，这天稍晚的时候，戚枫通过了他的好友验证。

他一高兴，正打算点开对方的头像开始聊天，却猛地发现对方的名字是红色的，旁边还有个头上长黄毛的企鹅图标——那是会员的专属颜色与标志。

瞬间，凌可耳边又响起了他父母当年自以为是的"谆谆教诲"。他不想去理会，却又无可奈何，无形中好像有一股力量将他和戚枫拉扯开来，在中间设了一道墙。

凌可犹豫着双击"枫"的头像，又被对方炫酷的QQ秀吸引了注意力。

帽子、墨镜、时尚的服饰、炫酷的背景……这一身行头想必要花不少Q币。

但这对戚枫来说并不重要，因为他还是个红钻贵族，可以免费穿商城里的所有衣服。

突如其来的落差感让凌可觉得有些烦躁，双手在键盘上停留了一会儿，他斟酌着怎么和戚枫说第一句话。

——你好，我是凌可。

——还记得我吗？

——我是去年跟你一起去考钢琴八级的人……

想了好几句话都不太问得出口，因为凌可担心戚枫可能已经把自己给忘了，毕竟都过去一年了，他真不确定那个在音乐学院候考室里与对方仅有一面之缘、浑身汗臭味的自己，对戚枫来说有多少存在感。

要不是今天整理琴谱，他也快把戚枫给忘了。

再说，就算没有忘记，他们之后又能聊什么？

说实话，他在社交上并不是一个很主动的人，戚枫那种天生自来熟的性格，凌可恐怕一辈子都学不到。所以这事儿要从他这儿先开始，比登天简单不了多少。

而在凌可纠结的过程中，戚枫也没有发一句话过来，这让凌可越发焦灼——一般有陌生人添加自己为好友，不管怎样，加进来后总要打个招呼或相互认识一下吧？什么都不清楚，就这么通过验证，也不闻不问，不会太随便了吗？

凌可越想越尴尬，转念间已经没有了"相认"的勇气。

还是算了吧。

说了对方也不一定记得。

就这样吧。

凌可挂着Q，开着隐身状态，上了会儿网，等再去看戚枫的头像时，对方已经离线了。

他心里有些失落，但又像是得了解脱似的，暗暗松了口气。

盯着灰掉的头像看了两秒，凌可缓缓将鼠标移动到了对方头像边的……黄色五角星上。

那个年头，"空间"仍是非常流行的社交展示平台。

和凌可年纪一般大的孩子，几乎人人经营自己的空间，哪一个闲着没事儿不在空间里写点儿心情日记、发些照片？再放几首彰显个性的空间音乐，这个小小的主页就是自己网络身份的门面了。

空间也是网友之间相互窥探私人信息的秘密基地，能在这儿受欢迎的人，现实中往往不会混得太差、长得太丑。

凌可也有，但他大多是转发一些同学发布的文章和班级活动照片，很少发自己的东西。

人都有窥探他人的欲望，凌可也不例外。但这事在戚枫还在线的时候他不敢做，连相认都不敢，他总觉得当面偷窥人家有点卑劣。

现在戚枫已经不在了，凌可决定就去瞄一眼，再悄无声息地退出。

做着这样的打算，凌可点击了那个五角星。

网速很慢，在十几秒的等待后，页面才跳出来——不需要访问权限，凌可心里有些雀跃。

主页有空间特有的欢迎动画，是一个男孩仰望星空的漫画，配着风铃声，很唯美。

凌可找了耳机戴上，还没等他反应过来，耳机里便骤然爆出一阵快节奏的钢琴乐，叮叮咚咚，像是要砸碎什么，摧枯拉朽地袭击了他的耳膜和大脑。

页面跳转，只见版头画面出现了一片融在夜色中的西式墓地，长着翅膀的堕天使立在其中一块墓碑上，显得孤傲无比。

一片片白色的羽毛从上至下飘落，四周还有闪烁的蓝色装饰边框，配合着羽毛掉落的节奏，时隐时现……

鼠标下滑，下方还有一行算不上诗词的诗词——

伤你，伤我，伤；

不会知道神的意；

冰河，少年痛哭；

情爱，秘密，箭；

天使，终将堕落；

长埋地下，长眠不醒。

……

这几行字也被设置了发光的字体，在黑色版面上一闪、一闪……

也许要到很多年后，凌可才会明白眼前这些东西有多"中二"。

但那时的他还毫无所觉，反而被眼前的画面彻彻底底地震撼到了。

耳朵里听着炸裂的钢琴曲，屏幕上飘落着羽毛，再读一读那首不知所云的诗，凌可只觉得，这个空间的主人……好……酷。

他再仔细一看，对方的空间名"枫の屿"边上也有个钻石的图标，又是贵族！

凌可不信邪，去看了戚枫的个人信息页，然后他就被一串五颜六色全部点亮的钻石闪瞎眼了。

简直是无与伦比的酷！

这下他和戚枫之间的距离不只是一道墙这么简单了。

他们还隔着一个钻石璀璨的银河系。

凌可又点开对方的日志和相册，更新量不多，点击量却不少，几乎每一篇日志都有几百次阅读和几十条回复，空间留言板和相册的访问量更不用说，几分钟前就有网友来过。

放在今天，戚枫的空间数据等同于条条热门，他也妥妥该是个"网红"。

对凌可这种几百年空间无人造访的人来说，这简直是稀奇的存在。

凌可擦了把汗，总算明白为什么对方通过了自己的好友申请却不闻不问。估计每天加他好友、关注他空间的陌生人一大堆，戚枫怎么有空挨个询问聊天？

网红，可是很忙的。

进都进来了，凌可索性把戚枫更新在空间里的内容从头到尾看了个遍。

日志大都是转发流行的心灵鸡汤和经典哲理之类，戚枫自己写的很少，但很好识别出来，就是点击和回复量最高的那几篇。

有一篇标题为《心烦》，就几行字："烦，心烦，烦得要死……希望地球爆炸，Boom（隆隆声）！世界末日！一切都消失不见！再见！"

凌可笑了笑，他也有心烦意乱到想毁灭世界的时候，但他不会这么直白地发在网上。

文章下方一串留言，全是网友的安慰。

以凌可的认知，一般会在空间里留言的十有八九是同学。

雪儿："怎么啦？来聊会儿天哪。"

追风少女："心烦的时候就听歌吧。"

忆紫叶："睡一觉就好咯。"

星夜天使："世界末日的话你也会消失的，不希望你消失呢。"

……

啧，一溜儿女孩子会用的头像和昵称，还有那些透着暧昧的语句，凌可不觉得羡慕，就是有些感慨，戚枫果然是个受欢迎的家伙。

还有一篇《无题》，被置顶在日志上方，也只有一句话："被遗弃的天使，即使翅膀依然洁白，也将成为，另一个，死神。"

网友的留言一片自说自话，有直接打听是什么意思的，有问戚枫是不是把自己比作死神的，还有各种各样的解读，戚枫一概没理会。

他只回复了一个叫"夜神月"的ID的留言。

因为那个人发了两个字："好诗。"

戚枫回了他一个龇牙的笑脸。

凌可抽了抽嘴角，在一句话上加几个逗号就叫诗？

唉，太高级了，他看不懂，他还是去看直白点的照片吧。

相册比日志丰富多了，凌可一张张看下来，终于知道"德音国际学校"是什么样子的了。

戚枫发了不少他们学校的照片，有操场、教室、画室、琴房……条件果然比凌可上的中学要好得多！

他们学校的操场是塑胶的，还有独立的室内篮球场、游泳馆。戚枫会很多运动，也喜欢拍运动的照片，像是击剑、网球、高尔夫这类的，凌可以前连碰都没有碰过。

他们的教室里面有储物柜、空调、公共书架，每个人都有一张崭新的课桌，和凌可他们学校都快磨得没边角的课桌相比，简直天差地别。

还有戚枫的家，凌可东拼西凑地看了几张，有院子、铁栏门，还有玻璃阳光房，推测是栋别墅。还有不少拍的是一条大白狗，长得很可爱，不知道是不是戚枫养的。

除此之外都是戚枫自己的照片。

凌可最先被吸引注意力的是一张舞台照，原因无他，因为戚枫穿了那套眼熟的演奏服，他坐在台上，神情专注地弹奏着，像个小王子。

时隔一年，那个热情少年的眉眼，才再次在凌可的记忆中鲜活起来。

他失了会儿神，又往下看，看见一张戚枫穿篮球服的照片，只见他面朝镜头，一手抱球，一只眼睛睁着，一只眼睛闭着，好像是抛媚眼时突然被人抓拍了，痞气的模样被展现得淋漓尽致。

那个场景还是二连拍，下一张，戚枫伸出另一只手，对着镜头比了个"V"字，笑得又帅又甜。

凌可的心跳莫名快了一拍……

关掉网页很久后，凌可脑海里还满是戚枫的样子。

比起一年前那段短暂的记忆，此时戚枫的形象要变得立体多了。

但在得知对方是个全钻贵族还如此受欢迎后，凌可更鼓不起勇气与他"相认"。

他不是怂，是社交恐惧，是骨子里一丝若有似无的清高。

凌可总觉得无论自己说什么，都像是上赶着攀关系。

退出对方的空间时，他还没忘记删除自己的访问记录，以保持两人的"清白"。

凌可没想到，这一退缩，竟是长达五年没再和戚枫有过交流。

从那一天起，"枫"的空间成了他无数次悄然踏足的地盘。

而对戚枫来说，仅仅是好友列表里多了个还在使用系统头像的僵尸粉而已。

Part 02　才艺竞选

凌可原以为他和戚枫是两条再也不会相交的线，不料那之后不久，他再一次遇见了戚枫。

在他加了戚枫的QQ四个月后，市电视台举办了一个中小学生才艺表演竞选活动，邀请全市中小学举荐学生参加，入选的学生非但能在市电视台的新年晚会上表演，还有机会被栽培为小主持人。

都说出名要趁早，对自家孩子有这方面期望的家长们听说这个活动后都相当兴奋，学校的老师也格外重视，毕竟学生上了电视还能提高所在学校的声誉。

凌可作为班上唯一一个学了钢琴并考出业余十级的学生，也在学校送选条件之列。

但说实话，凌可并不想去，他学琴本来就不是为了表演，也蛮恐惧上台的，可是凌父凌母觉得，既然达到报名条件了，机会不要白不要，就算选不上，当一次历练也不错。

半个月后，凌可就和学校另外三位校友一起前往电视台。

那三人中有一个学芭蕾舞的女生、一个拉二胡的女生，还有一个唱美声的男生。

"芭蕾学姐"是他们学校的校花，比凌可高了一届，学校里大小文艺活动的主持必有她的份，她长相甜美、能说会道，相当看重这一次机会，虽说没到志在必得的地步，但比凌可他们有信心多了。

四人到电视台后先被安排进行第一轮面试，面试他们的是时常在电视上露面的主持人，这对从来没接触过娱乐明星的学生来说已是极其让人兴奋的一件事了。

有顺利面试完的学生出来跟他们透露，只是和主持人聊几句天，一点都不难。

轮到凌可，他心情忐忑地走向了2号面试房间，进门时和一个长得极美的小姑娘擦肩而过，对方红着眼睛抽泣，像是在哭。

凌可微微一怔，缓步往里走，只听不远处的面试人对边上的工作人员摇头叹气道："可惜了，外貌素质很好，心理素质太差。"那人见凌可进来，声音快速低了下去。

凌可的心脏瞬间开始狂跳，他明白了，虽然只是和面试人聊几句，但在这个过程中，应对能力不强或是长相不过关的学生就会提前被淘汰掉。

认识到这一点后，凌可就知道自己这种少言寡语的"社障人士"铁定完了。

他正要落座，一个身穿白色职业装的美女从面试房另一侧推门而入："李轩，这里进行到第几个了？"

被叫名字的主持人顺势站起来："欸，姜姐，还有三四个，快结束了，正好你来，快帮忙替我面试一下，我想上趟洗手间。"

美人无奈地笑了笑，说了句"去吧"就倾身而入，顶替了他的位置。

凌可望着她，心里有些惊讶，她是市电视台财经频道的主持人姜莹，凌父每天看财经节目，所以凌可一眼就认出来了。

此时亲眼见到，姜莹比电视上更漂亮、更有气质，凌可却没有欣赏美女的心思，紧张得手心都出汗了。

"小同学，你看上去很冷静啊。"姜莹笑看了他一眼，才低头翻他的报名档案。

凌可："……"冷静？开什么玩笑！姜莹看不出他的内心已经翻江倒海了吗？

他松开发颤的手，放在膝盖上，尽量压着声音道："姜老师，我没有很冷静。"

姜莹美眸微眤："你认得我？"

凌可："我爸……经常看您主持的《时事财经》。"

"我说呢，大部分小朋友只认识少儿频道和教育频道的主持人……"姜莹顺手将鬓发往耳后一捋，笑问，"你叫凌可是吧？你说你没有很冷静，那你现在在想什么？"

凌可脑海里一阵兵荒马乱的，根本没法思考，他只能凭着本能说道："我在想……我爸会不会嫉妒我。"

姜莹："嗯？为什么？"

凌可："我爸每天不看您的节目就寝食难安，我妈妈就经常开玩笑说，您是他的梦中情人……我现在见到您本人了，如果我爸知道了……"

凌可越说越窘，恨不得给自己一巴掌——你个白痴都在说什么啊！

可没想到，他不经大脑的"坦言"却惹得姜莹一阵笑。

对方一边笑，一边仔细打量了一番他的长相，而后道："行了行了，小小年纪，嘴巴真甜，能把好话说得这么一本正经波澜不惊，你这孩子也是个人才。"

凌可："……"

嘴甜？这是一个跟他八竿子打不着关系的形容词，如果他父母在场，亲耳听到从小被他们定位为"性格内向"的儿子被人夸嘴甜，肯定会大跌眼镜！

姜莹看着他问："你想做主持人吗？"

被姜莹那双仿佛能洞悉人心的眼眸注视着，凌可说不出违心的话来，实诚道："不想。"

姜莹挑了下眉毛："哦？那你是来干什么的？"

凌可想了想，道："只是……来锻炼一下。"

姜莹笑着颔首："嗯，经历一些这种场合对你很有好处。"说着，她大笔一挥，就在凌可的表格上打了个勾。打完后瞄见凌可在才艺表演栏上填的项目，她又随口问道："你弹钢琴？准备表演什么？"

凌可："贝多芬的《月光奏鸣曲》。"

这首曲子的难度等级在业余九级左右，和凌可考十级时弹的《C小调奏鸣曲》篇章有不少旋律重复部分，练起来比较轻松，他准备了半个月就来了。

姜莹道："我一个儿子也学钢琴，年纪跟你一般大……"她没多说，将凌可的档案往边上一放便道，"那，一会儿期待你的表演。"

凌可难以置信地指了指自己："我……通过了？"

姜莹嗯了一声，伸手示意他可以离开了。

凌可起身时还云里雾里的，回不过神来。他礼貌地鞠了个躬，又想到什么，开口道："姜老师，我可不可以替我爸爸……跟您要张签名？"

说完这话他自己脸先红了，感觉从来没这么不要脸过，这完全不是他平时的作风。他只是想到，等回去后提起姜莹，他爸肯定会叨叨。

凌可不想在家人面前炫耀这件事，但例行汇报肯定要做。他怕麻烦，所以想在麻烦来临之前，先找个能对付的办法，于是大脑一抽要了签名。

姜莹也不生气，反而再一次乐不可支。她大方地找了张纸给他签了，一边签名还一边低声道："凌可，提前告诉你一个事儿，一会儿的才艺表演，我们会有些安排，可能需要你们临时找搭档配对，即兴演出。"说罢她将签名纸递给他，朝他眨了下眼睛，神秘兮兮道，"这事儿你自己知道就好。"

凌可哦了一声，道了谢，等出去后才反应过来姜莹最后跟他说的话是什么意思——他被提前告知了接下来的竞选规则！

老天，他这是得贵人相助了吗？

凌可暗自激动了一把，但没高兴多久，他就面临一个坏消息：和他一个学校来的三个人全被淘汰了！

凌可很震惊，如果只是"二胡女"和"美声男"被淘汰，他不太意外，但是"芭蕾学姐"是他们四人中综合素质最高的人，怎么会没有通过？

学姐红着眼眶道："那个主持人让我带感情地背诵一下《木兰辞》，这都是我们两年前学的东西了，我早忘了，没背出来。"

凌可想起姜莹问自己的那几个问题，问学姐道："他们问你想不想做主持人了吗？"

学姐点点头，她看上去很受打击，估计根本没想到自己一个跳芭蕾舞的人会遇到这样刁钻的难题。

凌可却有点儿理解了，如果学姐回答了"想"，那么面试人的要求并不在她的能力范围之外。作为一个有野心来市电视台竞选小主持人的学生，无论是临场发挥能力还是文化功底都会是被考察的东西吧？

学姐问凌可："你怎么样？"

另外两人也看着他，似乎都很疑惑这个平时闷不吭声的同伴是怎么通过的。

凌可不知道该怎么说……看来他不是遇到了贵人，而是歪打正着，走了狗屎运。

简单敷衍了他们，凌可暗暗叹了声气。现在，他就算知道姜莹提前透露的信息也没什么用了，不只是因为他单枪匹马，而是第二轮很快就要开始，他手边没有钢琴，就算找到搭档也没有配合练习的时间。

所以这个消息的用处顶多是让他提前有个心理准备罢了。

由于凌可还要参加第二轮，另外三个人打算留下来替他们学校唯一的幸存者加油鼓劲。

顺利晋级的四十来个学生被召唤到一个多功能厅，当主持人公布第二轮的竞选规则后，现场果然一片哄乱。相互认识的人结队还方便些，像凌可这种"社障人士"，只能傻乎乎地站在角落里等着别人来找他。

但他的运气似乎在第一轮就用完了，从头到尾就一个打快板说相声的男生跑来问他是干吗的，在得知他是弹钢琴的以后，失望地转身就走。

是啊，钢琴和快板……想想都很违和。

最后节目组一数，被挑剩的有五个，"快板男"和凌可都在内。这一刻，凌可甚至有点想把自己的晋级名额让给"二胡女"，那样让"二胡女"给"快板男"配个乐也还算搭。

在听到主持人一句无情的"找不到搭档的这一轮直接淘汰"后，除凌可以外的四个人全部就近凑到了一起，毕竟谁都不想放弃眼前的机会，也不管对方是干吗的，先配对再说。

主持人看向孤零零的凌可："就你一个啦？"

凌可："……"

主持人做了个遗憾的手势，正要下判决，姜莹进来了。她快速扫了一圈，看见凌可一个人，面上闪过一丝讶异。

在男主持人出声之前，她当机立断道："王老师，来一下。"

男主持人走过去，姜莹在他耳边低声说了句什么，他边听边瞄了凌可一眼，最后回来道："你先留着，最后一个上吧。"

凌可："……"

身边一圈人齐齐扭头，用一种"这家伙有后台"的眼神扫射着凌可，几乎要在他身上烧出一片窟窿来。

凌可不安地坐在多功能厅后排，看着临时配对的才子佳人们连番上场表演，配合好的让人拍手称赞，乱套的让人"尴尬癌"直犯。

才艺表演也是主持人当场公布结果的，发挥不好的不会给第二次机会，直接淘汰，残酷得让人唏嘘。

有一对临时配对的男女表演唱歌与演讲，但其中的女生不给力，频频出错扯男生后腿，当主持人公布他俩一起被淘汰的结果后，男生受不了地抗议道："我觉得这不公平！"

那个被姜莹叫"王老师"的主持人问："哪里不公平？"

男生愤愤道："如果换个人我能做得更好。"

女生也觉得很内疚，耷拉着脑袋，都快难受哭了。

学生们在台下窃窃私语，似乎都在同情被连累的男生，岂料王老师让边上一个青年主持人上台，跟那个快被急哭的女生搭着讲一出，那人正是原本要面试凌可却临时跑去上洗手间的李轩。

李轩上台对女生道："别紧张，我们随便说一段。"

女生原本还比较拘束，被李轩引导了一会儿才慢慢放松下来，两人一逗一捧，竟然说得有模有样，说到后头，女生还连连爆了几个金句。

不到五分钟时间，李轩就下来了，那个男生一脸羡慕又尴尬地站在边上看了全程，但针对他的审判还没有结束。

王老师用钢笔点了点桌面，似笑非笑地看着男生道："看见没有？主持人不是个人秀舞台，而是要讲究搭配。你的搭档出了错，你非但没有救场能力，还任凭对方尴尬惊慌，你觉得这衬托出你的优秀了吗？不，这恰恰暴露你比较以自我为中心的缺点，这就是我们淘汰你的原因，还有什么问题吗？"

在座的人中最大的也就十四五岁，听了王老师这一番严酷的点评，都被惊着了。

他们个个才华横溢，不是家里的掌上明珠，就是学校里的天之骄子，能被选上来更说明是人中龙凤，平日里哪受过这种丝毫不给面子的拆台？

那个男生脸一阵红一阵白，一气之下咚咚咚跑下台，头也不回地摔门走了。

王老师摇头叹气："一点礼貌也没有，被惯坏的。"

就在这时，凌可听见前几排有女生发出轻呼。

他偏头看去，只见那个男生跑出去后，刚好外头又进来一个人。

那人穿着一身休闲装，一手揣着裤兜，一手抓着一把小提琴，进门后神情冷漠地扫视了一圈。

凌可一愣，在看清对方的脸庞后，整个人都呆住了！

戚枫？

女生们发出轻呼是因为他长得很帅，尽管在座的人都已经是万中选一的俊男靓女，但仍然被他比了下去——不仅是因为外貌，还因为对方身上的气质。

没经历过什么事的人在面对群体陌生人的时候总会有些怯场，比如凌可，从踏进电视台的那一刻起，他的精神就一直处于紧绷状态，每遇到一个人，都会本能地浑身僵硬，放不开手脚。

但那个刚进来的男生没有，他很从容，被那么多人注视着，也没露出丝毫局促的表情，为此，众人心里都生出一种"强力竞争者来袭"的压迫感。

比起他们，凌可的吃惊程度更甚。他微张着嘴，眼睛一动不动地盯着门口那个熟悉的身影。

的确是戚枫，虽然已经一年半没有见面了，可最近四个月来，凌可已经不止一次潜入"枫の屿"窥屏，戚枫本来就长得特别出众，这一年眉眼又舒展了些，竟越发俊俏了。

这世上长得像的人很多，但长得和戚枫一样的，凌可绝不相信世界上还有第二个。

姜莹站了起来，直接招手让戚枫去她身边坐下。

这一幕似乎解答了部分人的疑惑，观众席的交头接耳声更重了，因为在他们眼中，这明显又是另一个靠后台关系进来的家伙。

可怜刚刚那个被淘汰的男生，不到一分钟时间，就因为戚枫的出现而被众人彻底抛在了脑后。

评选老师清了清嗓子，让众人安静，点名叫下一组上台。

评选桌在第一排，前面没有任何阻挡物，戚枫把小提琴往边上一靠，就架着手臂懒洋洋地伸开长腿，漫不经心地观看起接下来的表演。

凌可坐在后头，既欣喜又紧张，同时忍不住好奇戚枫怎么会出现在这里。

他也是来参加这个活动的吗？对，他会弹琴……但是为什么他现在才来？

联系到姜莹方才对他的态度，凌可胡思乱想，难不成他和姜老师认识？那么，姜莹将自己留下来莫非要让戚枫跟自己搭档？两人都弹钢琴，四手联弹吗？

不，凌可突然反应过来，戚枫刚刚好像是拎着小提琴进来的！

他看向对方的背影，一脸震惊，戚枫还会拉小提琴？

就他所知，戚枫已经会各种奇奇怪怪的运动再加上画画、围棋和写诗了，加上钢琴，现在又是小提琴……这人怎么会有时间学这么多东西？

这、这也太牛了吧！

一想到待会儿可能会和戚枫搭档演出，凌可的心脏就扑通扑通直跳。

戚枫能认出他来吗？

他下意识地摸了摸自己的鼻子，说实话，这一年半他的变化不大。

初中正是发育的年纪，凌可身边无论男女，几乎都一天变一个样儿，他班上甚至有个男生一个月蹿高一大截，比竹笋长得还快。可偏偏凌可的发育期迟迟没来，自小学毕业到现在，他只长高了三厘米。

这一想，他又莫名有些烦躁。

剩下人数不多，又过了二十来分钟后，所有人的即兴表演考察评选便结束了。

除了凌可。

王老师这才转过身来，召唤道："那位落单的同学呢？你上来。"

凌可在一片注视中慢慢走向前台，没敢直视戚枫，但余光瞥见对方跟着姜莹一起起身，更确信了两人关系匪浅。

凌可来到他们面前，几秒钟前他还在胡思乱想，如果戚枫认出他来了他要做什么反应，要不要在那之前主动跟戚枫介绍一下自己……

可当他抬起头时，对上的却是戚枫浑然陌生的眼神。

是的，对方就好像第一次见到他，眼神不带一丝犹豫、好奇，甚至都没有一点儿打量的意味。

凌可有种被人兜头泼了盆冷水的感觉，原本的期待和不安都被冲得一干二净。

戚枫，果然已经把他忘了。

虽然有这种心理准备，但真面临这种发展时，凌可还是有点难以接受。

尤其是在他紧张了大半天戚枫会不会认出自己后，这种无所适从的感觉更加强烈。

凌可呆呆地站在戚枫面前，听姜莹道："来，你俩一个钢琴，一个小提琴，即兴配合一首，随便什么都行，给你们三分钟准备时间。"

戚枫也不跟凌可废话，直接抓起边上的小提琴，给了他一个上台的眼神，就率先转身了。

这反应也和戚枫给凌可的第一印象不同，凌可记忆中的戚枫是很热情的，给人一种夏日暖阳的感觉，但是眼前的戚枫冷冰冰的，好像在这一年半时间里彻底变了个人。

但最天怒人怨的不只是戚枫的态度，还有对方的身高。

凌可看过照片，隐约能看出戚枫在长高长大，可直到站在对方面前，他才实实在在地感受到不同发育速度带来的差距。

眼前的戚枫已经比他高出整整大半个头！

明明一年半之前他们还差不多高的……

这下凌可感觉自己不只是在心理上矮人一截，连生理上都低人一等了。

舞台上有钢琴，凌可直接绕到琴凳前坐下，偏头用同样冷漠的眼神看戚枫。

他知道自己的态度受了对方的影响，可挡不住内心莫名地怒火中烧。

戚枫并不在意，问他："你弹什么？"

少年的嗓音带着一丝变声期特有的沙哑感。

凌可忍不住刻意压低自己的声音，道："贝多芬的《月光奏鸣曲》。"

戚枫点点头，把小提琴架在肩颈处，道："那你弹吧，我给你配乐。"

例行公事的口吻，让人格外不爽。

凌可抬起手，深吸了一口气，努力平静下来，按下了琴键。

舒缓的调子随着十指的舞动缓缓流淌而出，不一会儿，戚枫的小提琴音也插入进来。凌可被这骤然合拍的搭配吓了一跳，一紧张，弹错了一个音符。

戚枫随即停下，面无表情地看着他，道："再来一次？"

凌可脸微微一热，不敢再分心。

从头开始，戚枫还是在同一个地方拉响小提琴，像是在牛奶中缓缓倒入咖啡，自然而然地融入……

凌可觉得新奇，这是他第一次弹琴时身边有人配乐，竟然意外地好听。

可这一丝明朗的心情很快被凌可内心的郁闷压了下去。

不爽，他真的不爽。

戚枫都不记得他了，凭什么只有他一个人表现得念念不忘？

……像个傻子。

他突然无比庆幸自己没有在QQ上与戚枫相认，也庆幸自己没有冒冒失失地叫对方的名字。

和谐的琴声还在继续，凌可却心乱如麻。

也不知道是怎么想的，下一秒，他都没知会戚枫，就直接一抖手腕换了个曲子。

戚枫骤然停下琴弦，愣愣地望着凌可，听了片刻，才不确定地问："肖邦的……《即兴幻想曲》？"

凌可挑了下眉毛，佩服戚枫的听力，但一想到对方也学钢琴，就不意外了。

这是业余十级的曲目，四个月前，凌可还一天数十遍地在家里练，弹得滚瓜烂熟，闭着眼睛也不会出错。

《即兴幻想曲》的开端就是高潮，轮指、琶音和横跨几个八度的大跳等高技巧弹奏可以让他肆无忌惮地在琴键上宣泄自己的情绪。

他一边弹，一边偏头看了戚枫一眼，眼里透着极具孩子气的挑衅。

来啊，这首曲子你还跟得上吗？

不是忘了我吗？

我也会假装不认识你！从来没有见过你！

戚枫挑了下眉，架起琴弦，开始追逐凌可的音乐。

凌可心中一慌，像是要急着摆脱对方似的，越弹越快。

戚枫放弃跟每一个小节拍，选用长音，如绵绵的丝绸般一整段一整段地包裹住那些跳动的音符，紧紧追随着他，不到片刻工夫，两人的琴音便成功融合在一起。

凌可心脏狂跳，既兴奋又恐慌，还有种难以摆脱的挫败感。

为什么戚枫什么都会，为什么世界上有这么完美的人……

可是到这个地步，他已经无法任性了，因为他停不下来，整个人好似被戚枫彻底裹住了，只能跟着对方一起向前、向前……忘记了自己身在何处，忘记了自己在弹奏什么，只是本能地沉沦在这场天衣无缝的合奏里。

慢慢地，凌可平静下来。

不知道是琴声治愈了他，还是戚枫的配合治愈了他。

他甚至有点想为这种事前不需要任何商量的默契掉眼泪。

就像滑翔翼，在狂风暴雨后，慢慢地……平稳降落。

凌可浑身出了一层细汗，大脑嗡嗡作响，手指还在为太过投入地弹奏而不自主地发抖。

曲声的最后是戚枫收的尾，对方还炫了个技，配合着身体前仰后合，姿势帅得一塌糊涂。

放下琴弦，他的呼吸也有点儿急促，看着边上同样胸膛微微起伏的凌可，戚枫勾起了嘴角，道："你弹得挺不错。"

凌可："……"

一阵静默后，台下爆出一阵掌声，不管他俩有没有"后台"，都已经用实力和堪称完美的配合征服了大家。

姜莹和边上几个主持人对视了一眼，似乎达成什么共识，微笑地起身看向他们，跟着鼓掌道："可以了，很好。"

却不料，在姜莹说完那句话后，凌可突然起身面向她，低声道："对不起，姜老师，这次竞选，我选择……弃权。"

这句话离得稍远的学生没怎么听到，但近在咫尺的戚枫和姜莹却听得一清二楚。

姜莹很诧异，她难得为这小家伙争取到一次机会，换别的孩子高兴都来不及，他却说放弃就放弃……关键是他刚才的表现并不差，为什么要弃权？

她好奇道："能给我一个理由吗？"

凌可垂着眼睛，心中激荡却未消退，理智却已经回归。

因为他表现得并不好，全程都是戚枫在配合他，如果没有戚枫，这就是一次失败的演出，一场只为了发泄私欲的独角戏。

这样的他，和刚才那个被淘汰的男生又有什么区别？

台下刺耳的掌声仿佛更凸显戚枫的功劳，如果要靠戚枫的帮助才能继续站在这个舞台上，凌可的自尊心难以接受。

但是这些原因，他都不能说，他不想在戚枫面前露怯。

于是，凌可就那么倔强地站在台上，亮出一身叛逆的盔甲道："我不太喜欢上台表演。"

这句踩破天际的话把边上的戚枫都镇住了。

姜莹也有些结舌，她盯着凌可看了两秒，忍不住扑哧一声笑了出来。

凌可："……"

姜莹盯着他笑问："那你怎么知道，我一定会录取你？"

凌可听了这话，脸一下子烧了起来，尴尬得恨不得刨个地洞钻下去！

连边上的戚枫都皱起了眉头，表情有些微妙。

姜莹不理他们，直接转过身去，对着评选席做了个"淘汰"的手势。

座下观众一片哗然，虽然那两个家伙看起来有后台，但他们的表演已经获得许多人的认可，为什么还要弃权？

"我知道，当这位同学留下来的时候，很多人在怀疑活动的公正性……我想借他这件事，和你们说几句。"姜莹迈着优雅的步子，边在舞台下方踱步，边对着那群半大不小的孩子道，"刚刚这位同学没有找到合适的搭配者，我网开一面给了他一次演出的机会，你们觉得，他的运气是凭空而来的吗？"

一群人的视线不由自主地跟着姜莹的身形移动，被对方的气势所慑，大气都不敢出。

"不是，如果我们今后给了在座任何一位竞选者特殊的机会，只能说明这位同学身上有吸引我们的优点，"姜莹顿了顿，继续道，"包括刚才抱怨比赛不公平的那位男生，也许你们也会觉得他的运气不太好，但他只是运气不够好吗？也不是，他只是还不够优秀。"

她停下脚步，架起胳膊看着众人道："我希望你们明白一个道理，演艺的舞台本来就是不公平的，有时候，你们以为的'运气'也是实力的一部分。所以，请大家抱着平常心走下去，不要针对任何人。在这个舞台上，你只有两条路——要么让自己变得足够强大，要么坦然接受结果。"

她的语气很温和，说出来的话却字字千斤，就好像用一把锤子用力地把每一个字都捶进了凌可心中。

凌可的大脑嗡嗡作响，他没想到姜莹会借自己"弃权"的事儿趁机敲打一番其他的竞选者，但同时，他浑身的血液也因为这一席话而发热沸腾。

他知道没有什么是公平的，同样的道理他的父母也时常在他面前提起，凌可每每不胜其烦，尽管有些潜移默化的影响，但收效甚微。

可直到这一刻，他才突然有种觉醒的感觉！

姜莹这些话虽然是对所有人说的，可在凌可看来就像是在解释给自己听。

这个女人实在是太厉害了，只凭借一个眼神，就洞悉了他脑海里那些弯弯绕绕。

是，他弃权的理由，正是自己还不够强大。

他不想靠着捡来的运气、拙劣的挑衅，以及戚枫的包容站在这个台上，收获他人的掌声。

他怕了，所以与其被人淘汰，不如他主动弃权。

姜莹转过身来，再次看向凌可，带着温和的笑容和鼓励的眼神，道："如果下一次你还有这种表现，我会录取你，等你拿到了选择的权利，再来跟我谈弃权吧。"

凌可一阵惭愧心虚，但又对姜莹的指点佩服得五体投地。

他收起浑身刺芒，像一只被驯服的小兽，乖乖点了点头。

才艺表演结束，晋级者留下继续下一轮考验，淘汰者三三两两离开。

凌可走出多功能厅时，身后突然蹿上来一个人影："哇，凌可，我才知道你弹琴弹这么好！"

凌可定睛一看，才发现是一起来的那个"美声男"，另外两个女生等不住，先一步离开了，只有他还留着，在电视台内部转了一圈，偷偷溜进多功能厅，正好赶上了凌可的表演。

凌可来到投币饮料机前，要了一罐可乐。

"美声男"在边上止不住地嘀咕道："哎，为什么弹这么好都会被淘汰啊，我猜肯定是有黑幕！"

凌可抽了抽嘴角，这家伙难道没听懂姜莹刚刚说的那一席话吗？

"淘汰就淘汰吧，"凌可道，"那么多有才的人，我靠狗屎运能走多远？"

他没有告诉对方是自己先提出的"弃权"，这不是什么值得夸耀的事。

准备离开电视台时，"美声男"说想上个厕所。

两人一起去，凌可先一步出来，站在洗手间门口等他。

附近经过两个面熟的女生，也是被淘汰下来的，正捂着脸兴奋地八卦着："听说刚刚那个拉小提琴的帅哥是姜老师的儿子哎！"

"啊？真的吗？天哪，难怪长得这么帅，还这么出色……不过姜老师看上去好年轻哦，根本无法想象还有个跟我们一样大的儿子！"

"主持人都是保养得很好的啊，你看得出她们的年纪吗？"

女孩们的声音很快随着身形远去。

凌可握着手中的可乐罐子，百感交集。

好了，这下他和戚枫之间不只隔了个银河系，还差了个女神。

正低着头发呆，眼前突然出现一双眼熟的鞋子，凌可一愣，戚枫竟然也来上洗手间了。

"嘿。"戚枫估计是想起方才的合奏，本打算跟凌可打个招呼，话到嘴边又不知道该怎么开头，僵了两秒，他才问道，"你叫什么名字？"

23

再次听到这个问题，对方的眼神带上了试探意味，还有与第一次见面时相似的好奇，让凌可心情复杂。

他把喝空的可乐罐稳稳地丢进了不远处的垃圾桶，理了理自己身上的挎包，拔腿就走。

擦肩而过时，凌可用只有戚枫能听到的嗓音丢出四个字："不告诉你。"

戚枫："……"

Part 03　脱胎换骨

　　凌可暗暗发誓，一定要等自己有了足够的能力，再充满底气地站到戚枫面前，让他正视自己，记住自己，而不是一次次地说出随时可能被忘记的名字。

　　回去后，凌可把所有的乐谱都找了出来，决定继续练琴。

　　和戚枫的合奏仿佛重新激发出了凌可对钢琴的热情，何况考级已经彻底结束，他没有什么压力，以他的基础，任何谱子到手里都能自学弹会。

　　在初中接下来的一年多里，凌可靠着自学弹完了肖邦和贝多芬的作品集。

　　他没有那个条件像戚枫一样学那么多的东西，但至少眼前拥有的，他想做到极致。

　　包括学业，从电视台回来后，凌可在文化课上也投入了大量精力，原先有学没学混个班级前几就心满意足的他，现在头悬梁锥刺股，一鼓作气上了年级第一。

　　只要有一个知识点没掌握透，他就会狂啃习题书，直到让自己不惧怕任何一场考验。

　　除此之外，凌可还定时定点地跑步、打球，并要求凌母给自己定鲜奶，每天两瓶。

　　在意识的强烈渴望和身体力行之下，凌可的发育期总算是姗姗来迟。

　　初三的最后大半年，他的个子猛地蹿了十多厘米，从一个黄毛小笋长成了一株青葱的翠竹，五官也舒展不少，褪去了稚气，转为少年独有的清俊帅气。

　　成绩好又长得帅，还会弹钢琴，因为这些特征，凌可身边不知多了多少情窦初开的追求者，甚至还被人在背后偷偷称为"男神"。但凌可浑然不觉自己有多出挑，只觉得这群小女生毫无见识。

　　如果他这样也算是"男神"，等她们见了戚枫，岂不是要发疯？

　　在凌可发生脱胎换骨的变化时，唯有凌父、凌母，欣喜之余也担心着儿子的性格。

是的，凌可太内向了，内向到让人觉得他几乎不需要社交，尽管在他的同学们眼中，这叫"高冷"。

据说有人还闲着没事儿观察过凌可每周在学校里和女生说几句话，结果是——平均一周不到十句。

他和处得比较好的男性朋友说话也没多多少，一周二十句。

不过，在中国家庭向来是成绩第一，只要成绩好，没什么不能包容。

凌可没有参加中考，直接被保送至全市最好的公立重点高中，还免学费，这事儿让凌家父母面有荣光。作为奖励，他们送了凌可人生中第一部智能手机。

中考后，连凌母教育儿子的话都换了一种画风："小可，有时间也放松放松，多和朋友们聊聊天，或者找点儿游戏玩玩，别老绷着张脸。"

对此，凌可的反应是抬抬眼皮，不置一词。

少年的心思太难猜。

把父母关在房门外，凌可捣鼓着自己的新手机，下载了QQ，习惯性地点进了戚枫的空间。

凌可自己也搞不太懂，戚枫对他来说意味着什么。

如果以前他对戚枫那种矛盾的向往与逃避，是出于对方远超于他的完美，以及发现对方遗忘自己后被刺痛的少年自尊心……那么现在两年过去了，按道理，凌可自己也变得足够优秀，并从他人的赞赏与钦佩目光中收获了充分的自信，他似乎没必要去在乎一个仅有两面之缘的"陌生男孩"了。

但很奇怪，他依然会在意对方最近又发了什么照片、参加了什么活动、开拓了多少新兴趣……关注戚枫已不仅仅是刺激凌可奋进的方式，仿佛还成了一种日常习惯。

后来有一次，凌可观察到班上的女生们追星。

她们兴奋地凑在一起讨论明星的八卦，被明星的一举一动牵动心神。有人把偶像的照片当作手机壁纸，也会剪下杂志上的图片贴在记事本扉页，以时刻激励自己为了自己的偶像努力学习、减肥、变优秀。

尽管有时候她们表现得过于花痴，但只要不丧失理智，追星带来的就是正面刺激。

凌可忽然间明白了，他可不就是把戚枫当成了"偶像"吗？或者换一句时髦点的话来形容，他觉得自己可能是戚枫的"颜粉"，就像女生们喜欢那个什么鹿、什么洋。

只是不同于电视荧幕上的偶像，戚枫是一个"草根"。

戚枫赏心悦目的笑容、由内而外散发的自信气质、完美的身材比例都吸引着凌可——这些特点凌可身上没有，所以非常向往。而由于他们之间存在天然的距离，这种向往又不带任何目的性，可以说是相当纯粹。

尽管男生追星的少，但也不代表不正常不是吗？

中考那年腾讯出了个"微信"，凌可身边的朋友纷纷转战新的社交软件，他也紧跟潮流，用QQ号申请了一个微信号。

由于微信关联QQ好友，系统直接为他提取了联系人，里头也有戚枫。

最早一批玩微信的人不太设防，凌可就这样再一次神不知鬼不觉地混入了戚枫的朋友圈。

就这一年多，戚枫又长高不少，五官越发立体，眉眼日渐俊朗，穿衣打扮也越来越有品位。

和那些脸上边爆青春痘边长胡楂的十六七岁少年相比，戚枫的自身条件实在是得天独厚，有时随便发在朋友圈里的一张自拍照，气质都能秒杀外面那些小鲜肉、小明星。

凌可这种普通姿色的帅哥到了高中都颇受追捧，他无法想象戚枫在他的社交圈里会有多受欢迎。

和鱼龙混杂的QQ空间不同，微信里如果不是共同好友，是看不到对方给谁点了赞、留了言的。

凌可原本也以为自己的圈子和戚枫的圈子没有丝毫重合，毕竟他念的是公立学校，戚枫仍然在私立学校，两所学校的地理位置隔了大半座城市。

直到他无意间和学校里的一位女生交换了微信号，并在戚枫的好几条状态下看见这个女生的"赞"，才惊觉这座城市其实很小。

那位女生比凌可高了一届，是他们高中的交际花，也是学生会的文娱部部长。平时她会组织些公益会演活动，得知凌可会弹钢琴，辗转要了他的联系方式。就凌可这闷骚的性格，两人起初加了微信后也没聊几句，等看到对方给戚枫点的那些"赞"，凌可才有点坐不住了。

一次为校文艺节彩排时，不少同台演出的女生开玩笑让凌可先在私底下给她们弹两首。若在平时凌可肯定会找借口拒绝，他不太喜欢通过自己的才艺去招惹女孩子。但那天，他见文娱部部长也在起哄，不知出于什么心理，就应了下来。

他坐到钢琴前，偏头笑问那群兴奋的女生："你们想听什么？"

凌可素来以高冷示人，这一笑，又搭着青年特有的清冷语调，女生们都看傻了，有几个已经受不了地捂住了心口。

凌可见她们答不上来，扭回头去，自言自语道："我练的都是古典乐，你们可能不太爱听……我随便弹几首通俗的吧。"说罢双手就搁上了琴键，他在试了一串音后，开始弹奏。

女生们也不知道他弹的是什么，只见眼前穿着白衬衫的少年神情专注、十指翻飞，右脚有节奏地缓缓踩动延音踏板……光是这一幕，都叫她们丢了魂，更别说耳边萦绕的醉人曲调，流畅、自然，仿佛不是被弹奏出来的，而是从凌可的指尖流淌出来的。

一曲毕，女生们惊呼着："再来一首！好好听！再来一首啊！"

"你刚刚弹的是什么曲子啊？太好听了！"当场有人上网搜索，"我要下载下来天天听！"

凌可解释道："不是什么特别的，就是理查德克莱斯曼的一些流行钢琴曲，你可以找找《秋日的私语》《梦中的婚礼》和《童年的回忆》，但网上的和我弹的可能会不太一样，我自己做了串联。"

女生："天哪，凌可你太厉害了！"

凌可见她们一副捧脸尖叫的架势，颇觉不好意思，通俗乐曲的难度都很低，有个业余五六级的程度就能弹了，他自己在家弹着玩儿的时候都没怎么觉得费力。

凌可瞄了那位部长一眼，故作不经意地说："我以前碰到过一个比我弹得更好的……叫戚枫。"

说实话，凌可也不知道戚枫弹琴如何，但对方小提琴都拉成那样子，想必钢琴也不会太差。

部长一愣，果然上了钩："戚枫？德音国际学校的那个戚枫？"

凌可正想接话，不料另一个女生忽然插嘴道："你们居然认识戚枫？他是我原来所在学校的校草哎！"

不明就里的人问道："戚枫到底是谁？"

那女生简单介绍了一番，又有人反应过来道："你们怎么都认识戚枫？他已经声名远播到这个地步了吗？"

凌可本来只想试探一下，没想到拔出萝卜带出泥，一石激起千层浪。

原来他们当中刚巧有在德音国际念小学和初中的人，曾和戚枫是校友，还有人以前的同学去了德音国际念书的，至于那位部长，也是通过七拐八绕的关系才有戚枫的联系方式。

同城最好的学校就这么几所，你来我往，难免会有重合的交际圈，只是原先没人提起，现在有人带头，大家自然七嘴八舌地讨论开了。

据说戚枫的爸爸是神秘的财经大佬，他妈妈是知名节目主持人，他家住在本市地价最贵的青榕湾，而且他还有个哥哥，但没人见过长什么样子。

除了这些，戚枫本人也非常优秀，他曾作为德音国际的学生代表去海外姊妹学校交换，每年都会参加常青藤高校夏令营，还在国内的青少年计算机编程比赛中获过奖……

知情者们眉飞色舞地细数起戚枫家庭背景和种种事迹，把一群女生勾得两眼冒光。

这么个人，简直就是偶像剧里的男主角人设啊！

不用多想，追戚枫的女生肯定也是不计其数，听说戚枫从初中开始就不断换女友，但普通的女生他看不上，他只跟同阶层的"白富美"闹绯闻。

其中广为人知的是凌华集团掌上明珠倒追戚枫一年的事，最后输给了一位建筑界大佬的女儿，情场失意后转去伦敦念高中了；还有一个是戚枫青梅竹马的隔壁邻居，据说两家人早就定了娃娃亲，所以这个女生才是戚枫名正言顺的未婚妻……

听着一个个"玛丽苏言情小说"里才会出现的专用名词，凌可面上平静，内心却早已翻起千丈巨浪了。

如果脑洞能有弹幕，此刻他的脑门上应该会接连不断地飞过"真的假的""贵圈真乱""戏真多"这类惊叹词。

不过，德音国际有不同等级的班制，戚枫所在的是精英班，连曾经和戚枫同校不同班的女生也没有近距离地接触过本人，所以传闻具体有多少真实性没有人知道。

可即便如此，大伙儿还是听得津津有味，毕竟添油加醋的真人真事远比那些小说和电视剧更让人有参与感。

女生们聊得满面潮红，一通花痴后，才回想起引出这个话题的凌可。

那位部长反应过来问："凌可，你是怎么认识戚枫的啊？"

凌可合上琴盖，面无表情道："只是很小的时候考级见了一面，之后就没联系了。"

在震惊于听到的八卦之时，凌可心里也无比失落，原来他在戚枫朋友圈窥探到的，只是对方多姿生活里的冰山一角。

刚刚那位部长还翻出自己的微信兴奋地跟大家展示戚枫的朋友圈，女生们亲眼见了戚枫的模样，纷纷爆出"好帅""好酷"之类的惊呼，还有些胆儿大的，直接向那位部长要了戚枫的联系方式。

凌可在边上听着看着，心中也不知道是什么滋味。

对他来说意义非同一般的"朋友圈"，在那些女生眼中就像是明星的公开微博，人人可"嫖"。这感觉就好像他独自发现的宝藏，早在不经意间曝露于世，被众人虎视眈眈。

而且，别人都能明目张胆地"花痴"戚枫，他却不能，毕竟他一个男生，但凡稍稍表露出一丝热忱，都会显得很奇怪。

凌可甩甩头，试图压下自己莫名的情绪，但接下来好几天，他的心情都没有好转。

他反复回想起他人口中有关戚枫的那些风流韵事。和对方"丰富多彩"的课余生活一比，自己过的日子真是单调乏味到可怕，这让凌可既羡慕又落寞。

奇怪的是，他一点也不喜欢戚枫花花公子的属性，他觉得一个完美的男生在感情上该表现得稍微克制一点，怎么能三天两头换女朋友呢？

纠结了两天，凌可索性屏蔽了戚枫的朋友圈，决定不再关注这个"渣男"了。

可才过半个月，他就再次动摇了。

因为他转念一想，就戚枫那家世、外貌和自身才华，戚枫不主动拈花惹草，说不定也有姑娘前赴后继，像凌可这种一年半载才偶尔有大胆女生给他递情书的普通人根本无法理解。

何况，那些信息多是别人道听途说的，他怎么能因此断章取义，彻底否定戚枫呢？

想通这一点后，凌可如释重负，立即把戚枫从"小黑屋"里放了出来。

高二下半学期，戚枫在朋友圈发了这么一条消息："老妈想让我出国，可是出国后就吃不到王素家的酸菜鱼，吃不到李阿姨做的生煎包，也见不到雪妞了……唉，不去了不去了，就这点儿出息，爱咋咋地。听说F大挺不错啊，考一个试试，fighting（加油）！"

底下的配图是那条大白狗，还有一堆美食。

就因为这句话，一年后，凌可以全市前三的成绩考上了F大的新闻系。

他从没想过刻意追随，但等得到结果的时候，凌可才隐约觉得，冥冥中似乎有一股不可抗力，拉扯着他不断地往戚枫的方向靠近。

Chapter 02 主旋律

优秀的人之间似乎有一种独特的吸引
力，再怎么掩饰、抗拒，都会在命运的指引
下相互靠近，相互欣赏，最后相见恨晚。

与他的
神秘约定

Part 01　一个宿舍

暑假匆匆而过。

九月，凌可前往大学报到，在新生登记处领了宿舍地图和钥匙。

一位热情的学姐坚持要带他去宿舍，倒是省得他自己找。路上行人熙熙攘攘的，全是前来学校报到的新生。

刚挣脱高考的束缚，这些十八九岁的年轻人一脸朝气蓬勃，仰着脖子四处环视，如同一只只在新世界里振翅欲飞的鸟。

"嘿嘿，今年咱们新闻系有福了，一下来了两个超级帅哥……"学姐在路上兴奋道。

"嗯？"凌可纳闷，两个？自己也算一个？

"在你之前不久才来了一个，"学姐拿手往凌可身上比了比，道，"比你还高点儿，哇，那长相，简直了！迎新处晕了几个姑娘，到现在没回血呢！"

凌可被学姐幽默的措辞逗得一笑，这也太夸张了吧？

"你也很帅，要是你在他之前来，她们晕的估计是你了，"学姐叹着气遗憾道，"所以说啊，你来得真不是时候，大家这会儿刚刚受了一波冲击，审美功能已经暂时失效了。"

凌可听学姐这么说，不由得有些好奇在之前来的那人到底有多帅了。

"不过嘛，"学姐微微偏头瞄了他一眼，嬉笑道，"我不太喜欢他那种类型，我比较喜欢你这种'丝带儿（英文style中文音译，风格）'。"

凌可听对方这么说，也不扭捏，反而觉得学姐这人很有意思，他指了指自己问："我是哪一种style？"

学姐直白："清纯不做作型。"

凌可差点喷出来……

"那，另外一个人呢？"他问。

学姐面目狰狞道："妖艳型！"

"噗……"凌可还是没忍住喷了，"妖、妖艳？"

他实在很难想象这个形容词用在一个男生身上……妖？呃，如果这样，那他好像也不太喜欢。

"他的眼睛！"学姐十指做爪状对着自己的眼睛一番伸缩拉扯，解释道，"会放电！嗞——"学姐面向凌可又拉扯了两下，努力想表现另外一个人的魅力，"放电！你懂吗？"

凌可抽了抽嘴角，总觉得刚刚学姐的眼里迸出两道精光……太、太有画面感了。

学姐一直把他送到宿舍楼下，最后一脸诡笑地要走了凌可的微信联系方式。

凌可不好意思拒绝，心想，出来混，果然是要还的。

他被分在十八号宿舍楼412号宿舍，上了楼，找到对应的房间，门虚掩着，还未进去，就听见里头传来一阵笑声和说话声。

"哇，这么小的床，你睡得下吗？你躺上去脚都能顶着另一个人的头了吧？你要是能在这地方住够一个月我沈岳哲跟你姓！"

"滚，就算做得到也不想你跟我姓！"另一人的骂声带着笑意，浑厚悦耳。

"赌不赌？谁输谁是狗！"

"你上周输球给我还没从狗变回人吧？"

凌可推门而入，笑声说话声戛然而止。

宿舍里的两人齐齐扭头看向凌可，凌可也看着他们……其中一人。

戚……戚枫？！

"哎，你的新室友来了，"倒是戚枫边上那个男生率先反应过来，用胳膊肘顶了顶戚枫的手臂，提醒道，"打个招呼啊。"

戚枫一怔，反应过来，绽开笑容朝凌可道了声"嘿"。

"我是，"那男生也伸出手指在自己和戚枫之间一比，露出一口白牙道，"他朋友，沈岳哲，不是你们学校的。"

凌可压根不知道该怎么反应，看着近在咫尺的戚枫，他整个人都快被吓傻了！

新同学？

新室友？

妖、妖艳？

关注了好几年的人，只能在QQ空间和朋友圈看见的人，就这么活生生地出现在自己面前，凌可没有一种天上掉馅饼的感觉，反而有种被铁饼砸得眼冒金星的感觉。

他的大脑一片空白，然后……他一脸平静地看着戚枫，应了一声："哦。"

接着他麻木地找了个空柜子把行李箱放下，转身就走。

沈岳哲呆呆地看着凌可离开的方向，感叹道："哇，你室友好酷！"

戚枫："……"

是啊，初次见面，这种态度，他有多少年没遇到了？或者可以说是几乎没遇到过。

"真高冷，"沈岳哲摸摸下巴，继续补刀，"不会是看你长得也那么帅，所以同性相斥？"

戚枫揍了他一拳："你烦不烦？可以滚了！"

沈岳哲气得嗷嗷叫："哥一大早起来陪你报到，你有没有良心！"

凌可也不知道自己跑出来干吗，但他知道自己要是再在宿舍多待一秒，可能会忍不住啊啊啊地大叫，然后自燃、爆炸。

高三那年，无数个埋头备考的夜晚，凌可也曾幻想过，如果自己考上F大，有没有可能和戚枫在大学里重逢，就算只是远远地看一眼，那也挺好的。

但所谓"幻想"，就是不切实际、不可能实现的想法，凌可万万没想到，戚枫真的会考来F大，跟他一样考了新闻系，还……分到一个宿舍！

以前他把戚枫当偶像，只要看看对方的照片就心满意足了，现在想想以后能和偶像抬头不见低头见，还能听到对方的声音……

天啊！哪有粉丝和偶像上同一所大学住一个宿舍的啊！

凌可抱头蹲下身来，急促地做着深呼吸，仿佛已经受到了成吨的暴击。

绕着校园走了一个小时，他才稍稍平静下来。

恐惧和慌乱逐渐退去，压抑在心底的激动和喜悦喷涌而出——他真的和戚枫成了大学同学？还分到了一个宿舍？

老天，他该怎么办才好？戚枫那样出身优渥的大少爷会不会喜欢他这种普通的室友？他们能成为朋友吗？

唉，兵来将挡，水来土掩，走一步看一步吧！

返回宿舍楼后，凌可顺便在舍管处领了被褥上楼，这一次412关着房门，里面没什么动静。

凌可小心翼翼地开了门，见没有人在，长舒了一口气。

刚刚稀里糊涂的，他没发现，其实入口处的墙上就贴着一张床铺安排图，对应每个人的名字。

F大本科生宿舍是四人间，上床下桌，每个宿舍都有个公用的洗手淋浴间，还有小阳台。

戚枫是1号床，入口右边靠洗手间，凌可是3号床，同侧靠阳台。

左右对称，两人的柜子分列两侧，写字台无缝相接。

凌可用手丈量了一下写字台的宽度，才一米，这就意味着他和戚枫待在宿舍里的大部分时间是坐同桌。

上面的床也是头尾相接，连爬床的楼梯都是同一个。

这就很尴尬了，平时上床下床还得挤爬梯。

凌可搞不明白，戚枫那种大少爷，为什么要来住条件这么差的学生宿舍？

他用最快的速度爬上床把床单铺好，瞄了临床一眼，戚枫的床板上还空荡荡的。

想到以后每一天都能看到戚枫入睡和起床时的模样，凌可忍不住再次抱头，扑通一声趴跪在刚铺好的床上……

咔嗒——门开了。

"咦？你回来了。"戚枫的声音响起。

凌可赶紧爬起来，压着乱跳的心脏，面无表情地下床。

"那个，我刚刚送我朋友去了，"戚枫自说自话地解释着，提起手上的塑料袋道，"买了点儿饮料，喝吗？"

说着，他主动从袋子里掏出一瓶饮料，递给凌可。

凌可不好不接，低低地说了声"谢谢"。

戚枫笑了笑，似乎放松了点儿，往写字台边一靠，自己也开了一瓶，咕噜咕噜一阵灌。

凌可听到声响，忍不住偏头看了他一眼，只见对方仰起的脖子上，喉结正随着吞咽上下耸动，一条手臂随意地撑在写字台上，修长的手指微微屈起，往边上是一双笔直的长腿……

就这么一眼，凌可就不淡定了。

他立即转过身，蹲下身子开始整理自己为数不多的行李，视线再不敢往戚枫的方向偏一点！

"天气真热。"戚枫一口气喝掉半瓶饮料，随口问凌可，"你也是本地的吗？"

凌可发麻的脑神经迟钝地接收到信号，过了三秒他才给戚枫一个字："嗯。"

戚枫："……"

凌可："……"好尴尬！

就在这时，门口突然一阵"这里、在这里"的嚷嚷声，紧接着拥进来一群人。

戚枫和凌可傻在原地，目瞪口呆地看着眼前的老老少少。

这应该是一家子，一对中年夫妻、一个精神矍铄的七旬老人，带头进来的是那个身穿海贼王T恤衫的青年，估计这家伙才是主角。

尴尬缓冲了尴尬，凌可莫名觉得自然了点儿。

中年夫妻里的女人最先反应过来，热情地凑上来道："你们都是这个宿舍的啊？这是我儿子大宝！"

青年涨红了脸，不耐烦道："妈，别在同学面前叫我的小名！"

女人赶紧改口道："我儿子谢奇宝，呵呵，以后你们就是同学了……"

叫谢奇宝的青年打断说道："妈，我自己会介绍自己！"

凌可忍不住想笑，谢奇宝？泄气包？怎么会有人给儿子起这种名字。

戚枫是直接笑了，但他笑得很自然，还落落大方地伸手跟谢奇宝握了握，道："你好，欢迎，我叫戚枫……"他扭过头去看凌可，问道，"哎，你叫什么名字？"

听到这个久违的问句，凌可突然有点恍惚，记忆哗啦啦倒流回小学毕业那个暑假和初中二年级的电视台竞选……

同一个人，同一个问题。

看着戚枫的眼睛，凌可清晰地报出了自己的名字："我叫凌可。"

尽管早就知道戚枫不记得自己了，但见对方听了自己的名字后无动于衷的反应，凌可还是有那么一点儿郁闷。

毕竟，他可是偷、偷、关、注了戚枫好几年。

凌可敷衍地朝谢奇宝一家人点点头以示招呼，随即磨着牙转身继续收拾起自己的行李。

那厢，戚枫却已和谢奇宝的父母长辈聊开了，聊的无非一些"来自哪里""家里做什么"的话题。戚枫游刃有余地应对着，热忱又不显唐突，随意又不失礼数，与生俱来的交际手腕让在边上旁听的凌可佩服不已、自愧弗如。

凌可从以往听到的八卦中得知戚枫家境特殊，普通有钱人估计都没的比，但在这里，戚枫显得分外低调，只说他爸爸是生意人，妈妈是上班族。

这么理解也没什么错。

凌可发现，十八岁的戚枫似乎比他想象中更加睿智成熟。

聊了一会儿，谢奇宝也不再拘谨，慢慢对戚枫表露出亲近之意。

亲近的原因主要还是戚枫长得帅，又没有什么架子，尤其是在戚枫主动替在场唯一的老人找椅子坐的时候，谢奇宝对他的好感度直线飙升，还开口唤了句"戚哥"，听着谐音倒像是在叫"七哥"。

谢奇宝老家是南方一个二线城市，这次考上F大，举家欢庆，一起出动开车北上送他来上学，也顺便带从未出过远门的爷爷上大城市见见世面。

酷暑天高，烈日炎炎，宿舍里原本就闷热。

虽见室内装了空调，但众人寻了一圈没找到遥控，尤其这么一群人窝在一小个房间里，更是让人窒息。

谢母一会儿爬上床去替儿子铺凉席被褥，一会又下床来找他们从老家带来的特产，张罗着要分给戚枫和凌可吃。

戚枫忍不住道："阿姨，您先别忙着招待我们了，以后都是同学，有的是机会。这儿太热，你们收拾完赶紧上外头透透气吧，我怕老人家在这儿坐久了中暑。"

众人一看谢爷爷，果然正难受地拂面抹汗，但老人心里高兴，不愿打扰他们，嘴上还乐呵呵地说着"不碍事"。

谢母一拍自己脑袋，懊恼道："还是小戚心细。"

眼看儿子的行李也收拾一大半了，又到了午饭时间，一家人便准备出去。离开前谢母还热情地招呼戚枫和凌可跟他们一起去吃饭。

戚枫瞄了凌可一眼，见他没那个意思，便自作主张地替他一起婉言谢绝了。

到了门口，谢奇宝又转回来道："戚哥，我晚上跟我家人住宾馆，暂时不来宿舍了，我的东西你能不能帮我看一下？"

戚枫一愣，点头道："嗯，你父母难得来，你这两天也要陪一下他们吧？"

谢奇宝："嗯！你的手机号多少我留一个，有事联系。"

两人换了号码，谢奇宝才对从头到尾没怎么发过言的凌可道："那个……"估计是没记住凌可的名字，谢奇宝尴尬地顿了顿，不好意思地朝凌可道，"刚刚打扰了啊！"

凌可："没事。"

一阵鸡飞狗跳后，宿舍终于趋于平静。

戚枫呼了一口气，扯了扯Polo衫汗湿的衣领，露出一副疲于应付的样子。

尽管又恢复到只有他们两个人的状态，但这会儿竟然不怎么尴尬了，两人还同时觉得有些轻松。

凌可也终于主动跟戚枫说了第一句话："你的行李呢？"

他自己的都快收拾完了，可看戚枫的写字台、橱柜都还空荡荡的，没见对方带什么东西过来。

凌可想，难不成戚枫不打算住在宿舍？

凌可还真没想错，原本戚枫是没准备住宿舍的，他家有套房子距离这儿就三十分钟车程，走读挺方便。但学校住宿费他照缴了，想着平时需要应急也能过来住住。

今天报到，沈岳哲非要跟过来凑热闹，想看看国内名牌大学里头到底长啥样，结果两人到宿舍一看，戚枫就蔫了。

这条件，比德音国际的清洁工宿舍还差。

沈岳哲说得不错，别说一个月，这地方估计戚枫连一个星期都撑不过去。

天气再冷点就算了，可现在三十几度的高温，宿舍空调还不知道给不给开，住这儿不是活受罪吗？就算要应急，戚枫也宁愿花钱去学校附近开宾馆。

可是，这一切抗拒的念头，都在凌可出现的时候打住了。

戚枫不知在哪里看过一篇文章说，有些人之间存在特殊的缘分，就算以前从来没有见过面，也能很轻易地相熟相知，就像两块正负极相遇的吸铁石，彼此吸引，相见恨晚。

就连主动追求他的女生里，也有拿类似的理由来解释为什么喜欢他的人。

以前戚枫觉得这种理论真是瞎扯，一个人能够在短时间内吸引他人，要么是这个人长相特别出挑，万众瞩目，要么就是天生卓越，自带磁场，哪有什么其他玄乎的理由？

可在看到凌可的那一瞬间，他确实产生了一种"似曾相识"的感觉，就像贾宝玉初遇林黛玉，脱口而出"这个妹妹我见过的"——当然，这个例子夸张了些。

他只是莫名对凌可生出一种亲近感，想去认识对方、了解对方。

这不是以往他打算认识什么人时，夹带着目的性的刻意行为，而是一种发自内心的冲动。

所以，戚枫改变了主意。

何况，如果凌可能忍受这种环境，凭什么他不能呢？

戚枫瞥了凌可一眼，回答道："还没带，我早上就过来报个到，看看情况，下午再回去拿。"

凌可点了下头："哦。"

报到时间共两天，倒也不急。

戚枫："你家住哪儿？"

凌可："安宁区，过来转地铁转车两个多小时。"

戚枫抬头看向凌可床上的被褥、席子，问："这个，哪里有卖吗？"

谢奇宝他妈妈宝贝儿子，自己开车过来，连被褥都是自带的。

凌可："舍管处发的，凭新生证明，交八十块钱就能领。"

戚枫惊讶，八十块钱的席子和被子……能睡吗？

但是看凌可面不改色的样子，戚枫没好意思说，伸手往下一指道："那，我去一下。"

戚枫下楼后找到舍管，又顺便问了空调的事，才得知空调遥控也需要凭学生证领，还要一百块钱押金，他一并交了，总算觉得这生活有了点盼头。然而，等他抱着席子三两步上楼，却发现凌可正从宿舍里出来。

"你……"戚枫愣住了，"上哪儿？"

凌可："吃饭。"

看他这态度，明显是想一个人去吃，戚枫心口莫名有点堵，现在412就他们两个人，按理说自己算是凌可在学校里认识的第一个人吧？明明自己刚才都跟他说了自己下去领被子，他要去吃饭，竟然不等自己，也不叫自己！

这人是独行侠吗？

可能从来没受过这种冷漠的对待，戚枫颇受打击。

想他戚小少爷从小到大众星捧月，何曾在交朋友的问题上碰过壁？哪一个不是他勾勾手指就送上门来，谈笑风生间就能打成一片的？

不过，凌可的态度反激起了戚枫的好胜心。社交型人格的人往往是越挫越勇，只要碰上自己感兴趣的，不管对方多高冷，都会想方设法地拿下。在戚枫眼里，就没有什么看不透的人、搞不定的朋友。

"等我一下啊，一起。"戚枫丢下这句话，就立即进门先放东西去了。

凌可好不容易找到个机会开溜喘口气，听了这话，拒绝也不是，直接走也不是，备受煎熬地在原地等着。

两人一起去学校食堂吃饭，两大帅哥并行校园，闪瞎了诸多学生的眼睛。尤其是戚枫这种移动的人形荷尔蒙，炎炎高温蒸腾的热汗丝毫没让他掉一点儿魅力。

这一路上，凌可有生以来第一次体会到什么叫作"回头率百分百"，光是路人余光的威力就叫他起了一身鸡皮疙瘩。

食堂更是人来人往、络绎不绝。戚枫和凌可进去后，好些女生都傻眼了，有个妹子视线随着戚枫移动，人却还端着餐盘往另一个方向走，结果直接撞上了别人——只听哐当一声，买的饭菜汤洒了一地，她也跟着滑倒了，引起身边人一通哄笑。

为了看帅哥出这种糗，女生满面通红，羞耻得都快哭出来了。

不过戚枫看见这情况，对凌可说了声"等等"就主动走过去扶那女生，又从裤兜里掏出一包纸巾递给她，关切道："同学，你还好吧？"

四周又是一阵抽气声，方才还在同情笑话那女生的人，此刻反而羡慕起她来，恨不能取而代之。

凌可双手揣兜，面无表情地站在边上，看戚枫就这么轻描淡写地俘获芳心无数，酸溜溜地在心里吐槽了一句：啧，花花公子。

两人随便点了点儿饭菜，找了个角落位置坐下。

戚枫方才扶了那个女生，沾了一手菜汁，黏糊糊的，又把整包纸巾都给了对方，这会儿问凌可："你有没有纸巾？"

凌可："没有。"他身边很少有男生会随身携带纸巾，这家伙还真是……特别啊。

戚枫只能无奈地去洗手间洗了手，再回来吃饭。饭后戚枫说要回家去拿行李，问凌可下午什么打算。

凌可也没别的事，打算逛逛校园，探探周边地形，顺便去附近的超市或生活用品商店置备点儿个人用品，比如沐浴露、洗发水之类。

戚枫闻言立即从兜里掏出钱包，抽了五百块钱递给凌可："帮我也买一份，谢谢。"

凌可眼角一抽："生活用品要不了这么多钱。"

戚枫："没事你先拿着，用不完还我就是，以免不够花，还要你先垫付，那多不好意思。"

凌可又说："我不知道你要买什么样的。"

戚枫："你买什么样的，就给我一模一样多买一份好了。"

凌可无语，果然，这家伙还是跟六年前初见的时候一样自来熟，一点儿也没变。

就在凌可感慨之际，戚枫突然掏出手机，道："哎，我们加个微信？"

这个问题如同惊雷，再一次将凌可劈傻在原地——他已经有戚枫的微信了！

怎么办？

直说肯定是不可能的！戚枫要是探究起来他怎么解释？

那……申请一个小号？

也不行。他现在的微信号里七七八八加了几十号人，包括父母和原来的同学，就为了戚枫申请一个新的，平时交流起来还得来回切换，太麻烦了。

把戚枫删了重新加一次？

自己的确能这么操作，但是两人在最初加好友时会有一条系统提醒，万一戚枫这三年都没换手机，或是换了手机还留着三年前那条"通过好友请求可以开始聊天"的提示，自己又该怎么解释？

凌可没试过，也不敢冒险。

犹豫的时间已经超过两秒，凌可心中一急，竟脱口而出道："不加。"

嗯？！这下轮到戚枫傻眼了！

他都兴致勃勃地掏出手机，做好了"你扫"或者"我扫"的准备，结果凌可竟然这么直白地拒绝了他！

为什么？！

Tell me why（告诉我为什么）？！

这个"不加"的杀伤力实在太大，导致戚枫半天没回过神来。

好在凌可紧接着掏出手机道："留个电话吧，有事可以发短信。"

戚枫还是有点不死心，想着也许凌可是没有微信才不加他，于是又试探性地问了一句："那，QQ呢？"

其实微信具备的功能QQ全有，包括文字、语音聊天、互发图片，全部是走流量的，所以加哪个都一样。

但是，现在大家更流行使用微信，提起QQ，戚枫总有种谜之中二感。

再说，他的QQ是跟他哥哥共用的，里面还加了不少他哥的朋友，龙蛇混杂的，随着年龄增长，兄弟俩也各自有了隐私需求，所以转战微信后，戚枫已经很少上QQ了。

可想而知，他现在给出这个提议也是经过了一番挣扎的。

然而，凌可闻言非但没有领情，还一脸为难地蹙起了眉头。

戚枫内心拔凉拔凉的——行了，不用再说了，他已经知道答案。

手指一偏，戚枫点开了通话栏："给我你的号码吧，我打给你。"

被人如此冷酷无情地拒之门外，戚枫心情几乎跌到谷底，连说话的语调都生生低了两度。

等戚枫一走，凌可就虚脱似的一屁股坐下来。

跟关注多年的人面对面坐在一起，听对方说话时浑厚低沉的嗓音……天知道他刚刚花了多大的力气才能做到面不改色！

不过，尽管觉得老天爷对自己的考验太大，等四下无人后，凌可内心还是雀跃了好一阵——因为和戚枫待在一起的感觉实在太好了！

以前他觉得，能在网上看看戚枫的照片和动态就很好了。可是现在他不这么想了，人都是贪婪的，接触过活生生的戚枫，体会过他现实中的魅力，凌可怎么可能再满足只是悄悄地关注对方？

凌可笑着摇摇头，感叹自己以往的单纯。

只不过，为了避免让戚枫发现，他还是得好好隐藏自己过去的行为，否则被戚枫知道了，误会他是"变态"可怎么办？

凌可握了握拳头，决定在今后的日子里下意识地去控制与对方的距离。就算是当朋友，也应该公平，假如戚枫已经忘了他一次，那么他也要假装自己已经忘了对方，就当他们今天刚刚认识。

对，就这样，再慢慢熟络起来，与对方建立纯洁的友谊！

琢磨完怎么套路戚枫，凌可才想起购物的事儿，赶紧出门。

校园里依旧热闹非凡，像是刚开新服的网络游戏，新生在新手村里接着一个又一个任务，满头大汗却满脸朝气地跑来跑去。

宿舍楼附近居然还有人直接摆摊卖起了生活用品，包括被褥席子、电插板热水壶，被子边还立着块大牌，上书"70元"。

有几个学生路过，凑在跟前打听："七十元是一整套被子吗？"

摊贩是个青年模样的人，戴着一顶宽檐鸭舌帽，皮肤晒得有点黑，正热情洋溢道："是啊，比学校发的还便宜十块呢，质量也比学校的好，你买我的绝对不亏！"

几个学生估计是怕买到黑心货，又问了好几个问题，最后那摊贩忍无可忍地掏出学生证道："哎，你们也别疑心了，我就是这学校的学生。瞧见没，高俊洋，经管系大四了，你们记住我这名字，东西有问题随时随地来找我！"

新生们一听是本校学长，立刻卸下了防备。

凌可也有些心动，他还没买热水瓶，这玩意儿体积大，还得帮戚枫一起买，上外头带回来不方便，见这儿有索性就近买。

挑挑拣拣，他又买了个皂盒和两块洗手的肥皂，一共不到五十块钱。

结账时凌可与摊贩对了个眼，只见对方咧嘴一笑，露出两颗虎牙，长得还挺帅气。

不过等回到宿舍，凌可出于谨慎，还是给早上加自己微信的那位学姐发了条消息："学姐，请问一下，宿舍楼附近有人在摆摊卖东西，说是本校学长，靠不靠谱？"

学姐有个很诗意的名字，叫齐秋蕊。

齐秋蕊："什么学长？如果不是学生会组织的义卖，都是违反校规的。"

凌可一愣，还未回答，对方又发了条语音过来解释："估计是做了假学生证混进来的人吧。学校里就算有人要卖东西也是私底下进行的，摆摊这么张扬的事被查到了少说记一次过，别轻信。"

凌可抽了抽嘴角，看了一眼刚买的热水壶和肥皂。

呃，这些玩意儿就算是假冒伪劣的，估计也差不到哪里去吧？

凌可又给两个热水瓶灌了水，试了不会漏，才放心。

他买都买了，将就用吧。

不一会儿学姐又发了消息过来，告诉他哪里有价廉物美的小店，凌可道了谢。他不是爱找事的人，即便知道楼下那摊贩可能不靠谱，也没去找碴，下楼后直奔校外去。

凌可到了学姐说的地方，果然货品种类齐全，琳琅满目。见店门口也摆着各色热水瓶，凌可又向店主打听了价格，得知自己没买贵，才更放心了点儿。

接着他又买了毛巾、晾衣架、小电扇、小台灯等杂七杂八的用品。

毛巾有不同厚度的，凌可摸摸这块，又摸摸那块，保不准自己买的那种够不够得上戚枫想要的质量，为此纠结了老半天。

纠结到后来，凌可反倒被自己这扭捏的心态惹恼了，气得随手抓了几条，事后还反复叮嘱自己——你们刚认识，你不能这么在乎他！

最后他挑完一算，将近三百块钱。

"小兄弟这是买两人份啊？"那店主替他打包完，见他买得多，又随手从货架上拿了两个带花色的大口瓷碗给他，道，"送你两个碗吧，平时放宿舍里泡个方便面什么的。"

凌可倒是疏忽了这点，付了钱，看着整整四大袋子东西，有点后悔先前没跟戚枫敲诈一笔辛苦费。

凌可把东西拎回宿舍后，手都快断了。

眼看天色渐晚，凌可稍作休息又赶紧整理起来，他不喜欢把眼前的事情留到第二天。不过整着整着，凌可的心情突然有点微妙。

买东西的时候没发觉，现在他把东西往宿舍四处一放，才发现，他和戚枫用一样的台灯、一样的毛巾、一样的水杯……

这种微妙感在凌可拿起店主送的那两个碗时，达到了顶点。

因为，那貌似是一对情侣用的碗。

刚刚叠在一起，碗壁是白色的，凌可看不出什么，现在分开来一看，只见其中一个底部印着个蓝色小猫咪，另一个是粉红色小猫，两只小猫咪噘起的嘴边都还冒着一颗爱心。

凌可一瞬间面目狰狞，有种想摔碗的冲动。

现在他再看身边一样的台灯、一样的毛巾、一样的水杯……然后视线又回到那一对碗上。

这何止是微妙，简直是暧昧啊！

正在这时，背后开门声一响。

凌可还来不及对这两个碗进行"毁尸灭迹"，戚枫就拖着两个行李箱风尘仆仆地赶了回来。

"你……"凌可怔了怔，做贼心虚地把碗一叠，"你怎么这么快就回来了？"

他还以为戚枫说下午回去拿行李，今晚就不回来了，毕竟后天才开学，能在家里享福，何苦来宿舍受难？

戚枫刚拎着箱子爬了四楼，累得有些喘："赶着回来跟你吃晚饭啊！"他开玩笑似的说了一句，便四处找遥控，"好热啊，怎么不开空调？"

凌可受了点刺激，还有点回不过神来。

而那边，戚枫已经自顾自找到遥控器开了空调，感叹了一声："我早上去领被子的时候楼管给发的，还交了一百块钱押金，以后这遥控器就放在……放我的写字台上吧，你要开空调自己拿。"说着他又环视了一圈，见凌可置备了那么多东西，很是高兴，"都买好了？辛苦你了。"

凌可注意着戚枫乱扫的视线，心里陡然生出一种危机感。

但晚了，下一秒，戚枫的目光就落在他手边的两个碗上："怎么还买了碗？"

凌可："老板送的。"

戚枫喜道："这么好，还送碗？"

凌可硬着头皮拿起那个粉红色小猫的碗，推给戚枫："给。"

对于被分到的粉红色碗，戚枫内心是拒绝的。

因为他明明瞥见了凌可手上那一个是蓝色的——为什么偏偏给自己粉红色的？自己看上去像是用粉红色东西的人吗？

戚枫捧着碗蒙了两秒。

不过，这个新室友看上去太高冷了，他已经麻烦别人帮自己买了那么多东西，也不好意思再提更多要求，尤其是这种鸡毛蒜皮的小事。

所以，他只能压下内心的抗议，默默地接受被分配的现状。

尽管他是多么想申明一句：我不喜欢粉红色。

接着凌可又把找剩的钱还给他，为了表示感谢，戚枫主动提出请凌可吃晚饭。

凌可想到自己差点拎废的手，也没矫情拒绝，心里还赞了一声戚枫有良心。

既然是请客，请食堂饭略显得没有诚意，戚枫又提议去校外下馆子。

凌可悉听尊便，反正戚枫不缺那个钱。

Part 02　生理洁癖

夜幕降临后的校园比白天清静不少，两人一直走到校南门，才目睹夜市的灯火与繁荣。

大排档、烧烤摊、火锅店、麻辣烫……南门正对面一条街，五湖四海的各色美食可谓应有尽有。

仍带着学生气的青年们三五成群地扎堆坐在店里店外，吹牛打屁、吃饭敬酒，好不热闹。

听着喧嚣声，闻着食物的香气，两人的食欲也被勾了起来。

戚枫双手往裤兜里一揣，道："你想吃什么？自己挑。"

一句简单的话，凌可莫名听出了点儿霸气的味道。

他从左往右扫视了一圈，其实看了这么多年戚枫的朋友圈，凌可已经很清楚戚枫喜欢吃什么——酸菜鱼、小龙虾、麻辣香锅、黄鱼面，还喜欢吃生煎包子和咖喱粉丝汤……可如果他现在就说出戚枫爱吃的东西，会不会……显得太有心机？

戚枫还在看他，耐心地等他选择。

凌可面上一臊，随便说了一个："麻辣香锅。"

戚枫听了喜道："我刚好也想吃麻辣香锅，我们简直心有灵犀啊！"

凌可："……"

两人穿过马路，走进街对面一家看上去人气还算不错的香锅店，戚枫点了一堆肉菜，让老板炒了做成"中辣"，又问凌可要不要来点冰啤。

凌可一愣，虽说现在上大学了，但实际算起来他也才高中毕业，以前还真没碰过啤酒。

面对戚枫的询问，凌可又开始纠结，自己是不是得喝点儿啤酒才显得更爷们儿？可他对啤酒真没啥兴趣……

啊啊啊！凌可忽然间反应过来自己又在无意间考虑戚枫对他的看法，差点抓狂。

他沉着脸冷漠道："不喝。"

戚枫松了口气，笑道："太好了，我也不喝。"

凌可："……"那你还问我！

最后戚枫点了两罐冰可乐，等上菜的间隙，服务员提前带了可乐来放在戚枫面前。

凌可想伸手过去拿，不料戚枫率先抓起一罐，拉开环扣才递给他。

戚枫要是去泡妞，绝对是那种秒杀型。

两人碰了碰杯，戚枫开始和凌可聊天："你高中哪儿的？"

凌可："师大附中。"

戚枫："哦？这不是我们市最好的公立高中吗？"

凌可："之一。"

戚枫点头："很厉害了，你有原先的同学一起考上来的吗？"

凌可："有，分在别的系，有十来个，还有历届的学姐、学长。"

戚枫："真好，和我一个学校来的，据我所知，只有一个人，还是没怎么接触过的。"

其实也没什么差别，凌可不喜社交，有些人虽然叫得出名字，却也没聊过几句。

"你是什么学校的？"凌可明知故问。

"我是在私立学校念的，"正好菜上来了，戚枫掰开一次性筷子，道，"德音国际，不知道你有没有听过。"

"哦……没听过，什么样的？"凌可夹了点儿菜，在心里唾弃自己不要脸。

戚枫果然再一次跟凌可介绍了一番，包括高中部的班制。

既然是冠着"国际"后缀的私立学校，德音的高中部主要就是为了培养学生出国留学而开设的。根据学生想要留学的国度分班，有留英、留美、留德等七八个语种的班级，全部引进国外教学体系制度。除此之外，还有一个综合国际班和一个综合素质班。

戚枫原是在"综合国际班"，估计就是凌可当初听别人八卦说到的"精英班"。

所谓"综合"，就是指不确定去哪个国家，所以什么都先学着的班级。

凌可好奇："你要学其他班级的所有课程吗？"

戚枫笑道："那怎么学得过来？只要挑三门学就好了，我选的是英、德、法。"

凌可讶异道："所以，你还会说德语和法语？"

戚枫并不否认，又补充道："还会一点儿日语，不过只有基本听说和日常交流水平，阅读写作不太行。"

凌可震惊了，这已经很厉害了好不好！

"不过我高二下半学期的时候转到'综合素质班'去了，"戚枫喝了口饮料，道，

"就是德音国际的高考班，因为我是临时决定要高考，当时已经跟不上别人的进度了，所以基本上没去上课，而是自学。"

自学？凌可更震惊了！

戚枫想了想，自我纠正道："确切地说是独立教学，就是让学校里教高考班的老师一对一给我补课，我自己也请了校外高考辅导班的私教，一顿狂补，才勉强跟上。"

凌可："……"这还容易接受点，否则戚枫真是太神了。

戚枫："你是文科还是理科？"

凌可："理科。"

戚枫两眼一亮："那你很厉害啊，国内高考的数理化难度太大了，幸好我选了文科，我要是选理科估计考F大根本没戏。"

凌可笑了笑："厉害什么，我可不会德语、法语和日语。"

F大的新闻系的确文理兼收，但戚枫能在一年时间赶上别人三年的进度，还考上名校，这才算是厉害吧？

何况，凌可还不会小提琴、高尔夫、击剑、作诗……好吧作诗不算，现在再回头去看戚枫当年写的那些诗简直不忍直视。

两人埋头吃了会儿饭，戚枫重整旗鼓，又问道："那你平时没事都喜欢干些什么？"

凌可道："玩《DotA》。"

戚枫又是一喜："你也玩《DotA》？"

凌可不吭声，他才不会承认自己是看了戚枫在朋友圈发的游戏视频才跟风去玩的。

戚枫却还在瞎兴奋："晚上来一局？"

凌可："宿舍没网。"

戚枫伸手指了个方向："我刚才看到附近有网吧。"

"你不是还没整理东西吗？下次吧。"凌可不是想扫戚枫的兴，实在是他现在太紧张了，怕一会儿打不好拖戚枫的后腿，还是等他状态好点儿了再说吧。

戚枫："说得也是，以后有的是时间玩。除了玩游戏，你还做什么？"

凌可沉默了一瞬，道："在家偶尔还弹钢琴。"

戚枫闻言，脸上再次绽开笑容："你也会弹钢琴？"

凌可就知道戚枫会这么说，他用仿佛看透一切的语调平静道："嗯，你也会吗？"

戚枫点头："是啊，我很小的时候学的，不过已经很多年没弹了，等我有空回去练练……你大概什么水平？有机会来PK一下啊，或者来个四手联弹什么的。"

饶是凌可努力克制，看着戚枫这般兴奋的模样，也有点招架不住，忍不住再次笑了起来："好啊，随时奉陪。"

戚枫突然举起杯子，目光灼灼地望着他："凌可，真的很高兴能认识你。"

凌可抬头对上戚枫的眼神，两人一起呆住了。

夜市交相辉映的霓虹糅杂出五彩斑斓的灯色，打着两人的侧脸，为两张清俊的面庞镀上了一层梦幻的光。

凌可脑海中蓦地闪过齐秋蕊早上形容戚枫眼睛会放电时那个夸张的动作。

他不由得轻咳一声，先一步别开视线，举着杯子与戚枫碰了碰："我也是。"

说出"我也是"的时候，凌可脸上没有任何表情，也许在戚枫看来一点不像"高兴"，可是凌可真的很高兴，就像是第一次交到朋友的小学生，满心雀跃。

就在今天之前，凌可还完全无法想象自己和戚枫面对面坐在一起，看着戚枫笑容满面，肆意展现魅力的样子。

凌可突然有点后悔，后悔自己六年前考完级时为什么不在考场外等等戚枫，为什么回家后不好好翻一翻曲谱。

五年前也是，为什么都已经加了对方的QQ他却从来没有跟对方说一句话，为什么在电视台没有鼓起勇气告诉对方自己的姓名。

如果当初相认了，他跟戚枫会不会已经是五六年的好友了？

都在一座城市，这五六年中，他们不知道有多少次机会能够约出来一起吃饭。

可是，这世上没有如果。

凌可深吸了一口气，再次看向戚枫，认真道："以后，还请多关照。"

戚枫僵了一秒，立即回过神来，笑道："嗯。"

好在，现在开始做朋友也不算太晚。

碰过杯，戚枫又开始絮絮叨叨，仿佛有说不完的话。

凌可并不觉得烦，反而很享受这种感觉。

由于凌可自身性格问题，与人相交时总说不上几句话，别人还没对他打开心扉，就会因他的高冷而率先败退。

难得有戚枫这样不惧尴尬与冷待的人，就算得不到回应，唱独角戏也能唱半天。

戚枫的嗓音不急躁也不缓慢，像是一根张弛有度的弦，拉着悦耳的曲调，絮絮低语，叫人如沐春风。

凌可不由得想起了五年前在电视台遇到过的姜莹，也不知道戚枫这算不算是遗传到了他妈妈的良好基因。

饭后，两人慢慢晃回去。

途经便利店时，戚枫又去买了一堆冰矿泉水和饮料。

他说自己缺水，一天不喝上两三升水就难受，尤其是这炎炎夏日，两人刚刚又吃了麻辣香锅，戚枫表示自己接下来得持续补水，否则就会枯死。

凌可被他逗得直笑，跟着进便利店逛时，看到柜台边的纸巾，不知出于什么心理，顺手买了两包。

回到宿舍，最后一位室友还没出现，想必今天是不会来了，而谢奇宝和他的家人住在宾馆，也不回来，今晚宿舍里只有凌可和戚枫两个人。

凌可不免有些紧张，也不知道戚枫私下里会有些什么样的生活习惯。脚臭吗？睡觉打鼾吗？有洁癖吗？和他人共处一室会不习惯吗？

比起凌可的胡思乱想，戚枫表现得倒是很淡定，他开了空调，已经放倒行李箱准备收拾东西了。

凌可深吸一口气，决定先去洗澡。

冲完凉，凌可又仔仔细细地打扫了一遍浴室，确保里面连自己的一根头发丝儿都没留下，才穿上衣服出来。

然而出来一看，凌可就傻眼了。只见戚枫把两个箱子全打开了，行李全被倒了出来，乱糟糟地铺了满桌满地，边上还有一堆刚喝空的矿泉水瓶，原本还算整洁的宿舍被他这么一折腾，简直像是遭了窃。

凌可一边擦头一边问："你干什么，怎么搞成这样？"

戚枫有些无措地对着满地的东西，苦恼道："没想到宿舍分配给个人的储物空间这么少，我感觉我带的东西有点多，放不下了。"

凌可站在边上打量了一番，见戚枫带来的大都是衣服和鞋子，也没有什么大物件。他把毛巾往脖子上一挂，走到戚枫边上指挥："你先挑三四套换洗的衣服出来，挂衣柜里。"

戚枫哦了一声，乖乖照办。

接着凌可又道："挑两双这几天穿的鞋子放写字台下，其他的也包起来放衣柜下层。嗯，剩下的衣服叠起来放箱子里，等那几套不够换了或穿腻了再来箱子拿……"

在凌可的帮助下，没过一会儿，凌乱的宿舍就恢复了整洁的状态。

戚枫松了口气："你真厉害啊！"

凌可无语，这有什么厉害的？不过，他倒是没想到，在朋友圈里风光无限的型男戚枫，私底下简直像个没长大的小孩，自己的东西都收拾不好。

还有一点——"你带这么多鞋来干吗？"凌可皱眉道。

戚枫带来的东西里光鞋子就有跑鞋、板鞋、皮鞋、马丁靴、勃肯鞋五双，难怪拖了整整两个大箱子。凌可自己就一双休闲鞋和一双运动鞋，其他鞋子他以前根本没接触过，看见了也不会去买，因为压根不知道怎么搭配衣服，一双休闲板鞋几乎百搭。

"多吗？"当事人戚枫还有点傻眼，解释道，"这些都得搭配不同的衣服裤子穿，我还担心没带够，家里还有更多。"

凌可抽了抽嘴角，看来要维持"潮男"的形象还真不容易啊！

收拾完东西，戚枫神清气爽，又咕咚咕咚灌了大半瓶水，找了换洗的衣服道："我去洗澡。"

凌可："哦。"

没过两秒，戚枫的声音又从浴室里传来："凌可，哪条毛巾是我的？"

凌可走进去指给他看："这个、这个，还有杯子，这个。"

戚枫对着一架子上下四块白色毛巾和两个一模一样的刷牙杯，一脸蒙……哪个？哪个？和哪个？

凌可："你就记得右边的都是你的就行了。"

戚枫一挑眉："颜色都一样，我搞错了怎么办？"

凌可也有点尴尬，买的时候竟然没想到给两人分个颜色。

不过四块毛巾里有两块是洗脸的，两块是擦身的，洗脸的毛巾小点儿，擦身的稍大一点。

戚枫灵机一动，把自己的那块洗脸毛巾和凌可的擦身毛巾换了换，道："行了，就这样吧，你用小的，我用大的。"

他比凌可高一点儿，觉得这么分配很合理。

凌可闻言，整个人僵住了："这一块，我刚刚已经……擦过身了。"

戚枫挥挥手，毫不嫌弃道："没事，我一会儿拿热水冲一下。"

见戚枫如此不拘小节，凌可也不好再说什么……亏他还那么谨慎地打扫了浴室，看样子外表干净清爽的戚枫一点没有洁癖呢！

戚枫洗澡很快，不到十分钟就结束了。

那会儿凌可正打算上床，两只脚一上一下地踩在铁杠上，偏头一看，只见戚枫穿着一条宽松的沙滩裤，打着赤膊就从浴室里晃了出来，身上的肌肉还泛着一片未擦干的水光。

凌可打小一个人长大，天性保守，除了他爸，他很少见到其他男生赤裸的样子。虽然他知道同性之间这样很正常，以前去游泳，大浴室也是满目的"原始躯体"，但这里可是纯洁的大学新生宿舍啊！他俩才刚认识，戚枫就这么"坦诚"，不尴尬吗？

凌可忙垂头，眼不见为净。

"你要睡了吗？"戚枫见状问，"才九点多。"

"嗯。"凌可三两下爬上了床，往里一倒，背对着戚枫，浑身不自在。

戚枫在床下塞塞窣窣不知搞些什么，又进进出出去了两趟洗手间。

过了一会儿，他也爬上来了。

床虽连着桌子，但并没有与墙壁固定，在有人攀爬时发出明显的吱嘎声，听得凌可浑身紧绷。

戚枫见凌可头朝着另一边，自然不会把头对着对方的脚，两人只能脚对着脚睡。床边和床尾有铁栏杆围着，一条防止人掉下去，一条防止人越界把脚伸到别人床上去。

他一米八七的个儿，往床上一躺就像是躺在一个铁笼子里，伸不开手脚。对于睡惯了家里大床的他来说，不足一米宽的宿舍床真是怎么躺怎么不舒服。

戚枫烦躁地伸直腿，绷了绷脚板，想试试会不会一不小心就抵到床尾的铁栏。不料

50

这一绷，他的脚竟然直接穿过栏杆，碰触到了一个温热的东西，那东西被他一碰，飞快躲开了。

戚枫愣了愣，突然反应过来，他刚刚碰到的是凌可的脚。

"我刚才是不是碰到你了？不好意思啊，这床太小了。"

过了好几秒，对面才传来一个闷闷的声音："没事。"

被戚枫碰了一下，凌可才猛然惊觉，有洁癖的人是自己。回想起来，这么多年，他似乎确实避免跟任何人有肢体接触。

虽然戚枫是个特殊的存在，凌可也知道四个大男孩的宿舍生活免不了会有些磕磕碰碰，但一时半会儿还是很难适应。

可能是在陌生的环境，戚枫又在咫尺之距，凌可躺了许久都没有睡意。

他躲在被窝里，打开微信，点击了置顶的那个头像——与戚枫的对话框里，还留着唯一一条来自对方的信息："我通过了你的朋友验证请求，现在我们可以开始聊天了。"

时间是三年前。

凌可自己都没有想到，三年后的今天，他会在F大的宿舍与戚枫"抵足而眠"。

凌可心头热热的，自我反思了一会儿，决心今后努力改掉自己生理洁癖的毛病，若每一次被碰到都这么敏感，估计会让戚枫以为自己讨厌他的。

接着，他又习惯性地点开戚枫的朋友圈，结果惊讶地发现，戚枫也还没有睡。

一分钟前，戚枫才发了一条状态，就简简单单的三个字："失眠了。"

没有配图，没有表情，也没有任何解释。

奇怪，戚枫也睡不着吗？是不是睡不舒服？还是认床？

他要不要主动开口陪戚枫聊会儿天？

可作为一个社交障碍患者，凌可根本不知道要跟戚枫聊什么。而且宿舍里非常安静，他是通过戚枫的朋友圈才得知对方也没睡着的，可戚枫根本不知道他知道，所以，他都想不出合适的开场白。

唉，还是算了吧……

凌可叹了口气，在心里对戚枫说了声"晚安"，就关掉了手机。

他的生物钟还算规律，精神的亢奋始终扛不住身体的习惯，闭目数了会儿数，就渐渐睡着了。

一夜好眠，睁开眼睛时，凌可还有点恍惚不知身在何处，等反应过来后一下坐起身来。

戚枫还睡着，只见一条被子被他绞得像条水蛇似的缠在身上。

宿舍里空调打得有些冷，戚枫紧紧地揪着被子一头，一条手臂环着身子，明显一副

51

被冷到了又找不到被子盖的姿态，看着竟然有点可怜。

凌可立即爬下床把空调关了，接着轻手轻脚地走进洗手间，准备刷牙。结果一低头，凌可发现那两个一模一样的刷牙杯上，不知何时被分别用透明胶贴了标签。

左边那个标签上写着"枫"，右边那个标签上写着"可"，两个字边上，还各画了一只猫咪头。

凌可早先在戚枫的QQ空间里见过几张素描和水彩，知道他有绘画功底，这种简笔画对他来说应该是信手拈来，但乍然间在杯子上看到戚枫的简笔画，凌可还是颇感意外。

一般男生很少会这么有童心，或者说……少女心？

举着杯子对比了一下，凌可发现两只猫咪的表情还不太一样，戚枫那只一脸满足，自己这只却蹙蹙的。

凌可不由得莞尔，虽然和戚枫刚认识，但他竟然有种两人已认识很久的错觉。

可能是被凌可的动静吵醒了，外头很快响起戚枫的召唤，语调里透着一丝没睡够的疲惫与沙哑："凌可？"

凌可刷牙刷到一半，一手握着牙刷一手举着杯子直接走了出去："唔？？"

只见戚枫从上铺探出半个身子，正瞧着洗手间的方向，看见凌可，才又瘫回去，把脑袋埋在枕头里道："你怎么起这么早？"

凌可回去把漱口水吐了，才道："你想睡再睡会儿吧。"

外头没声音了，但凌可隐约听见对方不爽地哼唧了一声，感觉像是……在撒娇？

凌可一头黑线，用冷水泼了泼脸，出去见戚枫还赖在床上，隔十几秒翻一个身，一副睡不安稳的样子。

没过一会儿戚枫就打着哈欠坐起来了，眼底带着一抹暗色，显然是没怎么睡好。

"不睡了？"凌可刚换上一身干净的衣服。

戚枫直接爬下床来，用行动回答。

凌可瞥见他阴沉的表情，暗自揣测：戚枫是不是有点起床气？

"凌可，来一下。"戚枫刚进洗手间又叫他。

"怎么了？"

"我背上有点痒，你能不能帮我抓一下？"戚枫背对着凌可，正两手齐用地上下抓自己的后颈与后腰，但中间部分怎么努力都抓不到。他说着还直接撸高了自己的睡衣，露出一片光滑的脊背。

凌可昨晚才发现自己有生理洁癖，今天一大早戚枫就让他帮忙抓背，这考验来得也太快了吧？

不过，室友之间帮忙抓个背是很正常的事儿，尽管心里有些抵触，凌可还是颤颤巍巍地伸出爪子，努力把戚枫想象成一只需要挠痒的大狗，硬着头皮抓了起来。

"太轻了，重一点……"戚枫微微弓着腰，毫不自知地指示着，"再往上面一点。"

"这里？"

"对对，再重一点！"

"……"

可抓了数十下，戚枫非但没觉得舒坦，反而越来越难受。

凌可凑近一看，这才发现了不对劲——戚枫的背上出了一片淡淡的小疹子，从后颈一直延伸到尾椎。

"你这不会是过敏了吧？"凌可皱起眉头道。

戚枫扭过头来，一脸焦躁："过敏？"

凌可解释："嗯，估计是那个席子的问题，昨天拿回来也没擦，你背上起小疹子了。"

戚枫不爽地抓挠着："我说呢，醒来就觉得不舒服了。"

凌可赶紧制止他："你先别抓了，我去药店帮你问问有没有抗过敏的药膏。"

"我跟你一起去。"戚枫放下衣服，快速刷了个牙。

学校附近就有药店，去的路上，戚枫强忍着不适，连平时带笑的眉眼间都笼着一层寒霜，好像谁欠了他五百万。

药店导购是个三十岁左右的男人，听戚枫说自己过敏，让他撩起衣服给自己看看，戚枫拉开后领，皱着眉头让那人简单诊断了一下。

果然是过敏症状，导购建议先配点常用的止痒抗敏药膏回去涂抹，若情况没有减缓再上医院。

领了药回到宿舍，戚枫就急不可待地拜托凌可道："帮个忙。"

凌可一脸蒙，好嘛，才不到二十四个小时，他和戚枫就从朋友圈关注与被关注的陌生关系，飞速进展到需要肌肤接触的亲密关系……

戚枫没给他犹豫的时间，已经快速脱掉上衣，催促道："快点！"

凌可咬咬牙，在手上挤了点药膏，默念了一句"天将降大任于我"，便一脸就义地抚上了戚枫的背部。

抹药膏和抓背感觉不太一样，抓背使力的主要是指甲，接触面积很少，但抹药起码要用到三根手指的指腹。戚枫的体温直接通过手指传到了凌可的大脑皮层，叫他直起鸡皮疙瘩。

不过说实话，戚枫的身材还真是好啊，肩宽腰窄，背上的肌肉匀称紧实，富有弹性，肌肤也比一般男生要细腻……同样都是糙汉子，这家伙怎么这么受老天眷顾呢？就是皮肤娇嫩了点儿，跟豌豆公主似的，睡个便宜的席子就过敏。

"舒服……"戚枫感受着凌可的抚摸，鼻腔里溢出一声满足的叹息。

就在这时，宿舍门一响，一人背着个登山包风风火火地闯了进来。

戚枫和凌可背对着门，听到动静齐齐扭过头去。

那人显然听到了戚枫方才的感叹，面色古怪地盯着二人问道："帅哥，你俩干吗呢？"

　　凌可看了看戚枫裸露的脊背，还有自己油腻腻的手指，大脑一阵轰鸣，如有数列火车拉着汽笛在耳边呼啸而过。

Part 03　新的室友

闯进来的正是他们宿舍最后一位室友。

戚枫反应很快，立即解释道："我的背过敏了，让他帮我抹药膏……你是新来的？"说着他直起身来，从凌可手中取回药膏，道了声"谢谢"，又看向站在门口的新人，道，"我是戚枫，他是凌可，一个宿舍的。"

凌可的大脑还在嗡嗡作响，他也没看清来人，听戚枫替自己做了介绍，就朝对方轻点了一下头，心虚地去洗手间洗手。

"我叫高俊飞。"对方放下庞大的登山包，随手往边上一丢，上前一步一边跟戚枫握手，一边调侃道："哥们儿，你是吃什么东西长大的？我从没见过比你更帅的人！"

对方的语调带着明显的北方口音。

戚枫被人夸惯了，听他这么说，既没觉得不自然，也不客套谦虚，反而笑道："你也很帅啊。"

凌可洗完手出来，才仔细打量来人。

高俊飞长得和戚枫差不多高，穿了件灰蓝色的无袖背心，皮肤晒得黝黑。

如果说戚枫是保养得当的贵公子，高俊飞就是不拘小节的野小子，眉眼间透着桀骜，举手投足自带一股半成熟的男人味。

就是看着总让凌可觉得有点眼熟。

高俊飞又偏过头来看他，对他露齿一笑。

瞄见那两颗虎牙，凌可愣道："你是……"

高俊飞眨眨眼睛，凌可被他一脸无辜的样子迷惑了，一时间有些不确定。

毕竟他昨天见到的那人声称是本校学长，齐秋蕊又说这种人肯定是校外混进来的，不管是哪一种，都和对环境全然陌生的新生扯不上关系。而且昨天那人戴着鸭舌帽，凌可只在结账时看了对方一眼，印象不太深了。

不过凌可很快脑中灵光一闪，回想起昨天那人介绍自己时说的名字。

高俊洋？高俊飞？只差一个字？不是巧合？

"你是昨天在宿舍附近摆摊的那个人吗？"凌可还是问了出来。

高俊飞装不下去了，哈哈一笑："这都被你看出来了。"

凌可："……"晕，还真是。

但凌可很奇怪，高俊飞一个新生，怎么会知道去宿舍楼下摆摊？"高俊洋"的学生证他又是哪里搞来的？这么做会不会触犯校规？

高俊飞似乎猜到他在疑惑些什么，拖了把凳子坐在空调下，主动释疑："高俊洋是我哥，大我六岁，他就是F大毕业的，我每年放假都来找他玩，住他宿舍，对这里比很多老学生还熟悉。"

凌可紧张道："我听说被抓到要记过，不要紧吧？"

高俊飞摆摆手："放心吧，现任学生会会长就是我哥以前的学弟，我拿着我哥的学生证，他们查到了也不会把我怎么样的。"

戚枫站在边上，有点不明状况，怎么突然间凌可和高俊飞就认识了？

凌可简单给他解释了一下，他才了然，也跟着兴致盎然地打量起眼前的新室友。

接着凌可又问了高俊飞一个自己最关心的问题："你卖的那些东西，来路正吧？"

高俊飞一挑眉："当然正了，这可都是正宗马云家进的货！"

凌可抽了抽嘴角，还有不正宗的马云家？

戚枫却对高俊飞的收入很好奇："你摆摊一天能赚多少钱？"

高俊飞从那条满是破洞的牛仔裤裤兜里掏出一沓钱，甩了甩："不多，一年只能赶上这么一次，赚个千把块钱补贴补贴生活费吧。今年行情不错，一共收入一千六百多。"

凌可知道，这点小钱戚枫肯定是不会看在眼里的，而对于凌可来说就不是钱的问题了，他不怎么做冒险的事的。

不过每个人的经济情况不同，性格也不同，高俊飞应该是生存能力和适应能力都很强的人，至少比被一张席子就秒成渣的大少爷戚枫强多了。

高俊飞说罢，又抽了张二十元纸币递给凌可："以后都是自家兄弟了，看在新室友的面子上，那两个热水瓶我就收你进价。不过我的事你们可得给我保密，昨天人多，我估计一般人认不出我。"

凌可笑道："这点钱你就收着吧。"

既然他都说是"自家兄弟"了，凌可也不会跟他计较这二十块钱，反正跑得了和尚跑不了庙，要是热水瓶出了问题，再找他算账不迟。

高俊飞一听他不要，一点儿不客气，立刻收回钱，起身拍着他的肩膀道："够哥们儿，以后有不懂的事尽管问我，我可是F大的江湖百晓生，来来来，加个微信吧。"

凌可："好啊。"

戚枫："……"我到底做错了什么，为什么凌可加他不加我？！

高俊飞又招呼戚枫道："来来，大帅哥，咱也加一个。"

戚枫为凌可厚此薄彼的行为严重心理失衡，此时闻言，竟然有赌气拒绝的冲动。好在多年的精英教育让他无论在什么处境下都能维持良好的涵养，没有当面拂袖走人，但他黑着脸在手机上狠点的态度已暴露了他此刻糟糕的心情。

调出自己的微信二维码，戚枫往高俊飞面前一放，还稍往凌可的方向偏了点儿。

这个举动像是故意做给凌可看的，暗示性相当明显。

如果凌可还不愿意加他，就算戚枫不当场暴走，两人之间也会存有隔阂。

凌可当然没那么蠢，顺势拿起自己的手机，坦荡荡道："那我也扫一个吧。"

戚枫："……"

凌可敢当着戚枫的面答应高俊飞加微信，自然是有备而来。

这年头大家都用微信，以后一个宿舍室友，一个班级同学，免不了都要加微信建群，他不可能永远避着戚枫。但他心里仍为戚枫当年忘了自己的事而别扭着，更不想让对方知道自己暗暗关注对方这么多年，所以，凌可最终还是申请了一个小号。

刚刚加高俊飞的就是他昨晚在被窝里新建的号，此刻再面对戚枫也就无所畏惧了。

于是，三人就在戚枫一脸被玩坏似的表情中，交换了彼此的联系方式。

戚枫背后抹了药，已经舒缓很多。

折腾了一上午，两人到现在还没吃早饭，凌可又主动问戚枫要不要一起去觅食，戚枫才面色稍霁。

高俊飞已经吃过了，留在宿舍里收拾行李，没跟着去。

不过，他没跟着去还有另外一个原因——他莫名感觉，那两个新室友之间的气氛有点古怪。作为一个"江湖百晓生"，他向来对八卦信息嗅觉敏锐。

待凌可和戚枫离开后，高俊飞见宿舍里不少成双成对的东西，心中越发狐疑。

巡视了一圈，在看到洗漱台上那两个被贴了标签的同款牙刷杯后，高俊飞脑中电光一闪，像是做出了什么判决，摸摸下巴，发出一声了然的沉吟："嗯……"

F大的食堂在非饭点几乎没什么东西好吃，凌可想到戚枫对学校领的席子过敏，提议带戚枫去学校外头的生活用品店看看，再买床新的，顺便在校外找点东西吃。

戚枫没什么异议，他刚刚加到了凌可的微信，现在凌可又处处为他设想，他早已满血复活，凌可说什么就是什么。

两人在南门外吃了碗十里香馄饨算早午饭，接着散步绕去东门附近的生活用品店。

"你昨天的东西就是在这里买的？"戚枫问。

"嗯。"

"东门离宿舍楼还挺远，辛苦你了。"

凌可淡笑一下，不以为意。

今天在店里当值的不是昨天的老板，而是一个中年妇女，估计是老板娘。

两人挑挑拣拣选了床最贵的竹席，还被推荐了专门洗席子的药水，在老板娘给出"过敏包退包赔"的保证后决定买下。

这席子比学校发的质量好许多，戚枫对凌可道："你也来一床吧？睡竹席凉快，我买给你。"

凌可："啊？"

戚枫："算是感谢你帮我抹药。"

凌可本来是想拒绝的，戚枫却已挡着他付了钱，对方霸道的气势像是在为凌可豪掷千金，而不是买一床席子。

等老板娘取席子时，边上来了两个妹子，正对着货架上的碗发出惊叹："哇，这瓷碗好可爱！还是一对的耶！"

其中一个姑娘问："老板娘，这碗多少钱一对啊？"

凌可心想，这碗是赠品，也不知道买多少东西就能送，等老板娘解释后，戚枫就知道了。

不料那老板娘却道："十八块钱一个，三十五一对。"

凌可一愣，忍不住插嘴道："昨天我来买东西，老板送了我一对。"

吝啬的老板娘道："哎哟，这陶瓷碗进价就十五块钱呢，要是送了，我不是要亏本了？也可能是我家那死相的搞错了，我昨天不在，叮嘱他要送东西最多送那些塑料小盆……不过你昨天应该也买了不少东西吧？送错就送错了，以后常来啊！"

她虽笑着，语气里却透着一股"是你捡着便宜"的意思。

凌可不是能言善辩的性格，也不想跟老板娘争，等离开小店，才再次跟戚枫解释："我们那一对，真是老板主动送的。"

戚枫闻言，哦了一声，大发慈悲地转移话题："不知道宿舍怎么开通网络。"

凌可松了口气，立即接话："回去问高俊飞吧，他不是什么都知道嘛。"

戚枫："嗯，早点把网连上，一起开黑打《DotA》。你一般玩什么英雄？"

凌可："发条技师，你呢？"

戚枫："影魔。"

凌可："哦，连好了晚上可以来一局。"

戚枫："嗯。"

一阵尬聊，两人各扛着一床竹席，在风中凌乱，最后索性各自拿出手机刷。

凌可看新闻，戚枫则悄悄点开了微信，想一窥凌可的朋友圈——结果显示竟然是一片空白。

嗯？凌可把他屏蔽了？

不对，这好像是新注册的号。

我去，凌可之前真的没有微信？！

这个发现让戚枫先前的郁闷一扫而空，加上刚刚店里发生的趣事，他忍不住直乐，赶紧发了一条朋友圈。

两人终于回到宿舍，高俊飞看他俩买了竹席，奇怪道："咋又买了新的？"

戚枫刚刚顺路又带了一堆冰水，丢了一瓶给高俊飞喝，自己也开了一瓶，边喝边解释自己背上过敏就是睡学校席子的原因。

高俊飞道："你这种人是不是都天生娇贵啊？"

戚枫挑眉反问："我哪种人？"

"长成你这么帅的，"高俊飞指指他的脸，喝了口水，笑话他道，"睡个席子皮肤还过敏，简直是'小公举（小公主）'。"

戚枫笑笑，既不生气也不辩驳。

喝空一瓶水，戚枫又问高俊飞上哪里办网络。

高俊飞道："舍管处就能办，不过你可别去，学校的网速那叫一个坑爹，每天晚上十点还给你断网。这事儿交给我吧，你们别管了，我下午去搞，晚上就能弄好。"

戚枫闻言放了心，见凌可还没回来，先抓起那两床席子去浴室擦洗喷药。他从小到大没干过这种活，洗了半天，弄得身上地上都湿了一片。好不容易擦完，看外头太阳好，他还打算将席子扛出去晒一晒消毒。

高俊飞见状都快笑死了："大少爷，你这席子还要不要了？"

戚枫满脸疑惑。

高俊飞："你把席子弄那么湿还拿出去暴晒，会变形的啊。"

戚枫一头黑线，赶紧又把席子抱进来，按照高俊飞的指示放在宿舍门外的过道上晾干。

凌可被"情侣碗"的事儿搞得有些郁闷，悄悄溜出来逛，在学校图书馆的"马哲毛选区"转了大半个小时，等消化完心里的尴尬后，才打算晃回去。可要死不死，在回宿舍的路上，他又手贱地去看了一眼戚枫的朋友圈，惊见戚枫在一个小时前发了条状态——"新的朋友，新的竹席，心情真好[太阳]。"

下方配了张路面的照片，底部还有两双正在迈步的脚以及两床竹席头入境，应该是戚枫拿手机斜对着地面拍的。

根据时间推算，这条状态正是发在两人买完席子回来的路上，各自刷手机的时候，也是凌可最尴尬的时候。

然而，戚枫却发朋友圈说"心情真好"。

好你个大头鬼啊！

唉，真是逊毙了……凌可抱住头蹲在宿舍楼的阴影处，决定再龟缩半天。

等他好不容易再次平静下来，手机叮咚一声，收到了一条新的微信消息。

戚枫："你上哪儿了？"

凌可关掉微信，假装没看到。

嗯，他还得再出去转一圈，和戚枫保持一下安全距离。

戚枫洗完席子就没事干了，在宿舍待了许久都不见凌可的人影，发了消息也不见回。

他翻看朋友圈，之前发的那条状态下已集了一片赞，还有不少人好奇问他的"新朋友"是谁，可这当中唯独没有凌可的回应。

讲道理，别人看不出这是谁，凌可看到了肯定知道吧？

本着友好相处的原则，看到了不应该点个赞吗？

还是说，凌可到现在还没看到？

连高俊飞都给他点赞了，为什么凌可没看到？

凌可到底在干什么？

戚枫把手机往裤兜里一塞，有些烦躁。他知道自己这种状态不对劲，他和凌可认识才不到两天，谁规定人家必须跟他形影不离？可他一个人就是待不住……

高俊飞去找人办网络后，戚枫也坐不住了，起身出门。

和许多大学一样，F大也有属于自己的校内独特景点，叫书香园。

书香园是一片坐落在校园西南方向的人工园林，面积不小，园内置有亭台水榭，木质小桥与长椅石桌错落其间，更有长满绿茵的土丘草地供学生仰躺遐思。

由于园林就在校图书馆附近，所以这里的学习氛围也非常浓厚，随处可见学生捧着书在树荫下阅读休憩。

不过，除了好学者，书香园内影影绰绰的植物和复杂的地形也为年轻的情侣们造就了最佳幽会场所。

园内最著名的一片水域，被学生们戏称为"鸳鸯湖"。

说是湖，其实它的规模极小，只能算得上是一潭水，而且它的原名并不叫"鸳鸯湖"，而是"梨泉"，正是因为其轮廓像一个梨。

至于"鸳鸯湖"的具体来历也不可考，只有个广为人知的笑话说，"梨泉"曾经养了几只野鸭，被一些无知情侣看见了，以为是鸳鸯，于是"鸳鸯湖"这个名字就一传十十传百地传开了。

此时此刻，凌可就坐在鸳鸯湖边的石椅上，一边听不远处的学姐给新生扯皮介绍，一边无语地想：所以，与其说是鸳鸯湖，不如说是野鸭湖吧？

那个学姐又笑道："还听说，如果男女朋友吵架，只要来鸳鸯湖附近找，肯定能找到在赌气的另一半呢。"

新生学妹们捂着嘴一通笑："真的假的啊？那这附近单独待着的岂不都是在赌气的人？"

凌可暗自吐槽：当然不可能是真的！他只是随便转转，就转到了这里，感觉风景不错，也还算凉快，就坐下来休息休息。赌气？他跟戚枫才刚认识，有什么好赌气的。

然而就在这时，鸳鸯湖对面居然出现一个身材高挑的大帅哥。对方正朝着凌可他们所在的方向优哉游哉、迤逦而行。

湖很小，在凌可看见对方的同时，对方一抬头，也看到了他。

那个大帅哥不是别人，正是戚枫。

凌可顿时一个头两个大，在他想一个人静静的时候，戚枫居然来到了野鸭湖？这是何等孽缘！

戚枫也是明显一愣，因为他本以为凌可是有什么事出去了，却没想到会在这里碰上对方，真可谓是：踏破铁鞋无觅处，得来全不费工夫。人生何处不相逢，原来你也在这里！

横批：啊哈哈哈！

戚枫面上一喜，快步走了过来。

不远处那群在观光的妹子看见这么个大帅哥迎面而来，也纷纷被吸引了注意力，有几个女生甚至捂住嘴小声惊呼："啊！好帅啊！"

戚枫顶着一张人畜无害的笑脸，与她们擦肩而过。似是怕凌可跑了，在距离凌可还有十来米的时候，他大声叫道："凌可！"

凌可想躲都没地方躲，就这么眼睁睁地看着戚枫来到自己面前，对方的笑容里似乎还带着一丝埋怨："我给你发微信了，你怎么不回我？"

"哦，是吗？"凌可佯装不知地拿出手机，"我没听到。"

戚枫也不在意，现在看见本人了，哪还管人回不回消息。

那群妹子原本没发现距离她们这么近的地方还藏着个帅哥，现在一下发现两个，兴奋之情难以掩饰，都黏黏糊糊不想走，一边待在原地尬聊，一边不动声色地向凌可他们靠近，显然是想偷听偷看。

"你在这里干什么？老远就看见你坐这儿发呆。"戚枫问。

"我就，出来逛逛。"凌可心里不服气：明明是我先看见你在湖对面瞎晃荡。

戚枫瞟了他一眼，戏谑道："出来逛，也不叫我，不够意思啊。"

凌可："……"

戚枫："而且天这么热，宿舍有空调你不吹，一个人来这里干什么？"

他边说边舒展开手臂搭在长椅的椅背上，这个姿势虽然没碰到凌可，但一条手臂就横在对方背后，简直就像把凌可揽在怀里一样。

"看、看风景……"凌可当即紧张得浑身不敢动弹，似乎还听见了那群围观女生的抽气声。

戚枫早习惯了他人的视线，浑不在意，只顺着凌可的目光看眼前的水域，随口问道：“这池子挺漂亮的，有名字吗？”

凌可："不知道。"

话音刚落，凌可就听见刚刚介绍鸳鸯湖的学姐突然拔高了声音道："这个鸳鸯湖啊，可是F大学子的恋爱圣地……"于是那学姐从梨泉到野鸭再到赌气的情侣，又讲了一遍。

“原来是这样。”戚枫恍然大悟，偏头看凌可，伸出手指在两人之间一比，眉眼带笑，一字一顿地问，“那我俩在这里遇到，算不算是缘分啊？”

凌可火烧屁股似的从椅子上跳了起来，急着撇清道："几只野鸭都能脑补那么多，这群人真是闲的。"

戚枫眨了眨眼睛，起身补了一句："我开玩笑的。"

凌可这才反应过来，自己又较真了！他本性如此，加上以往待人疏离冷漠，几乎没人会跟他开这样的玩笑。

“回去吧？这儿虫子好像有点多。”戚枫已经察觉到凌可的情绪，为了缓和气氛，主动转移话题，还露出自己的胳膊给他看，“瞧，就一会儿，我手上就两个包了。”

凌可点点头，回去路上暗自反省，说不定"情侣碗"也是戚枫跟自己开的一个玩笑。他以后可得包容一点，别碰上啥事儿都一惊一乍，玩笑都开不起，还怎么跟人家交朋友？

两人回到宿舍，见地上一堆乱七八糟的线头，高俊飞盘坐中央，正拿着老虎钳子夹线，边上还有个不知从哪里搞来的旧路由器。

“哎？回来了？”高俊飞抬头瞄了他们一眼，道，“你们谁有电脑，拿出来试试，快装好了。”

戚枫既惊讶又佩服："你自己装的？这么厉害？"

高俊飞咬着一截网线露齿笑道："嘿嘿，那当然。"

凌可取出自己的笔记本电脑放在写字台上，扭头问："网线是从哪里牵进来的？"

“我哥以前就是这栋宿舍楼的，他们买通了当初的舍管，找外面电信的人引了一根线过来……”高俊飞解释了几句，最后把插座一插，起身凑到凌可身边，“可以了，先设置无线网。”

凌可根据高俊飞的指示输入网址，最后设置无线密码。

高俊飞道："高俊飞是老大。"

凌可："……"

高俊飞重复道："对，高俊飞是老大，密码就这句话的拼音。"

凌可一头黑线……

62

不过有网就是爷，而且凌可和戚枫都不太在乎这些。

高俊飞道："电信那边的人我已经打过招呼了，连了估计就能上。"

凌可用电脑和手机都测试了一下："可以。"

戚枫掏出钱包，要给高俊飞交网费，毕竟上头还是高俊飞在打点。

高俊飞一人一个月收二十五，价格不算贵。

收完钱他又叮嘱道："只有八兆网速，我们三个人用差不多了，密码绝对不能给第四个人知道。"

凌可提醒他："我们宿舍有四个人。"

高俊飞痞笑道："不管他，暂时先我们三个人用，谁叫他最后一个来，哪有坐享其成的道理？"

戚枫默默在心里给可怜的谢奇宝点了根蜡烛，心说，人家明明昨天就来过了。

凌可也皱眉道："他来了看我们能上网肯定会问，不告诉他，会不会不利于团结？"

高俊飞挑挑眉，吐出嘴上叼着的网线，道："那看他的表现再说。"

Part 04　狐朋狗友

宿舍有了网，生活一下子变得美好起来。

三人匆匆收拾了一下宿舍卫生，就各自取出电脑试。

看见戚枫拿出来的机子，高俊飞眼睛都直了，惊叫道："这是'外星人'吗？"

对电子产品感兴趣的男生少有人没听过戴尔旗下的ALW（外星人）电脑，这款本子配置极高，堪称功能卓越的游戏笔记本电脑，但价格也非常贵，一台能顶普通笔记本五六台。

戚枫大大方方地让他摸让他看，还调出自己常玩的游戏让他体验。

"太高级了！"高俊飞爱不释手，"这是什么型号的，多少钱？"

"Alienware 18，不到四万吧。"戚枫随口道。

高俊飞摸着心脏嗷了一声，先前也隐约能看出戚枫家境不错，但这会儿他才真真切切地感受到人与人之间的差距。

其实戚枫也没有刻意炫富，毕竟他以前身边都是家境相仿的同学，大家用的东西都很高级。只是对于一个还需要摆摊挣钱补贴生活费的学生来说，戚枫轻飘飘的一句"不到四万"就是会心一击！

高俊飞羡慕之余，又愤世嫉俗地吐槽道："你这个该死的富二代！"

戚枫笑笑，也不怎么生气，高俊飞这种心直口快的北方汉子性格，反而比较好打交道的。但凌可不同，同样一台电脑，高俊飞反应这么大，凌可却只是淡淡地瞥了一眼，面不改色、心如止水。如果他不想主动透露情绪，根本没人知道他在想什么。

这种不显山不露水的特质也是最吸引戚枫的一点，叫戚枫心里无时无刻不像有只猫爪在挠，恨不得能一下子撬开对方的脑袋瓜看个究竟。

"晚上来玩游戏？"戚枫问凌可。

紧挨在一起的桌子，稍稍往边上倾个身就能碰到彼此的胳膊肘，再加上一偏头就能看到对方电脑屏幕的距离，几乎毫无隐私可言。

对此，凌可相当不适应："嗯……一会儿先吃饭。"

而戚枫恰恰相反，起初他觉得自己会住不惯条件寒碜的多人宿舍，但体验过后他才发现，就因为空间小，人和人之间的隔阂仿佛消失了，大伙儿抬头不见低头见的，一说话就有人应，感觉特别温馨。

戚枫又扭头问高俊飞晚上要不要一起玩，高俊飞说："不了啊，我玩LOL和《炉石传说》。"

因为某些事情，《DotA》玩家和LOL（《英雄联盟》）玩家向来泾渭分明。戚枫闻言也不再邀请，而是打开微信群召唤老友："都在不在？晚上带我室友《DotA》，来三个人开黑。"

沈岳哲第一时间出来回复："室友？上次那个酷哥？"

戚枫："嗯。"

沈岳哲："这么快就混熟啦？真有你的。"

又一人跳出来："什么酷哥？谁？"

这人名叫赵司，也是戚枫在德音国际好几年的同学，和沈岳哲一样已经申请到英国的大学，但那边开学较晚，两人这几天都还待在国内。

沈岳哲介绍道："疯子的新室友，F大的。"

他的几句话后，群里炸开了锅，都开始向戚枫八卦F大。

在一群老同学面前，戚枫放开了吐槽道："不瞒你们说，宿舍条件真的太差了，那床和铁笼子一样，腿伸直能碰到对铺室友的脚！"

沈岳哲："啊哈哈，我见过那床，证实疯子所言非虚！"

戚枫拿出手机，往上拍了张床铺的照片发过去，又抱怨了自己睡一晚就过敏的事。

一帮损友在群里发大笑的表情包，丝毫没有同情他。

赵司："这条件都住得下去！服了你了！"

又一人道："讲真我还挺佩服你的，没想到你会临时决定高考……不过我说，你妈这么厉害的背景，你怎么不直接叫家里找点关系进F大？还老老实实背了一年史地政，牛！"

沈岳哲："这叫'吃得苦中苦，方为人上人'！咱们疯子是干大事的人。"

赵司："哈哈，我看未必，我觉得他是为了躲'郡主'，你说郡主要知道他留在国内了，会不会气死在大不列颠？"

李恺星："啊？我还以为戚枫是不想和'双双公主'去美国，公主当时不是到处吹戚枫和她申请的一个学校吗？结果没几天戚枫就在朋友圈公开自己准备高考的事，这打脸打的……"

沈岳哲：“哈哈哈哈哈！”

戚枫：“……”

群里热热闹闹地调侃了许久戚枫的风流往事，一个个假的都能说成真的。

戚枫人缘好，以往这群人爱闹他就随他们闹去了，毕竟他们之间都已经很熟悉，再怎么开玩笑，也知道戚枫本质是个什么样的人。

可这一次，不知怎么的，戚枫有了顾虑。白天的经历已经让他察觉到凌可不爱开玩笑，他担心凌可知道后会误会他是个爱拈花惹草的渣男。

虽然没做什么心虚的事，戚枫还是微微侧了侧身子，转到凌可看不到他的手机屏幕的角度，在对话框里对朋友们道：“哎，你们别乱说了好不好，我和许君竺、楚双双都很清白！”

李恺星：“你的意思是，你和杨雪筠不清白？”

还漏了个杨雪筠？戚枫刚才都没看他们说了几个人。

赵司：“别解释了7分（戚枫），就你这招蜂体质，跟谁都不清白，哈哈哈！”

戚枫气炸了，他到底交了一群什么样的朋友，难道非要他严肃声明他们才会当真？

不，说不定也不会！那些丧心病狂的家伙估计还会开更过分的玩笑，比如猜他是不是不喜欢女生，连最容易跟着躺枪的那个人戚枫心里都有数，就是从小跟他形影不离的沈岳哲呗！

戚枫抽了抽眼角，算了，让人误会他性取向有问题，那还不如误会他和女生不清白呢。

就在这时，背后的高俊飞突然大喊了声，问道：“你俩下午去野鸭湖干什么了？”

这句话把凌可和戚枫惊得齐齐回过头去，两人心中同时生出一个疑问——高俊飞怎么知道他们去野鸭，不，鸳鸯湖了？！

高俊飞往边上让了让身子，露出自己的电脑屏幕，指着道：“你俩被人偷拍照片上传‘花草’了！”

他那语气也不知道是看到好戏激动的，还是替他俩担心而着急的。

反正他说完那句话后，凌可和戚枫都蒙了。

偷拍？花草？都什么跟什么？

高俊飞又解释了几句，原来“花草”是F大校内论坛里的“花花草草”版块，此版块专门用来发布F大的美女帅哥照，包括爆料、扒皮各大帅男靓女的背景资料，还每年举办评选校草校花的活动，非常火爆。

新生开学季也往往是“花草”区最热闹的时候，无论谁发现新帅哥、新美女都可以在论坛里发布照片，并发动网友搜索该人的具体信息。

高俊飞看到的那个帖子，名叫《鸳鸯湖惊现两帅哥》，在短短一个小时内就蹿到了论坛热门，高悬在主页自动推荐位置。

高俊飞就那么随手一点，他的两位帅哥室友的照片就跃入眼帘……

只见照片里的戚枫和凌可并肩坐在野鸭湖畔的长椅上，戚枫正偏头望着凌可，笑意盈盈地说着什么。

凌可则垂着眼睛，嘴唇微启，虽然面上没什么表情，但不知道该不该夸抓拍的那人技术好，竟然生生拍出了一股欲语还休的羞涩感。

照片下方的文字内容是："下午鸳鸯湖发现的帅哥！以前从来没见过，求扒一下是哪个学院的，是不是新生[花痴][花痴][花痴]！"

戚枫和凌可瞥了一眼就惊呆了，赶紧上高俊飞给的地址查看。

果然，那热门帖子已有上千个点击，除了一楼的那张照片，帖主还在下面的楼层里陆续发了同个位置不同角度的连拍照，但都比较模糊，唯有第一张最清晰。

凌可怀疑偷拍的人就是之前介绍鸳鸯湖的那群女生里的，但懊恼的是他竟然丝毫没察觉到！

下方还有不少人留言回复——

"天哪，在笑的那个帅哥到底是谁，侧颜简直完美！"

"真的哎，如果是我们学校的，那梁锐希的校草之位今年要保不住了。"

"梁锐希今年都大四了吧？蝉联三年校草，再下去我都审美疲劳了，是该易主了。"

"白T恤那个也不差好吗！长得好清秀！我喜欢这一款的！"

"什么时候重新投票选校草啊？老娘已经迫不及待了！"

……

这些讨论都还比较和谐，直到有个人突然来了一句："不知道两位帅哥有没有女朋友[花痴]？"

这一层后整栋楼画风突转——

"什么？难道你们都看不出这两人很般配吗？"

"不会吧！哪里看出来的？"

"眼神、姿势，处处都是痕迹！"

"你们腐女别看着谁都般配好不好？人家明明只是坐在一起聊天！"

接着帖主跳出来一起证明："拍照的时候偷听到一句，那个蓝衣服帅哥问白衣服帅哥，大概意思是'我俩在这里遇见算不算是缘分'……"

"啊啊啊啊啊啊啊啊啊我不管我不管！我信了！！"

……

接下来基本上整栋楼都歪了，已经没有人再八卦这两人是谁。

看到这些八卦，凌可简直后悔莫及，早知道事情会发酵成这样，他就不偷跑出去了，就算待在宿舍里跟戚枫尬聊，也好过被人偷拍照片上传论坛评头论足！

他最担心的还不是这一点，而是戚枫的想法，戚枫会不会反感别人这么造谣他？

尽管戚枫性格大度，为人随和，但再怎么开玩笑，也得有个度，并不是谁都愿意被人和男生拉郎配。

凌可轻咳了一声，尴尬道："我去注册一下，发个澄清帖，让他们别乱猜。"

戚枫的脸色也不大好看，因为他也和凌可有同样的担忧。以往要是碰上这种事，他就一笑置之了，毕竟他也知道自己出名，外面跟他有关的流言蜚语还少吗？可现在，被牵连的人是凌可。

见凌可表情凝重，戚枫理所当然地认为自己给对方带来了困扰，心怀歉疚。但他又觉得，发澄清帖并不是最好的处理方式。

思忖片刻，戚枫忽然问道："你介意吗？"

凌可一时有点捉摸不透戚枫的意思："啊？"

戚枫斟酌道："其实，你要不介意，我建议还是不澄清比较好。"

凌可怔了怔："为什么？"

"照片都已经发出去了，别人怎么八卦，你是挡不住的。怎么说呢，这种事我算是比较有经验了吧，越澄清，越讲不清楚。"戚枫一边说，也一边在观察凌可的表情。他还真料不准凌可对这件事的态度，毕竟他在鸳鸯湖开了那句有关"缘分"的玩笑后，凌可表现得比较反感。

凌可的表情微微一变，对啊，和万人迷戚枫传过绯闻的人肯定不少，既然如此，多他一个不多，少他一个不少。

似是怕凌可心生不快，戚枫又真诚地劝说道："有时候你表现得越在意，别人反而越会以为我们……真有那什么。最好的方法就是无视这些。"

戚枫话都说到这份上了，连身后的高俊飞都忍不住插嘴道："就是说嘛，论坛里八卦一天换一个，当笑话看看就好了，别太较真。"

凌可释然了，如果连旁人都表示这种事不需要介意，他还有什么说的？

其实只要戚枫不介意，凌可也不会介意，他反而还对戚枫的包容力有了新的认知，连那样的绯闻都能忍受，真是大度得……让人钦佩！

"好吧。"他一定要好好向戚枫学习！嗯！

听到凌可的回答，戚枫如释重负地松了一口气，但紧接着，高俊飞又道："这些'一对'不'一对'的八卦倒不是重点，重点是这帖子砸起的水花还会引出更多的八卦来。"

凌可问："什么意思？"

高俊飞点了点自己的屏幕："热度这么高，说不定过两天，就有人把你们的院系、班级、姓名、年龄、身高、体重包括家庭背景都挖出来！"

戚枫惊道："真的假的？"

高俊飞皮笑肉不笑道："你说呢？能挖出来多少就看你平时的个人隐私保护得好不好咯。尤其你们这种本地考上来的，长得又这么帅，搞不好自己上网一搜就出来一堆，还用得着别人来扒？"

戚枫背上一凉，陡然生出一股不太好的预感……

高俊飞举例道："不是我忽悠你，刚才帖子里也提到了一个人，现任校草梁锐希，看见过吧？这家伙交过几个女朋友，每个女朋友叫什么名字、长相如何，论坛里都有！"

这下轮到戚枫惊悚了，那他的八卦资料可不是一般多啊！

德音国际的同学还曾给他建贴吧，贴吧里有所有跟他传过绯闻的女生的信息，连他把路人甲送给自己的圆珠笔转手借给路人乙用一用这种鸡毛蒜皮的事儿，都能被意会成他负了路人甲的心转对路人乙有兴趣，更别说跟他关系还稍稍好一点的许君竺、楚双双、杨雪筠……

戚枫思及此，冷汗都下来了。

但这种担忧他又说不出口，毕竟他刚刚才劝凌可不要在意那种八卦，这会儿他要是表现得很紧张，不是自己打自己脸吗？

戚枫僵着笑脸，佯装漫不经心道："呵呵，这么可怕啊？"

反观此刻的凌可，倒是比戚枫淡定许多。他一直很注重隐私，加上本身高冷的性格，几乎是个八卦绝缘体，即便暗中追求他的女生不少，他也没跟谁惹出过不清不白的绯闻。

听高俊飞说完，他只皱了会儿眉头，也没太大反应。

高俊飞道："行了，谁让你们长得帅呢？这就是做帅哥的代价，我想让人主动八卦我还没人愿意呢！"

其实他也挺帅，但是和戚枫、凌可一比就显得不太起眼了。

看完一出好戏，高俊飞伸了个懒腰，也不等他俩消化完毕，就拉开椅子起身招呼道："走走走，一块儿吃饭去，让我感受一下和八卦源同行的感觉。"

戚枫和凌可："……"

凌可也有过和戚枫同行被围观的经历，但这一次，也不知道是不是他的心理作用，他总觉得那些人的视线都带着一丝暧昧，仿佛网上的流言蜚语直接转移成了现实中的指指点点："哇，是那两个人吧？"

"对，就是他们！"

……

这种自带弹幕的围观，就好像把他多年的秘密挖出来曝光在人群中——你悄悄关注了戚枫那么多年，你是不是喜欢他呀？

凌可一个激灵，为了避嫌，故意跟戚枫拉开点距离，走到高俊飞身边。

高俊飞正给他们科普学校几大食堂的事："二食堂的面条最好吃，三食堂的牛肉盖浇饭是一绝，四食堂还能吃火锅，味道很不错，不过距离比较远……还有那个九食堂，据说是李强林的小舅子承包的，千万别去，又贵又难吃！"

凌可："李强林是谁？"

高俊飞："是咱们学校某领导啊，除了校长和书记，就他官最大了，家里亲戚全在学校这边工作，据说女生宿舍十七号楼的社管大妈还是他老婆的远房表姑。"

接下来一路高俊飞都在说那栋宿舍的女生与有背景的社管大妈之间的恩怨情仇。

凌可边听边笑："你知道的真多。"

高俊飞嘚瑟道："那必须啊，否则当得起F大的'江湖百晓生'吗！"

戚枫难得没插什么话，因为他在走神思考该怎么处理自己那些八卦的事儿。

不过见凌可和高俊飞聊得开心，他心里也莫名有些不是滋味，凌可跟他在一起的时候，好像没有这么放得开。

这时高俊飞又想起了什么，提醒他们道："对了，东门、南门那一片宾馆也是被李强林他小舅子垄断的，如果你们要开房，记得去西门那一片招待所，价格便宜环境也卫生。"

戚枫："哦，好的。"

凌可："……"什么？开房？高俊飞怎么这么不纯洁！他要和这厮保持距离！

到了食堂，两人在高俊飞的推荐下点了爆炒鸡丁面和爆炒牛肉面。

三个人好不容易在人山人海里找到三个空座，结果高俊飞的位置还不知沾了什么东西，不怎么干净。

"你们，谁有纸吗？"高俊飞急问。

凌可一愣，反应过来自己昨晚买了两包，掏出来递给他。戚枫正往兜里掏纸巾，见状手一顿，奇怪地看了凌可一眼："你带纸巾了？"

凌可："是啊……"还不是跟你学的。

戚枫心里又有些为凌可的区别对待而愤愤不平。

饭后三人回宿舍，戚枫的微信群里已经有人催他上线了。

"说好晚上开黑的呢？人去哪儿了？"问话的是李恺星。

"刚才在吃饭，就来。"戚枫回了一句。

沈岳哲道："一会儿我、阿星和赵司上线，群里人太多，我们几人拉个讨论组呗，你把你同学加进来。"

戚枫想到他们口无遮拦的尿性，拒绝道："我同学不怎么用微信，别拉了，就游戏里聊吧。"

沈岳哲："好吧，等你们。"

上了游戏，凌可加了戚枫游戏好友，看到对方的名字，眼角一抽。

枫叶狂舞……果然是戚枫的风格，够中二。

接着他又在戚枫的指示下加了对方的三个朋友。

戚枫介绍道："'夜神月'就是你昨天见过的沈岳哲。"

"哦。"凌可若有所思地点点头，原来沈岳哲就是那个在戚枫的QQ空间里那首中二病诗底下评价"好诗"的人！

戚枫："这个'我妹妹不能比我小三个月'是李恺星，也是我高中同学。"

凌可："名字……好长。"

戚枫解释："呃，其实他真的有个亲妹妹，比他小三个月，呵呵。"

这句话信息量有点大，正常同父同母不可能生了他后三个月再生一个妹妹，所以……私生女？孕期离异？同父异母？

凌可脑补了一堆，独自在风中凌乱。

最后一个，赵司，游戏名叫"光杆司令"，没什么特别说明。

跟戚枫和他的好友们相比，凌可的游戏名算是个性鲜明了——Lin_K。

我妹妹不能比我小三个月："哇，你朋友的名字好酷，怎么称呼啊，Lin？K？"

枫叶狂舞："他叫凌可。"

光杆司令："0，你会不会玩？"

凌可愣了愣，才反应过来光杆司令发的那个圈圈是数字"0"，是在问他。

这问题问得很直白，会玩和不会玩，各有各的带法，毕竟戚枫是在群里说"带"室友。但在凌可看来，这句话有些看扁他的意思。

Lin_K："会一点，我之前打过三号位，要不我就打三号吧。"

三号位是《DotA》里的"劣势路"位，又被称为"烈士路"，顾名思义，就是很有可能去送死的路。一般情况下，己方派一人前往烈士路抵挡敌方二人或三人的进攻，一对多，战局通常比较惨烈。

戚枫的一群朋友听凌可说打三号位，都有些愣住。

一来，敢主动提出玩三号位的人，肯定是对自己的实力有点儿信心的。

二来，这个位置实在是吃力不讨好，即便会玩，也很有可能被碾压、被打爆。

这还是比较好的情况，万一凌可不太会玩，又主动提出玩三号位，那就悲剧了，说不定他会成为敌方的"提款机"。

原本戚枫的同学都想好了，带人嘛，就让凌可打打轻松点儿的一号位，或者纯当个酱油，负责在后面喊"666"就好，没想到凌可一开口就这么虎，直接要当"烈士"！

夜神月："呃，疯子怎么说？"

戚枫倒是没所谓："那凌可就打三号位，我打中路，你们三人打优势路。"

另外三人没异议，反正他们平时配合惯了，就算凌可不会玩，他们四个打五个，也不一定会输。

匹配完毕，游戏开始，五人分道前行。

戚枫玩的是影魔，独自冲锋，过了河遇到对手，没过几分钟就在一连串精准的"影压"中率先抢了第一个人头。

系统响起"First Blood（第一滴血）"的恭喜声时，其他三人都松了口气。

戚枫是他们当中最厉害的，看他状态在线，几人就边玩边聊起天。

我妹妹不能比我小三个月："大哥，快奶（加血）我啊！"

光杆司令："这不奶着嘛。"

夜神月："对方是傻的吗？死回去到现在都几分钟了还没来！"

光杆司令："不会是都跑到烈士路围攻戚枫那个室友去了吧？"

戚枫看到屏聊，也是一愣，不过他现在被中路回来的对手纠缠着，没时间分心。

赵司代替他问："000000？"

许久不见回应，赵司忍不住道："估计抗怪吧，没时间打字，咱们三人把这条路杀穿就赢了。"

戚枫把眼前的对手解决，偏头就去看凌可的屏幕。

只见凌可操控的发条技师果然和三个人纠缠在一起，他皱起眉头，问："要不要……"

"帮忙"二字还未出口，就见围攻凌可的两人突然血条见底，紧接着系统爆出一声："Double kill（双杀）！"

三秒后，正在跑路的第三人也被凌可一个风骚的炸弹击中，扑街。

系统："Triple kill（三杀）！"

戚枫："……"

众人："……"

公屏一下子安静下来了，没人再发言。

随后，以一敌三杀穿烈士路的凌可和中路Solo（独奏）无敌的戚枫开始了虐"菜"之旅，不一会儿就会合戚枫的同学将对方五人逼在泉水里，轻松地推倒了敌方的大本营。

凌可这才淡淡地对边上的戚枫说了六个字："这局，敌方有点菜。"语气里透露着一股没杀尽兴的失落。

凌可顿了顿，喝了口水，问："你那三个同学呢？刚才怎么都没看见他们？"

戚枫抽了抽嘴角："不知道……"

他边上的手机已经振了好几下，戚枫点开瞄了一眼。

李恺星："我去！他们两个人就把敌方杀路穿了哎……"

赵司："那个0真厉害，一打三。"

沈岳哲："所以我们三个是来打酱油的吗？"

赵司："不是，是来搞笑的吧。"

李恺星："简直怀疑人生……"

沈岳哲："本宝宝预感要失去疯子的宠爱了，不行，我也要玩一局烈士路！"

戚枫耸着肩膀在边上笑，凌可见了问："怎么了？"

"咯，没什么。"戚枫将手机往边上一丢，"他们夸你玩得好……再来一局？"

凌可笑了笑，显得有些不好意思："这局是对手不太行，下一局就没这么好的运气了。"

戚枫被凌可这一笑，之前的烦恼通通烟消云散了，柔声道："没事，下一局让沈岳哲去打三号位。"

第二局沈岳哲果然自告奋勇要当"烈士"，戚枫依旧中路Solo，凌可便与赵司、李恺星配合打优势路。

男生之间玩游戏向来靠实力说话，在凌可第一局大杀四方后，其余三人便对他刮目相看，态度也不由自主地热络起来。

开局后赵司和李恺星还沉浸在上一局的划水状态里，看凌可技术了得，便一路与他攀谈。

光杆司令："0你本地的吗？"

Lin_K："嗯。"

我妹妹不能比我小三个月："0你玩《DotA》几年了？"

Lin_K："2。"

我妹妹不能比我小三个月："我也才玩两年多一点，为什么感觉你那么牛？你都是怎么玩的？"

Lin_K："多练习。"

我妹妹不能比我小三个月："……"

凌可的回复都很简洁，给人一种非常酷的感觉，但说"多练习"并不是他在装，而是经验之谈。

当初他的确是因为戚枫才下载了《DotA》，但凌可并没有把玩游戏当成一件休闲的事。他这个人，无论做什么事目的性很强，一旦去做就想要结果，就要赢。为了提高技术，他曾找了一堆《DotA》攻略和大神视频研究，练补刀、操作、走位。

在别人看来枯燥的事，对凌可来说却稀疏平常，因为从小弹琴的经历已经把他的毅力打磨得十分卓绝。

键盘系游戏和弹琴很像，遇到不会的技巧，只要抓住这一段反复练习，一百遍、两百遍，一直练到熟能生巧，练到成为一种本能，就行了。可大部分人就是随便玩玩，没有那个意识，所以凌可只稍稍花点心思、下点功夫就比很多人玩得好了。

加上凌可能考上F大，成绩肯定也不差，面对这种学习游戏两不误的学霸，性格还这么酷，李恺星等人不由得心生钦佩。

赵司已忍不住抛出橄榄枝，企图将高手拉入自家阵营："0你平时有固定团吗？"

Lin_K："No."

凌可以前的同学也有玩《DotA》的，但凑一块玩太麻烦，再说提高自身技术并不需要配合，所以凌可经常单枪匹马在玩。

我妹妹不能比我小三个月："那0你以后跟我们一起玩呗？"

这话一出，凌可突然停了下来。

赵司和李恺星同时一怔，还以为对方要拒绝，结果五秒钟后，凌可又拿了个人头，才在公屏里说道。

Lin_K："OK."

赵司和李恺星瞬间佩服得五体投地：戚枫这新交的朋友真是纯爷们儿，酷到爆啊！

这时，公屏里出现沈岳哲的呼救："老子快被打爆了！你们还有时间聊天！来个人帮帮我啊！"

这一局敌我双方比较势均力敌，沈岳哲以一敌三自然抵挡不过，一路送人头，实力演绎了什么叫作"真烈士"。

第三次死回来后，他看见那些人还在聊天，就炸了。

可沈岳哲的哀号并没有引来大伙儿的同情，赵司还笑话他："哈哈哈，No zuo no die why you try（不作不会死）。"

我妹妹不能比我小三个月："选三号位就要有牺牲的心理准备，认命吧！"

夜神月："我……"

沈岳哲率先说了句脏话，一群人当即在公屏里开起了荤腔，全部围攻沈岳哲一人，把沈岳哲气得嗷嗷叫。

最后还是光杆司令道："疯子快去安抚一下你家小岳岳，再不帮他他要跟你分手了。"

戚枫眼皮一抽，头一次为有这么一帮没节操的朋友而感到丢脸！

而旁观的凌可一路都在被刷新三观，尽管他们这一代在各方面也都算比较开放了，但他以前所在的高中校风、班风特别正，即便身边有猥琐的男生，也很少有说话尺度这么大的。

当然，这也和凌可的气质有关，像他这样能把人冻死的冰山，想听荤话别人也不见得会跟他讲。

现在看这几个人聊天，凌可简直被打开了新世界的大门！他真没想到戚枫和他的朋友们相处时画风会……这么奔放。

难不成，这才是男生之间相处的正确方式？

回想起之前高俊飞和戚枫对那个八卦帖的态度，凌可才明白过来，不管是那对情侣碗，还是朋友圈的信息、鸳鸯湖的调侃，以及那个八卦帖，都是他太大惊小怪了——新世纪的男生，是丝毫不会介意这种玩笑的！

在光杆司令说完那句话后，凌可偷偷瞥了戚枫一眼，却见他面上丝毫不显尴尬，反而还保持着惯有的微笑。

果然，他并不怎么介意。

在后续的游戏中，三观崩塌的凌可一边观察着戚枫和他朋友们的互动方式，一边迅速重建着自己的认知。

无兄弟、不《DotA》。

一起开黑玩游戏是最能刷友情值的行为。戚枫玩游戏本就厉害，今天又多了凌可这么个高手，即使中间有队友被虐，总体也没怎么输过。

一晚上下来，凌可与戚枫的朋友们都熟悉不少，游戏结束时赵司还主动邀请他加微信，这一来，其他人也纷纷要加。凌可不好拒绝，报了自己的微信号。李恺星特地建了个微信游戏群，与凌可相约下次再一起玩。戚枫防了半天，终于什么也没防住。

两人退出游戏，也到了洗洗睡的时间。

凌可和戚枫依次洗了澡，事后戚枫又叫凌可帮自己抹药膏。

一回生二回熟，凌可比早上已经淡定了许多。

之后又换了席子，凌可犹豫着只睡了一晚上的草席要怎么处理，毕竟他不过敏，丢了似乎有点可惜，但不丢的话，放着好像也没什么用。

正好高俊飞见了，道："你俩这旧席子不要了吗？不要能不能给我？我跟你们回收。"

戚枫觉得好笑："你要就拿去好了，还搞什么回收。我还谢谢你了，省得我下楼去丢。"

凌可见戚枫这么耿直，也大方地把自己的席子给了高俊飞，只是交出去的一瞬间，他脑子里闪过一个念头：高俊飞该不会是打算把这席子再当新的卖掉吧？

呃，虽然感觉高俊飞这么做有点不好，不过凌可又想，只睡过一次的席子，再怎么坑也坑不到哪里去，就没多提。

上了床，凌可在被窝里点开了微信，迅速把沈岳哲、赵司、李恺星三人的微信朋友圈翻了一遍——就为了看和戚枫有关的信息。

这一刷，他果然挖到不少料。尤其是沈岳哲的朋友圈，里头几乎三分之一的内容扯到了戚枫，还发了不少他和戚枫的照片，包括两人一起吃饭、唱K、打球，校里校外，什么样的都有。

只是与戚枫精挑细选发朋友圈的照片相比，沈岳哲好像是随手拍了就发，要不是戚枫颜值够高，扛得住全方位无死角抓拍偷拍，沈岳哲这么个"坑爹"的哥们儿早就被揍成猪头了。

相对的，赵司和李恺星发戚枫的内容就比较少，这就能看出沈岳哲和戚枫的关系更好。

凌可收了一堆新照片，看看这张也帅，那张也帅，简直像是迷弟翻到了偶像的硬盘，幸福感爆棚。

但与此同时，他也控制不住地羡慕着沈岳哲，羡慕他和戚枫有这么多年的交情，羡慕他们能在游戏里毫无底线地开玩笑，如果他也能和戚枫成为这样的朋友就好了。

刚刚凌可在游戏里听他们说，沈岳哲和赵司九月底都要去英国念书，李恺星下周去加拿大。所谓"近水楼台先得月"，凌可忍不住想，既然沈岳哲都要走了，戚枫现在也明显蛮亲近自己，他何不把握机会，趁这几年时间取而代之？

　　这念头甫一冒出来，就如星星之火瞬间燎原。

　　凌可听着自己擂鼓般的心跳，在被窝里眨了眨眼睛，眸中闪现出一丝志在必得的精光。

Part 05　开个玩笑

翌日清晨，戚枫迷迷糊糊地醒来，本能地抓起手机看时间，又习惯性地去点微信里的红点。

朋友圈多了几条信息，他这一刷，整个人忽然精神了。

昨天半夜，凌可在他"新的朋友"那条状态下点了个赞，还回了一个微笑的表情。

戚枫忍不住露出一笑，看对铺已经空了，凌可又比他起得早。

他探出头，见对方在下面换衣服。戚枫打了个哈欠，懒洋洋地叫了声凌可的名字。

凌可抬头，对他笑了一下："醒了？"

戚枫被那个笑容震了一下，等他下了床，凌可又主动问他："你的背好点了吗？"

戚枫："嗯，好多了……"他怎么感觉今天的凌可跟之前有点不一样？

高俊飞也起床了，刚洗漱完出来，换了戚枫进去。眼看都九点出头了，高俊飞皱眉道："我说，最后一个哥们儿怎么还没来啊？等下十点钟就要开班会了，他不会是不来了吧？"

凌可换完衣服从抽屉里找出一副眼镜，说："不知道，戚枫有他的电话，一会儿让他问问。"

那副眼镜是极细的钛金银框，凌可戴上后书生气更盛，还平添了一丝凌厉、禁欲的味道。

戚枫洗完一出来就愣住了："你近视？"

凌可："有一点，度数不深。"

戚枫盯着他看了两秒，笑道："你戴眼镜更帅。"

凌可："谢谢……"

戚枫刚刚听到了高俊飞和凌可的对话，直接拿出手机给谢奇宝发了条短信，谢奇宝秒回："我和我爸妈吃早饭，赶不及回宿舍了，一会儿直接去礼堂。"

　　戚枫发完见凌可又从抽屉里翻出一张A4纸看，问："这是什么？"

　　凌可："演讲稿。"

　　高俊飞闻言转过身来，惊道："你是新生代表？"

　　凌可："嗯……"

　　一般大学都会选择最高分入学的学生做新生代表上台致辞，高俊飞自称"百晓生"，这一点当然是知道的。但他没料到，自己随随便便分到的这个宿舍这么可怕，两大帅哥，一个极有可能是未来校草，还有一个是他们学院的新生代表！

　　这一来，高俊飞更迫不及待地想从第四个室友身上找点存在感了。

　　戚枫也好奇，凑过去瞅了一眼："什么时候准备的？"

　　清新的薄荷漱口水味扑面而来，凌可一瞬间又有点想躲："一个礼拜前……辅导员打电话给我的。"

　　如此近距离的对话对凌可来说还是有些不习惯，但他已经做好了改变自己的准备。

　　戚枫对他笑，他可以忍。

　　戚枫靠近他，他可以忍。

　　戚枫要搂他的肩膀，他觉得也是可以忍的。

　　如果不能忍，他们还怎么做朋友？

　　临危不乱、处变不惊，这才是新世纪男生之间的正常相处方式！

　　迎新大会是分院系进行的。

　　凌可他们出宿舍时碰上了隔壁室友，一问得知，是新闻学院下分设的广告专业新生。在高俊飞的热情招呼下，一行人结伴抵达院礼堂。

　　彼时礼堂里才来了半数人，但戚枫和凌可的出现还是引发了不小的骚动。

　　也许迎新大会让人兴奋之处正是在此——不是听领导讲话感受新生荣誉，也不是唤醒梦想明确目标，而是你我来自五湖四海城镇山村，却能考上同一所大学相聚于此，进行人生中第一次的历史大会师。

　　那么多年轻的面孔，带着蓬勃的朝气与好奇，你打量我，我打量你，都企图看到那个能让自己一见倾心的人，不管是长相、气质还是才华，让你确认自己没有来错这个地方。

　　所以，当戚枫这种颜值逆天还自带气场的帅哥出现时，所有人的眼睛都亮了起来，更何况他身边还有一个相貌并不逊色的凌可。

　　一行人所过之处，窃窃私语声不断，身边的一切都仿佛黯然失色。

　　出现的是帅哥，在场的女生们表现得自然激动一些，对着戚枫和凌可的一举一动狂犯花痴。

但更让她们想失声尖叫的是两人坐下来后发生的一幕——戚枫突然歪头凑向凌可，在他耳边说了一句悄悄话，笑容俊朗，姿态亲昵……凌可眼神闪烁，偏头回应他，两人的视线在空中一碰，随即又分开。

就这么短暂的一个对视，无形中散发出来的温馨、默契，如同一股强劲的电流，给了所有偷看他们的女生会心一击！

前排有两个以前压根不认识的女生当场执手相看泪眼，激动得什么话都说不出来，只在彼此闪烁的目光中看到了同样的感动——啊啊啊！来对了！来对了！啊啊啊！好萌好萌！好帅好帅！

其实，受到暴击的不止那些女生，还有戚枫。

刚刚，戚枫对凌可说的是："完了，我觉得有几个人已经看出我们是谁了。"

凌可很快反应过来，戚枫说的是校内论坛里的八卦帖。

时间再往前倒退十二个小时，凌可估计还不知道该怎么接戚枫这句话。

但经过昨晚的三观重建后，此刻的凌可已经能一脸淡定地把问题抛回去："所以，我们在她们眼里现在算是'一对'吗？"

然后……就没有然后了。

戚枫正视前方，面上维持着淡淡的微笑，内心却忍不住想号叫：凌可真的变了！

凌可也没好到哪里去，才试着开了句玩笑，他就心跳如擂鼓。凌可握紧了扶手，不断给自己洗脑——冷静，别尿，这样的玩笑是戚枫的日常，你得习惯！

剩下的一半新生陆陆续续抵达后，迎新大会就正式开始了。

F大的新闻学院今年统共招生三百余人，加上研究生，整个礼堂几乎座无虚席。

先由院领导、名师、辅导员等依次上台对新生们表达欢迎与致辞，最后才轮到新生代表。

"下面有请，201×届新闻系本科新生凌可同学作为新生代表上台发言！"当主持人念出这句话的时候，凌可感觉所有人的视线都往他的方向聚焦过来。

凌可在如雷的掌声中起身，时隔多年再次上台，他还是紧张得浑身冒汗。

不过值得庆幸的是，他有个"无论内心多紧张，表面都能很镇定"的技能。

临走时凌可迟疑了一下，摘下眼镜，放在位子上。

戚枫瞥见了，拿起来饶有兴致地打量了一番，替他松松地握在手里，才抬头看向凌可。

只见凌可上了台，先朝几位领导和老师鞠了个躬，接着转身面朝观众，挺直脊背，拿出演讲稿开始念："尊敬的各位领导以及亲爱的同学们，大家上午好，我是来自新闻系的凌可，很荣幸代表大家站在这里发言……"

戚枫目不转睛地望着凌可，其实凌可的演讲词写得严谨刻板，和他这个人所呈现的感觉一样，但戚枫自己没有这种属性，就觉得凌可这样很好。

其余人也听得很专心，原因无他，光凌可这长相，就已经吸引了大部分女生的视线。再加上他嗓音清冽，咬字清晰，在听了领导们将近两个小时冗长的致辞后，凌可的出现简直如一缕清泉，滋润得所有人身心舒畅。他的演讲词还写得非常精炼，一二三四，几点说完，毫不拖泥带水地总结陈词，在众人都还没反应过来的时候，就已经讲完了。

全场意犹未尽地鼓掌，掌声竟比之前给领导和老师的还要响亮。

凌可下台后，手心里还有虚汗，大脑迟钝了很久，直到眼前一晃，戚枫捏着镜框亲手替他架上眼镜，他才猛然回过神来。

戚枫眉眼带笑地望着他，压低声音问："怎么刚刚把眼镜摘了？"

凌可："我……紧张。"

戚枫："摘了眼镜就不紧张了？"

凌可："摘掉后看人会模糊一点，可以假装看不见你们。"

戚枫忍不住笑出声，扫了一眼四周，声音又压低了些："我觉得你站在台上特别镇定。"

凌可："我真的挺紧张的。"

戚枫："除了眼镜还有哪里表现出来了？"

凌可："我背过演讲稿。"

戚枫明白了，如果凌可不紧张，可能不打算念演讲稿。他突然觉得凌可有点深不可测，一个人的心理素质到底要有多强大，才能让别人丝毫看不出他的情绪？

"我一点都看不出来。"戚枫仿若自言自语般低声说着，又偏头问凌可，"你还有没有其他特别紧张的时候。"

"嗯？"凌可被问得有些猝不及防，道，"有啊。"

"比如？"戚枫好奇。

演讲消耗了很多精力，凌可没心思再伪装，竟然脱口而出道："和你待一起的时候。"

看到戚枫有些愣住的表情，凌可笑了笑，及时道："我开玩笑的。"

戚枫："……"

凌可："呵呵，反正你又看不出来。"

戚枫干笑了两声，偏回头去，不再说话了。

凌可也是心有余悸，在这之前，他也完全想象不了自己会说这么轻佻的话，但是他刚刚似乎做到了？

惊慌过后，一股刺激感反涌上来，冲撞着凌可的四肢百骸。

他在心里咀嚼着方才那一幕，分析戚枫的反应、表情，除了得知被人开玩笑时的微恼，戚枫貌似也没太在意。

凌可松了一口气，也悟出一个道理——无论说什么话，就算说错了，只要补一句

"我是开玩笑的"，就能化解一切尴尬。

这个方法简直万能，凌可抬手推了推眼镜，掩饰住自己内心的激动。

院系迎新大会后紧接着是各专业分开举行的系内或班内会议。

新闻学院分设四个专业，每个专业又分两个班，凌可他们一个宿舍的人都是新闻系（1）班的。发现全系最帅的两个男生都被分在自己班上，（1）班女生简直像是中了头彩似的围在一起，兴奋不已。

"总算看见你们了！"晚来的谢奇宝刚才没跟他们坐一起，这会儿才挤开人群找过来，看见凌可就一脸崇拜道，"凌可，没想到你是新生代表啊，刚刚的演讲太厉害了！"

凌可淡笑了一下，谦虚道："没什么。"

谢奇宝摸摸鼻子，不太知道怎么跟凌可这种高冷的人打交道，见凌可惜字如金地吐出这句话，就不知道怎么接了，只能转身跟戚枫聊天："戚哥，我刚才坐在后面一片，那些女生都在打听你叫什么名字呢！"

戚枫笑笑："是吗？"

谢奇宝："当然啦，她们好像还在讨论什么帖子。"

凌可："……"看来真如高俊飞所说，过了今天，全校的人都会知道他和戚枫是哪个院系哪个班级的了！

戚枫轻咳了一声，转移话题道："来，带你认识一下我们宿舍另一个室友，高俊飞。"

高俊飞站在边上，架着手臂，对谢奇宝挑挑眉，没有出声。

这架势直接把谢奇宝吓屄了："呃，你好……"

高俊飞酷酷地嗯了一声，没给他什么好脸色。

谢奇宝缩了缩脖子，突然感受到了来自老天的满满恶意！

本来他看见戚枫和凌可就觉得有点自卑了，还以为大城市里的人都这么炫酷，今天新生报到才发现是自己的"运气"特别好。本来他想着吧，剩下一个室友应该会普通点儿，好歹让他心理平衡点儿，结果又看见一个酷哥！身高腿长man到爆！一看就不好惹！

他到底做错了什么？为什么老天要把他一个一米七出头的福建人安排在平均身高超一米八的酷哥宿舍？

很快辅导员过来领着他们集中到一个教室，班会开始。

进行完简单的自我介绍，辅导员率先将视线落了在了凌可和戚枫身上，开玩笑道："你们班男生资源很好啊，这种才貌双全的帅哥放在整个F大都少见，好好珍惜这四年的相处时间吧。"

同学们听了一阵哄笑，班会的气氛一下子轻松起来。

81

新闻系（1）班一共三十六个人，十六个男生，二十个女生，有腼腆内向的，也有开朗热情的，在辅导员的引导下，大伙儿你一句我一句，慢慢熟络起来。

男生这边能说会道的代表是高俊飞，凌可瞥了戚枫一眼，有点奇怪。他本以为戚枫这种社交型人格，这种场合肯定话比较多，不料对方今天特别安静，从头到尾微笑着听别人聊。

凌可就更不用说了，私底下就是个闷葫芦，更别说现在。

后来辅导员提议要选两个临时班委代表，男女生各一个。

凌可作为新生代表，原本大家对他的印象最深。经过班会上的自我介绍，大伙儿又被高俊飞的开朗吸引了注意力。

说实话，大学里的班委就是跑腿打杂的，吃力不讨好，凌可一点都不想当，所以还没等别人提名他，他就把高俊飞推了出去："我觉得高俊飞挺不错的。"

高俊飞："……"

他这么一说，大家就知道他对这官帽没兴趣，直接推举了高俊飞。

最后，辅导员总结道："那么女生的临时班委代表就是章文沁，男生高俊飞，你们自己私底下建个班群，明天开始半个月军训，军训完了也会熟悉一些，届时再投票选举正式班委。"

按照先入为主心理，其实不出什么意外，高俊飞和章文沁就是他们班的班长和团支书了。

散会后，高俊飞和章文沁留下来讨论点事，已经熟悉起来的部分同学结伴去食堂吃午饭。

下午没安排，还有人想组织一些同学出去看电影。

"喂，凌可、戚枫，你俩有没有空啊？"

凌可和戚枫刚走到门口，就被人叫住了，作为全系甚至全院最帅的两个男生，他俩在今后的日子里估计会是班上的焦点了。

凌可婉言谢绝了，听了一上午致辞，又亲自上台做了演讲，他觉得有些累，下午想回宿舍休息一下。

戚枫听凌可说不去，笑着眨眨眼，道："那我也不去了，下次吧。"

这时，组织活动的女生边上突然又蹿出来一个女生，问："哎，你们知不知道，学校论坛里有人放了你们的照片？"

戚枫坦坦荡荡道："知道。"

"那你们知不知道，"女生红着脸，开始支支吾吾，"网友们猜你俩……"

对方才开个头凌可就猜到她要问什么，顿觉压力山大。他能学着跟戚枫开玩笑，但还有点做不到在公开场合卖腐。不料就在这时，肩膀一沉，戚枫伸手搂住了他，与他头挨着头，笑问那几个女生："那你们看我们像吗？"

82

凌可浑身僵硬，大脑嗡嗡作响，这会儿满脑子只有一句话：出来混，总是要还的！

呵呵呵、呵……

戚枫的嗓音低沉柔和，仿佛带着一种天然的蛊惑力。

那两个女生瞬间面红耳赤，盯着他们捂嘴尖叫："像！像！"

凌可面上保持镇定，心里却开始小人打架：要不要故作淡定地推开戚枫？如果推开，会不会又表现得太大惊小怪？可如果继续，他还真有点受不了！

就在凌可的防御能力已经达到临界值时，戚枫松开了他。

凌可如释重负地松了一口气，虚弱地笑了笑，和戚枫一起去食堂了。

等高俊飞和章文沁在教室里交换完联系方式，又商量了下领军训服的事，一走出来，就看见班上两个女生激动地抱在一起，还在尖叫："啊啊啊……"

高俊飞猛地退了一步："你俩干吗呢？"

女生之一："戚枫和凌可太有爱了！啊啊，分在这个班级太幸福了！"

高俊飞："……"

女生之二："对了，高俊飞你和戚枫、凌可是一个宿舍的吧？"

高俊飞摸摸下巴，眼中闪过一丝精光，对那两个女生道："话说，我们412宿舍有两张被淘汰的席子，是戚枫和凌可分别睡过一晚上的，你们有兴趣吗？"

凌可和戚枫原本和谢奇宝一块儿去食堂吃饭，后来路上谢奇宝接了个电话，说他妈妈来宿舍找他了，还给他带了吃的，就先走一步。

于是又只剩下他俩，被人一路围观，但不知道是不是凌可已经想通的缘故，觉得没有昨天晚上那么煎熬了。

吃过饭，戚枫去上洗手间，凌可在外头等他，意外碰上了一个熟人，是报到那天认识的学姐，齐秋蕊。

"啊，真巧，你们今天不是新生大会吗？怎么样？"

寒暄了两句，齐秋蕊突然道："对了，我昨天给你发微信你怎么都没回我？"

凌可一愣，反应过来自己加齐秋蕊的是大号，而这两天他上的都是小号。他尴尬地再次掏出手机："呃，学姐你加我另一个号吧，那个号我不太用了。"

齐秋蕊闻言，还以为凌可之前是拿不用的号来敷衍她，笑嗔："哇，你这心机boy，还担心我骚扰你吗？之前竟然用小号加我！不够意思！"

戚枫上完洗手间晃过来，刚好听到齐秋蕊这句话，奇怪道："什么小号？"

凌可心中一紧："没什么。"

还好齐秋蕊被迎面而来的戚枫转移了注意力："这是……戚枫？"

齐秋蕊在报到处见过戚枫，自然记得他的名字，但戚枫已经不记得她了，经她再次介绍，才礼貌地叫了声"学姐"。

没想到齐秋蕊紧接着也提到了帖子的事，还笑得一脸暧昧："你俩出名得可真够快

83

的，入学第二天就双双被人偷拍。我记得你们之前是不认识的啊，不会真是在鸳鸯湖一见钟情了吧？"

凌可眼皮一跳，饶是他做了再多心理建设，也扛不住接二连三的攻击啊。不认识的人也就算了，可眼前这个学姐是认识的，这叫他怎么好意思继续"说谎"？

他正打算解释两句，边上的戚枫却突然道："我倒是想对凌可一见钟情，呵呵……"他笑瞥了凌可一眼，"不过他对我一点不来电啊。"

凌可抽了抽嘴角：果然，姜还是老的辣啊！

食堂门口人来人往，总站在那里被围观也不是个事儿，和齐秋蕊又聊了两句，两人就先回宿舍了。

宿舍里多了两个人，是谢奇宝和他妈妈。

"哎，你们回来啦？"谢妈妈热情地跟戚枫、凌可打了声招呼。

有同学家长在，两人不怎么放得开，点头问候了一下，就各自坐在写字台前安静地上网玩电脑。

齐秋蕊加了凌可的新微信号，不一会儿就发了消息过来："对了，原本昨天找你，是想问问你有没有兴趣提前参加校媒？"

凌可："校媒是什么？学生会吗？"

齐秋蕊："不太一样，学生会是学生会，校媒是校媒。我们新闻学院的学生，大一一入校就要选择一个校内媒体参加，比如校报、新闻网、院内的传播媒体这些，算是校内实习证明，毕业前要交的。"

凌可："哦，这样啊。"

齐秋蕊："也顺便帮忙问一下戚枫吧，你俩外貌条件好，以后肯定是各大社团组织争抢的人才，我是校网编辑部的副部长，当然要先下手为强。"

凌可扭头把这事儿跟戚枫说了，戚枫对传媒体系比凌可懂得多，听他一讲就明白了："你问问学姐，除了编辑部都还有哪些部门。"

凌可对着齐秋蕊发过来的记录念："记者部、摄影部、网络部、技术部……"

戚枫问："网络部是干什么，能管校内论坛吗？"

听到校内论坛，凌可一怔，问了齐秋蕊，齐秋蕊道："能，不过刚入部的新生没什么管理权限，你想干什么？不会是想去论坛里删帖子吧？"

凌可的猜测与齐秋蕊的不谋而合，但他还没来得及澄清问这问题的不是自己是戚枫，就见齐秋蕊又发了条信息过来。

"你还在介意八卦帖的事儿啊？没必要的，大家都知道是开玩笑的啦，梁锐希和周琰在论坛上被人传了好几年八卦，现在还不是各自找了女朋友。"

梁锐希的名字凌可已经听过了，是F大现任校草，但他没听过周琰。

凌可问："周琰是谁？"

齐秋蕊："法学院的学生会主席，梁锐希的同班同学。周琰的女朋友是我们校媒网络部部长，她还经常亲自披马甲上论坛写他男朋友和梁锐希的段子呢！"

凌可震惊，还能有这种操作？

"所以你们女生明知道这不是真的，也会开玩笑吗？"

齐秋蕊："当然了，世上哪有这么多情侣啊！玩笑归玩笑，谁都不会当真的。女生们都这样，嘴上调侃，哪个不希望独占你们谈恋爱？"

听了齐秋蕊的解释，凌可又悟出一个道理——除了男生本人，连围观的女生都不会把两个男生之间的暧昧行为当真。

她们会喊"在一起在一起"，会喊"好萌好萌"，还会喊一串"666"，但她们本质上压根不相信你们真的是一对。

凌可感觉自己都快被这个真假难辨的时代淘汰了！

不过，知道了"路人不当真"法则，以后再被班上的女生问起，凌可也可以一脸淡定地勾着戚枫的肩膀来一句"你看我们像不像一对"了，好像还蛮有意思的。

凌可向戚枫转述了齐秋蕊对网络部的简单介绍，尽管暂时没权限管论坛，但戚枫仍然表示对网络部比较有兴趣。

齐秋蕊没什么意见，还好心地表示会介绍网络部的负责人给戚枫认识。

至于凌可，只要不去那个需要和陌生人打交道的记者部，其他都行，便给齐秋蕊一个面子，决定提前进编辑部。

凌可正考虑着要不要把412的另外两个室友一块儿推销出去，高俊飞就回来了。

这时，谢奇宝的妈妈正趴在床上给他儿子挂蚊帐。

高俊飞一进门就看到这一幕，虎躯一震，差点以为自己走错了门，直到瞄见凌可和戚枫，才确认这的确是412宿舍。

谢奇宝见到高俊飞，局促不安地站在写字台边催他妈："妈你快一点，我同学都来了。"

"马上好马上好！"谢妈妈一边忙乎还一边探出头来跟高俊飞打招呼，"同学你好，我是谢奇宝的妈妈。"

"阿姨好。"高俊飞一脸蒙地走进宿舍坐下，心道，这一米七的小菜鸡还打算带他妈一块儿上学？

谢妈妈挂完蚊帐后，又下来拉着谢奇宝嘀嘀咕咕交代了许多话，什么好好学习，好好和同学相处，晚上不能熬夜，三餐准时要吃……可怜天下父母心，谢奇宝都快二十的人了，他妈妈对他还像是对一个小孩儿一样，生怕他在这儿念书受苦受累受饿受冻。

谢奇宝听得都有点不耐烦，其实这些话私底下说说还好，现在当着他三个室友的面说，就好像他是个离不开家人的妈宝男一样，太丢脸了。

"好啦好啦，我知道了，妈你别说了。"谢奇宝催她走。

"嗯，妈妈走了，你记得把这些特产分给你的同学一起吃，"谢妈妈又环顾一圈，想回忆一下有什么还没交代的，最后面向儿子，想到这一分开就要半年，竟然红了眼眶，"宝啊，妈妈会想你的，记得多打电话回家啊！"

谢奇宝本来还觉得烦呢，一见他妈红眼睛，瞬间被戳中泪穴，也跟着哽咽道："我知道啦妈！"

悲情的气氛会相互感染，母子俩很快就搂在一起哭成一团。

这突如其来的一幕叫边上的三人都有些措手不及，凌可是一向不擅长对付这种事的，索性闭嘴不说话，戚枫倒是想开口劝两句，但又完全插不进母子生离死别般的煽情氛围里。

至于高俊飞，他已经彻底蒙了——What's going on（我不知道发生了什么）！他才回宿舍不到十分钟！为什么他们母子一言不合就哭上了？！

幸好这对母子情绪来得快去得也快，哭了几分钟就打住了。

谢妈妈像是终于狠下心，放开谢奇宝，转身抓住离他俩最近的一个室友的手，嘱咐道："我们家大宝，就、就拜托你们多照顾了。"

高俊飞："……"

谢奇宝擦着眼泪道："妈，我自己会照顾自己的。"

高俊飞心说，你知道就好……

好在善解人意的戚枫及时出声安抚了一句："阿姨，都是同学，我们肯定彼此照应的，你就放心回去吧。"

谢妈妈一脸感动地看了戚枫一眼，才松开高俊飞的手，依依不舍地离开。

等谢母走了，谢奇宝也冷静了下来。

想到刚刚在室友面前出了这么一通糗，他一脸生无可恋。

"对不起，让你们见笑了，我妈她就是这样的……"谢奇宝嗓音还带着一丝哭腔。

接着他又主动把家人带来的特产都拆开来分给室友，想尽快刷回一点好感，特产是肉松饼、绿豆糕、山楂糖之类。

戚枫和凌可道谢收下了，高俊飞却没有表态，他还蒙着，而且他不爱吃甜食。

分完特产，谢奇宝又拿出自己的笔记本电脑，扭头问戚枫："戚哥，我们宿舍怎么上网？"

宿舍里所有人都在上网，肯定是能联网的，谢奇宝最后一个来，对情况还不清楚，自然问最有亲和力的戚枫。

但他这话一出，宿舍气氛瞬间又紧张起来。

显然，戚枫和凌可都还记得高俊飞那天开玩笑的话——不，他们也不知道高俊飞是不是在开玩笑。

网络是高俊飞搞的，戚枫不好自作主张直接把密码告诉谢奇宝，便把问题丢给始作佣者："问高俊飞吧。"

但他说完后并没有不管不顾，而是看着高俊飞，用眼神给对方施加压力——人家妈刚走，你可别欺负小孩。

谢奇宝看向高俊飞，有点害怕，因为这人不像个大学生，而像个社会哥。但都在一个宿舍，他又不可能一直不跟高俊飞说话，于是只能硬着头皮道："那个，高、高哥，Wi-Fi密码是多少？"

高俊飞听着谢奇宝仍带着鼻音的语气，又瞄了一眼放在自己桌上那些巴掌大小包装的糕糕饼饼，无力道："高俊飞是老大……"

谢奇宝一愣，在他误会之前，凌可赶紧补充解释了一句："密码是这句话的拼音。"

"哦，哦，谢谢。"谢奇宝刚才还以为高俊飞骂他，没想到这是密码，虽然觉得奇怪，但仔细一想，宿舍四个人用网，小弟也不止他一个，算了。

戚枫和凌可也松了口气。

得了密码，谢奇宝就不再跟高俊飞说话了，独留高俊飞一个人在那里思考——我是谁？我在哪？为什么这个小菜鸡能轻轻松松就要走我的Wi-Fi密码？

谢奇宝的自愈能力还特别强，不知在网上看什么搞笑电影，不一会儿就乐得一个人在那里傻笑，仿佛半个小时前跟他妈抱头大哭的不是他。

高俊飞回过神来，越想越郁闷，总有一种被欺骗的感觉。

他知道了，其实从他走进宿舍看见那白花花的蚊帐开始，就踩进了一个陷阱！那对母子一哭，把他的战斗力哭得七零八落，最后谢奇宝的妈妈再握着他的手搞了出"老母托孤"，导致他的力量被彻底粉碎了……然后稀里糊涂，密码就被要走了。这小菜鸡居然带着妈妈上战场演苦肉计，太犯规了！

"喂！"高俊飞突然叫谢奇宝，因为心里带着气，他这一声喂得有点大声。

谢奇宝吓了一跳，摘掉耳机："嗯？"

高俊飞凶神恶煞道："上网要交钱的哦。"

谢奇宝："哦，多少啊？"

高俊飞："一个月三十块钱。"

凌可和戚枫："……"他们明明才交二十五，高俊飞太坏了。不过为了宿舍和谐，他们还是假装不知道比较好吧。

谢奇宝赶紧掏钱给高俊飞，完了之后还小声抱怨了一句："交钱就交钱，你这个人怎么这么凶啊。"

高俊飞看着谢奇宝有点可怜巴巴的眼神，一瞬间又想起他妈拜托自己照顾谢奇宝的一幕，于心不忍。

"我，很凶吗？"高俊飞语气不由自主地弱了一点。

"有一点。"可能是怕得罪高俊飞，谢奇宝缩缩脖子，又讨好地问，"高哥你是哪里人啊？"

高俊飞："长春……附近的一个县。"

谢奇宝："哦，什么县啊？"

高俊飞："说了你也不知道。"

谢奇宝："我是福清的，福清你知道吗？"

高俊飞："不知道。"

谢奇宝："我告诉你，福清就是福州市辖的一个县级市，地理坐标为北纬正二十五度二十八分至二十五度五十二分，东经……"

高俊飞："等、等等，这你都背得出来？"

谢奇宝指了指电脑屏幕："不啊，我在念百度百科给你听啊。"

高俊飞绝倒。

谢奇宝一脸耐心道："所以你跟我说你家哪儿的嘛，我自己搜搜不就知道了。"

高俊飞简直要崩溃了，这到底是个什么人啊！

在高俊飞和章文沁两大班委的齐心协力下，新闻系（1）班终于顺利建起了班群。

当天的晚饭，412宿舍四人一起吃的，席间几人的手机频频振动，戚枫拿出来一看，笑道："群里可真热闹。"

他又一刷，发现多了二十几条好友申请，全是新同学发来的。

谢奇宝瞄见他通讯录上显示的红点，纳闷："怎么这么多人加你？加我的一个都没有。"

戚枫："不至于吧？"

谢奇宝拿出手机给戚枫看，还真是，就戚枫和高俊飞两个人加了他的微信，连凌可都没加。

高俊飞是男生班委，要不是他得先把所有人加上再拖进群里，估计也不会加谢奇宝。

戚枫问凌可："你怎么不加谢奇宝？"

凌可一愣，掏出手机："我忘了，你哪个头像，我加你。"

其实也不是忘了，凌可本来就没习惯和关系一般的人交换微信，既然有群，有啥事群里说就行了。

不过现在戚枫提了，他加一个也无妨。

拿出手机，凌可惊讶地发现，自己的通讯录也是一片红点。

这现象搞得高俊飞好奇起来，唯恐天下不乱地问："哈，你俩的好友申请哪个多啊？快比比。"

四个吃饱饭没事干的人就凑在一起研究了一下，最后发现，加戚枫的一共二十六个，其中二十个女生，一个不漏，通杀，男生却只有六个。而加凌可的男生有十一个，女生只有十个。

高俊飞摸摸下巴总结道："果然还是戚枫更受女生欢迎啊。"

谢奇宝一脸不解："为什么加凌可的男生比加戚哥的多？难道凌可比戚哥更受男生欢迎吗？"

这个谜之问题，谁也没办法解答。

Part 06　新任校草

第二天开始军训,一大早,所有新生按系分排去多媒体教室上军事理论课,当天下午就展开了实地训练。

412宿舍一行人的出现再次闪瞎了大伙儿的眼睛,这回不止戚枫和凌可,换上迷彩服的高俊飞也帅得不行。

但让人眼冒爱心的人唯独不包括谢奇宝,因为同样的服装穿在戚枫、凌可和高俊飞身上,就是军人气质,可穿在一米七的谢奇宝身上,就像个套着麻布袋的倭瓜。

谢奇宝想想就觉得好气,不过还好排阵列是按个子排的,高个儿站前头,矮个儿站后头。除了谢奇宝,412另外三人都站在第一排,他总算不用被衬托得那么可怜了。

军训的教官似乎都特别爱折腾队伍里长得帅又有点书生气质的男生,头两天练站姿、蹲姿等基础动作的时候,他们排的教官一双鹰隼般的眼睛直往戚枫和凌可身上瞅,但凡抓着一点儿抓耳挠腮的,被罚是小事儿,就怕听到教官的嘲讽,比如骂他们弱得像女人,没有一点男人气质之类的。

所以,凌可咬紧牙关,拼着一股劲儿,在训练时丝毫不敢松懈。

想到戚枫因为一床席子就背部过敏的事,凌可原本还有点担心他这种大少爷会不会有点娇气,但出乎意料的是,戚枫比他预想中的能吃苦。

他长得好,皮肤还挺白,但412宿舍没有人见过戚枫用保湿乳、防晒霜之类的东西。军训连着几日,他任凭那张俊美的脸蛋儿日晒雨淋,没有皱一下眉头、喊一声难受。

记得第二天站军姿的时候,有个平时身体素质不太好的女生中暑昏倒了。

当时戚枫站在排首,在所有男生当中距离那个女生最近,当即走过去扶,却被教官勒令制止:"谁叫你动的?去,边上做一百个俯卧撑。"

这明显的刁难让所有人都吃了一惊，但军队要服从命令，教官说什么就是什么，众人虽为戚枫抱不平，却敢怒不敢言。

戚枫也没有异议，直接到边上，一声不吭地做起了俯卧撑。

他一连做了五十多个，气也不喘，倒是浑身的汗水滴滴答答，在塑胶地面上积了一片水渍。

教官一直看着他做到八十个，才让他起身归队，眼中已带上了一丝赞许和认可。

没多久，全员原地休息三分钟，凌可走过去关心戚枫："你还好吧？累不累？"

"不累，我就是有点渴……"戚枫说完就抓起水壶仰头猛喝。

凌可想起刚刚戚枫起身后地面上那一摊水，忍不住道："我有时候都怀疑你是不是……"他欲言又止。

戚枫好奇地追问："嗯？是什么？"

凌可："水做的……在太阳底下一晒，就被蒸干了。"

"噗……咳咳！"戚枫差点被水呛到，缓过劲儿后，学着凌可用一本正经的语气和表情道："可能我是水母精变的，听说水母体内有百分之九十九都是水呢。"

凌可："……"这样的玩笑都接得上来？戚枫真厉害啊！

俯卧撑的事过后，再也没人敢说戚枫娇气了，包括之前笑话他"小公主"的高俊飞，也对戚枫刮目相看。

军训几天，大伙儿白天被虐得筋疲力尽，解散后回宿舍，几乎所有人都是洗完澡倒头就睡。当然也有人不洗就睡——比如谢奇宝。

宿舍里洗澡要排队，谁先抢到浴室就谁先洗，如果等不及就只能去走廊尽头的公共浴室洗群浴。

凌可有洁癖，肯定是不会去洗群浴的，所以总是第一时间回宿舍快速洗完，戚枫也紧随其后。但谢奇宝做事非常拖沓，经常等第一个人都已经洗完了才慢吞吞地回来，一看要排队，就懒得洗了，衣服也不换，直接脱掉鞋子裤子就爬进他妈给他挂的床帐里，秒睡。

如果谢奇宝就一个人住，那他一年不洗澡也没人管。可宿舍是公共空间，四个大男生出了一天汗，光是衣服脱下来的味儿都没法闻，若再不洗澡，窗户一关空调一开……那叫一个酸爽。

所以，当谢奇宝第三天还是打算不洗澡就睡的时候，高俊飞忍无可忍！

作为新闻系（1）班的男生班委代表，高俊飞同时还兼任着412宿舍的舍长职位，他有责任维护宿舍里的环境卫生，更有必要维护自己的睡眠质量——谢奇宝再不洗澡，和他挨床睡的自己就要被熏死了！！！

于是，这天谢奇宝一回来，正耷拉着脑袋准备爬床，就被高俊飞老鹰抓小鸡似的揪起来拖进浴室，扒了衣服，怒吼一声："洗！"

91

接下来的十五分钟，已经躺在上铺的凌可和戚枫只听见浴室里传来一阵高过一阵的惨叫，还有高俊飞不为所动的咆哮与训斥："你知不知道你身上现在什么味道？腌菜缸里的菜都比你香！你是要臭死我好继承我的财产吗？啊？"

谢奇宝起初还因为震惊骂了几句，但无论是语言还是嗓音，都没有高俊飞的气势。

凌可听到谢奇宝中间叫了一句"你管我那么多"，就被高俊飞更粗暴的一句"你有本事打电话跟你妈告状啊"给盖回去了。

然后，谢奇宝就哭了，一边哭一边骂，普通话里夹杂着谁都听不懂的家乡话，既哀怨又不服气。

"哭个屁哭！你还是个男人吗？"高俊飞吼了一句，接着又是啪的一记重重的拍打声，带着浴室里特有的回响，震得戚枫、凌可同时打了个激灵。

巴掌？不像，声音有点清脆。

一秒后，谢奇宝用难以置信的嗓音哀号着告诉了他们那声是什么："你居然打我屁股！我——妈——都没打过我屁股！啊！高俊飞你个浑蛋！啊！呜……"然后他便用仿佛快厥过去的声音继续哭。

高俊飞被他这一唱三叹声情并茂的控诉逗笑了，整个装凶的表情彻底崩坏，一边继续拿水喷他，一边道："要不是你妈交代我照顾你，你以为老子愿意管你啊，菜鸡。"

说到最后两个字，高俊飞的语气已带上了某种无可奈何。

"你才菜鸡！"谢奇宝反驳了一句，不过哭声小了点儿。

"我菜鸡？哈，你比比我俩胳膊谁的粗，还有你一身油皮，没有一点肌肉，到底谁是菜鸡？"

"谢奇宝都快叫破嗓子了，麦毛了。

高俊飞反而丧心病狂地哈哈大笑起来。

两人骂骂咧咧，夹杂着谢奇宝不时的抽泣，之后还在浴室里你一句我一句地聊起了天。

谢奇宝："你神经病，谁要你把我妈说的话当真！"

高俊飞开他玩笑："你妈握着我的手一副要把你托付终身的样子，老子不当真良心过得去？"

谢奇宝噎了一下，又道："那她是叫你照顾我，又不是叫你管我！"

高俊飞："有区别？"

谢奇宝："你这人好烦，我把我剩下的十包绿豆糕都给你，你以后能不能别管我了？"

高俊飞："你给我十箱绿豆糕都没用，不洗澡这事儿没的谈！"

谢奇宝："……"

两人从浴室出来后，趴在床上的戚枫偏头对高俊飞道："哎，你别老欺负人家啊，他不想洗澡就随他去呗。"

这话明面上看着像是在帮谢奇宝打抱不平，但戚枫的语气带着温和的笑意，任谁都听出只是象征性的安慰和打圆场。

再说事情都结束了，他才出声，未免有看好戏的嫌疑。

只有谢奇宝这个傻子没听出来，还当戚枫是在关心自己，在经历了高俊飞的暴力管教后，戚枫这句话简直叫他如沐春风，都快感动哭了："戚哥……"

高俊飞听他带哭腔的嗓音，心里就来气："你叫八哥也没用，再不洗澡直接把你从四楼丢出去信不信！"

谢奇宝："……"

戚枫哧哧发笑："行了，别闹了，都睡吧，明天还要继续军训。"

凌可紧张兮兮地听了半天，感受着宿舍里的气氛从剑拔弩张逐渐趋于平静，松了一口气的同时，也有点自愧不如。

唉……这才是室友之间的正确相处方式啊！

回忆着那一声清脆的声响，凌可面上一热，觉得这种程度的他可能这辈子都做不到。毕竟，语气、表情什么都可以控制，但被打屁股，还真是有点羞耻啊！

军训前期枯燥的站姿、蹲姿训练过后，之后几天的军体拳、匕首操就显得有趣了些，教官也慢慢摘下了严苛的面具，与大伙儿打成一片。

倒数第二天各班选军训标兵，戚枫和高俊飞都在内，凌可身高还差了一点，没入选。

全校所有院系一共选出了一百个标兵，男女各五十个，组两个精英排，为最后的会演做准备。

当天，不少学姐学长都来围观，尤其是看精英排走方阵和军体操，因为过来人都知道，入选的标兵差不多有一半是帅哥美女。

轮到精英排走方阵时，操场围栏外骚动不安，所过之处都能引起一阵阵尖叫。

十四天的军训转眼就结束了，F大的新任校草也在这半个月沸沸扬扬的八卦中被评选了出来。

新生军训结束当晚，"花草"版块就公布了网友的评选结果——

【201×年F大校草】：新闻学院新闻系1×01班，戚枫。

帖子下面除了戚枫和凌可在鸳鸯湖被偷拍的那张照片，还有不少这几天被偷拍的，包括戚枫在校园里漫步的、食堂里吃饭的、军训穿着迷彩服的……

没人对这一届校草评选有异议。

因为戚枫的颜值实在太高，评选帖下方的回复几乎全是被苏倒一片的尖叫声。

当然，除了校草，网友还评选了各系系草，毕竟各草入各眼，只选一个，其他长得帅的人和他们的粉丝多少会不服气。

当众人在系草名单里看到"新闻系系草：凌可"这一条时，也都生出了一种名副其实的欣慰感和自豪感。

这一来，出了"两草"的新闻系和18栋男生宿舍楼412寝室都跟着出名了。

尤其是后者，校草和系草同班同宿舍的事，在F大还是有史以来第一次。

女生们纷纷在论坛里讨论这个传说中的寝室，并羡慕着能与戚枫和凌可同宿舍的室友。

就在这时，校内论坛的"跳蚤市场"版块出现一个新帖——"奇宝热卖——让你接触原汁原味的校草&系草。本人认识412宿舍内部成员，可提供出售校草、系草淘汰草席两床、军训服两套、咖啡纸杯五个、校草喝空的矿泉水瓶六十八个……价格私聊，先到先得，售完为止！此外还可提供校草、系草未发布照片，妹子们有什么其他需求尽管找我！淘宝地址：××××××……联系QQ：×××××××……"

这个帖子瞬间引发了回复狂潮。

一开始是一片"666"和"楼主要火"这类的评论，后来有人跳出来质疑帖主的做法，甚至怀疑是不是校草和系草自己开小号卖东西，对此进行了各种道德抨击。

直到有人点了淘宝链接，发现地址不真实，搜索了QQ，也查无此人，才在下面道："这是个恶作剧帖子吧！地址根本打不开，QQ也加不了！"

接着又有人去查了帖主的ID资料，才发现这个叫"天高海阔927"的ID并不是个新人，对方在校内论坛里的发帖记录已长达五年，而且还曾活跃于经管系的学术版块。

键盘侠们这才讪讪作罢，大伙儿也反应过来，原来是哪个学长或学姐在搞恶作剧。

几轮声讨和八卦下来，这个帖子就直接被送上了当日热门。

彼时，凌可和戚枫还不知道他们又在网上火了一把。

难得周末，两人睡了个懒觉，中午出去吃了饭，回来以后，戚枫喝饱了水，爬回上铺，四仰八叉地躺着吹空调玩手机，那叫一个满足。

凌可则在优哉游哉地收拾东西，两人一上一下，还隔空聊着天。

十四天军训下来，大家都被晒黑了一圈，但戚枫不只被晒黑，还被晒脱皮了。刚刚凌可看着他的手臂、肩膀都感觉有点瘆人，这会儿便问他要不要紧，需不需要去医院看看。

戚枫："没事，以前也脱过，脱完长出新的就好了。"

凌可："是不是脱完皮变得比原来更白？"

戚枫："你怎么知道？"

凌可无语，他其实就开了个玩笑，原来是真的，服气了。

顿了顿，他又调侃道："我有时候觉得你挺娇气，有时候又觉得你挺坚强。"

戚枫从床上探出头，挑着眉毛问："为什么你和高俊飞都说我娇气？我到底哪里娇气了？"

高俊飞正对着电脑不知看什么，耸着肩膀笑，听到这话，赶紧申明道："不不不，不算我了，我现在觉得你够爷们儿。"

凌可心说，细皮嫩肉呗，这不算娇气？

戚枫笑了笑，缩回头去，道："其实我们学校的军训挺轻松的，我当初跟我哥去美国参加军令营，那个才叫苦，被虐惨了。"

高俊飞问："你还有哥哥？"

凌可也有点好奇，戚枫有哥哥的事他之前听别人说过，但一次也没听戚枫自己提起，便紧跟着问了一句："亲哥哥吗？"

戚枫低低地嗯了一声，高俊飞奇怪道："我们小地方超生也就算了，你这种大城市里的，我记得都是独生子女吧？怎么也能生两个？"

戚枫笑着说："我跟我哥是双胞胎。"

"双胞胎？！"凌可吃了一惊，万万没想到戚枫和他哥哥竟然是双胞胎！

"哈？"高俊飞也很惊讶，问，"真的假的？那你哥跟你长得一样帅吗？"

戚枫笑道："我觉得我比他帅。"

"你可真够自恋的，"高俊飞嗤笑了一声，问，"你哥考哪所大学了？"

戚枫道："他在国外，很小就出去了。"

凌可想到之前听来的八卦，问道："你跟你哥哥不在一块儿上学？"

戚枫："嗯，我一直是在国内念书。"

高俊飞也觉得奇怪："为啥啊？双胞胎的话不都是一起长大的吗？你爸妈忍心拆散你们？"

戚枫沉默了两秒，一边看手机，一边低声道："我爸妈离婚了，他跟我爸，我跟我妈。"

听到这里，凌可才明白，难怪没人知道戚枫他哥长什么样子，也很少见戚枫的朋友们说起，原来是这个原因。

而说出这句话的戚枫也莫名让人感觉有点惨，好像一下子从一个家庭富裕无忧无虑的人生赢家变成了一个因父母离异而身心受创的可怜boy，所以凌可和高俊飞问到这里就打住了这个话题。

不过对于戚枫的哥哥，凌可还是抱有一点点好奇，过了几分钟，他又问戚枫："有你哥的照片吗？"

戚枫愣了愣，道："没有。"

照片肯定不会没有，但戚枫明摆着不想提他哥，凌可便识相地没再多问。而且联系戚枫刚才说的话，他哥应该和戚枫不太相像，又长年待在国外，和他们的生活不会有什么交集。

思及此，凌可稍稍松了一口气。

但他自己也说不清楚为什么听到戚枫说有个双胞胎哥哥时，内心冲击会这么大。

也许是因为，他是戚枫的颜粉，一想到这世上还有一个和戚枫长得一模一样的人，凌可的心情就有点复杂。

不过，若仔细追溯起来，戚枫对他的意义还真不止于"颜"。

尽管戚枫长得很帅，但确切来说，他是在电视台那次竞选时，发现对方不止会弹钢琴后，才被彻底刺激到的。之后他又得知戚枫多才多艺，从此便把对方当成自己的目标，再慢慢发展成一个"颜控"。

所以，戚枫是与众不同的，他陪伴着自己度过了漫长又平淡的青春期，激发自己不断努力奋进。可以说，凌可能走到今天，有如此强的心智和优秀的成绩，戚枫功不可没。

凌可一边分析着戚枫对自己的意义，一边收拾军训后的残留物品。

这时，高俊飞忽然插话打断了他的沉思："哎，你这军训服打算丢啊？"

"不丢？"凌可伸手挑了一下衣角，嫌弃道，"留着干什么？还当纪念品吗？"

军训前每人发了两套衣服，供换洗，凌可头两天出了汗还坚持一天换一套，后来实在累得洗不动了，再看戚枫和高俊飞，也是一副破罐子破摔的模样，于是跟着作罢。

之后几天，几乎所有人身上的衣服都是没洗过的，有人的衣领上都因为反复吸汗、晒干而析出一层白白的细盐，也只有那个状态下的人能忍受了。

看着眼前梅干菜似的军训服，凌可一天都不想让它多留在宿舍。

高俊飞嬉笑着道："你不要给我呗！"

戚枫闻言又从床上探出头来，不可思议道："啥？你还回收军训服？"

高俊飞抬头道："是啊，哈哈，还有你的，没丢吧？一起给我得了！"

"这衣服质量这么差，十四天穿下来都快报废了，还能再卖？"戚枫皱眉道，"再说我都没洗。"

他显然是误解了高俊飞的想法，只听高俊飞道："不用洗不用洗，原汁原味最好。"

凌可听到那个"原汁原味"就警觉起来，问道："你到底要干啥？"

高俊飞："卖给你们的'迷妹'。"

凌可顿时面目扭曲："滚，你真是丧心病狂！"

高俊飞毫不在意地狂笑着："哈哈哈哈哈哈哈……"

"……"戚枫把脸埋在枕头里，既觉得恶心，又被对方的笑意感染，也跟着笑，"高俊飞你个变态！"

凌可则迅速扎起垃圾袋，直接下楼去丢掉了，生怕慢一步就会被高俊飞拿去毁节操。

等凌可回来后，高俊飞才把自己在论坛里发恶作剧帖的事情告诉他们，还道："你们看，很有人气，真的有不少人想买哎！"

戚枫看到一条，难以置信地挑眉道："你还数了我喝空的矿泉水瓶有多少个？"

高俊飞："你真当我有病啊！我随便写的。"

戚枫："我就说嘛……一天七八瓶，十四天肯定不止六十八个啊。"

高俊飞无语，戚枫这是什么关注点？

凌可忽然反应过来，环顾了一圈问："那两床凉席呢？"

高俊飞挠挠头，这才心虚地笑道："嘿，那个忘了跟你们说，已经卖掉了。"

凌可竖起眉毛："卖给谁了？"

高俊飞："我们班……俩女生。"

戚枫和凌可绝倒！在高俊飞连连保证仅此一次下不为例后，两人才放弃追究。

戚枫又返回论坛重新刷了一遍，发现和自己相关的八卦已冒出几个苗头。

他微微沉吟了一瞬，问凌可："哎，你上次提到的学姐说会介绍我认识网络部的人，能不能让她现在帮我牵个线？"

凌可正在网上看一个新闻，心不在焉的，拿了手机就把齐秋蕊的名片推送给戚枫，道："你直接加她吧，我跟她打个招呼。"

周日，班上的几个女生在群里再一次组织看电影，在@全体成员后，又有人单独@了戚枫和凌可，道："两位帅哥一起来啊！"

这一回凌可和戚枫没什么理由拒绝，两人的确是在宿舍里闲着。

高俊飞这个班代表不知道又去忙活什么了，谢奇宝窝在宿舍里打游戏，不太想出门，两人又问了对门宿舍的同学，一部分人表示不愿意花钱去电影院看，也有人对女生选的片子不感兴趣。

最后七凑八凑，男生这边竟然只凑了四个人。

一行人在校门口集合，女生那边倒是呼啦啦来了一片。

军训半个月，同学之间已经挺面熟了，但之前大家穿着军训服，若非长得特别出挑，看起来都差不多模样。

直到今天，大伙儿才有机会穿上彰显自己个性和特色的衣服，尤其是女生，都在最好的年纪，如何也忍受不了在帅哥面前套身麻袋、蓬头垢面的模样。

有几个女生军训时不太起眼，现在穿上裙子、小高跟，再化点儿妆，就显得亮眼多了。

另外两个跟着戚枫、凌可一起来的男生感受着一群女生环绕的滋味，都有些飘飘然。

一行人步行到了距离学校最近的影院，票子是一个女生在网上买的，取完后统一收钱，其间有人提出想喝饮料，说是一会儿一起算。

边上就有奶茶店，但他们来的人太多，不好全拥过去，只能派出一个代表去买，于是前不久刚荣获校草称号的戚枫就被推了出来。

"戚枫去吧！"

"对对，校草去！用你的笑容秒杀卖奶茶的！"

一个男生往奶茶店的方向瞅了一眼，道："奶茶店里是个小哥哎，为啥戚枫去秒杀一个男的？不应该派个漂亮点儿的女生去吗？"

众人瞬间大笑起来，有人道："不用不用，咱们班戚枫男女通杀！"

戚枫也挑着一边的眉毛开了句玩笑："就算我男女通杀又怎样，难道奶茶店小哥还能因为我长得帅给我打折？"

几个女生已经笑得直不起腰来了，也不知道都在瞎乐和什么。

戚枫眼看再拖下去电影都快开始了，忙道："好了好了，我去买，你们想喝什么？"

"我要金桔柠檬茶！去冰！"

"我要布丁奶茶！"

"大杯奶茶三兄弟！"

"鸳鸯奶茶！"

……

"等、等等……这么多我记不住啊！"戚枫一个头两个大，扭头对凌可道，"你快帮我记着，一会儿跟我一起去！"

凌可一脸"这么简单的事你还要人帮忙"的表情，最后无奈地叹了口气，掏出手机，开了录音功能，对女生们道："一个个来，想好了说，说错没有改的机会，否则会乱，开始吧。"

众人："……"

戚枫忽然有点被学霸当成智障藐视了一番的感觉。

凌可录完音还是跟过去给戚枫帮忙了，买完回来，女生们要给戚枫钱，戚枫大方道："算了，就当我请吧。"如果大家是各自去买，就AA制了，但既然派他去买了，他花出去的钱，没有挨个问女生要回来的道理。

大伙儿心里高兴，但面上有些不好意思，戚枫怕他们惦记在心上，眨眨眼道："作为交换，电影票的钱我就不给你们了。"

有个女生夸张地捂着心口道："戚枫，别对我们放电了……"

和校草做同班同学，真是一件痛并快乐着的事。

女生们挑的是一部以"打拐"为主题的国产伦理片，可能因为入读了新闻系，虽然大伙儿还没学什么专业内容，但都有意识地想看一些有争议性内容或能引发思考的主题电影。

影片讲述了一些失去孩子的家庭和抚养被拐儿童的家庭之间的矛盾，其间穿插了很多社会问题，但更多的是讲法律和伦理的冲突，拍得既写实又绝望。

出演电影的是黄金阵容、一线大腕，演技全程在线，让人身临其境。

看到伤感处，凌可发现前排好几个女生都在偷偷擦眼泪。他和戚枫并排坐着，感觉戚枫也看得相当投入。

其中有个情节，一对夫妻把孩子弄丢了，为此不断引发争吵、彼此责难，直到在一次互助会上，饰演妻子的女演员才在一阵难言的沉默后，痛苦崩溃，蹲下身去道歉：

"对不起，是我把孩子弄丢的。"

这一幕出来后，凌可留意到戚枫伸手抓住了边上的奶茶杯子，但是并没有拿起来喝，就这么紧紧握着，但视线仍对着屏幕。

影片结束，放映厅的灯亮起来的一瞬间，凌可惊讶地发现戚枫的眼眶也是红的。

因为很多人都哭了，所以大家都没心思去管别人怎么样，兀自沉浸在那种若有所失的惆怅感中，一边慢吞吞地往外走，一边意犹未尽地讨论着电影剧情。

唯有时刻关注着戚枫的凌可，听到戚枫小声跟自己打了声招呼："我去趟洗手间。"

去洗手间的人不止一个，戚枫去的却不是影厅出口处那个人多的洗手间，而是转身下了楼。

这个影院一共五个厅，分布在两层内，如果每层布局一样，凌可推测楼下同一位置也有厕所。

凌可顿了顿，跟了上去。

戚枫去的果然是楼下的洗手间，与刚刚散场后拥堵的楼上相比，这边冷清许多。

凌可推门进去的时候，里面就戚枫一个人，躬身在洗手池前用冷水洗眼睛。听到动静，戚枫红着眼睛扭过头来。

凌可："……"

戚枫赶紧低头，一边继续洗脸，一边故作镇定："你怎么也来了？"

凌可："楼上人太多。"

戚枫："哦。"

凌可假装上了个厕所，他知道，大部分男生都羞于把自己脆弱的一面展示给别人看，但刚才躲人的戚枫却叫他莫名觉得有点可爱。

小解完转过身，凌可就见戚枫两手撑着大理石台，一脸懊恼地盯着镜子中依旧眼眶发红的自己。

都已经被看见了，再躲也没什么意思，戚枫没话找话地给自己台阶下，以掩饰自己的糗态："挺感人的……这部电影。"

但凌可听他微微变调的嗓音，只觉得想笑。他算是明白那些有母爱心理的女生了，看见这样的戚枫，连他都特别想上去给对方个抱抱。

"你不感动吗？"戚枫压着嗓音问，想通过和凌可交流来缓解自己的悲伤情绪。

"感动啊。"凌可边洗手边回答。

但感动归感动，凌可还是非常冷静，不太能理解为什么有些人泪点那么低……虽然这并不妨碍他欣赏戚枫难得脆弱的模样。

戚枫瞥了一眼面无表情的凌可，愤然道："你看起来一点事情都没有。"

刚吐槽完这一句，他眼前就出现了一张纸巾。

凌可一边庆幸着自己买的纸巾终于能在戚枫身上使用一回，一边斟酌着问："是鲁晓娟为丢失孩子道歉那一幕戏触动你了吗？"

戚枫接过纸巾，好不容易压下去的情绪因为凌可这一句提醒再次涌了上来，画面感挥之不去，使他瞬间热泪盈眶。

凌可直接无语了：有这么感动吗？

戚枫自己都很为自己的感性恼火，赶紧用纸巾捂住眼睛，以免泪水决堤，丢尽面子。

却不想，就在他仰头的一瞬间，身上一紧……有人抱住了他。

这里只有凌可，所以抱住他的，唯有凌可。

戚枫反应过来这一点，眼泪都被吓了回去！

可他还没有好好体会这突如其来的拥抱，就感觉自己的背部被轻轻地拍了一下。

嗯？

接着，他就听到凌可用一副冷淡的嗓音在自己耳边说："有什么好哭的，只是电影而已。"

戚枫："……"

看完电影，女生们又组织大家一起吃晚饭。

谁也不知道戚枫和凌可到底是怎么回归大部队的，包括他们自己。

戚枫是被凌可方才的举动震蒙了，本以为凌可是个非常反感和他人肌体接触的男生，但现在看来并非如此。还有，他这几天也能感觉到凌可在慢慢放下架子，包括以前看起来不喜欢开玩笑，但最近也会讲点冷笑话。

他猜也许凌可并不是高冷，而是个比较慢热的人，处熟了就好了。

吃饭时，他和凌可没有挨着坐，中间还隔着另外一个男生。戚枫强忍着不用奇怪的视线去打量凌可，但仍控制不住用余光瞄他。

凌可一如既往地面无表情，淡定非常。

戚枫蓦地又想起了新生大会那天凌可下台后对自己开玩笑说的那句话。

"反正你又看不出来。"

反正……又……看不出来……

呵，呵呵呵……

Part 07　流言蜚语

周末过后，新的学习生活便紧锣密鼓地开始了。

新闻系大一的专业课比较少，只有三门，分别是中国新闻史、媒介素养和新闻采访。但作为一个对未来有所追求的名校学生，大学四年从来不会轻松。

因为他们不止要学着如何做一个新闻人，还要在口才、情商、交际组织、知识储备等方位展开全面竞争。

就在他们踏进这所学校大门的那一刻，新的征程已经开始了。

第一天上课，学院里两个相近专业共四个班级一百多个学生凑在一起上。

不过，有意思的不是上课内容，也不是授课老师，而是课后在教室外排着队给戚枫递情书的女生。她们没去宿舍楼下堵人，是因为一栋宿舍几百个人，谁也说不准戚枫什么时候下楼来，与其守株待兔不如主动发起攻击。

或许会有人问，为啥没有给凌可递情书的？其实也有，但和戚枫比起来几乎可以忽略不计。

毕竟两人的头衔有差距，校草面临的爱慕者是来自整个学校的，而系草，就只是其中一个学院一个系，范围较小。

尽管凌可在论坛里也小有名气，但远远比不过已被评选为校草的戚枫。尤其是在上一任校草还在校念大四期间，新的校草取而代之，吃瓜群众对这个爆点喜闻乐见，几乎在一夜之间，戚枫的名字和照片就已经传遍整个校园。

经过几天的发酵，一部分被爱情小说洗脑的姑娘有些蠢蠢欲动，加之这些天论坛里陆陆续续冒出来的八卦资料，还有对戚枫穿着打扮的分析，让众人得知戚枫不止长得帅，还很有钱……这个信息使那些姑娘当中的拜金女更加按捺不住。

于是，坚信着"爱情需要主动争取"的妹子们查了新闻系的课表，专门在戚枫上下课必定会出现的地点等待，企图制造偶遇。

只是没想到想法相同的人那么多，偶遇就变成了组团告白，在新闻系开课第一天上演了这一幕奇观。

戚枫抱着一堆情书回到宿舍，彻底蒙了。

即便"经验丰富"，他也没见识过这么如狼似虎的追求者，简直跟一窝蜂似的……

这导致他以后上课都不敢坐前排，只能靠着出入口，一下课就收拾东西跑路，而且怕连累凌可跟着他东躲西藏，他都是一个人先跑。

不过，就算戚枫不一个人跑，凌可也会跟他保持些距离。

因为自从周末那天看完电影回来后，两人都对影院洗手间里那个互动有一些心照不宣的微妙感。

特别是凌可，事后反思，也觉得自己安慰戚枫时的举动有点过头了，虽然和高俊飞在浴室里对谢奇宝做的相比，凌可觉得自己隔着衣服轻拍戚枫已经比较保守了。

但回想起来，戚枫那一瞬间的反应好像不大自然。意识到这一点后，凌可就耿耿于怀，不知道要如何化解那次造成的尴尬，所以，只能像鸵鸟似的暂时逃避。

当然，两人课后分开行动还有一个客观原因——他们加了不同的校媒和社团。

如齐秋蕊所预测的一般，九月底社团招新后，戚枫和凌可就成了各大组织蜂拥争抢的人物。两人还没有主动上门去打听，负责人们就纷纷通过私人渠道联系上他们，递来橄榄枝。

除了最常见的学生会和团委，还有Cosplay社、DV摄影社、校篮球队、帅哥协会……最后，凌可除了校网编辑部，还加了羽毛球社和钢琴社。戚枫则选了校网网络部、校篮球队和……流行乐曲研究社（含编曲作曲）。

凌可看他最后筛选下来的邀请函，惊奇道："嗯？你还会作曲？"

"完全不会，"戚枫摇头，笑道，"不过我以前学钢琴的时候喜欢瞎弹，觉得也很好听，可惜当时都没记录下来，正好趁这个机会研究看看。"

"研究了有什么用？"凌可是务实派，只做自己擅长或者是对自己有用的事，比如羽毛球和钢琴，都是他擅长的，或者习惯去做的，但真要说有多喜欢，好像也没有，所以凌可会下意识地问戚枫选这个社团的目的。

没想到，戚枫却道："就随便玩玩啊，感觉蛮有意思的。"

凌可："……"

跟戚枫和凌可相比，谢奇宝显得悲惨许多。社团招新周，他主动出去绕了好几圈，每次跟人介绍自己，都不如报出自己是412宿舍成员的聚焦效果来得强。

前面他无论说什么，别人都一副兴致缺缺的模样，可一听他和校草同宿舍，都会一脸兴奋地跟他打听这个打听那个，更有甚者会让他直接带话给戚枫和凌可，传达"组织"的邀请。

这年头，颜值简直是老天给你点的金手指，造物主给你开的高级挂，能让你所向披靡。谢奇宝也很无奈，因为没人不喜欢帅哥美女，和凌可、戚枫他们待在一个宿舍，他也觉得很赏心悦目。

何况，那两人不仅仅是长得帅，前者作为新生代表致辞就足够吸睛了，后者会的东西更多。有一次宿舍夜谈，听戚枫说他学过的一些运动项目就能让谢奇宝瞠目结舌，更别说还会好几种语言……短短几个周接触下来，谢奇宝简直自愧不如！

这天晚上，谢奇宝临睡前在洗手间洗漱，高俊飞也挤进来刷牙，随口问他加了什么社团。

谢奇宝想起这事就郁闷，纠结半天，他加了个动漫社，还被要求交五十块钱入会费，结果入会后他就被拖了一个名叫"F大动漫社"的QQ群，群里只有头两天新人刚加进去的时候有点动静，之后就跟死群一样。

谢奇宝觉得无聊，私戳了社长问社团有什么活动或任务。

社长问他："你会画漫画吗？"

谢奇宝："不会。"

社长又问："那会剪辑视频做字幕吗？"

谢奇宝："不会……"

社长又问："那P图呢？"

谢奇宝："也不会。"

社长："那你就先在群里聊聊天吧。"

谢奇宝一脸蒙——为什么他一个正常毕业的高中生还得会画漫画、做视频、P图？难道别人都会？

然后，他问了个最不该问的人，戚枫。

戚枫点点头："会啊，不过我没试过画漫画，只会画素描和油画。"

谢奇宝就无语了。

想起这些惨淡的经历，谢奇宝长叹了一口气，有气无力道："动漫社。"

"你叹什么气？"高俊飞瞄了一眼他身上已经不只是第一件图案相同的海贼王T恤衫，道，"你不是挺喜欢动漫的嘛，不错啊。"

谢奇宝苦闷道："为什么你们都这么厉害？我觉得我仿佛是个假大学生！"

是的，跟戚枫、凌可相比略显平凡的高俊飞，都是个传说中的人物，毕竟高俊飞自诩F大江湖百晓生不是自夸，而是真的知道很多事。

所以问题还是出在这个宿舍上，谢奇宝又想问问老天，他到底做错了什么，要把他分在412，在这些厉害室友的衬托下，他每天都在怀疑人生。

"本来我还想着上了大学能谈个恋爱呢，现在和你们一比，谁还愿意跟我交往啊！"作为412宿舍食物链底层生物，谢奇宝现在彻底成了个"泄气包"。

高俊飞见谢奇宝比自己足足矮了一个头的身高，还有一张稚气未脱的脸，直想吐槽：就算你不跟我们比也找不到女朋友，找个妈还差不多。

但看谢奇宝这么可怜，高俊飞总归没太毒舌："你别多想，戚枫和凌可对你并没有什么威胁。"

谢奇宝："啥意思？"

"意思就是，他们跟你不是一个世界的人，"高俊飞点了点洗漱台上贴着"枫"字标签和"可"字标签的刷牙杯，道，"你不用担心他们跟你抢什么资源。"

谢奇宝还是没听明白。

高俊飞横了他一眼，酷酷地说："你只要担心我就够了，在412宿舍，你的竞争对手，只有我。"说完他一甩毛巾，走了。

谢奇宝："……"

爬上床后，谢奇宝又琢磨了半天高俊飞说的话，他们不是一个世界的人，这个倒还能理解，颜值不在一个阶级嘛……但这和那两个刷牙杯又有什么关系？

还是说，高俊飞点那杯子只是代指戚枫和凌可？

在大脑彻底乱成一团线之前，谢奇宝总结出了一个道理——高俊飞，自恋你就直说！

待社团招新周过去后，影院互动事件的余韵也慢慢消散，正当凌可和戚枫的关系开始回温之际，发生了一件事。

这天，凌可所在的校网编辑部成员聚餐。

校网是一个统一组织，虽然有上面的团委老师指导思想，但工作都是学生在做，组织下面有不同部门，每个部门有一到两个负责人。

为了迎接新成员，部里惯例会有聚餐活动。

晚上，十来个人一起去校南门外的湘菜馆，坐了张大圆桌，点了一桌子菜。

编辑部大部分是姑娘，大家不喝酒，点了一堆饮料，学着社会人士推杯换盏。

今年荣升编辑部部长的齐秋蕊举着杯子吆喝道："以后一个部门齐心协力，共同进步！"

大伙儿也纷纷举杯起哄道："社会我秋姐！人美路子野！干杯干杯！"

齐秋蕊招揽到新闻系系草凌可的事，不止让大家对这位新部长心服口服，也鼓舞了众人的士气，于是这一顿团建饭吃得非常尽兴，一直到将近十点才散场。

结果出了餐馆，凌可竟然在隔壁西餐馆楼下碰上两个意想不到的人——戚枫和萧芷。

一开始凌可并不认识戚枫身边的女生，连萧芷这个名字他都没听说过。

只是身边有学姐惊呼："咦，那不是萧芷吗？"

接着又有部里的新人问这人是谁，他才得知，原来萧芷就是校网网络部的部长。

之前齐秋蕊给凌可科普过，经常披马甲在论坛里写自己男朋友和梁锐希的段子的，就是这位了。

眼前的女生比凌可想象中漂亮很多，绝对算得上是美人，大伙儿都不瞎，所以看到才会震惊。

有个新人男生傻乎乎地问："哇，美女部长有男朋友吗？"

齐秋蕊给了他一个后脑瓜子："别想了，她有主了，男朋友还是法学院学生会主席周琰。"

听齐秋蕊一解释，眼前的一幕就显得很微妙了。

因为大伙儿很快就看到了萧芷身边的新任校草，戚枫。

这个点，学校都快熄灯了，好巧不巧，边上那个西餐馆，又是校外最著名的情侣餐馆……

所以，萧芷和戚枫单独出来"幽会"，周琰知道吗？

帅哥美女近在眼前，以齐秋蕊为首的编辑部成员纷纷开始脑补各种大戏。还有个新人迅速拿出手机，一边暗暗地拍照留取现场记录，一边打开手机记事本摘录现场时间和细节，甚至连八卦帖的标题都想好了——主席夫人深夜私会国民情人：是戚公子魅力太大还是萧美人水性杨花？

齐秋蕊瞄了一眼，忍不住眼角一抽，拍拍那个新人的肩膀，道："解读得不错，我觉得你很适合去当娱记。"

新人赶紧低头又补了一句：齐部长为你揭秘——你们都太天真！

齐秋蕊："……"

其实说实话，就算戚枫和萧芷双双出现在西餐馆楼下也不足以说明什么。有人规定这家店只有情侣能去吗？还是有谁规定单身帅哥不能约见有男朋友的女生？再说戚枫加入网络部是众所周知的事，又有谁规定萧芷不能单独约下属吃饭吗？

都没有！

但是，真相到底是什么，没有人在意，谁让他俩偏偏被一群擅长捕风捉影的编辑部成员碰上。

"咦，秋蕊？"还是萧芷先一步看到这边的熟人，笑着朝他们挥了挥手。

接着戚枫也看到了凌可，他面上闪过一丝错愕，不过很快恢复正常，朝这个方向走了过来。

两人坦荡的样子看上去并没有什么见不得人的内情，凌可却觉得心里怪怪的。他知道戚枫有招蜂引蝶的属性，之前那么多女生给戚枫送情书，凌可也没太往心里去，但今天不知怎么，看见戚枫和萧芷站在一起，他就有点不舒服。

尤其是刚刚两人言笑晏晏地从西餐馆台阶上走下来时，萧芷凑到戚枫耳边说了句悄悄话，戚枫听了忍不住笑，还抬手用拳头抵着唇，一脸不好意思的模样——这一幕暧昧得让人不想歪都不行！

戚枫再怎么花心，怎么能对有男朋友的女生出手呢？

凌可原本以为，自己只是戚枫的"颜粉"，不需要去在乎对方的人品。不管那家伙和谁交往，都跟自己无关。而且通过这段时间的相处，凌可也发现，戚枫所谓的"拈花惹草"，实际上只是他比较乐于助人、善解人意。但现在亲眼见到戚枫和萧芷在一起，凌可才发现，也许戚枫并没有他看起来那么纯良。

"嘿，你也在这里？"戚枫率先打招呼。

"是啊，真巧。"凌可淡淡道。

"你们聚餐？"戚枫也非常坦荡地问。

"嗯，刚结束，"凌可今天戴了眼镜，视线看上去有点凌厉，"那我先回去了。"

戚枫一怔，急着伸手抓住他的胳膊："怎么了？"

被戚枫这么一抓，凌可整个人僵着没敢动，语调也毫无起伏："什么怎么？"

"一起走啊。"戚枫也很蒙，明明都碰上了，两人一个宿舍，难道不一起回去吗？凌可这态度让他再次回忆起了第一天见面时对方打算抛下他一人去吃饭的冷漠，所以他才会下意识地脱口而出问"怎么了"。

凌可看了他两秒，目光透过冰冷的镜片，仿佛带上了一种审视的味道，搞得戚枫很紧张。

"你不用送那个女生回去吗？"凌可终于出声问。

戚枫一怔，松开了手。的确，这么晚了，既然他是和萧芷单独出来的，以他的性格和作风肯定会先绅士地把女生送到宿舍楼下。可就算如此，男女宿舍区有一大段也是同路，为什么不能一起走？

难不成……凌可误会他和女生在约会？不想打扰？

戚枫赶紧解释道："她是萧芷，我们网络部部长。"

凌可静静地看着他："我知道。"

戚枫又道："她有男朋友的。"

说完这句话，戚枫自己都面上一臊，凌可又没说什么，他这么急着解释，简直像是做贼心虚。

凌可听了这话表情微微一变，顿了一秒才又问："那你是要送她回去，还是打电话给她男朋友，让人来接她？"

可能是戚枫的解释稍稍取悦了凌可，气氛不再像方才那么剑拔弩张，尽管戚枫也搞不懂那种紧张感来自哪里，但他感觉得到凌可有些软化。而且问刚刚那句话时，凌可的表情似笑非笑，好像是在调侃他大晚上还跟"有夫之妇"出来偷情一样。

本来挺坦荡的一件事，搞得戚枫莫名有些心虚。

就在这时，和齐秋蕊打完招呼的萧芷对戚枫道："戚枫，我和秋蕊一起回去啦！"

戚枫如获大赦般松了口气，一脸"这下清白了"的释然。

不过他高兴得太早了，因为萧芷下一秒看见了他边上的凌可，惊呼出声："这就是凌可吗？"

戚枫："嗯……"

凌可朝对方点了下头表示打招呼。

萧芷也没跟凌可说什么，又朝戚枫抛了个媚眼，用亲昵的语气道："那行，我们回去微信聊哦——戚枫。"

听到这句话，几乎所有人头顶一闪，脑门上方仿佛浮现一个气泡框：有猫腻。

戚枫干笑了两声，这下他跳进黄河也洗不清了。

对于戚枫之前的那几句解释，凌可自然而然地理解成对方不想让人误会他在挖人墙脚。但现在说这些好像没用了，毕竟萧芷对戚枫的态度太暧昧，不管戚枫本人表现得多坦荡，都洗脱不了第三者插足的嫌疑。

不过奇怪的是，当晚大家明明脑补了那么多，这个八卦却好像石沉大海，一个水花都没溅起来。之后大伙儿在编辑部开会时说起，才得齐秋蕊提示："你们是不是傻，萧芷是网络部部长，独掌校内论坛管理大权，这种八卦怎么可能见光？"

那位当初在现场都已经打好草稿的新人恍然大悟："难怪我去校内网发了帖就找不到了！"

齐秋蕊惊道："你还真去发啦？"

新人摸摸下巴："不是很有意思吗？"

说罢他又叹了口气，感慨："由此可见，媒体掌控是多么牛的一项权力！"

大伙儿目前只有一个看法——这家伙是个人才。

几天后，高俊飞和戚枫在洗手间碰上，高俊飞神秘兮兮地勾住戚枫的肩膀，道："哎，你小子够可以啊。"

戚枫不解。

高俊飞朝他挤眉弄眼："我看论坛里跟你有关的绯闻帖都被删了，老实交代，是不是背后有人？"

戚枫眼眸微眯，高俊飞真是个高人啊，这么隐晦的东西都逃不过他的观察。

"也不是什么特别的人……"

"果然动了点手脚啊！我就说嘛，你现在在F大这么出名，八卦绯闻肯定不会莫名消失。"高俊飞若有所思地摸摸下巴，又用"看透一切"的眼神瞥了戚枫一眼。

其实戚枫不过就是找关系认识了一下萧芷，请客吃饭拜托她帮了这个小忙。可这件事反而让他付出了惨重的代价，想到这几天神龙见首不见尾的凌可，戚枫都怀疑对方在躲自己。

而且，凌可这个人的可怕之处在于——你压根感觉不到他生气了还是哪里被得罪了，他就是有办法不动声色地疏远你，让你沉浸在一种被抛弃的恐慌中，却找不到丁点儿问"为什么"的理由。

幸好，戚枫并没有煎熬太久，很快，命运之神又为他们两人创造了一次机会。

这天，校学生会的文艺部部长找上了他们，希望他俩能在十月底的校园迎新晚会上献艺。

凌可愣然："为什么要我们一起表演？"

"你俩不是会弹钢琴吗？我从你们的辅导员那儿打听到的，档案里都写了，才艺方面都是钢琴业余十级水平，"文艺部部长看着他俩笑道，"本来我还想不出让你们上台干啥呢，也真是巧了，居然都会弹琴，那一起演奏一曲应该没什么问题吧？"

凌可有点纳闷，根据文艺部部长的后半句话推断，学生会的重点并不是想让他们表演合奏，就算他们不会弹琴，那些人似乎也想安排他和戚枫同台演出……为什么？

不过戚枫听到这个消息显得很高兴，一口答应道："我没问题啊。"

他扭头看凌可，扑闪着那双电死人不偿命的深邃眼眸，自作主张道，"正好来一次四手联弹，我们之前说好的。"

凌可心中吐槽，什么时候说好的？只是答应过一起弹着玩玩，但没有说过一起上台吧。

文艺部部长可听不到凌可的内心吐槽，一听戚枫答应，就激动道："太好了！那就这么愉快地决定了，还有半个月准备时间，我会联系学校安排一个琴房供你们在课余时间随时练习配合。"

戚枫单方面答应演奏并把凌可一起拖下水后，系里的辅导员又单独约见他们一次，专门说这个迎新晚会的事。

晚会虽然打着迎新的名义，但从规模、意义上来说，几乎等同于校文艺节。所以，他俩不仅仅是代表自己和新生上台演出，还代表了整个新闻传媒学院，辅导员希望他们把握机会，好好表现。

这一通冠冕堂皇的话让两人顿觉责任重大，凌可也只能硬着头皮重视起来。

文艺部部长是个行动派，找完他俩的第二天就为他们安排了练习用的琴房。拿到琴房钥匙当天，凌可和戚枫就先去走了个场，打算试试琴，找点儿感觉。

F大没有音乐学院和音乐相关的研究专业，但偌大的校园也不会一台钢琴都没有，学校礼堂底层专门配置了四五个琴房，据说是为了部分校演活动和一些喜欢弹钢琴的教授准备的，不对学生开放。

琴房都是封闭的小空间，面积不到他们宿舍的一半。室内靠墙摆着一台立式钢琴，有个放置私人物品的小台子，台子上方还有个小巧的壁挂式书架，搁着几本琴谱，再加上一把凳子，除此之外别无他物。

就这么一个不足六平方米的小房间，一个人进来还好，现在一下挤了两个大男孩，两人顿时感觉有点局促。而且琴房的隔音做得很好，门一关，两人就只能听见彼此的呼吸声，气氛很是微妙。

这些天，凌可确实在为那天晚上的事纠结，因为他所在的社团的人都认为戚枫挖了周琰的墙脚，凌可也觉得戚枫这事做得不妥，但又本能地偏心戚枫，觉得或许事情不是自己想象的那样。

如果他是沈岳哲，就能跟戚枫求证，或是随意地与对方聊这些话题。可他不是，他们认识还不到一个月，他根本没有什么立场过问戚枫的私生活。

这个认知让凌可格外沮丧，他一时又无法扭转自己对戚枫形成的新看法，便暂时跟对方拉开了距离。

"房间还挺小的呢。"戚枫自带磁性的嗓音在耳边响起，打破了尴尬的气氛。

凌可没回话，兀自拉开琴凳坐了下来，一条琴凳长七十五厘米，虽说够坐两个人，但对两个身体发育成熟的十八岁青年来说，还是略显狭窄。

戚枫可能也顾虑到这一点，对凌可道："你先试试？"说着，他便坐在了边上的那把小方凳上，这才让凌可感觉放松了点儿。

弹钢琴不但是个技术活，还需要规律性练习，几天不弹手就生，长年不弹的，不管以前技术多厉害，那也基本形同手残。

若不是凌可有超十年的练琴经历，还真不能保证在两周之内练出一首能上台的曲子，何况是跟人合奏。

他随手弹了串哈农的指法练习，十指快速交替地从低音部走到高音部。他两个月没弹，运指就有点僵。

凌可来回弹了两轮，几乎把八十八键都试过了后，才偏头对戚枫道："这个键回弹有点不灵光……"他按了按低音部大字一组的E键，又道，"雅马哈的钢琴音色倒是不错的。"

可能是很久没有使用，需要调音准，不过对于练习来说已经足够。

"别试音了，弹一首来听听吧。"戚枫对他笑。

凌可回头看着键盘，略一沉吟，按下了琴键。

戚枫听了一会儿，很快听出来是贝多芬的《月光奏鸣曲》，这首曲子很经典，他小时候也弹过一阵子。看得出来，凌可底子很好，不过有点缺乏表演感。

可能跟从小的学习有关，戚枫学琴时接受专业钢琴家的指导，在弹顺的基础上更注重节奏感和感情的投入。

他正出神聆听，琴音突兀地一转，变成了……另一首曲子。

戚枫微微一愣，有些奇怪，弹得好好的，怎么忽然换《即兴奏鸣曲》了？

凌可面无表情地弹奏着，心里却七上八下。他知道这种试探有点蠢，但他忍不住想通过重复当年的曲目来提醒戚枫回忆起五年前的那次合奏。

可是，当他弹完后扭头看戚枫时，只见对方一脸沉醉，除此之外没有其他表情。

戚枫回过神来后，还认真地表达了自己的看法："你这首即兴曲比上一首弹得好很多哎，特别有张力。"

凌可挑了下眉毛……没了？

戚枫想了想，又道："月光曲也弹得不错，感觉你基础蛮扎实的，这些曲子都能背出来，我估计得看谱才行。"

凌可垂下眼睛，没再说话，试探的结果显然是叫他失望的，可他不能表现出来。

原本他想，如果戚枫记起来了，说起五年前的事，他再表示：哦，我刚好也去了。接下来戚枫就会知道，他们早就见过面了……

可事与愿违，戚枫是彻彻底底把他给忘了。凌可轻叹了口气，接着两人交换了位置，换戚枫弹。

戚枫挑了一首抒情曲，凌可没听过，但从演奏难度上分析，没有什么太浮夸的弹奏技巧，简单到凌可再听几遍也能弹出来。

戚枫弹完，兴致勃勃地扭头等待凌可的评价，结果凌可就淡淡地给了三个字："还不错。"

尽管戚枫很投入，弹得也的确是很好听，不过，这没法打动身为同行的凌可，加上他刚刚深受打击，根本没法给戚枫太过热情的态度。

一阵诡异的静默后，戚枫讪讪地问："那我们到时候弹奏什么曲目比较好？"

凌可蹙了下眉头，想想又觉得不死心，提醒了一句："你除了钢琴，还会其他什么乐器吗？"

其实他很想直接问一问戚枫，"你会不会拉小提琴"，但他若这么问了，就会暴露他见过戚枫并且这么多年都还记得对方的事实。

凌可正纠结，就听戚枫坦然道："没了，我就只学了钢琴。"

凌可有些愕然，虽然知道了戚枫有个双胞胎哥哥，但戚枫说过他哥一直在国外，所以凌可压根没去怀疑自己五年前碰上的到底是不是戚枫本人。

听到戚枫说"没有"，凌可只有一种突如其来的郁闷、失望，还有一种被欺骗了的懊恼感。

戚枫明明就会拉小提琴，为什么骗自己说不会？难道戚枫真的是个习惯性说谎的渣男？他和萧芷的关系，估计也如大家所八卦的那样？

想到这些，凌可忽然有种关注多年的"偶像"人设崩塌的感觉。

察觉到凌可有点阴郁的脸色，戚枫也莫名心慌，不安地问："你是觉得……我弹琴弹得不太好吗？"

凌可立即道："没有。"

空气再次凝固起来，一时间两人竟然都不知道该说什么。

原本两人在一起，暖场的总是戚枫，凌可高冷是高冷了点，但正常情况下并不会让人觉得交流困难。可现在，连戚枫都找不出缓解气氛的办法了。

他深吸一口气，做了个决定——与其继续尴聊，不如把最近几天埋藏在平波之下的矛盾开诚布公地挖出来说一说吧。

"凌可，"戚枫看向对方，问，"你这阵子是不是在躲我？"

Part 08　四手联弹

　　沉浸在思绪中的凌可差点被戚枫这一个直球打得跳起来，他猛地抬头，本能地想否认，可对上戚枫肃然的目光，他说不出谎。

　　一瞬间，凌可又觉得自己也没高尚到哪里去。他愤怒的是戚枫欺骗自己，可他自己又何尝没在欺骗戚枫？从大学宿舍的第一次见面起，他就一直在隐藏自己早就认识戚枫的真相。

　　如果一个人对某件事说了谎，必定有自己说谎的理由或是苦衷。

　　凌可心想，也许戚枫是因为什么心结再也不拉小提琴了呢？就像自己不想让戚枫知道自己从很早以前就悄悄关注着他一样……

　　他微微偏头，躲开戚枫的视线，但没有直接否认刚才那个问题。

　　戚枫见状心头一紧，立刻抓住苗头追问："是因为，那天晚上你看到我和萧芷，误会了什么吗？"

　　凌可张了下嘴，有点讶异戚枫居然知道原因。

　　戚枫舒了口气，心中了然。知道了原因，接下来的话就好说多了，他开口解释道："我和萧芷的关系很清白，从一开始我就知道她有男朋友，那天，我只是很单纯地请她吃一顿饭，因为一些私事想拜托她帮忙。地址和时间都是她挑的，这件事她男朋友也知道。"

　　对方突如其来的解释让凌可有些慌乱，他也有些意外戚枫居然会主动对自己坦白真相。而且，对方的坦诚反倒把胡思乱想并单方面给人下定论的凌可衬托得像个小人，让他内心生出一股淡淡的愧疚感。

　　戚枫没心思揣摩凌可此刻的想法，自顾自往下道："你不要把我当成那种……是个美女我都要染指的禽兽。"

怕单纯的语言力量不够，他还借助手势，解释得很艰难，可以说是非常真诚了。

"我这个人吧，虽然一直蛮受女生欢迎的，但我也不是谁都可以的……不管你信不信，反正我到现在，一个女朋友都没谈过。"

在其他人面前，戚枫是绝对不可能说出这种话的，尤其是被沈岳哲和赵司他们知道，他长这么帅，看上去又那么会撩妹，结果还是个纯情的处男——这个事实绝对会让他那些狐朋狗友笑掉大牙。

然而，对着凌可，戚枫只想把自己最真实的一面展现出来，不希望他误会自己人品不好而疏远自己。

见凌可难得露出一副呆愣的表情，戚枫像是受了鼓舞般，思维惯性地放了个大招："我连初吻都还在。"

听到这句话，凌可有点傻眼，简直难以置信。

戚枫也因为不好意思而闭了嘴，说"初吻还在"是他大脑的惯性行为，为了增加前一句"没谈女朋友"的可信度，但并不是他刻意要透露给凌可的信息，毕竟对一个男生来说，初吻还在不在根本无关紧要……那句话非但不会让他变得有多"纯洁"，反而会让他显得像个白痴。

但就在戚枫懊悔之际，凌可忽然绷不住笑出声来。尽管他几乎在一秒内就恢复面瘫的表情，还是让戚枫捕捉到了。

要不是戚枫亲耳听见空气中响起一声轻微的咮声，并亲眼看见凌可上扬的嘴角，简直不相信对方会做出"偷笑"这种表情！

戚枫无语地眯起眼睛："你在笑我吗？"

凌可用拳头轻抵了下唇："没有。"

他的确被戚枫的解释取悦了，本以为对方是个花心大萝卜，没想到戚枫不但没有谈过恋爱，连初吻都还在……一想到戚枫刚才一脸认真地解释自己"初吻还在"的表情，凌可就忍不住想笑。

他轻咳了一声，镇定下来，看向戚枫，现在对方一副恼羞成怒到恨不得撕了自己的模样就不是那么可爱了。

凌可试着转移话题："你为什么要跟我解释你和萧芷的关系啊？"

确切地说，凌可是有点受宠若惊的，他以为戚枫不屑跟他解释这种东西，但没想到戚枫会这么认真。而且，戚枫看透了自己躲着他的原因，这让凌可也有些过意不去，他还以为自己藏得很好呢。

"我不想让你误会我人品恶劣啊，就算我真想找女朋友，也不会去当别人的第三者。"戚枫似乎还有些为凌可刚刚的偷笑而生气，语调带着点儿气。

"哦。"凌可故作释然地点点头，又大着胆子问了一句，"你这么在意我怎么看待你啊？"

112

"当然了，"戚枫本想接着来一句"我拿你当我在F大最好的朋友"，又觉得这话说出来太矫情，最后动了动嘴唇打住，转而道，"你不会再躲我了吧？"

凌可眼神闪烁，口是心非道："我没躲你，这不是，最近也挺忙的嘛。"

话虽这么说，凌可这几天也不好受，毕竟躲人也不是一件轻松的事，白天再怎么避，晚上一个宿舍，还是要见到戚枫。现在说开了，他也如释重负，下决心不再躲戚枫。

再说他们还得在一起练半个月琴，他往哪儿躲啊……

"你别往心里去了，我没多想，"凌可心虚地安抚了戚枫一句，道，"我们先想想弹什么吧。"

戚枫看了他两秒，往边上挪了挪，拍拍琴凳，道："你坐过来。"

凌可："……"

两人坐在一起果然很挤，得缩着肩膀才能保证不碰到彼此。

凌可没话找话试图缓解紧张感："那个，你刚刚弹的那首曲子叫什么？挺好听的。"

"*Faylinn*，David Hicken的曲子，很好弹，我们先试着改改这首磨合一下。"戚枫说着，伸手演示了一遍第一小节的弹法，凌可赶紧偏开身子。

"看清楚了吗？"戚枫弹完问。

"嗯。"降C降F调的全分解式和弦，一目了然。

戚枫指示道："你弹低音部分，每四个拍加个柱式和弦。"

"好……"凌可将左手放上琴键，两人先尝试各出一只手弹。

等凌可熟悉旋律后，戚枫又指示他在每八拍后用右手再增添一个颤音，重复敲击，一首原先舒缓平淡的钢琴曲瞬间有点弹奏难度了。

与此同时，戚枫也加入另一只手，将原本由他弹奏的和弦部分缩减并延长至两个节拍，在不同音阶随机地来回跳跃、插入。

因为手臂的伸展幅度太大，有时候戚枫会直接伸展到凌可的区域，两人的身体几乎紧挨在一起。这时候的凌可避无可避，不过，他也没心思去避，在惊讶于乐曲变得好听的同时，他有点被戚枫的创造力吸引了。

如果换他来主导改编，顶多加深和弦的复杂度，但戚枫目前所做的不只是改动和弦，还在试图改变曲子原有的基调与节奏，虽然琴音听着有点杂乱，但乱中有序，并不是随心乱改。

这就很考验弹奏者的水平了，不是每一个考了钢琴业余十级的人都会这么玩的。

一曲弹完，凌可的兴趣被彻底调动起来了。

"怎么样？"因为方才精神高度集中，戚枫看上去有些累，笑问，"变好听多了吧？"

"嗯，那我们到时候就弹这个？"凌可问。

"怎么可能，弹这个太小儿科了，我就试试咱们四手联弹能达到什么样的效果。"戚枫偏头问，"你有什么其他能改的曲子提议吗？"

靠得这么近，凌可都能看清戚枫咫尺之距的长睫毛。

"我也不知道，我只弹过贝多芬和肖邦的……但我觉得弹这个，大家不爱听。"凌可别开视线道。

小时候家里来亲戚朋友，他随便弹首理查德克莱德曼的曲子都比弹肖邦和贝多芬强，古典乐曲再牛，外行人也欣赏不了，普通人听你弹琴，只在意好不好听。

戚枫认同："嗯，我也觉得，我倒是有首蛮喜欢的歌，不过没曲谱。"

凌可："什么歌？"

"*Jump!*（跳）"戚枫在空中做了个感叹号的手势，"Two steps from hell的曲子。"

见凌可一脸疑惑，戚枫掏出手机把原曲找了出来，让他试听。

凌可一看，发现那首歌叫*Jump!*，名字后面还真有个感叹号。

两人凑在一起用手机听了原声，那是一首非常震撼人心的乐曲，听得两人都血液沸腾。

"怎么样？可以吗？"戚枫一脸兴奋地问他。

"好听。"凌可眼中也闪着光。

戚枫："那就这首？"

凌可："嗯！"

自己喜欢的歌也被喜欢的人认可，戚枫开心得简直想手舞足蹈，但他很快想起来："不过我们没有谱子哎。"

"靠你了。"凌可相信戚枫有能力把谱子扒出来。

被委以重任的戚枫无奈地笑了笑："好吧，give me five（来击个掌）！"

凌可配合地伸出手击上去，却不料击完就被戚枫一下扣住了，戚枫抓着他的手，问："刚刚就发现了，你的手是不是比我的小？"

凌可本能地想缩回来，又强忍着控制住了，故作镇静道："还行吧，就小一点点……"

没有曲谱，练不了什么，两人又弹了一会儿便打算去吃饭了，这次是凌可主动提议："一起去食堂？"

"嗯？好啊。"戚枫斜了他一眼，心中好笑，还说之前没躲我，明明现在态度都跟之前不一样了。

之后一段时间，两人同进同出，一起上课，一起去练琴，连分别去参加社团活动都会发个短信知会彼此，几乎到了形影不离的地步。

看他俩关系这么好，打趣他们的人自然不在少数，尤其是班上的女生。

有一次上专业课前，坐他们前排的几个女生回过头来问："哎，戚枫，那么多人跟

114

你告白，你就没有一个看得上的？"

戚枫耳朵里塞着一个耳机，一手托着下巴，一边听歌改谱，一边懒洋洋地抬了下眼皮，似笑非笑道："是啊，主动送上来的那么多，我都看花眼了，怎么挑？要不你们帮我挑一个呗。"

凌可眼角一抽，不得不说，戚枫身上的确有股很招异性喜欢的风流劲儿，要不是他跟自己坦白初吻都还在，就冲这不正经的嘴炮，凌可都想一脚踹飞对方。

但女生们已经摸透了戚枫爱开玩笑的属性，还真帮他挑了起来："我看上周对你告白的那个长头发的女生，挺漂亮的呀。"

戚枫装模作样地回忆："长头发的那么多，你们说的是哪一个？不记得了，换一个。"

又有人问："那之前那个德语系的系花呢？"

戚枫摆摆手："她德语说得还没我好，不会是找我学德语吧？不行不行，我很忙的。"

一个女生大胆自荐："那你看我怎么样啊？"

"你？"戚枫故作惊讶，又摇头调侃，"你又没给我写过情书，别逗我啊。"

众人一通哄笑。

逗完戚枫，她们又去逗边上的凌可："凌可怎么也不找女朋友？"

凌可比戚枫干脆多了，冷冰冰地回答了四个字："太麻烦了。"

四个字直接绝杀，没人敢再八卦。

不过她们发现凌可在帮戚枫画上节课的重点，又纷纷惊叹："哇，凌可你对戚枫真好！你们女朋友也不找，还成天腻在一块儿，干脆在一起得了！"

这两天戚枫忙着扒谱改谱，每天很晚才休息，上节课撑不住打了会儿瞌睡，凌可才会帮他补画重点。

不过不管原因是什么，凌可都听得出来她们是在开玩笑。

经过两个月的"锻炼"，他已经不会再因此一惊一乍了，但面对女生的问题，他也不会主动上钩，大都是保持沉默。

反倒是戚枫，听了这话，笑看凌可一眼，漫不经心地对她们道："我们难道不是已经在一起了吗？"

接着是可预见的一通尖叫，女生们捧着脸，心满意足地扭回了头。

这事已经发生不止一次了，以前听戚枫这么说，凌可还会不自在，现在都已经麻木了。

上完课，凌可和戚枫照例去练琴。

一周下来，两人按着戚枫听记下来的琴谱一起研究练习，已经修改了好几轮，磨合到差不多能够定曲了。

不过，今天的戚枫表现出与平日不同的兴奋。一到琴房，他就从包里掏出两个迷你音响，连上手机，道："我搞来一个很有意思的东西，你肯定会喜欢。"

"什么？"凌可也不知道他卖什么关子，耐心等他展示。

戚枫神秘道："你听了就知道了。"说着他便按下手机播放键。

十几秒的安静过后，音响里才慢慢传出一阵小提琴乐，是*Jump!*高潮部分的旋律。

凌可震惊地看向戚枫，脱口问道："你拉的？"

"怎么会，"戚枫笑笑，道，"我找……两个朋友帮忙录的。"

凌可一怔，也是，既然戚枫之前骗自己说不会其他乐器了，没理由现在忽然泄露。

"你往下听，后面还有大提琴声。"戚枫提醒他。

凌可还在惊讶和犹疑中，听得一阵心猿意马，后面确实出现了大提琴音，但他的注意力已经被前面的小提琴音给彻底吸引了。

并不是说小提琴拉得有多好，而是它让凌可想起了在电视台的经历。当年的他还是个中二期的傲娇男孩，在戚枫的衬托下相形见绌，因对自己不够自信而放弃摆在眼前的晋级机会。但更多的，大概是对戚枫忘记自己而觉得不服气。

不过话又说回来，如果没有当初的刺激，说不定他也不会考F大，不会和戚枫成为同学，更不会和这家伙坐在这里，为即将到来的演出做准备……命运真是奇妙啊！

"你笑什么？"戚枫看着他问。

"嗯？"凌可愣了愣，配乐不知什么时候结束了，连他自己都没意识到自己在笑，"我在想一件事。"

"什么事？"

"你说，如果有一天我们毕业了，各奔东西，"凌可抬起一只手，随意地弹了弹*Jump!*的节奏，垂着眼睛缓声问，"很多年后，你听到这首曲子，会不会……想起我？"

还是和六年前，或是四年半前一样，把我忘了呢？

毕竟你身边从来不缺朋友。

"喀。"凌可被自己的想法肉麻到了，自己先一阵尴尬，希望戚枫能像平时一样开个玩笑把这个诡异的问题晃过去，但戚枫偏偏沉默了。

戚枫是被问傻了，第一反应竟然不是回答凌可的问题，而是质疑——为什么他们要各奔东西，他们不能一直在一起吗？

但戚枫也很快认识到，是自己的质疑太幼稚了。

"分离"对从小经历家庭分裂的他来说并不稀奇，戚枫也不是天真无邪的彼得潘，知道毕业后大家各奔东西是常态。比如他哥哥，他那些初中、高中的好友，沈岳哲、李恺星、赵司……如今也一个都没跟他在一块儿了。

他们在异国他乡，跟他隔着八个、十个或十二个小时的时差，没什么特别的事时，大半个月不会在微信群里吱一声。

但一想到几年后他和凌可也会面临这种境地，戚枫就有点受不了，他真是好不容易遇到这么一个，这么一个……合拍的朋友，一点不想再经历分离了。

戚枫抬起手，当的一声，在键盘上重重地按下一组和弦，打破了突如其来的宁静。

"不会。"他道。

凌可心一紧……不会想起自己？

然而，还没等凌可给戚枫盖下"无情"的印章，戚枫又道："我不会跟你分开的，我们学的是一个专业，以后不但可以一起去深造，还可以在一起工作啊！"

他一顿，又笑道："好了，快练习吧，四年以后的事你想那么多干什么啊。"

虽然戚枫很快恢复正常的样子，但那句语气认真的"不会跟你分开"仍像是余音绕梁似的萦绕在凌可耳畔，叫凌可莫名感动。

戚枫回到一开始的话题，问："刚刚这段伴奏你觉得怎么样？"

凌可收回思绪："很好听。"

戚枫："是吧，哈哈，如果我们弹琴的时候加入这一段，效果肯定会更好！"

两人试着在有大小提琴伴奏的情况下再弹一遍，但因为这两部分琴音是从钢琴曲中间插入进来的，不是一起渐进，所以总是掌握不好时间，有时候太快，有时又太慢。

"哎哎，等、等等，快了、快了……"

"呃……这次好像慢了……"

尤其有一次，因为慢了半拍，两人着急地加快速度去赶提琴音，结果又加速太快，搞得漏洞百出。两人非但没恼，还因为配合中出的各种岔子笑得前仰后合。

"我的天，刚刚那段听着都像急着赶去投胎！"

凌可也耸着肩膀直笑。

"那怎么办？"戚枫双手向后撑着琴凳，试了几次未果，气喘吁吁地问，"要不我们把两人的合奏先录下来，回去估算一下前面的空白期，在开头部分做一个标记？"

凌可笑着摇头，认真提议："我觉得还是算了吧，毕竟这不是机动性配合，万一在舞台上出点问题，节奏就都乱了，我们现在四手联弹，已经蛮好听了。"

戚枫想想也觉得有道理，只能作罢，两人就私下在琴房里和提琴合奏过把瘾。

当晚两人回去时已经十点多了，一到宿舍，谢奇宝就对戚枫道："戚哥，你总算回来了！"

戚枫："什么事？"

谢奇宝一脸郁闷地甩甩手上的信封，道："又有人托我给你送情书，还叮嘱我一定要亲手交给你。"

因为戚枫总是一下课就跑，已经在短短一个月练就了躲避追求者的神功，成功率高达99%，所以找不到他的女生总是会找谢奇宝或高俊飞转交情书，尤其前者居多。

一开始被女生主动找，谢奇宝还挺高兴的，但一次两次都是找他当邮差，他就很不爽了。

谢奇宝把信封递给戚枫，随口吐槽道："都什么年代了啊还写情书，QQ邮箱这么好用，她们是不是太out（落伍）了？"

高俊飞调侃他道："这你就不懂了吧，在那些女生看来，亲笔写的才算有诚心，一个是有触感的信封，一个只是一串摸不着的数据，你觉得拿到手里的时候，哪一个分量更大？"

谢奇宝翻了个白眼："信封而已，又有多大分量？再说戚哥收到情书根本不看，那不是发QQ邮件更环保吗？"

高俊飞："……"算了，跟这种人他无话可说。

谢奇宝继续吐槽："还有，明明凌可和戚哥关系更好，为什么偏偏要找我送情书，而不是找凌可？"

这的确是个问题，宿舍三人纷纷看向凌可，凌可耸耸肩表示他也不知道。

高俊飞摸摸下巴："奇怪，开始找我的也有几个，最近一个都没了。"

谢奇宝白了他一眼："你看上去这么流氓，谁敢找你啊。"

高俊飞："……"

"所以果然还是看我好欺负吧，"谢奇宝叹了一口气，哀怨道，"戚哥，你知不知道你的追求者对我一个单身人士造成了多大的伤害！"

戚枫放下东西，走过去呼噜了一下谢奇宝的脑袋："行了大宝，是哥对不住你，改天请你吃顿饭补偿一下，别生气了呗？"

谢奇宝很快被安抚了，抱着头一脸娇羞道："哎，说实话，戚哥，我要是个女的说不准也会跟你告白。"

戚枫听了哈哈大笑，还调侃了谢奇宝几句。

凌可看在眼里，镜片叮地一闪，他貌似又发现了一个朋友之间相处的高级技能。

次日一大早有专业课，四个人陆陆续续地起床洗漱。

凌可起得最早，刚洗完脸，谢奇宝也进来了，对着镜子扒拉着自己睡翘的头发。

凌可见了，伸手帮他捋了两把。

谢奇宝一愣，才反应过来凌可是在帮他顺毛。

凌可察觉到他有些紧张，还以为自己做得不好，问道："怎么了？"

谢奇宝对着镜子挠挠头，不好意思道："没什么，嘿嘿，谢谢凌哥。"

平时凌可高冷得几乎都不跟宿舍里的人说话，突然来这么一下，谢奇宝还挺受宠若惊的。

凌可笑笑，又伸手在他背上轻拍了一下："客气什么。"

谢奇宝："……"

睡眼惺忪的戚枫刚走到洗手间门口，正瞧见这一幕，一下惊醒了。

凌可转身出来，跟他打招呼："起了？"

戚枫："嗯……"

凌可心情不错，之前他都忽视了一点，昨天戚枫和谢奇宝的互动才提醒了他——男生之间，得对所有人一视同仁！

临上台前最后几天，两人的课余时间几乎都泡在琴房里练习，往往一天下来，私下共处的时间长达六七个小时。

在这种条件下，凌可和戚枫的亲密度与默契度突飞猛进，经常看一个手势或是一个眼神就能理解对方在想什么。

这日，两人在琴房里专注磨合最容易出错的几个小节，练了一遍又一遍，有个地方听起来节奏感总是不太对。

"在第八个小节，"戚枫让凌可单独弹了一遍后终于听出来，"对，就是这一段，再来一遍……从这里开始的每一个四四拍的第三音、第四音，你都弹得有些粘连。"

凌可皱起眉头，又试了几次，没想到问题是出在自己身上，他弹了这么多年琴，之前一次都没发现自己弹短琶音时节奏会出错。

"还是不对。"戚枫摇摇头，起身绕到琴凳后，也不坐下，直接站在凌可身后，微弯着腰，张开手臂，为凌可演示，"听一下，是这样。有没有不一样？"戚枫在他耳边问。

"嗯……"凌可轻声应道。

"你再弹一遍试试，我听着。"戚枫道。

凌可抬手放上同一位置，弹了一遍，接着手就被戚枫覆住了，两只手掌相叠在一起，小指对着小指，无名指对着无名指。

戚枫点了点他的末两根手指，道："我知道了，你的无名指短一截，四指、五指力道不足，所以每次在琴键上停留的时间都会稍稍短一点……不过这个应该是个人习惯，一时半会儿也改不了，就这样吧。"

等戚枫从他身后撤开去，凌可舒了一口气，赶紧收回手撑在凳边上。

戚枫见状以为他不高兴了，再次凑上去，这回换到了右边，打量着他的神色。

"你看什么？"凌可斜眼，连头都不敢偏。

戚枫低声安抚他道："我不是在指责你，你别不高兴。"

"我没有不高兴。"凌可摇摇头。

戚枫笑笑，忽然收拢手臂抱住了他："加油。"

Part 09　迎新晚会

　　迎新晚会在周六，为了不消耗精力，周五他们只练了两遍。

　　次日下午，校文艺部部长打电话让他们去礼堂进行最后的彩排。彩排不需要弹奏，只要走个场，了解一下出场顺序、钢琴位置和节目大概进行的时间即可。

　　"对了，你俩的服装确定都是自备？"文艺部部长就演出服装的事提前跟两人打过招呼，说如果他们没有就由学生会安排去借，但借来的衣服不一定合身，只能将就穿穿。

　　戚枫得知后决定自备，凌可没有什么演奏服，本来想拜托他们安排，不料戚枫主动表示他有适合凌可穿的衣服。

　　"嗯，都准备好了。"昨天戚枫已经打电话让他家里都送过来了，一套黑的一套白的，同款式燕尾服。

　　其中黑色那套稍微小一点，是戚枫以前个子没长这么高时穿过的，但也只穿过几次，还是很新，暂借给凌可。

　　彩排结束后，两人匆匆去吃了晚饭，就回宿舍取了衣服，再次返回礼堂后台做准备。

　　彼时后台已经挤了一群即将同台演出的帅哥美女，女生居多，而且都是优中选优上来的，个个好身材、好脸蛋儿，有的唱歌，有的跳舞，正扎堆换衣服、化妆。

　　看见戚枫和凌可出现，女生们依旧没忍住犯花痴，在稍稍试探后，发现戚枫性格随和，就纷纷凑过来要跟他拍照。

　　戚枫几乎是"来者不拒"，于是挨个儿拍照慢慢变成了集体合照，他站在中间，一群美女左拥右抱，好不风流潇洒。

凌可冷眼旁观，这下算是彻底明白戚枫的"花名"是怎么来的了。

继续作吧，就算你初吻、初夜都还在，也不会显得有多高风亮节！

不过凌可发现，人群中居然有个长相清秀可人的女生对戚枫不闻不问，一个人缩在角落里打手机游戏。

"哎顾遥！你怎么还在这儿玩保卫萝卜？"另一个女生拍完照凑过去找她，激动地给她看自己的手机，"你瞧，我和校草的合照！"

"啊——我的萝卜！"估计是游戏输了，那个叫顾遥的妹子发出一声惨叫，这才兴致寡然地瞥了闺密的手机一眼，然后面无表情地哦了一声。

"你哦什么啊，不觉得戚枫很帅吗？"那妹子郁闷道。

"哎呀，我对帅哥还有免疫力的，就这样吧。"顾遥摆摆手，继续低头玩游戏了。

"为什么免疫啊？"那妹子追问。

"我有个亲哥哥，也长得很帅，人神共愤那种帅，从小追求者无数……"顾遥边说边玩，有些心不在焉，"不过，跟你讲啊，他们那种人，都是长着一副好皮囊，私底下各种坏毛病。"

"……"

凌可偷听到一半，戚枫回来了。

"老天，妹子们好热情！"某人一脸苦恼，在凌可看来却是得了便宜还卖乖。

他转过身去，走进男更衣室，冷冷地来了一句："我看你不是拍得挺开心的吗？"

戚枫跟了进去，关上门，一脸无辜地问："我哪里开心了？"

凌可看着戚枫那张人神共愤的脸，心里就来气，不由自主地伸手揪住了对方的脸颊。

戚枫："……"

见被揪住一边脸的戚枫傻愣在那里，凌可也是一呆，都忘了要说什么，因为戚枫此刻的模样实在太搞笑，他忍了一会儿，扑哧一声笑了出来，立即松开了手。

戚枫摸着自己被揪疼的一边脸，简直郁闷，尤其是凌可这一声扑哧，让他想起之前自己说"初吻还在"之后的偷笑，但比较起来，这次就是明目张胆地笑了。

戚枫追着凌可绕了个圈，捂着半边脸问："你笑什么？"

凌可抬手用手背掩住自己的唇，但还是笑得眉眼弯弯。

戚枫以牙还牙，气急败坏地伸手挠了一把凌可的腰。

凌可最怕痒，被戚枫这一挠，整个人一个激灵，急得条件反射就挠了回去，两人当即像小学生打架似的互挠起来。

但到底还是戚枫的武力值略胜一筹，最后凌可几乎被压得不能动弹。

"到底笑我什么？说不说！还笑不笑我？"

"啊……哈哈……你松手……"

两人正闹着，房门忽然被推开了，外头进来两个说说笑笑的高个子男生，恰好见到这一幕。

来人僵在门口，来不及收起的笑容中漫起一丝尴尬，戚枫和凌可的打闹也戛然而止。

凌可率先反应过来推开戚枫，恢复面瘫表情，戚枫也跟着起身招呼道："嘿。"

那两人这才缓和表情，双双问了好，戚枫和凌可这才发现，他们长得都很帅，尤其是其中一个左耳戴耳钉的，一双眼睛狭长，鼻梁直挺。

"我知道你，"他笑吟吟地看着戚枫，淡色薄唇微启道，"新任校草？是叫戚枫吧？"

戚枫一愣，说实话，如果被女生认出来，他一点不意外，但男生好像很少会关注这些，眼前这人是第一个。

另一人似乎猜到戚枫想问什么，伸出拇指指了指戴耳钉那个，介绍道："这家伙，是你的前一任。"

梁锐希？

戚枫脑海里闪过这个名字，跟对方握了下手。

不管是不是前任，总归是前辈，戚枫恭敬地道了声"学长好"。

对方笑了笑道："直接叫我梁锐希就行。"

接着，另一个男生也做了自我介绍，正是学生会主席周琰。周琰和戚枫是间接打过交道的，便道："我听萧芷提起过你。"

戚枫点点头，像是为了澄清什么，当着凌可的面问周琰："上次我和萧部长吃饭，她跟你说过的吧？"

周琰一怔，茫然道："萧芷还跟你吃过饭？什么时候的事？"

戚枫嘴角一抽："她没跟你说？"

一阵冷风吹过，连凌可都能感觉到空气中的尴尬。好在戚枫是个社交达人，不会任由僵局延续，顺势坦白了之前和萧芷吃饭的事，并表示请客吃饭的前提是他因公事想向萧芷道谢，不是萧芷主动邀约。

"萧部长也真会挑地方，后来我才知道那家西餐馆是情侣约会圣地，不过也好，算是带我这个小新人见世面了。"戚枫表现出一个新人该有的单纯模样，谦逊道，"怕学长怪罪我，我还开玩笑叮嘱她务必把咱们单独出去吃饭的事跟你汇报一声，不过我想她可能不太把这种小事放在心上，所以才忘了跟你说。"

听完这一席话，凌可发自内心地感叹戚枫情商高，非但没把罪责推给萧芷，还自贬身价，在撇清自己和萧芷关系的同时，很好地照顾到了周琰的面子。若换另一个人来澄清，极有可能给别人造成一种是萧芷"水性杨花"的错觉，那就更尴尬了。

果然，周琰听完一点都不介意，还笑着回想了一下，道："我记起来了，前阵子萧芷缠着我请她去吃牛排，但最近开学，我忙得要死，一直没时间带她去。她好像确实跟我开玩笑说过要别的帅哥请她吃，但我不知道那个帅哥就是你。呵呵，你也别太紧张，她这人就是心大。"

一个是社交达人，一个是学生会主席，棋逢对手，原本极可能引发"绿帽风波"的矛盾就被轻轻松松地化解了。

唯独梁锐希唯恐天下不乱地瞟了周琰一眼，调侃道："我怎么觉得你女朋友接近戚枫是另有所图？"

周琰直接无视了他，问戚枫他们准备得怎么样了。他是当晚的节目主持人，早已浏览过所有的节目清单。

梁锐希又嚷嚷着问道："他俩表演什么呀？"

周琰："钢琴，四手联弹。"

梁锐希："两个人弹？厉害啊！"

戚枫笑笑，问梁锐希："你呢？"

周琰代为回答："他唱歌。"

戚枫："唱啥歌？"

周琰一边换衣服一边道："《老街》。"

戚枫想了想，轻轻哼唱道："忘不掉的是什么我也不知道，想不起当年模样……是这首歌吗？"

梁锐希两眼微微睁大："你也会唱？"

戚枫："有一段时间蛮喜欢这歌。"

梁锐希拔掉耳机线，直接扩音放出配乐："来来来，陪我和一遍。"

戚枫也拿出了手机："我找下歌词。"

音乐开始，两人在更衣室里哼唱起来，梁锐希的嗓音有些清亮，反而是戚枫的低沉些，一人一段，竟然唱得像模像样，尤其是高潮部分，两种声音合在一起，相当好听。

凌可和周琰抱着手臂各靠在一边，一个目不转睛地盯着戚枫，一个全神贯注地望着梁锐希，静静欣赏着。

如果之前，戚枫的优秀对凌可来说只是一种象征性的定义，那么现在，凌可正在一点点切身体会着这个人的优秀到底会给周边的人带来多大的吸引力。

从军训时展现的体能，到与人交流时的情商，再到改编歌曲、弹琴、唱歌……

凌可不知道自己还能看到多少，但已有的一切，已经叫他佩服得五体投地了。

戚枫认真谱曲的模样、戚枫低吟浅唱的模样、戚枫因为感性而红了眼眶的模样，还有善解人意时的体贴模样……每一副样子，都充满魅力。

戚枫唱着唱着，忽然转过头来看向凌可，眼神专注，好像是在单独表演给他看。

凌可心里暖暖的，切身地体会着，和戚枫做朋友的感觉有多好。

但与此同时，凌可又感到一丝自卑，他被戚枫的优秀衬托得如此平凡，戚枫为什么还愿意站在他身边呢？

终于，他们唱完了，梁锐希意犹未尽，称赞戚枫道："你唱得不错啊！他们咋不请你上台唱歌呢？"

戚枫谦虚地笑笑："可能是看到我才艺里填的钢琴，不知道我还会其他的吧。"

凌可心想，是啊，若不是要跟自己合奏，戚枫上台表演什么都行……

梁锐希道："你干脆跟我一起上台唱歌算了。"

戚枫笑着拒绝："学长你别开我玩笑了，凌可跟我练了两周钢琴，就为了今天弹一曲，我要是跟你上了台，他不弄死我啊？"

凌可低落的心情因为戚枫这句俏皮的玩笑一下烟消云散了，他偏头勾起嘴角，也跟着开了句玩笑："没事啊，你想唱就上去唱呗。"

戚枫瞥了凌可一眼，郁闷道："哇，你这人好没良心，我可是你的搭档，有你这么把人往外推的吗？"

梁锐希哈哈大笑："这又不矛盾，你跟我唱完再跟凌可去弹琴嘛，又不是两个节目一起上。"

戚枫一个头两个大，还好周琰及时打圆场，对着梁锐希挑眉道："你就别再给我乱出么蛾子了，还嫌每年的迎新晚会不够乱吗？我看戚枫不但会唱歌，口才也不错，那我是不是还要拉着他陪我上台主持？"

梁锐希没话说了，耸耸肩，继续戴上耳机哼歌。

周琰换上衣服就先出去了，临走前又提醒道："锐希，你第三个出场，记得早点换衣服。"

梁锐希挥手赶人："行了行了，你快去吧。"

周琰一走，剩下三人也不闲着，赶紧起身各自拾掇起来。

看着戚枫和凌可一黑一白情侣装似的穿着，梁锐希忍不住吹了个口哨，赞道："帅死了，俩钢琴王子。"

男生不用怎么化妆，所以换完衣服基本上就没什么事儿了，不过梁锐希又从贴身的袋子里取出一套装备。

"这什么？摩丝？"戚枫拿起一个长瓶问。

"是啊。"梁锐希已经挤了一点在手里，对着镜子抓了起来，抓完又梳了两把，既帅又有型，完了以后拿起另外一个小罐子，往头上喷了一点金粉。

这金粉很稀，喷上去也看不出什么，但人在灯光下一动，就能隐约感觉到头发上有光闪动。

梁锐希自恋地捋了把自己的头发，对着镜子问他俩："骚不骚？"

戚枫看得直笑："骚。"

梁锐希热心道："要不要？你也来一点。"

戚枫被他说动，也依样抓了两把。他偶尔会用一些啫喱水，但还真没用过摩丝，这玩意儿定型效果太强，平时用太过装，他不喜欢。

看他弄完，梁锐希又冲他吹了个口哨："帅多了！"说罢他又看向正在摆弄自己领结的凌可，"你也来搞搞啊。"

凌可如临大敌地倒退了一步："我不要！"

梁锐希对着戚枫挑了下眉毛，戚枫也一脸坏笑，两人迅速逼近凌可，不顾他的挣扎反抗，一起把他架到化妆镜前。

梁锐希眯着眼睛邪笑："两大校草帮你搞发型，你还不要，身在福中不知福！"

凌可紧闭眼睛，做出一副受死的表情。

梁锐希伸手撩了一把凌可的头发，惊讶道："你头发好软。"

戚枫也动手揉了揉："真的好软。"

两人就对他的头发进行了惨无人道的改造，凌可被压着无法动弹，也不能动气，只能一脸憋屈地任人"蹂躏"。

弄完后梁锐希还在他耳边打了个响指，一脸嘚瑟道："怎么样？好看多了吧？"

但凌可毫不领情，一挣脱他俩的束缚，就像一只炸毛的猫似的跳起来躲到一边，整个身子还禁不住打战——哎，他还是太敏感了！

这时，舞台方向传来了震耳的音乐声，还有主持人的开场白，穿过楼层楼板直达后台。

"开始了。"梁锐希说了一声，就起身出去了，他第三个上台，现在就该去候场了。

戚枫和凌可也跟着紧张起来，两人闲聊了几句，都定不下心，索性各自刷手机。

等待的时间过得非常快，感觉梁锐希才出去，两人就听到了《老街》的旋律。

不一会儿，戚枫和凌可的手机就振动了一下，是文娱部部长发来的："你们排在第五个，还有两个节目，现在可以上来了。"

越往外走，外面声音越大，穿过拥挤的通道，他们听见文娱部部长在尽头嚷嚷："《靓丽青春》舞团全员都到齐了吗？下一个准备！"

边上呼啦啦地拥出去一群刚刚在楼下化妆的女生。

一转眼，她们就跳完回来了。

"到你们了哦。"周琰笑着跟他们打了声招呼，就拿着话筒走向舞台报幕。

透过幕布，凌可看见周琰笔挺地站在台前，一张脸被聚光灯打得极亮。

他开始说话了，浑厚的嗓音透过他们身边的音响传出来，凌可只觉得大脑嗡嗡作响。

周琰前面说了什么他都没听清，他只听见最后一句："让我们有请新闻系（1）班的戚枫、凌可带来钢琴合奏——Jump!"

凌可和戚枫肩并肩走出去的时候，压根看不清楚下面坐了多少人，因为有一束聚光灯一直跟着他们，照得凌可睁不开眼睛。他只能看到同样被照亮的戚枫，如同光源一般牵引着自己走向不远处那台巨大的三角钢琴。

到舞台中央时，戚枫忽然拽住原本目不斜视的凌可，带着他一起面朝观众，做了个优雅的开场礼，一瞬间尖叫声从四面八方传来。

好多人，多到看不到边界，看不到尽头。

凌可的心脏开始狂跳，他从来没有哪一次上台像这样紧张过。

戚枫却像是没什么反应似的，跟凌可一起走到钢琴前坐下。

两个立式话筒正对着钢琴开敞的击弦机。

凌可做着深呼吸，正想着是否要现在开始弹，却见戚枫拉过其中一个话筒，直接出声道："大家好，我是戚枫，坐在我身边的，是我的同学兼搭档，凌可。"

低沉悦耳的嗓音不疾不徐地从舞台两侧的音响中传出来，因带着信号传输的时间差，竟让凌可有种不是身边的人在说话的错觉。

戚枫偏头给了凌可一个安抚的眼神，继续道："接下来，我们会为大家带来一首由自己改编的Two Steps From Hell乐曲，*Jump!*，翻译成中文，乐曲名叫作《跳！》……"

由于这个平缓又沉稳的开场白，凌可竟然奇迹般冷静下来。

接着，戚枫左手摆上琴键，凌可也跟着他一起，放上一只手。

不远处的舞台两侧，一干晚会组织人员正看着这一幕。

文娱部部长目露惊叹之色："这家伙控场能力真强……"

周琰抱着手臂道："有些人就是天生该站在舞台上。"

文娱部部长："你在说你自己吗？"

周琰笑而不语。

戚枫继续对着话筒道："那么，能否请大家给我们一些掌声，跟我们一起倒数，一起开始'跳'，好吗？"

鼓励的掌声伴随着一片整齐的"好"，戚枫没有停顿就开始倒数带节奏，"五、四……"全场观众齐声接替："三——二——"

戚枫放开话筒，让它回归原位，和凌可对视了一眼，听到最后一声"一"，两人同时开始敲击琴键——

"当当！当当！当当……"

五组重复音后，两人同时加入另一只手，略显单薄的双手八音一下子增加到强劲有力的四手十二音，几乎没有给听众任何喘息的空间，乐曲就以摧枯拉朽之势席卷了全场听众的耳膜！

四手联弹的优势就在于此。

它不适合弹奏悠扬的抒情乐，也不适合弹奏古典乐，适合通过一组组重音敲击把原本精巧的音符凝结成一股磅礴气势，达到史诗般震撼人心的效果。

演奏这首*Jump!*再适合不过。

再加上临弹奏前戚枫的开场白为这首曲子做了最好的铺垫，既吊起了观众的胃口，也不会让大家觉得太突兀。

听着这首劲爆的乐曲，对钢琴的理解只停留在叮叮咚咚小溪流水的人来说，竟然有一种三观被重塑的感觉。

有些激动的观众都起身开始跟着节拍鼓掌，或是拍打椅背。

高潮部分，两人四手最多达到十六音同时键入，在富有动感和节奏的敲击下，伴随着一串滑音……最后一下仿佛要砸碎钢琴般的二十指重击，直接将全场气氛带向了巅峰！

短短四分钟，对全情投入的凌可和戚枫来说，仿佛只过了四秒。

听着如雷贯耳的掌声，他们仍沉浸在这场酣畅淋漓的合奏里，仿佛灵神合一，忘了身外的一切。

如果听众的想法能转换成弹幕，席下大概会飞过满屏的感慨——

"啊啊啊啊啊啊啊好刺激啊……"

"听完这首歌我感觉我可以拯救世界！"

"莫名想在这四年拼一把！"

"妈妈，我想学钢琴呜呜呜……"

凌可垂眼，感受着自己狂跳的心脏和敲到几乎麻木的指尖，一瞬间想哭。

这么多年，尤其是他学琴的前六年，多少次被逼无奈地练习一组组枯燥的指法，多少次对眼前的黑白琴键恨之入骨，只希望早早摆脱。

可他没想到，曾经最想抛弃的东西，却带给他许多意想不到的好。

它带他到了音乐学院，带他去了电视台，带他来到F大……一次又一次，将戚枫送到他眼前。

它带给他与众不同的存在感、他人羡慕与崇拜的眼光，还有此时此刻的震撼与感动。

就为了这一瞬间，他觉得以前受的一切苦，也都值得了。

音乐声停下几十秒后，凌可才跟着戚枫起身，茫然地来到舞台前，一起向观众行致谢礼。

随着台下一阵骚动，舞台左侧出现一个抱花的女生，明显是冲着站在左侧方的戚枫来的。

观众席除了掌声，还多了许多起哄声、口哨声。

凌可在边上看，也不觉得尴尬，原本戚枫就比他受欢迎，他对这情景已经习以为常了。但他没发现，在第一个女生上来后，舞台另一边也跑上来一个女生，台下的起哄声瞬间翻倍。

等凌可反应过来，怀里已经被塞了一个娃娃熊。

凌可抬头想去看那个女生的长相，对方却害羞地捂着脸跑下去了……

隐约听见另一个女生正大胆地跟戚枫告白，但被台下的哄闹声压得几乎听不清声音，凌可偏头再看，见戚枫怀里已抱了一大束粉色玫瑰。

他觉得好笑，也在心中纳闷，为什么送戚枫的是花，送他就是娃娃熊？

就在这时，戚枫做了一个凌可完全无法预料的举动——戚枫把那束粉色玫瑰也一起塞进了他的怀里，然后搂住他。

一阵静默后，全场发出了一阵仿佛要掀起礼堂顶的尖叫声，竟比他们演奏结束时的掌声还要响亮。

凌可木木地看着戚枫给了观众席一个飞吻，然后对方牵着他的手下台去了。

直到走出观众视线，见到站在舞台边看好戏的梁锐希，凌可才回过神来，挣开了戚枫的手。

梁锐希抱着手臂倚在墙柱边，朝着他俩吹了声口哨，感慨道："年轻真好啊……"

戚枫笑问："我们表现得怎么样？没有太尴尬吧？"

梁锐希："尴尬啥啊，简直棒透了，没听你们弹琴之前我都不知道钢琴还能这么玩，太酷了！"

戚枫兴奋道："是吧哈哈，我也觉得这首歌很燃，改编成钢琴曲效果还蛮不错的。"

梁锐希指了指凌可，一脸怪笑："不过你可不可以解释一下，刚才是怎么回事？"

戚枫不好意思地看了凌可一眼，刚才在台上太激动。

当然，梁锐希也没打算扒什么深层原因，他知道舞台上的人兴奋什么都干得出来，还有更过分的呢。所以问完那句，他就自顾自调侃道："跟你讲，这一把你们玩大了，等着吧，明天校网和论坛里估计全是你们的照片和帖子。"

戚枫果然一惊："不会吧？"

梁锐希幸灾乐祸道："哈？！你当校网、校报、摄影部的人是吃白饭的吗？更别说还有这么多人当场拿着手机在录视频！"他摇头叹气，又一脸同情地看着他俩道，"不作死就不会死，你俩这四年就算从现在开始各自找女朋友，关系也撇不清了。"

说罢他看向正报完幕回来的周琰，一脸"哥是过来人"的沧桑感。

"戚枫、凌可！你们表现得很不错！"忙完当前一轮节目安排的娱乐部部长这才抽出空来对他们发出感慨，但她称赞完还不忘道，"不过三位大帅哥，麻烦你们挪个地方，再站在这里咱们部里的小姑娘都没心思干活了！"

三人："……"

部长做了个拜托的手势，又说："观众席左边三排、四排、五排空位是专门给表演完的学生留的，如果你们想看节目，可以直接从后面绕过去看！"

梁锐希抬手往戚枫和凌可脸上指了指："你还嫌他俩刚刚造成的轰动不够大？这要是下去看演出，一会儿还走得了吗？"

部长一拍脑袋，苦恼道："说得也是。"

梁锐希指点道："趁着现在外面人少，赶紧回去吧。"

戚枫和凌可也没心思看什么演出了，赶紧吸取前辈的经验，乖乖回后台换衣服。

到更衣室后，两人背对着背脱掉礼服，准备离开时，凌可看着化妆台上的小熊和玫瑰，囧了一下。

"呃，刚刚……"凌可终于鼓起勇气率先开口。

结果他刚说出三个字，戚枫就转过头来道歉："对不起，刚刚我太激动了，明天估计又有流言蜚语了……"

凌可点点头，想到男生之间开玩笑都没什么，再说当时那个氛围的确挺好的。

"没事，别在意，"凌可瞥了一眼那束粉色玫瑰，重新拿起来还给戚枫，"给。"

戚枫道："送你了啊。"

凌可还以为当时戚枫递给他是想让他帮忙拿着，他瞄了花束间的卡片一眼，道："里面还有那个女生写给你的字呢。"

戚枫抽出卡片打开瞄了一眼，叹了口气，对着卡片自言自语一声"抱歉"，接着小心地把卡片撕了，丢进边上的垃圾桶里。

凌可很能理解戚枫的举动，毕竟追求者太多，戚枫不可能每个都回应。

"花呢？"凌可捧着鲜花，有点可惜，"好歹是别人送你的心意，给我不好吧？"

"送给我和送给你没什么两样啊，反正我们住一个宿舍。再说，除了教师节和母亲节，这还是我第一次给别人送花……虽然那啥，是转送，"戚枫讪笑了一下，"但你要退给我我也太没面子了。你要觉得不好意思，就把你收到的熊送给我呗。"他说着，自作主张地拎起桌上的娃娃熊道，"好了，这下扯平了吧？"

什么歪理！但戚枫这样说，凌可也无可奈何，好在他也不太执着于珍藏女生送自己的礼物。

Part 10　奇宝热卖

回去路上，戚枫的手一刻不停地折腾着那只熊，一会儿拽着熊的腿玩抛接，一会儿用力掐熊的脖子、拧它的鼻子、戳它的眼睛鼻子和嘴巴。

凌可实在看不下去了，索性掏出手机看微信，数十条未读信息让他吓了一跳，随便点开一个，都是刚刚他和戚枫在台上的照片跟小视频。群里同学都在讨论他们的钢琴演奏，而且还有不少在调侃他和戚枫的关系，要不是凌可关掉了群消息提醒，累计信息估计能有数百条。

凌可又去看朋友圈，第一条就是高俊飞发的："我的两个室友！"

配图正是戚枫搂着凌可的抓拍，而且照片里的自己竟然在笑……凌可还以为自己紧张得都僵住了呢。

凌可正想仔细放大看看，戚枫就凑过来瞄了一眼："什么？"似乎嫌这么看看不清，他把娃娃熊往胳膊下一夹，从裤兜里掏出了自己的手机。

没一会儿，戚枫就哧哧笑了起来，估计他也收到了一番狂轰滥炸。但和凌可的反应截然不同，戚枫是因大伙儿的讨论乐得不行。

凌可见状又开始反思，戚枫都能这么轻易地把那些截图当玩笑，自己就不能学着点儿吗？而自己在这里紧张兮兮？自己就不能也表现得无所谓一点儿吗？

很快，戚枫也看到了高俊飞发的那张照片，不知道是欣喜还是恶趣味，还特地指着手机对凌可道："这张拍得不错，看我俩笑得多开心！"

凌可一边调整自己的心态，一边也笑意盈盈道："是啊，演出挺成功，值得纪念。"

到了宿舍，高俊飞和谢奇宝都没回来，估计还在礼堂看节目。

凌可放下东西先去洗头，自打梁锐希和戚枫联手把他的头发用摩丝固定住后，他就感觉像顶了个头盔在脑门上，难受得不得了。

洗完头出来，见戚枫抱着娃娃熊坐在写字台前刷网页，一只手还一刻不停地捣鼓着那只熊，旋转它的四肢关节，把小熊体内充实的棉花分离成段，使原本连在一起的四肢像是被抽掉了骨头似的垂软在那里。

凌可边擦头发边问："你跟这熊有仇吗？"

戚枫愣了愣，挠挠耳朵解释道："我手痒，只要是自己手边的，属于我的东西，就忍不住想折腾。"

凌可无语，想起来好像的确有几次见戚枫玩空了的矿泉水瓶、易拉罐之类，还会把收快递时没丢掉的塑料膜泡泡一个个捏爆。以前看新闻说，这好像是强迫症还是人本性中的一股破坏欲之类的，凌可也不太懂，反正他没有这毛病。

这时，戚枫忽然指了指电脑屏幕，无奈道："我在看校内论坛，梁学长说得不错，现在已经有八卦帖了。"

凌可惊讶，这么快？距离他们演出结束一小时都不到呢。

"应该都是开玩笑的吧。"凌可淡定道。

"万一有当真的呢？"戚枫挑眉。

"不会的吧。"凌可皱了下眉头。

戚枫看了他两秒，收回视线继续看电脑屏幕，不一会儿，他又侧过身，手臂搭在椅背上问："你会介意那些讨论我们的流言蜚语吗？"

"啊？"受戚枫影响，凌可刚学会不去在乎别人的言论，现在对方这么刻意一提，他又开始纠结自己是不是哪里有问题了。

戚枫的语气很认真，而不是开玩笑。凌可抓着头顶的毛巾，皱着眉头斟酌道："这个……也挺正常的吧。"

戚枫："不觉得讨厌？"

凌可摇摇头，又下意识地问戚枫："你呢？"

戚枫毫不犹豫道："当然不会。"

凌可松了一口气："现在，不都挺开放的嘛……否则大家也不会随意开这种玩笑。"

戚枫语气也放松下来："我还担心你会介意，刚开学的时候，不是有人在论坛里发我俩的八卦帖吗？当时你表现得好像蛮反感的。"

凌可笑了笑，放下已擦完头发的毛巾，垂眼道："我不是反感，而是怕给你造成麻烦。"

戚枫显得有些意外，愣了好一会儿，才说："你真是……"刚说三个字，他又卡壳了，顿了两秒，才想出一个恰当的赞美词，"善解人意。"

凌可扯扯嘴角，转身去洗手间放毛巾。

看到那束搁在门口的玫瑰花，他又有点头大该怎么处理。说实话，他一个男生，对鲜花实在无感，可丢掉未免可惜。

这一束花少说几十朵，宿舍里倒是有些空矿泉水瓶，凌可想了想，把扎花的外包装撕了，又将花拆分成若干束，打算两三枝地分插在瓶子里。

戚枫不知何时又出现在他身后，张张嘴想说什么。

"怎么了？"凌可问。

戚枫小心翼翼地问："如果不考虑我呢？只从你自身出发，那些八卦，会让你觉得困扰吗？"

凌可不知道为什么戚枫对这个问题这么执着，但见他难得表现出局促、谨慎的样子，忽然想到，对方会不会和当初他说要澄清时一样，其实是在担心这些事给他也带来麻烦？

这个想法让凌可心头莫名一暖，也为戚枫的体贴感动。

"不会啊，"凌可笑了笑，"不是你告诉我的嘛，别人怎么八卦，我们都管不了，不如放宽心别去较真。"

戚枫也笑了，调侃道："要是有人当真了，会不会影响你找女朋友啊？"

"我现在不想找女朋友……"凌可摸摸鼻子，他可不像戚枫，现在的他连跟男生相处都要学习，更别说那些等同异星球的女生了。

两人正聊着，走道里忽然传来一阵脚步声，估计是前去观看文艺晚会的大部队回来了。

果然，几秒钟后宿舍门就被推开了。高俊飞看见戚枫和凌可，带头起哄："哟——"

听到他的叫声，隔壁几个宿舍的男生也呼啦啦地全拥到了412门口，对着他俩齐声道："哟——"

同学们你一句我一句地开始调侃——

"你俩可真牛啊，弹琴弹得太好听了！"

"站在台上也真够般配！"

"哈哈哈哈哈！"

"知不知道你俩站在台上的时候我们班女生叫得多大声吗？那分贝，都快把大礼堂的顶给掀了！"

"哈哈，我们新闻学院这下真要出名了！"

在场面变得彻底没法收拾之前，凌可病急乱投医地捧起那一束被拆开的玫瑰花，面无表情地问他们："要花吗？"

"要要要！给我一朵！"男生们立即停下动作，争相抢花，"我也要，快抢啊！"

一大束玫瑰花瞬间被一抢而空。

热闹看了，花也抢了，一群人心满意足地回去了。

132

凌可松了一口气，心有余悸，等反应过来，也不知道是该感谢这些花救了场，还是该吐槽一群大男生抢花。边上的戚枫悄悄对他竖了下大拇指，夸他干得好。

不过不管如何，这一举动转移了大伙儿的注意力，还顺便解决了如何处置鲜花的难题，可谓一箭双雕。

谢奇宝也趁乱抢了几朵，一脸得意地跟他们邀功："还好我也抢了几枝，否则咱们宿舍一朵花都没了，那群强盗，本来这都该是咱们的！"

凌可却觉得还是送出去好，他们一个男生宿舍，要这么多粉色玫瑰花干什么？

大部队一走，剩下两人也掀不起什么风浪，说笑了几句便自顾自去玩了。

戚枫看看时间不早，起身去洗漱，凌可已先一步爬上床，放松他疲惫了一天的精神。

群里还有他俩上台到下台期间的全部录制过程，凌可靠在床头，又戴着耳机美美地回味了一遍。

接着，他又一张张翻看同学们拍的照片，看来看去，还是高俊飞发朋友圈的那张最好——他和戚枫紧紧地靠在一起，两人笑得格外灿烂。

凌可心一动，悄悄给高俊飞发私信："哎，你发朋友圈的那张照片，有高清的吗？"

高俊飞在下面奇怪地仰头瞄了凌可一眼，不知道为啥这种事他还发微信说。但他也懒得扯皮，直接把手机里的高清原图发过去了。

凌可点击下载，长按保存，在相册里捣鼓了好一会儿，想将这张照片设置成手机壁纸。

他正专注地弄着，一坨棕黄色的东西忽然从下方飞了上来，把凌可吓得一下按掉了手机。

是那只熊，被戚枫直接从下面丢了上来，掉在对铺的床尾，接着洗完澡的戚枫也爬了上来。

凌可无语道："你还要玩具熊陪你睡？"

"下面没地方放啊。"戚枫舒服地趴在枕头上，把一只脚往娃娃熊身上一搁，当脚垫。

凌可的视线扫过戚枫矫捷的身体，重新对上手机屏幕里那张戚枫搂着他的照片。

想到半年前，他还只能通过朋友圈悄悄关注戚枫，可现在，他们竟然出现在同一个画面中……真是不可思议。

迎新晚会后的新一周上课，凌可才知道，原来那天晚上被男生宿舍一群人调侃根本不算什么。真正的考验，是站在专业大课几百人的阶梯教室门口，面对所有同学的围观侧目。

在一个休息日的发酵后，晚会上发生的事几乎传遍了校园的每一个角落，不管当天在场的，还是没去看的，都已经从各种渠道得知了这事的起因经过结果。

如今戚枫和凌可在外人眼里那是双双带着偶像光环，所以，当他俩一起走进教室时，几乎所有人都在拍桌、吹口哨，起哄。

上专业大课的不只他们一个班，还有新闻系（2）班以及广告学专业的学生，不过能在全校范围内"出名"，他们显然都以自己学院同学的身份为戚枫和凌可感到骄傲。

凌可深吸了一口气，和戚枫坐到最后一排。相较而言，这排位置背对着众人，受关注最少。然而让凌可始料未及的是，上这节课的女老师也全程用"关爱"的目光扫视着他俩，其间还提问让他俩回答，一度把课堂气氛调动得让人兴奋。

下课时间一到，备受折磨的戚枫和凌可就卷起课本落荒而逃。

课后高俊飞原本还想叫班上同学开个简短的班会，起身一看，哪还有他俩的人影。

"戚枫和凌可人呢？"

"逃走了……"

这个"逃"字用得真是精妙，班里人笑成一团，还好都是一个宿舍的，有什么事回去能直说。

开完班会，谢奇宝正打算和高俊飞一块儿去食堂吃饭，就见班上一个女生朝他挤眉弄眼地喊："谢奇宝，有个美女找你！"

谢奇宝听了，一点没感觉到高兴，反而伸手一拍脑袋——这个月都第几次了！

他硬着头皮走出去，果然，外头站了个打扮还蛮潮的女生，对方戴着墨镜和口罩，低声道："请问你是谢奇宝吗？"

语气倒是挺彬彬有礼，不过一听这问题，她就不是冲着谢奇宝来的。

谢奇宝自我解嘲道："美女，你真的不考虑用一下QQ邮箱么"

对方有些纳闷，谢奇宝无奈地伸出手掌："情书啊，是不是又要拜托我给戚枫转交情书啊？"

见对方仍然一脸呆滞，谢奇宝纳闷了："难道这次是给凌可的？"

那个女生神秘兮兮地看了一眼四周，低声问："能不能换个地方说？"

谢奇宝的胃口被吊起来了，恰在这时，高俊飞出来了，竖着眉毛催他："大宝，磨叽啥呢，吃饭去了。"

墨镜女生赶紧对谢奇宝道："我请你吃饭吧。"

谢奇宝惊了，这大美女难不成是来找他的？

见色忘友的谢奇宝扭头抛弃了发蒙的高俊飞，跟着戴墨镜的美女走了。

"美女，这儿都没有什么人了，能说了吗？哎，美女，我们到底上哪儿啊？"

"不是说请你吃饭吗？"

"……"真要请他吃饭啊！

七拐八绕，两人一起到了人烟稀少的第九食堂。

这个食堂是学校里的小资食堂，谢奇宝听高俊飞说起过，是李强林的小舅子承包的，既贵又难吃。但说句实在话，饭也没难吃到哪里去，而是性价比太低了，同样价位的能在南门外吃上更好的，学生们自然不会来这里浪费钱。

但价格再贵，也挡不住那些人傻钱多的"土豪"学生。他们不在乎，或是单纯想来这里彰显自己有钱——那么可以说，第九食堂就是很好抓准了这部分人的心理，所以经营了好几年都没倒闭。

墨镜女带谢奇宝上了楼，第九食堂是可以招服务员点餐的，墨镜女把菜单推到谢奇宝面前让他随意点。

谢奇宝看着将近七八十块钱一份的套餐，忐忑不安地跟她确认了一遍："你真的要请我？"

墨镜女终于摘了墨镜和口罩，点头："嗯。"

谢奇宝愣愣地看了她两眼……真美，就是眼睛太大了，表情也很僵硬，这么不苟言笑地坐在那里，感觉怪怪的。

不过谢奇宝向来心大，有美女请他吃饭，他还挑剔什么？

"那啥，你是不是，先告诉我一下你叫什么名字啊？"点完餐后谢奇宝尴尬地挠挠头，还不知道怎么称呼对方。

"你可以叫我Catherine。"对方道。

凯瑟琳？谢奇宝心说，都是中国人，怎么还搞个英文名？

"那个，你找我……到底是什么事呀？"谢奇宝又忍不住问了一句，对方越不说，他越是想知道她葫芦里卖的什么药。

"先吃饭再说吧。"凯瑟琳道。

谢奇宝憋了一肚子疑问，默默吃了会儿饭，凯瑟琳才从小包里拿出手机，点了几下，递到谢奇宝面前："这个帖子，是你发的吧？"

谢奇宝定睛一看：《奇宝热卖——让你接触原汁原味的校草&系草》。

"这是什么？"他快速刷了一下，对美女的小小遐想快速破灭了。因为帖子的内容果真是跟戚枫和凌可有关的。但看完后，他就急了："这是哪个浑蛋啊，为什么打着我的名号发帖！"

凯瑟琳盯着谢奇宝看了两秒，似乎在判断他说的是真是假，谢奇宝把手机还给对方，连连摆手道："这帖子不是我发的！"

"不是你？"凯瑟琳愣了愣，一双本就很大的眼睛瞪得跟铜铃似的。

谢奇宝有点紧张地问："你该不会想向发帖的人买这个……校草和系草的私人物品吧？"

凯瑟琳沉默了一瞬，道："我只要戚枫的。"

"呃，虽然我是412宿舍的，但我发誓，这帖子我也是第一天看到。"谢奇宝郑重声明。

凯瑟琳皱了下眉头，似乎有点不甘心就这么放弃眼前的机会，指着自己的手机问谢奇宝："既然你也是412宿舍的，那你能不能帮我搞到这些东西？"

谢奇宝傻乎乎地问："你想要啥？"

他原本单纯地以为，这人可能又是戚枫的哪个迷妹，不好意思当着正主的面要这些东西，拜托他当个中间人，如果戚枫肯给，那也没什么问题。但没想到，凯瑟琳痴痴地说："什么都要，他用过的杯子、喝过的矿泉水瓶、用过的毛巾、衣服裤子和鞋子……你可以拍照给我，我会找到一模一样的买过来，你再帮我偷偷替换出来，行吗？"

谢奇宝好一会儿没说出话来，原本他看对方的眼神还带着那么一丝憧憬，现在却只剩下怜悯和逃避：想不到这妹子长得挺漂亮的，却是个奇葩。

看了一眼眼前的空盘，谢奇宝万分后悔。什么叫吃人嘴软拿人手短，他算是感受到了，吃了对方请的饭，他都没办法理直气壮地拒绝。不过这么变态的事，他真的做不到啊……

谢奇宝咬咬牙，还是决定这顿饭自己买单了，大不了回去把这件事告诉戚枫，问戚大公子报销。

"对不起，我做不到。"谢奇宝不好意思道。

凯瑟琳坐在他对面，也没有什么反应，就在谢奇宝感觉自己快被对方的目光杀死时，只见她从包里拿出了一小沓钱，目测大概有一千块，直接放在桌上。

然后，凯瑟琳拿出笔在最上头那张纸币上写了串号码，推到谢奇宝面前，轻声道："这并不是什么犯罪的事，你不用太紧张，无论你到时候提供什么给我，价格都不止这个数，回去考虑一下吧，如果改变主意了，可以给我发短信。"

谢奇宝被这一沓钱直接吓傻了，连那个妹子什么时候离开的都不知道，浑浑噩噩地结了账，出了第九食堂，直奔宿舍。

路上又担心戚枫也在宿舍里，谢奇宝赶紧给高俊飞打了个电话，一拨通就叫魂似的喊："高哥！高哥！高哥！"

高俊飞吐槽道："都跟你说多少次了别叫我'高哥'，我还'一曲'呢！"

六神无主的谢奇宝都快急哭了："这节骨眼你能不能别跟我计较称呼！我得跟你说个事！大事！！！"

高俊飞见惯了谢奇宝平日里大惊小怪的样子，对他的号叫已经免疫了，在电话里吊儿郎当地问："什么大事儿？你不是跟一个美女吃饭去了嘛，哟，敢情你的大事是跟美女恋爱了哈？"

谢奇宝道："谁恋爱了！那女的是个变态！"

高俊飞一听"变态"就兴奋了："嗯？什么变态？怎么变态了？你被猥亵了？"

谢奇宝差点没给气得厥过去。

高俊飞平时最喜欢欺负谢奇宝，只要能把谢奇宝怼得说不出话来，他就浑身爽快："行了行了，能有什么比赶着投胎更大的事儿？回宿舍说吧！"

挂电话之前，谢奇宝急急地问了一句："戚哥在宿舍吗？"

高俊飞没太把他的事放在心上，扭头只看见凌可一个人，便道："没呢。"

凌可起身去倒水，随口问了句："谢奇宝？"

高俊飞按掉手机往桌上一丢，笑道："嗯，咋咋呼呼的，除了他还能有谁。"

凌可转身进了洗手间，不一会儿就听外头门声一响——谢奇宝回来了。

"高哥！"谢奇宝一进门，不等喘口气就开火枪似的道，"刚刚那个女的，问我网上那个什么'奇宝热卖'的帖子是不是我发的，还想让我偷戚哥的东西卖给她，什么牙刷杯子、毛巾、内裤都要，还给了我一大笔钱！"

高俊飞一愣，忽然激动地跳了起来："什么？真的假的！"

谢奇宝从裤兜里掏出那一沓钱："真的啊，看，都给我钱了！！"

高俊飞："噢！我们要发财了！！！"

谢奇宝被高俊飞的态度迷惑了，也不知道是自己胆儿太灰，还是高俊飞不厚道，竟顺着对方的思路问："怎么发财啊？这事我们是不是绝对不能让戚哥知……"

他话未说完，只见洗手间门一开，凌可从里面走了出来。

那一瞬间，这两人就像是打算作妖的小鬼见了王母娘娘，表情那叫一个灰败惨淡！

凌可："你们这么看着我干什么？"

此时此刻，谢奇宝满脑子只有四个问题：我是谁？我在哪？为什么凌可会在宿舍里？这事被凌可知道了还瞒得住戚枫吗？

对比蒙掉的谢奇宝，高俊飞则是一脸扭曲，正在为是该用武力还是智力把凌可拉入同伙而做着激烈的思想交战。

接着，凌可又不确定地问了一句："等等，难不成你俩真打算偷戚枫的东西出去卖？"

他这句话如同一道正直的圣光，直接将高俊飞和谢奇宝刚刚冒头的邪念射杀在了萌芽中……

不一会儿，戚枫也回宿舍了。他本来就没走远，只是去楼下便利店买点水喝，结果一上来就感觉到宿舍里的气氛不对劲。

凌可一声不吭地对着电脑，谢奇宝鹌鹑似的缩在一边，高俊飞则懊恼地抱着脑袋趴在写字台上，心如死灰。

然后，戚枫看到自己写字台上的钱，放下水，纳闷地环顾了一圈，看着凌可问："谁的钱？"

凌可往后瞄了一眼，淡淡道："你问他们吧。"

戚枫拿起钱转身看向另外两人："这钱……"

他刚说了两个字，谢奇宝立即扭头，把自己中午的遭遇一五一十坦白给戚枫听了。他说得眉飞色舞、义愤填膺，一反先前拉着高俊飞打算密谋的鸡贼模样，表现得正直又坦荡。

高俊飞的心在滴血，啊！好不容易碰到个发家致富的大好机会，为什么会先落在谢奇宝这白痴手里？为什么他当初写帖子要写"奇宝热卖"而不是"俊飞热卖"！是他高俊飞这辈子没有大富大贵的命，还是碰到了谢奇宝这个丧门星？！他不甘心啊！

戚枫听完谢奇宝的叙述，表情也有些凝重，他数了数手上的钱，道："这儿才九百。"

"呃，"可能是为自己方才的色令智昏感到心虚，谢奇宝不好意思道，"我刚才拿其中一张结午饭的账了，我补给你吧。"

"不用。"戚枫摇摇头，从钱包里抽出一张新的百元纸币替换了凯瑟琳写了电话号码的那张，然后把九百块钱如数递给谢奇宝，道，"谢谢你把这件事告诉我，不过，不管你要不要帮她，这钱是她给你的，我也没权利没收，你拿着吧。"

"戚哥……"谢奇宝差点被戚枫这句话感动哭。如果先前凌可那一句只是提醒，戚枫这句话则让他感到了灵魂的救赎，让他庆幸自己没做什么醒醐的事，他的道德感也在一瞬间触底反弹，坚持道，"不行，这钱我还是不能拿。"

戚枫："你拿着。"

谢奇宝："我不能拿！"

看他俩推来让去，高俊飞在一边眼睛都快瞪出来了，就差在脸上写一句"你们都不要就给我"了。

凌可道："既然都不要，这笔钱就当宿舍经费，给高俊飞保管吧。"

不是自己的钱，拿着也不舒坦，谢奇宝想想觉得有道理，乖乖地把钱上交给高俊飞。

高俊飞这才认命地叹了口气，自嘲般开起玩笑来："你们真傻，既然那个女的想要戚枫的东西，就随便找几样给她嘛，比如她要内裤，拿谢奇宝的内裤给她，跟她说是戚枫的，她又不知道。"

谢奇宝气得"哇哇"大叫："高俊飞你个变态！为什么是我的内裤不是你的内裤？"

高俊飞坏笑道："我的内裤也行啊，我去买个一打，每天换一条。既然她说每样东西都不止这个数，那一个礼拜至少赚七千啊，哈哈！"

这下连戚枫都忍无可忍地笑骂道："你个变态。"

谢奇宝又在边上瞎起哄："你别忘了戚哥平时穿的都是Beford、CK之类的内裤，一条少说两三百，你一下买一打，买得起吗？"

高俊飞爆了句粗，摆摆手道："有钱人有钱人，要不起要不起。"

大伙儿闹了一通，芥蒂消除，气氛缓和多了。

戚枫回到自己的桌子前坐下，对着那张纸币上的电话号码发了会儿呆。

凌可瞄了他一眼，还为高俊飞方才的玩笑而乐着，意味深长地来了一句："没想到你还有这种追求者。"

戚枫苦笑了一下："你以为我想有？"

凌可："那这件事你打算怎么处理？"

"我得先知道这个人是谁……"戚枫拿出手机，输入纸币上的号码，果然他的手机里没有存储过，微信也搜索不到。

除了"凯瑟琳"这个一听就是随便起的英文名，戚枫对她一无所知。这种"敌在暗我在明"的感觉让戚枫很不舒服，尤其对方还要求自己身边的室友偷自己的贴身物品，这些东西作何用处暂且不论，但光是拿钱诱人办事并离间他室友关系的行为，就让戚枫觉得很愤怒。

是，他极少动怒，尤其是对女生，但这一次对方的做法彻彻底底踩了他的雷区，让他想要严肃对待。

"我想引她出来见个面，你觉得怎么样？"戚枫看向凌可。

凌可不是个爱管闲事的人，虽然他很在意这件事，但如果戚枫不主动要求，他也无意参与。现在戚枫找他商量，他才开口问："为什么要引她出来？直接给她打电话不就行了吗？"

戚枫沉吟道道："那个女生之所以这么做，也就是仗着我不知道她是谁，也不敢当面见我。更何况，人都有自尊心，要被我知道她买这些东西，她肯定拉不下面子，所以我才要引她出来。等我见了她，再好好跟她谈谈，能劝就劝，让她打消对我的念头。若劝不住的话，以后追究责任也有个实际目标。"

凌可赞成："嗯，可以。"

戚枫："能不能借我用一下你的手机？"

"呃，"凌可本能地伸手覆在自己的手机上，"用我的手机联系她？"

戚枫皱眉道："我不能用我自己的，我猜她应该知道我的电话号码，这样一来，只要我亲自联系她，她就会知道自己暴露了，肯定会躲起来。"

凌可想了想道："用我的也不保险，我在校网社团登记过这个号码，万一她疑心一搜，发现是我，也会猜测你是不是拿我的手机当幌子去试探。更何况，现在整个学校的人都知道我跟你的关系……不一般，"他扭头看了一眼谢奇宝，"不如将计就计……找他？"

凌可的话听上去思维更缜密，戚枫点点头，转身召唤："大宝，帮我个忙。"

"啊？戚哥，什么事？"谢奇宝像条小狗似的挪着凳子亲切地凑上来了。

"借我一下手机，接下来的事还要你出点力。"戚枫道。

"好说好说……"

凌可松了口气，悄悄把手机藏进裤兜。他的手机壁纸设的还是自己跟戚枫的照片呢，被看到怪不好意思的。

戚枫和谢奇宝商量了一番，最后决定让谢奇宝发短信给凯瑟琳，表示"想通了，愿意合作"，约她出来见一面。

高俊飞也加入了讨论队伍，为了搞得逼真一点，他还提议拍几张照片发过去表示诚意。

"拍什么？不会又是内裤吧！"谢奇宝斜眼道。

"内裤有什么不好？她要是真疯狂暗恋戚枫，信不信她看见这照片立马就来？"高俊飞道。

众人齐齐抚额，虽然高俊飞说得没错，但这么做还是让他们忍不住心生抵触。

当然，舍不得孩子套不到狼，想要诱人出来，必须做点牺牲。戚枫无奈道："还是拍点牙刷毛巾之类的照片吧……内裤这个，真的太私密了，我受不了让别人看到。"

谢奇宝按照"组织"要求发了条"愿意合作"的短信给凯瑟琳，在等对方回复的过程中又在宿舍里绕了一圈，随便拍了两张照片，接着又环顾了一圈，问道："戚哥，你有什么不要的东西是能白送给她的啊？"

戚枫刚在谢奇宝编辑短信的时候凝神喝了一瓶水，闻言拿瓶口对了对他，挑眉："矿泉水瓶？"

"哈哈，你还真的只给瓶子？太小气了！"谢奇宝乐不可支。

"她不是说她都要嘛。"戚枫无奈道。

谢奇宝快速在手机里输入后半句话，之后当众念了一遍："这是我们宿舍，第一张是戚哥写字台的照片，第二张是洗漱台一角，左边那个是戚哥的牙刷和杯子，不过刚开始我不好给你拿太私密的东西，要不我先给你拿几个矿泉水瓶……意思意思？我们约个见面的地方怎么样？"

众人憋了一会儿，狂笑出声："噗哈哈哈哈哈！"

这矿泉水瓶也真是绝了，高俊飞大声抗议，说做生意也不是这么个做法，建议下改成了"一支戚枫随身携带的中性笔"，反正这东西也不一定真给出去，目的还是引人出来跟戚枫见个面嘛。

短信发出去没多久，手机就嗡嗡振动了一下。

"来了！"谢奇宝惊呼一声，其余三人立即凑了过来，摩拳擦掌，点开未读信息——

凯瑟琳："好。"

上！钩！了！

"耶！！！"四个人像是中了什么头奖，兴奋地举手击掌。

谢奇宝感慨，这游戏可比坦白之前他想联合高俊飞偷偷倒卖戚枫的东西有趣多了，果然人不能昧着良心坑别人。

不过凯瑟琳发了个"好"字后，忽然警惕起来，又发了第二条消息说："我们还是不见面了吧。"

谢奇宝急了，赶紧和小伙伴们商量："怎么办？她怎么说不见面了？是不是后悔了？"

"要是后悔就不会说那个'好'了，"高俊飞摸摸下巴道，"可能是担心有诈？还是担心你出卖她？你问问她，不见面怎么交易？"

谢奇宝依样编辑好短信发送。

凯瑟琳回复："我们去图书馆，C区比较冷清，你到最后一排书架，定个时间把东西放在上面，我过二十分钟后去拿，钱回头我用手机打给你。"

高俊飞："这姑娘太谨慎了，给支中性笔而已，咋搞得像是演间谍剧一样？"

戚枫一脸深沉地看着空中一点，低声道："她害怕见人，可能是真的担心我们耍诈，到时候被我认出来尴尬……所以基本可以确认，我应该认识这个人。"

谢奇宝听得后背生出一股凉意："不是吧？"

凌可问："你心里有没有什么怀疑对象？"

"她对我们大学很熟悉，既知道来新闻学院的专业教室等人，又知道第九食堂，还知道图书馆C区，看样子不像是校外人。如果是本校学生，就我所知，跟我同一届从德音考到F大的同学只有一个，但那个姑娘眼睛不大，长得很普通，跟谢奇宝描述的很不一样。而且这人以前还跟我是不同班的，只有过几次交集，也不是很熟，"戚枫想了想，皱着眉头摇头道，"还真没什么头绪。"

"你们别分析了，越分析越恐怖！"谢奇宝打了个哆嗦，道，"也很有可能是到了大学才知道戚哥的嘛！"

"我们入学才两个多月，该接触的都接触过了，没接触过的，对我这么痴狂的可能性不大……"戚枫笑了笑，道，"好了，你们也都别陪着我瞎想了，等到时候见一见就知道了。"

谢奇宝："问题是她现在不打算见面啊。"

戚枫："那她还是要去拿东西的不是吗？"

谢奇宝："这倒也是。"

"你跟她商量一下，能不能换个别的地方，图书馆范围太大，万一出什么事也不好搞出太大动静，"戚枫看向高俊飞，笑问，"百晓生，你有什么好地方提议吗？"

高俊飞双手一击，自信道："这问题你算是问对人了！嘿嘿，我知道一个地方……"

Part 11 配合演戏

次日傍晚，五点二十三分。

谢奇宝鬼鬼祟祟地摸到了经管学院二号大楼的研究生自习室。

这个点正是吃晚饭的时间，学生们全去食堂了，大楼里空荡荡的。

谢奇宝抚着狂跳的小心脏，来到了M-202号教室，推门而入，走到第二排第二张课桌前，把中性笔和一个附赠的空矿泉水瓶放了进去……任务完成，谢奇宝一脸坦荡地拂袖而去，深藏功与名。

一直到走出经管学院大楼，他才给凯瑟琳发了条消息："放好了。"

完了以后他又在412宿舍群里汇报："搞定，接下来靠你们了！"

戚枫："OK。"

高俊飞："OK。"

谢奇宝："凌可呢？"

凌可："OK……"

谢奇宝："加油！"

三人潜伏在经管学院二号大楼的不同位置，正在守株待兔。但不知道为什么，凌可总觉得这种事莫名有些"中二"……要不是为了戚枫，他估计会一脸冷漠地拒绝参与。

五点四十八分，一个女生的身影出现在三人的视线中，对方肩上背着一个小包，戴墨镜和口罩，和谢奇宝形容的是同一个人。

凌可在群里问："认识？"

戚枫："不确定……"

听见凯瑟琳的脚步声走到二楼，三人一起行动，分别从不同方向包抄过去，站在二层唯一两个楼梯出口处，堵住对方的退路，戚枫一个人快步走向M-202。

凯瑟琳拿到了东西，一抬头，就看见自己痴恋的那个人站在教室门口。

她顾虑过谢奇宝会出卖她，但还是忍不住上钩，因为她太喜欢戚枫，喜欢到明明猜到有坑，也会往里跳，如同飞蛾扑火……但她没想到，戚枫会来得这么快。

戚枫站在那里，因为背着光，面色被衬得有些阴沉。他审视着她，一脸肃然地叫出了她的名字："你是……孙曼？"

凯瑟琳手一抖，手中的笔和矿泉水瓶双双掉在了地上。

四人群里收到戚枫的信息："我堵到她了，跟她说几句，你们先去吃饭吧，别等我了。"

高俊飞："OK，撤了。"

凌可盯着戚枫发的那一行字，有些出神，直到高俊飞在走道另一头抬手招呼他下楼，他才下楼与对方会合。

高俊飞摇头叹气："看来是熟人，否则不会叫我们先走。"

凌可沉默无言，高俊飞瞥了他一眼，问："你要等戚枫吗？"

"不了。"凌可摇头，"走吧。"

尽管他特别在意戚枫到底要跟那个女生说什么，但女生的事，想必戚枫自己会解决。就算他俩是朋友，也该有个什么事能管什么事不宜管的界限。

高俊飞给谢奇宝发了条信息，对凌可道："谢奇宝还在食堂呢，我们去找他？"

凌可强压下自己的好奇心，嗯了一声。

二人到了食堂，谢奇宝迫不及待地向他们打听了事件的后续，接着几人你一句我一句地聊起了戚枫。

"我觉得主要问题还是戚哥长得太帅……凌可，还记得报到那天我爸妈见了你和戚哥吗？你想不想知道他们回去后怎么评价你俩？"谢奇宝神秘兮兮道。

凌可："怎么评价的？"

"我妈出了我们宿舍，就跟那些花痴戚枫的迷妹一样，捧着脸说：'哎呀你这个同学长得简直像是电视里走出来的明星，以后光靠这张脸也能成才！'"谢奇宝学着他妈的语气，把当初那一幕演得惟妙惟肖，听得高俊飞忍不住眼角抽搐。

"其实我觉得凌可也不差吧，要是没有戚哥，他在我们中间绝对算是出类拔萃了，偏偏戚枫老喜欢黏着他，好嘛，被这么一衬托，凌可就显得不起眼了。"谢奇宝叹了口气，似乎在为凌可感到可惜。

高俊飞也感慨了一句："人跟人之间真是不能比。"

凌可却一点不感到憋屈，反而还有点高兴，能被戚枫"黏着"是他以前想都不敢想的，就算被衬托得黯然失色又怎么了？他本就不是一个喜欢高调的人。

谢奇宝扒了口饭，评价道："高哥你也不差，就是气质太流氓了，我觉得大学生应该不会喜欢你这一款的。"

高俊飞闻言差点一口饭喷出来："你说啥？谁流氓？"

谢奇宝："你没有吗？你看看你现在，凶神恶煞的！喂喂你干什么？光天化日、众目睽睽……你想霸凌弱小的同学吗？"

"……"

凌可看着谢奇宝跟高俊飞的互动，心里有些羡慕。他和戚枫似乎从来不会这样斗嘴，但他记得戚枫跟他从前那群朋友相处时也会耍耍嘴皮子。

这时，谢奇宝又道："你们说戚哥这么好的条件，干吗不找个女朋友啊？有了女朋友，今天这种事还用得着咱们吗？"他耸着眉毛坏笑，"你们说我说得有没有道理？找个七嫂，就能杜绝一切八卦嘛，也免得咱们凌可男神再被连累！"

高俊飞吐槽："瞧你唾沫星子喷的，我吃的是饭还是你的口水啊？你戚哥想找个女朋友还不容易？既然不找就有不找的理由呗，你就甭咸吃萝卜淡操心了！"

眼看谢奇宝被高俊飞怼得又要炸毛，凌可兜里的手机忽然响了起来，是戚枫的来电："你们在哪儿？"

凌可说了地址，问："你那边……结束了？"

戚枫："嗯，我去找你们。"

等戚枫到的时候，三人都已经吃好饭了，专程等他来解答那个女生的身份之谜。

戚枫坦白道："她是我高中同学。"

"还真是啊？"谢奇宝震惊，"可你不是说跟你一起考F大的就一个人吗？"

戚枫："就是这个人，我一开始没认出她来，因为……她完全变了个样子。"

几人一时没理解戚枫说的"变了个样子"到底是什么意思，愣了半晌，高俊飞才开口问："她整容了？"

听到"整容"，谢奇宝顿时想起对方那双大得不正常的眼睛和僵硬的表情。

戚枫嗯了一声，面上露出一缕纠结之色，道："她说，她是为了我才去做的。"随后他叹了口气，闭上眼睛揉眉心，显得有些疲惫。

大伙儿聊了几句，也感觉出戚枫的压力有点大，面面相觑，识趣地不再深入八卦。

高俊飞还有事，要先离开，谢奇宝和凌可也跟着站起来，打算让戚枫一个人安静安静。

戚枫却叫住了凌可："凌可，你能陪我待一会儿吗，我有话跟你说。"

高俊飞："那行，我们先走一步。"

然而，等高俊飞他们离开后，戚枫却又什么都没说，支着手肘，用指关节撑着脸，看起来像是在沉思。

"饿不饿？"凌可等不住了，问，"要不要先吃点东西？"

"嗯？"戚枫反应有些迟钝，听到凌可的问话才抬了抬眼，点头道，"好。"

凌可替戚枫买了份自选套餐，还打了碗冬瓜排骨汤，都是对方喜欢的菜。戚枫原先还没什么胃口，看到这几个菜，才有了点食欲，整个人也稍稍放松下来。

凌可坐在他对面安静地看着他吃。戚枫吃饭的姿态很优雅，但平时两人吃饭时他比较喜欢聊天，总是说一会儿吃两口，进食速度非常慢，几乎每次都是凌可先吃好等他。但今天的戚枫很沉默，很快就吃完了。

凌可感觉得出来，戚枫有心事，跟那个女生有关，他现在什么都还没说可能是不知道该怎么开口，或者只是单纯不想说。

但凌可无所谓，刚刚戚枫让他留下，而不是让高俊飞或谢奇宝留下，就已经代表他在戚枫心中的地位了。他也愿意陪着戚枫，就算两人只是这么安静地坐着。

只是食堂人来人往，两人又是校园里备受关注的人物，身边难免会有人对他俩侧目，甚至在不远处围观指点，窃窃私语。

所以饭后，戚枫便主动提议出去走走。

十一月初的天气已经微凉，两人双手揣在裤兜里，慢悠悠地晃在小道上。

天已经彻底暗了，除了校园里零星几处路灯照亮来往学生匆匆的面庞，几乎没什么人再认出他们。

途经书香园，戚枫脚步一拐，低声说了句"走这边"，就带着凌可往园内走去。

"她叫孙曼，她说，她悄悄关注我六年了。"戚枫的嗓音幽幽响起，像骤然飘落的一片树叶，没有什么开场白，刚一出现，就融在夜色里。

但凌可听了这句话，心头却猛地一跳。他在边上恍惚地回想，自己关注戚枫有几年了？如果从初二那年年底算起，大概也有五年了……或许更早？

凌可低低地嗯了一声，示意戚枫继续。

"但我是高二上半学期的时候才知道她是谁，当时，我和朋友打完篮球回教学楼，没看路，撞到她，她膝盖蹭破了好大一块皮，还流了血，看起来很严重。我当时很紧张，抱她去医务室，陪她包扎完，又亲自送她回教室……"戚枫说得很慢，似乎是在努力回忆跟这个女孩有关的所有，"我记得之后几天也去看过她，还给她买了点吃的，但就因为这些，周围就有了风言风语，传我对她有意思……但你知道，大部分是开玩笑的。"

凌可倒是挺能理解那个女生为什么会喜欢上戚枫，他见过戚枫在报到那天扶食堂里摔倒的女生，见过戚枫在军训期间帮助中暑的同学，见过戚枫主动为女生们的奶茶买单……戚枫对跟自己毫不相干的路人都展现温柔的一面，何况一个因他受伤的女生。

也许有人觉得，戚枫这种行为是花心的表现，凌可以前也这么认为，毕竟他这种天性冷感的人很难理解戚枫为什么会有这种多余的同情心。

但现在不了，当他见到戚枫在看完那场打拐电影后偷偷躲在洗手间里流泪的样子，他明白了，世上就是有这么一类人，你说圣母也好，同情心泛滥也好，就是天生心善，和凌可的漠然一样，不是装腔作势，而是一种刻在骨子里的属性。

"那样的流言蜚语一直伴随着我，我从来没放在心上，"戚枫说这句话时语气急促了些，"而且过了那阵子，我跟她就没什么交集了，流言也很快就过去了。但我没想到，这件事会给她带来这么深的影响。她以为，我后来不再找她是因为大家笑话她长得不好看。"

顿了两秒，他继续道："她说，当时传那些绯闻的人，还评价她是我看上过的最丑的一个女生，那时候她就下决心要去整容。就在几个月前的暑假，她去做了眼睛、鼻子，还在脸上打了各种乱七八糟的针，彻底改头换面。她以为自己变得好看点，我就会喜欢上她。"

戚枫闭了闭眼睛，显得有些内疚，但又很难认同对方的想法和三观。

"我跟她解释了很久，告诉她我不喜欢她的理由，可她还是听不进，一边哭着跟我说'对不起'，一边跟我告白，说不会放弃，唉……"戚枫苦恼地叹了口气。

凌可想象了一下戚枫劝对方时那个理不清的黏糊场景，若被别人看到，估计还会误会戚枫是那个让女生伤心落泪的负心汉。

"我真不知道她到底喜欢我什么，这张脸吗？"戚枫指了指自己的脸颊，终于在这幽深的园林里，对着最信任的朋友倾泻出一些私人情绪来，"除了我撞倒她那次，她根本没怎么接触过我，也不了解我是个什么样的人。她却反复强调，六年前就开始喜欢我了……那是不是换一个人长成我这样，她也照样会喜欢？如果真是这样，她有什么资格声称喜欢的人是'我'？"

凌可闻言呼吸一滞，随后也跟着叹了口气。

这家伙，还真是对自己的魅力毫不自知啊……

看着脚下的路，凌可仿若自言自语般回答道："一个人除了脸，还有一种自己察觉不到的气场，有些人会把它形容成气质，也有些人会把它形容成人格魅力，这些东西是无形的，它不只通过长相表现，还通过你的笑容、说话的语气、周遭环境带给你的自信、平时呼朋唤友的气势，以及你举手投足间的每一个细节展现出来。"

凌可瞥了戚枫一眼，缓声下结论道："对她而言，吸引她的，也许就是这么一个温柔体贴……光彩夺目的你。"

就像六年前在音乐学院候考室，带着仿佛能让人沐浴在阳光里的温暖笑容出现在凌可面前的戚枫，也一样让人无法抗拒。

那时候的凌可，还不知道这就是"吸引力"。

它让凌可在无意识间开启了对戚枫长达六年的关注。而他当年向往的，也许仅仅是和戚枫一起在阳光下奔跑、玩耍，然后敞怀大笑的样子。只是这样小小的希望，也会像一颗种子深埋心底，在漫长的青春期里生根发芽，开出一朵朵花来。

他不奢求花开结果，但从今以后，吸引他的人，都会有相同的芬芳。

戚枫有点意外对方会忽然解释这么长一段话，而且这段话里还有些比较文艺的措辞，和凌可平时表现出来的理性不太一样。

见戚枫愣然地望着自己，凌可赶紧收回思绪，担心戚枫问他为什么会有这种感触，从而暴露他也曾偷偷关注戚枫多年的真相——尽管他和那个凯瑟琳完全不一样。

两人不知不觉走到了鸳鸯湖边，附近就是两人曾经邂逅的长椅，凌可还记得就是因为这个湖，自己和戚枫第一次被人扯到一起传流言。

"坐会儿？"凌可主动提议。

"好啊。"戚枫道。

两人望着夜色中的小池沉默了一会儿，戚枫忽然用一种充满深意的口吻道："你想不想知道我是怎么让孙曼死心的？"

凌可："嗯？她已经死心了？"

戚枫摇头："我不知道，但我信誓旦旦地告诉她，我已经有喜欢的人了。"

他的语气很认真，凌可都不确定戚枫是不是在开玩笑："呃，你是在骗她吗？她相信了？"

戚枫没有回答，继续道："而且我还说，我已经有交往对象了。"

凌可无语了，果然是在骗人吧！他这段时间几乎跟戚枫形影不离，哪见对方有什么交往对象？

戚枫看了凌可一眼，脸上带着一丝诡异的笑容："你猜她接下来说了什么？"

凌可被那个笑容吊足了胃口，忍不住催道："说什么？"

戚枫："她反问我，我的交往对象，是不是那个跟我用同一款牙刷杯的人。我说，是。"

凌可："……"

戚枫："她又问我，是不是宿舍写字台在我左边的那个人，我说，是。她以为大家都只是在开玩笑，我说，以前和我相关的所有绯闻不是真的，但这一次，是。"

简单几句话能讲完的事，戚枫偏偏要这么一字不差地复述，而且戚枫说这些话的时候，表情凝重，直视前方。每听到一个"是"，凌可就感觉自己的胸口被捶一下，等三句话听下来，他都快内伤了。

"你知道她问的是谁吧？"戚枫又明知故问地来了一句。

凌可差点吐血，戚枫这是在拿他开涮吗？

戚枫偏过头，一双深邃的眸子一眨不眨地望着他，微勾着嘴角戏谑道："喂，要不你干脆牺牲一下，陪我演个戏？"

凌可一愣，没明白戚枫的意思，但戚枫很快就主动解释道："梁学长之前都说了，无论我们找不找女朋友，关系都撇不清了，那不如'假戏真做'。"

"假戏……真做？"凌可简直不敢相信自己的耳朵。

"不，我的意思是，既然我们暂时都不想找女朋友，那就给彼此打个掩护，但只有我们自己知道是假的。当然，这件事是你吃亏多一点，毕竟'演戏'要主动投入点什么，跟我们平时肯定不大一样，就算你不想谈恋爱，也没必要牺牲自己配合我。"戚枫无助地看着他，道，"但是我不一样，我都那么告诉孙曼了，也不知道她是不是真对我死心了，所以我得事先跟你打个招呼，以防对方做出更极端的事。"

听完戚枫的解释，凌可总算有点明白了，戚枫是想拿他当幌子，让自己替他圆谎，顺便挡掉一些不必要的桃花。就像之前谢奇宝说的，找个正牌女友，杜绝一切麻烦。只是戚枫临时找不到什么女生，而恰好最近校园里又有关于他跟戚枫的流言蜚语，所以戚枫才求助于他。

戚枫："这可能会让你觉得有些为难，但这是我目前能想出的最合适的办法了。"

凌可听了"最合适"这个形容，不确定道："你宁愿被'坐实'谣言？"

戚枫："我不在乎啊。"

凌可也不知道该说什么，如果戚枫都不在乎，那么他好像也没什么好介意的……只是，面对这样的问题，仓促答应会不会显得他太过随便？

戚枫见他犹豫，进一步恳求道："如果你答应配合我演戏，就算我欠你一个大人情，今后无论你遇到什么事，需要我的时候说一声，我也会尽我所能帮助你！"

为了让自己的纠结心理表现得更加鲜明，凌可故作矜持地表示："我考虑一下吧。"

戚枫一怔："嗯……行。"

当晚，凌可躺在床上翻来覆去，越想越觉得自己的犹豫很没有必要。

朋友有求于自己的时候，挺身而出不是应该的吗？何况戚枫是那么信任他，似乎没料到他会拒绝，所以在听到他说"考虑"的时候，戚枫的反应还有那么一点愣然……这么一来，凌可反而为自己的矫情内疚了，他简直迫不及待地想等天亮对戚枫说"愿意"。

凌可不知道，床的另一边，戚枫同样没有睡着。

听着对铺传来的细微声响，戚枫也在回想当晚的情景，反省自己的要求会不会太过于唐突。尽管他已经知道凌可很善解人意，但他也不能利用对方的善良啊……唉，要不等明天找机会对他说"算了"？

于是，两人双双煎熬了一夜，第二天一起床，熊猫眼对熊猫眼。

凌可既觉得惭愧又觉得好笑，到嘴边的话没说出来，反而扑哧笑了一声。看他笑，戚枫心一动，也把想说的话咽进了肚子。

两人一前一后走进洗手间，凌可给戚枫让了点位置，拿牙刷挤牙膏，刷牙时，却见戚枫总是偷瞄自己。凌可吐出一口泡泡："你老看我干什么？"

戚枫直接反问："你刚才笑什么啊？"

凌可笑说："我觉得……有点尴尬。"

148

戚枫刨根究底："哪里尴尬？"

凌可："不是说要演戏吗？"

戚枫的眼眸一下子亮了："你考虑好了？"

凌可点点头："嗯，我愿意配合你，但我不知道该怎么做，我有点担心做不好。"

"没关系没关系，你能答应我就谢天谢地了！"戚枫满面红光，感动得都想满世界放烟花了。

凌可被他夸张的反应搞得有些不好意思，匆匆洗了脸，正想去挂毛巾，就被戚枫一把截住了。戚枫柔声说了句"我来"，亲自替他挂好。

这一幕恰好落在刚起床走到洗手间门口的谢奇宝眼里，一阵强光闪瞎了他的眼睛。

等目送戚枫和凌可双双离开宿舍后，他才惊着似的转身冲高俊飞的床铺叫道："高哥！高哥！高……"

高俊飞眨着干涩的眼睛看了眼时间，才七点十五分。

昨晚他写报告写到一点才睡，今早八点的课，本想多睡十分钟，特地定了七点半的闹铃，可现在，他竟然比以往还提早五分钟被叫醒！

高俊飞一脸煞气地坐起来，粗声道："干吗？"

谢奇宝要是不给他一个合理的理由他非打死对方不可！

谢奇宝原本就迟钝的八卦雷达被高俊飞这一吼直接吼得缩了回去，转念一想，觉得轻易对室友下那种结论还是不大谨慎，于是摸摸下巴道："没什么。"

412宿舍里传来高俊飞咬牙切齿的怒吼："谢！奇！宝！"

两人到了食堂，戚枫又主动排队替凌可买了早点，还抢着埋了单。

虽然只是五六块钱的鸡蛋饼和豆浆，但对方掏出校园卡说"我来"时一气呵成的动作，让凌可不由自主地联系到了对方在宿舍洗手间替他挂毛巾时的表现。

如出一辙的温柔霸气，叫人有点不忍直视。

两人面对面坐下后，戚枫还不时抬眼看凌可，凌可被他看得浑身起鸡皮疙瘩，忍不住抗议道："你能不能别这么看我？"

戚枫纳闷道："我怎么看你了？"

凌可无语，难道是他多心了？

好不容易熬到上午上完课，吃过午饭后两人找了个无人的自习室，凌可紧张道："我们还是讨论一下角色扮演的注意事项吧，具体要配合到哪种程度？"

戚枫安慰他道："你不用太紧张，其实就跟平时差不多，除非遇到像'凯瑟琳'那样的特殊事件。"他想了想，又说，"不过，为了不在需要的时候演得太生硬，我们私底下要不要做一些练习？"

凌可："什么练习？"

戚枫也在思考："比如一起约个会、牵个手什么的？"

"牵、牵个手？"凌可的心跳瞬间飙到了每分钟180次。

戚枫摸摸自己的鼻子，似乎也觉得两个男生牵手有点不妥："我只是随便举几个例子，如果你觉得太过了，也可以不做。"

凌可沉默了，因为他忽然想到，如果是真的情侣，牵手是再正常不过的行为，如果他连这一点都做不到，那还帮什么忙呢？再说，要是他们不提早习惯，遇到真需要演的时候，肯定会露出破绽。所以戚枫的提议也算是合情合理。

凌可无奈道："偶尔一两次应该可以。"

戚枫舒了口气，又道："还有拥抱……"

凌可："啥？！"

戚枫："呃，平时我们当然不需要这样，只有特殊情况！"

凌可深吸了一口气，取出记事本和一支中性笔，道："行了，我们来个约法三章吧，要练习做什么事，不能做什么事，都写下来。"

戚枫看着他一本正经地在本子首行写下一串字——《配合校草演戏的行为准则》，忍不住笑出声来："你也太认真了吧？"

凌可一脸纳闷地看着戚枫，他一向很认真，何况他只是友情帮助，可不能真的"假戏真做"。

见凌可一脸严肃，戚枫也不由自主地收起笑容。

凌可低头，在标题下方写下了第一条——在一方有需要的时候配合对方演戏，内容包括但不限于牵手、拥抱……

写完这一句，凌可立即画了个分号，换到下一行。

戚枫愣愣盯着那个"包括但不限于"，一阵胡思乱想：也就是说，除了牵手和拥抱，能接受更多的事？

凌可抬头看了看戚枫，没看出对方有什么不满和异议，才继续下一个问题："我没谈过女朋友，不知道情侣互动都有些什么，你有什么提议？"

戚枫嘴角一抽，被迫用同样严肃的语气回答："我也没谈过，不过我觉得可以从最简单的做起，比如互道早晚安……至于其他行为，就见机行事吧。"

"嗯，可以。"凌可低头写完第二条，又问，"这件事能让高俊飞和谢奇宝知道吗？"

戚枫不自然地咽了口口水，道："不要了吧，人多口杂，既然决定要演戏，就演得真一点，若非万不得已，只有我俩知道就行了，否则哪一个不小心把秘密泄露出去，我们的努力就全白费了。"

"好吧……"凌可点点头，"但我觉得在公开场合不需要表现得太明显。"

戚枫忽然想到什么，又道："对了，还有一点。既然要跟我演戏，从某种程度上，我们也算是各自脱离单身状态了，那个，就是和他人的关系，不管是男生和女生……"

他描述得很费力，好在凌可理解能力不错："不能再跟别人有暧昧行为了？"

戚枫："没错……"

这要求对凌可来说根本就没什么难度，他又不是戚枫，到处给人送温暖。

何况他本来就只是对戚枫的态度有点特别，上大学以前，他可是被别人称为"移动的冰山"啊。

写完第五条，凌可就听戚枫又道："如果真要你做出什么自我牺牲的事，我会额外补偿你的。"

凌可一愣：自我牺牲？戚枫指的是牵手那一类行为吗？

既然他已经做好心理建设，其实就无所谓了，牵个手又不会掉块肉，还要什么补偿啊！而且，如果真能帮到戚枫，他也会很高兴的。

不过，虽然心里这么想，凌可却没有表现出来，他还是认真地写下了戚枫的许诺。

戚枫说完自己的要求，也不忘让凌可提点自己的想法。

凌可自己没有什么意见，反倒站在戚枫的立场考虑到一个问题，但他从自己的角度出发问道："假如有一天我遇到自己喜欢的人，这个事能终止吗？"

戚枫一愣，立即道："当然！而且需要的话，我会向你喜欢的人澄清我们之间的事，以免对方误会。"

凌可点点头："我也一样。"

两人就这样用一副探讨学术研究的态度写完了一份既像协议又像要求的《行为准则》——

一、在一方有需要的时候配合对方演戏，内容包括但不限于牵手、拥抱；

二、适当进行互动练习，培养默契感；

三、避免在公众面前作秀；

四、为保证扮演真实度，非必要情况下不得对第三人坦白真相；

五、角色扮演开始后，双方在形式上遵守角色道德，不再与其他人有暧昧行为；

六、每正式履行一次扮演，受益人有义务对牺牲方进行一次精神或物质补偿，包括但不限于请吃饭、送礼物；

七、当有一方决定发展自身恋情时，另一方必须出面对当事人的伴侣澄清"演戏"行为，届时行为准则自动失效；

八、初次委托人承诺亏欠被委托人一个人情，可实现被委托人一个心愿，终生有效；

九、有待补充。

初次委托人：戚枫。

履行人：戚枫、凌可。

签完名字后，凌可像是完成了重大任务一般舒了口气。

戚枫也放松了紧绷的神经，和凌可相处了两个多月，直到今天，他才彻底感受一把对方的严谨到底有多可怕。但正因为如此，戚枫又对对方无比放心——只要是凌可下决心去做什么事，就会一丝不苟地贯彻执行，绝不带敷衍或是玩笑的态度。

由于平日里无须表现得太夸张，两人之后几天与以往并没有什么不同，但戚枫所谓"见机行事"的互动，却在潜移默化间开始渗透彼此的生活。

比如戚枫坚持给凌可买早点，声称是对凌可答应自己扮演情侣的最低补偿与感谢，此外二人还偶尔相约外出逛街、吃饭。

一段时间过去了，身边的同学们开始慢慢关注这些细节，于是陆续有人在校内论坛上发帖曝光——

《有谁发现校草每天都给他那个叫凌可的同学买早饭吗？》

文字内容如题，配图是戚枫刷卡买两份鸡蛋饼的照片。

1L回复："原来不止我一个人看见过这一幕……"

2L回复："他俩难道不是我校现在公认的一对吗？那买早点有什么问题[滑稽]？"

3L回复："不好说吧，毕竟没公开承认过……"

4L回复："别老'那个''那个'叫，凌可是我们新闻学院的系草！也是校园一草好不好！"

5L回复："就是，最近在学校里见到他俩好几次了，一开始对凌可无感，最近越看越觉得他耐看，我已经从粉戚枫转粉凌可了。"

6L回复："粉凌可+1，就喜欢这种高冷禁欲系boy！"

7L回复："昨天晚上我和闺密还看见他俩在野鸭湖附近散步……"

8L回复："楼上求照片啊啊啊啊啊，无图无真相！"

9L回复："我是7L，当时天太黑，根本拍不清楚，开闪光会被发现……遗憾脸，sorry。"

10L回复："7L你不是一个人啊！上个周末我和我男朋友去看电影，在电影院门口看见传说中的校草戚枫和凌可，当时他俩在买影院门口烧烤摊的肉串，戚枫亲手拿着一根肉串喂凌可吃，可惜我的片子马上要开始了，只匆匆一瞥就被我男友拽走了[哭泣]！前二十分钟我根本不知道电影放了什么，满脑子都是他俩喂肉串的场景，都想冲出去再看一眼啊啊啊……"

11L回复："10L我感觉出你的激动了，冷静！"

……

对于这类帖子，CP粉圈地自萌，掀不起大风大浪，吃瓜路人一笑而过，不以为真，所以即便有人发觉不对劲，一切看起来也都还算平静。

至于痴恋戚枫多年的孙曼，这次好像也真信了戚枫的"坦诚之言"，再也没有出现在他们面前。

Part 12　校外采访

　　转眼到了十一月底，学期过去大半。

　　新闻采访课布置了一份实践作业，要求学生组队进行一次集体采访，写一篇采访稿作为期末作业。

　　趁着时间尚早，有行动力的学生们纷纷开始组队做任务。

　　所谓"男女搭配，干活不累"，班上女多男少，原本关系较好的男生宿舍四人组便被三三两两地拆分开来，加入女生的大组，连412宿舍四人也未能幸免。在这种情况下，戚枫和凌可自然又是抢手货。

　　为了平均分配"资源"，一些女生甚至在群里提议让戚枫和凌可分别去不同的组。对此，戚枫坚定拒绝："不行，我和凌可必须一组。"

　　有女生问道："为啥啊？"

　　高俊飞："因为戚枫还没断奶。"

　　群里一阵刷屏狂笑，凌可发现同学们的调侃，发了一串省略号表示无语，但也没有反驳戚枫。女生内部无奈用抽签决定谁是那个幸运四人组，最后，由团支书章文沁所在的207宿舍将两位帅哥收入麾下。

　　对于难得争取来的良机，207四个女生激动不已，纷纷出谋划策，想制造更多与帅哥共处的时间。

　　这也不怪她们，大学里除了一起上的专业课，大家都是各过各的，所以尽管是同一班学生，她们和戚枫、凌可二人的相处时间也没多到哪里去。何况那两人为了躲避追求者，几乎都是一下课就跑。

　　经过一番讨论，四个心机girl定了一个关于"穷游青年旅行心理"的采访主题，他们不但需要找时间出校体验一把穷游，还得在外留宿一夜。

少数服从多数，势单力薄的戚枫和凌可只能接受女生们的安排。

最终，女生们拟定前往本市附近的一座江南古镇，该镇是远近闻名的旅游景点，也是大学生旅行、年轻背包族短途旅行的最佳去处。为了更好地深入采访群体、体验穷游，组员们事先商定每人的旅行经费每日八十元，来回两天一百六，包含车票、食宿等一切开销。

这笔钱对大城市里长大的孩子来说，可能只够平日下趟馆子，尤其像戚枫这种从小锦衣玉食的"大少爷"。听到这个条件，他整个人都蒙了："一百六，够开一晚上宾馆吗？"

组里一个叫姚静的姑娘道："戚大帅哥，你想啥呢？我们这是体验'穷游'，你还开宾馆，你怎么不问'何不食肉糜'？"

章文沁拿出几张资料对戚枫解释道："我们定这个经费是有据可循的，你看，资料显示穷游一族的旅行预算普遍低于普通游客，近50%的背包客每日的平均花费在一百元左右。而且我调查过了，古镇距离我们市不太远，如果选择最便宜的交通工具，加上地铁、公交，全程交通费不会超过五十元，所以两天一百六应该是足够的。"

到底是班委团支书，这一串数据报下来，让戚枫哑口无言。

不过说是全组作业，戚枫和凌可发现，四个女生已经背着他们做好大部分计划以及准备工作，最后一次小组会议上，凌可忍不住道："有什么我们来做的任务吗？"

四个女生面面相觑，这才发觉，戚枫和凌可啥都还没干。

也许是她们争取到帅哥后太兴奋了，直接将他们当宝似的供了起来，竟然忘了，虽然两人都可以靠脸，但也非常有才华，其中一个还是开学初就作为新生代表致辞的大学霸……这么空置着简直是浪费资源。

"暂时没有哎。"又是那个叫姚静的女生，她开玩笑道，"要不你们就当花瓶吧。"

女生们又是一通笑，让戚枫和凌可忍不住想抚额。

"别啊，你们这样让我和凌可情何以堪？"虽然啥都不做的确很轻松，但作为团队的一分子，尤其队友都还是女同胞，戚枫实在接受不了"吃软饭"的属性。

凌可也一样，主动争取道："既然是集体作业，每个人都应该做点事吧。"

还是识大体的章文沁道："抱歉，我们四人一个宿舍平时合作惯了，都把你们忘了。前期工作我们都完成得差不多了，后续的采访、摄影、观察、记录等工作我们原本安排的分别是姚静、戴依薇、我、岑彤。要不到时候，戚枫和姚静一块儿采访，至于凌可，听说你加入了校网编辑部，可能这方面比我们经验丰富一些，要不最终的采访稿件由你来撰写编辑？"

尽管平时接触不多，但章文沁对戚枫和凌可的性格与特长识别还是非常精准的，一下子就分配好适合二人做的事。

154

戚枫和凌可欣然答应，这样一来，在出发之前，他们都不需要再为这事儿操心了。

跟他俩一比，412的另外一组可就悲剧多了。

高俊飞比较有主见，正好同队女生里也有个爱拿主意的，光是采访主题，两人就争了一个礼拜才出结果。接着，高俊飞又发现六个组员里有三个是懒汉，另一个专注乱七八糟的社团活动，没时间搞专业，六个人竟然连凑在一起出去采访的时间都没有，于是一拖再拖，至今没有定论。

戚枫和凌可听高俊飞时不时在宿舍里怨声载道，再一想自身待遇，顿时觉得做人太幸福。

近期没有长假，凌可他们组挑了十二月初的一个周末出行。由于已近冬季，外宿一天无需再带换洗衣服，几人只各自背了书包，带了点儿随身物品，就轻装上路。

因为经费有限，他们只能去赶周六一早从市南站出发的K字头硬座火车。当天天还没亮，六个人就起床了，连早饭都来不及吃，一路马不停蹄地赶到车站。

一番折腾，大伙儿都觉得饥肠辘辘。

几人才落座，其中一个女生就忍不住拉开书包拉链，翻出一书包的零食。

姚静见了大惊道："哇，彤彤，你怎么带了这么多吃的东西？"她还指着岑彤的书包向章文沁举报，"组长，这算不算犯规？不是说好了经费只有一百六的吗？这明显是提前就买好的啊！"

那个被称作"彤彤"的女生名叫岑彤，被姚静揭露，当即为自己开脱道："火车上的东西这么贵，我自己准备一点也不算什么吧？"

确实，但凡有点远见的人，都会未雨绸缪。

章文沁张了张嘴，没有回话，紧接着另一个叫戴依薇的女生也打开自己的背包，向组织坦白："不瞒你们说，我也带了。"

姚静瞄了一眼，嚷嚷道："至于吗？又不可能饿死，竟然还带压缩饼干！"

但她很快叫不出来了，因为她瞄见章文沁包里也有一大包大白兔奶糖，难怪她刚刚什么都没有说。

她再看边上，只见凌可拿出一条面包撕开包装，正准备吃。

见姚静瞪自己，凌可沉着道："我只买了今天早上的早饭，应该不算太过分吧？"

姚静叫屈道："难道就我一个人严守规则，什么都没买吗？"

坐在凌可边上的戚枫也不吭声，看来真的只有她一个了……

为了安抚她，岑彤主动道："好啦，我买的零食就是跟大家分着吃的，来来来，尽情享用吧！"

姚静嘟着嘴嘀咕了两句，也只能妥协了。

就在这时，戚枫凑到凌可耳边悄声问："你啥时候买的面包？我怎么不知道？"

"昨晚不是一起去便利店了吗？"凌可瞄了一眼戚枫的包，知道那里头也装了不少

155

东西，不过他和戚枫是分路逛的，而且戚枫在便利店挑挑拣拣很长时间，他先一步结完账在门口等，凌可也不知道对方买了什么，"你没带？"凌可有点不相信。

戚枫悄悄开了一条包缝让凌可瞄了一眼，只见里头静静地躺着三瓶功能性饮料和一瓶矿泉水，没有任何食物。

凌可一头黑线："你在便利店逛了这么久就只买了两升多的水？"

戚枫也很绝望啊，他哪知道今天早上他们连买早饭的时间都没有！可怜巴巴地瞅了一眼凌可手里的面包，戚枫眼中的饥渴相当明显。

凌可无奈地撕了半条面包分给毫无先见之明的戚大少爷。

戚枫一脸感激地接过，又忍不住担心："咱俩分着吃了，一会儿都饿了怎么办？"

凌可低声道："没事，我还买了几条黑巧克力。"

戚枫咬了口面包，抬头望着车顶，心情复杂。

说好的"只买了早点"呢？

戚枫的担心完全是多余的，因为岑彤带了很多吃的，还大方地拿出来分享，他俩非但没饿着，还吃了很多平时自己都不会买的零食。

虽然大伙儿今天都起得很早，但到底年轻，聚到一起后兴奋难耐，一路上六人边吃边聊，嘻嘻哈哈，面上丝毫不见疲色。

一个小时的车程很快就到了，六人下了车，顿觉一阵香气扑面而来。原来车站附近有个包子铺，打着当地特产美食的招牌，勾得人馋虫大动。

零食吃得再多总归不管饱，而且一出来玩，再怎么普通的食物都显得特别美味。大伙儿转眼就把"省钱"的念头抛在了脑后，排着队去买包子。

207宿舍的四个女生知道戚枫为人豪爽，于是同样的场景，居心叵测的女孩们再次让戚枫排在了队伍的最前面，并且期待着他会像上次那样大方地为众人结账买单。岂不料，轮到戚枫后，他只问了他身后的凌可一句："你想吃什么？"

凌可看了看头顶的招牌道："梅干菜肉包吧。"

然后，她们只见戚枫从钱包里摸出两块钱，对老板道："一个梅干菜肉包。"

接过一个热乎乎的包子，戚枫就推着凌可走到边上去了。

四个女生瞪目结舌，如果戚枫买两个包子，她们也不会太奇怪，毕竟心里期待戚枫请客，也只是侥幸心理，就算戚枫不请也没什么。但是，为什么戚枫只买了一个，而且是只买给凌可吃？这差别待遇让女生四人组格外扎心！

凌可也察觉到了女生们诡异的视线，两人走得稍远了些，边等她们，他边低声问戚枫："你怎么不买？"

戚枫摇摇头，淡然道："你吃吧，我不饿。"

唉，只有一百六，能省一点是一点吧。

凌可以为戚枫是为了偿还车上那半条面包，也没放在心上，不过他吃了两口，笑道："我还以为你会请她们吃包子，她们刚刚好像蛮期待的。"

戚枫纳闷道："为什么期待我请？"

凌可道："军训后那次组团看电影时，你不是请大家喝了奶茶吗？"

戚枫："现在和那时候不一样。"

凌可调侃他："怎么不一样？因为经费不足？"

"不是啊，"戚枫伸出食指在凌可和自己之间一比，"现在，我跟你的关系不一样。"

这句话的意义不言而喻——因为我们在进行角色扮演，所以我不能再像以前那样，现在的我只能对你一个人特殊。

戚枫这话说得凌可心上一跳，其实，不止这一次，一个月来，凌可已经有好几次类似的经历。自从他们签了那份行为守则后，戚枫就严格执行着上面的每一条约定。

比如有天晚上两人去书香园散步，戚枫趁着夜深人静忽然牵了一下他的手，把凌可吓了一跳，戚枫却淡定地解释说是练习一下角色扮演的默契度。

又比如，某日戚枫约凌可看电影，他提前在网上定了电影票，叫了车，到了电影院还主动给凌可买了饮料和爆米花。当凌可提出异议时，戚枫理所当然道："我们这是练习'约会'，和平时结伴出来怎么能一样？"把凌可说得哑口无言。

还有一次，他俩在学校里碰上戚枫的一位追求者，对方拦着戚枫，支支吾吾似是想告白，但碍着凌可在场，又不好意思开口。那是他们在决定演戏后第一次碰上这种事，凌可一时也不知道自己该不该回避。就在这时候，戚枫直接抓住他的手臂，对那个女生道："你想说什么就直接说吧，不用在意凌可，我在他面前没有秘密。"

女生见状果然知难而退，事后还发来了祝福的短信……

为了感谢凌可的帮助，戚枫又请他去市中心看了一场话剧，但凌可感觉自己除了在边上站着，似乎什么都没做，还有点受之有愧。

……

虽然理解戚枫的想法，但凌可很担心自己会渐渐习惯这样的关系，毕竟谁都不讨厌被人特殊对待，何况戚枫还是他关注多年的男神。

此刻，见戚枫仍直勾勾地盯着自己……手里的包子，凌可为了掩饰内心的情绪，赶紧捧着包子凑上去："要吃吗？"但凌可问完又反应过来，让别人吃自己吃过的东西似乎不太妥。

出乎意料的是，戚枫根本没有嫌弃，而是直接低头，相当不客气地咬了一大口。

刚买完包子往这边过来的女生四人组看到这一幕，也齐齐愣住了。

这还不止，她们又听到了接下来的一段对话——

凌可："呃，还要吗？"

戚枫："一口就够了，剩下的你吃吧。"

凌可："没关系，再来一口？"

戚枫："那好吧……"

说完戚枫又低头咬了一小口，咬这一口的时候，两人视线对上，笑了笑，笑完又觉得很不好意思似的，双双偏开了头。

女生们仿佛受到暴击，一人捏着一个热乎乎的包子，站成一排在风中凌乱。

好像用不着这么辛酸吧？一个两块钱的包子而已……明明可以再买一个吃啊！

但可能是戚枫和凌可之间有种谁都无法介入的气氛，谁都没好意思插嘴，等回过神来时，她们已经集体坐上火车站去往古镇的公交车，失去了提出疑问的最佳时机。

几人到了古镇门口，组长章文沁便给提前在网上定好的客栈的老板打电话。对方开了辆三轮车来载他们入城，为他们省下了每人五十块钱的门票。

穿过古朴的石板路，两旁的景致让所有人的眼睛都亮了起来。

一座座石拱小桥、一间间白墙黑瓦的古色院落，错落有致地沿着弯曲水道分列排布，勾画出江南水乡特有的面貌，连生长于吴越之地的戚枫和凌可也是头一次见到这么大一片古风场景。

他们到得早，选的又是淡季的周末，镇上还未被人群淹没，反而有些恬静。

章文沁定的客栈在一条水巷边，地理位置不错，但客栈是平价客栈，内部条件一般，对顾客要求也低。女生们准备挤在一个标准间里，四个人拼两张床，老板也没什么异议，估计平时接待这类穷游的学生太多，已见怪不怪。

一个标间一晚上只要一百三，平摊到每个人头上只要三十块钱多一点，性价比高得都让戚枫怀疑人生。这样一来，一百六果然是绰绰有余的。

"那，我和凌可怎么办？"戚枫看着柜台边价格表上不同的房型选择，排在最底下的有什么四人通铺、八人通铺。他心道，难不成章文沁想让他俩睡这个？

一根葱白的手指正正地指在戚枫目光所落之处，很快章文沁便出声验证了他的猜想："这个通铺，我在网上看过照片，和咱们宿舍差不多，最便宜的只要二十块钱一个床位，比我们标间平摊下来还便宜，你们可以考虑一下。"

"要不要看一看？"老板还主动提出带他们到通铺房参观一下。

看着靠墙的简陋上下铺，戚枫和凌可的心拔凉拔凉的……他们都出来旅游了哎，要不要这么凄惨啊？

而且这通铺虽然看起来和宿舍条件差不多，但本质上还是有很大的区别。毕竟宿舍的床从开学后就只有他们自己能睡，但通铺几乎是每天换人睡的，也不见得店主有心天天换床单被套，卫生程度可想而知。

不止如此，若他们选了通铺，今晚还可能与其他陌生人拼房，一般人都忍受不了这个条件，更别说本就有点心理洁癖的凌可和皮肤敏感的戚枫了。大冬天的，盖一床前一晚不知道被谁盖过的被子，搞不好明早一起来戚枫就得浑身过敏……

"我这儿很多大学生组团来租的，男孩子睡的都是这种房间，价格很实惠的。"老板还在边上热情地推销。

戚枫和凌可双双对视一眼，在彼此眼中看到了相同的抗拒。

"我们还是再看看其他类型的房间吧。"戚枫无奈道。

宁可饿肚子，他也不能在睡眠质量上亏待自己。

如果不想睡通铺，那就只剩下普通规格的标准间能选了，但老板又遗憾地表示，客栈里的最后一个标准间已经分给章文沁所带领的207宿舍。

"今天是周六，附近城市来玩的大学生还是很多的，你们不提前预定肯定没有啦！"老板见戚枫和凌可面如土色，脑中灵光一闪道，"剩下还有个房间，一晚上一百，只有一张床，睡两个人也不是不可以，不过这类房间一般是安排给小情侣的，也不知道你们男生睡不睡得下。"

听说要两个人挤一张床，凌可忍不住皱了下眉头，正想再考虑考虑，就听姚静来了一句："既然接受不了通铺，那就住个单间挤挤呗，将就一下咯。"

"一百一间，价格平摊下来人均五十，也还行。"戚枫摸摸下巴，看向凌可，试探性地问了句，"你觉得怎么样？"

凌可："那……行吧。"

两拨人先各自去房间入住放东西，约定半小时后在大堂见面。

戚枫和凌可登记完领了钥匙，找到自己的房间号，开门一看，发现屋内条件比预想中好很多。

米黄色的床单和被子、床头柜上带爱心花纹的纸巾盒、半透明的窗幔……除了装饰风格确实有点向偏情侣间，其余都挺不错。而且那张床目测宽度有一米三四，对于睡惯了学校宿舍那种小床的戚枫和凌可来说，已经挺大了。

"感觉还不错。"戚枫乐观道。

比起戚枫，凌可的内心就摇摆多了，他有洁癖，所以无论是睡通铺，还是跟别人挤一张床，对他来说都很难接受。但出门在外，条件有限，凌可也不好太挑剔，再拒绝他就没地方住了。

深吸一口气后，凌可随手推开了边上的木质格窗，意外地发现这间屋子还临着水巷，窗外风景相当别致。

戚枫也凑了过来，一脸惬意道："风景挺好的啊。"

凌可转身催促他道："别看了，赶紧收拾东西，要出发了。"

两人把不用的东西先取出来放在房间里，就轻装上阵了。四个女生的速度相对慢一些，在等她们的过程中，戚枫趁机和客栈老板攀谈起来。

得知他们是F大新闻系的学生，此行是专门来做采访作业的，老板相当惊喜："都是高才生啊，厉害厉害！那你们要采访谁？要不要采访我啊？"

"行啊，你接触青年旅行者必然比我们多，能接受采访的话，对我们帮助再大不过了。"戚枫笑着，顺势打开手机的录音功能，随便问了些问题，老板也侃侃而谈。

凌可见几句话就与人熟络起来的戚枫，简直自叹不如。

等几个女生出来，戚枫已经采访完一波了，他甚至还掌握到一些当晚入住该客栈的住客情况，并建议大家晚上早点回来，说不定还能在客栈老板的引见下采访到当晚同住的旅友。

由于心系作业，六人出门后并未想着游玩，而是先寻找看上去像穷游青年的采访对象进行搭讪。章文沁还特地为大家准备了印有F大校标的自制采访证，让他们挂在胸前，以便更好地进行采访作业。

不过，他们很快发现，这玩意儿的用处根本比不上让戚枫和凌可去刷脸。只要两人并肩往那儿一站，对来往的女性游客微笑颔首，就有百分之九十九的女性路人中招，甚至还有一些会主动凑过来问他们需要什么帮助。

四个女生忍住对这种逆天属性的吐槽欲望，齐齐在心中为队友点赞。

一天下来，六人收获颇丰，到傍晚之前就已超额完成了计划中的采访量。若不出远门，大伙儿也顶多凑在一起去市中心走访半天，所以按时间来看，他们的投入精力已经算多了。

待收集齐资料，几人如释重负地决定去吃顿好的，庆祝一下这次愉快的合作。可由于经费约束，他们所谓的"好"也只是围坐在沙县小吃里，各自点一碗热腾腾的面条。

"客栈老板说得不错，来古镇旅游的有许多是和我们一样的大学生，难怪旅店生意这么火爆。"章文沁道。

姚静耸耸肩："这也没办法，学生经济不独立，所以穷游群体的主要组成部分还是这类人。"

戴依薇叹了口气："要不是为了亲身体验一下，我宁愿问爸妈多要点钱出来旅游，以后赚钱了再还给他们，这样还能住得更好些，吃得更好些。"

戚枫闻言颇为赞同地点点头，表示和戴依薇是一个想法。

章文沁笑着说："那是因为我们几个大都是城市里长大的，自身家境就不错，所以平时不怎么吃苦。换作小地方甚至是农村里来的大学生呢？如果没钱，他们就没有出来旅行看看这个世界的资格了吗？我们也得挖掘这部分人的心理。"

姚静瞥见坐在自己身边的凌可边吃饭边随手开了手机记事本往上敲字，便凑过去，照着低声念道："'与有钱人旅行追求的物质享受不同，这群还未步入社会的年轻人只是想用最经济的方式走到这个世界外面去看看，拓展视野与自我锻炼才是他们的目的'……哇，总结得真棒！"

章文沁："Excellent（优秀）！"

凌可："……"

趁在兴头上，大伙儿边吃边对当天的采访发表各自的看法与总结，并讨论回头如何撰写一份真实又有趣的采访报告。

接着岑彤又小声说："但我今天观察发现，某些年轻情侣在穷游这件事上体现出和单身穷游者不同的消费倾向性。"

一桌人全部偏头看她："怎么说？"

岑彤："呃，比如吧，今天我们采访了三对穷游小情侣，其中的第二对，不知道你们还记不记得？"

章文沁："说旅游时中饭经常只是吃路边几块钱的小点心，能吃饱就行的？"

戴依薇："我也记得，男生是不是还说宁愿把钱省下来给女生买花？"

姚静一脸羡慕道："哇，我想起来了！当初听到时就觉得好浪漫哦！"

岑彤红着脸道："是啊，虽然他俩看上去一点都不富裕，但是……好吧，我承认当时我有种吃到了'狗粮'的感觉。"

姚静捧着面碗哀怨道："啊！老天什么时候赐我个男朋友！"

章文沁开玩笑道："咱们这一次出行好歹有校草和系草相陪，别人都没这种待遇，知足吧。"

一群人瞬间笑开了，凌可一边摇头淡笑，一边在手机记事本里补了一句：部分情侣穷游者对浪漫体验的追求更甚于温饱。

吃过饭，大家看时间还早，提议一起逛逛古镇。

夜晚的古镇好似书上画里的元宵灯市，古色古香的霓虹彩灯点缀着街坊河岸，别有一番风味。两个男生走在前面，四个女生叽叽喳喳地跟在后头，享受着课业后难得的悠闲时光。

有船夫划着漂亮的乌篷船在河上漂过，还沿途撒下几朵花灯，引岸边游人驻足观看，只见船里的小情侣依偎在一起，体会着穿越时代般的浪漫时光。

四个女生顿时又羡慕地嗷嗷叫，伸着脖子惊呼"好美"。

走到一处河头，戚枫远远地见岸边停靠着未起航的乌篷船，旁边立着价格招牌：坐花船放花灯，每人三十元，五十元两人包船，全程十五至二十分钟。

"咦，好像也不太贵，"戚枫偏头问凌可，"要不要坐一趟玩玩？"

凌可斜睨戚枫："你认真的吗？"

戚枫："我之前看网上介绍，说这乌篷船好像是古镇的特色项目，沿着河坐一圈就能把这里最好的景色看遍。来都来了，体会一下才不枉此行嘛！"

凌可被他一怂恿，也有些心动，但他也有些担忧："可是两个人要五十块钱，我们的钱会不够吗？"

戚枫："我刚才算了一下，除掉现有开销，并留出明天回去的车票费，坐完这船我们还剩下三十元左右能撑过明天的早餐和中饭。"

凌可凝眉一想，三十元，好像也差不多了。

那，坐一下？

但他又隐隐觉得两个男生去坐花船有点奇怪。

见他犹豫不定，戚枫以为他担心钱的事，忍不住凑到凌可耳边低声说了一句："实在不够花了，我们就小小地作个弊嘛，你连面包和巧克力都敢带，我就不信你会这么死板……"

擦着耳郭的气息和戚枫的温言软语让凌可有点恍惚，他忍不住答应道："那好吧……不过，她们怎么办？"他指的是那四个女生。

"交给我，"戚枫面上毫不掩饰地浮起一个孩子气的坏笑，接着扭头对那几个女生道，"我和凌可去坐一下船，你们先回去吧。"话毕，他就直接抓起凌可的手腕往岸边走去。

凌可无语，就这么干脆地让她们先走？戚枫也太没有绅士风度了！

他毫无知觉地任戚枫牵着，压根不知道，对他俩来说早习以为常的动作在他人眼中有多暧昧。

原本还嘻嘻哈哈的四个女生闻言，呆若木鸡地站在原地，看着那两人携手上了船，然后当着她们的面，悠悠地从河上漂……走……了……

他俩……这是……在干吗啊……

初冬的冷风夹杂着河面上的水汽穿舱而过，扑在脸上，戚枫和凌可肩并着肩挤在狭小的船舱里，瑟瑟发抖。

戚枫："好冷啊！"

凌可冻得打了个喷嚏："早知道不坐了……"

戚枫："……"

船行至河中央，戚枫见到水面上浮着几朵上一艘船的船客放的花灯，忍不住问船夫："师傅，我们怎么没有花灯？"

那船夫奇怪道："你们也要？"

戚枫道："放着玩玩嘛。"

船夫哦了一声，道："花灯要买的啊，五块钱放一朵。"

戚枫和凌可："……"

为了弥补自己所做的错误决策，让这趟游船之旅更丰富一些，戚枫咬咬牙问船夫："师傅，你接受支付宝转账吗？"

船夫冷酷道："不，我只收现金。"

戚枫摸摸干瘪的口袋，心生绝望。

船夫奇怪道："你俩五块钱都没有吗？"

戚枫实在是囊中羞涩，开不了口，便扯谎道："我们忘带钱了，只有五十块够付船费……"

凌可看了戚枫一眼，见他可怜的模样，终于被逗笑了："算了吧，不放了。"

戚枫点点头，却又瞄了一眼船外的花灯，羡慕道："还挺好看的。"

凌可心上一软，正打算掏钱给他买个花灯，却没想到，那船夫主动抛了个花灯给他

162

们：“算了，送你们一个吧，下次出来玩记得带钱啊！”

两人感激涕零，跟老板道了谢，又接过对方递来的打火机，点燃灯里的蜡烛。

暖暖的火焰照亮了两人的脸，因为只有一盏灯，戚枫还谦让了一番："你来？"

凌可坚持道："你来吧。"

戚枫小心翼翼地捧着灯，从船里探出半个身子，又扭头提醒凌可："我放了，你记得许愿！"

凌可挨过来一些，两人一起看着那盏花灯因为惯性跟着他们滑行了一小段，然后慢慢拉开距离。

接着，一阵冷风吹来……灯灭了。

二人意兴阑珊地缩回脑袋，戚枫沉默了一会儿，问凌可："你刚才许了个什么愿？"

凌可可没有戚枫这么有童心，直接揶揄道："你是小女生吗，还信那个？"

戚枫被噎得说不出话来，凌可见状又安慰他道："算啦，还好都没许，否则才放下就灭了，我看也不灵。"

戚枫这才恢复笑容："也是。"

结束了短暂的花船游，时间也不早了，两人上了岸，慢悠悠地晃回客栈。

Part 13　生日礼物

回到房间，两人挨个儿进浴室洗漱。

尽管都是男生，关系也已经很熟了，但凌可还是不习惯跟人在一个房间里"坦诚相待"。为避免尴尬，他趁着戚枫在浴室时换上了长睡裤。倒不是因为有先见之明地认为肯定会和戚枫同床，而是凌可提前预想到住宿条件可能不太好，所以尽量做些准备。

他再一瞄床铺，枕头倒是有两个，但被子只有一条，凌可又开始纠结了。

待戚枫洗漱完出来，凌可主动提议："要不要再跟客栈老板要床被子？"

"嗯？"戚枫到床边抖开被子瞧了瞧，道，"还行啊，将就吧。"说着就大大咧咧地躺了上去，还拍拍自己的枕畔，示意凌可也上来。

凌可不再矫情，跟着上了床，等坐上去才发现，老板说得没错，这张床睡两个大男生的确有点挤！

宿舍的床再小，还有墙和栏杆挡着呢，可他们这张床两边都是空的，一个不小心就可能掉下去……这是逼他和戚枫抱在一起睡吗？

还未到平日睡觉的时间，戚枫和凌可都没有完全躺下，而是双双靠在床头刷手机。不知道是谁先挪了一下身子，手臂就碰到了一块儿，一开始两人还相互躲了躲，但很快又贴在一起了。

终于，戚枫先打了个哈欠，放下手机躺了下来。

凌可本以为戚枫要睡了，但没想到，戚枫侧躺下来，面对着他道："聊会儿天吧？"

"嗯？"凌可一偏头，看着戚枫近在咫尺的脸庞，发傻道，"聊什么啊？"

"我还不知道你的生日是什么时候。"戚枫随意找了个话题。

"已经过了。"凌可也收起手机，顺势躺下，但这一躺，他就后悔了，因为躺下后……更挤了！而且戚枫撑起了脑袋，看他的视角从仰视变成了俯视，让凌可相当不自在。

戚枫闻言讶异道："我们认识以后过的吗？几月几日？"

凌可犹豫了一瞬，才给出答案："10月25日。"

戚枫一愣："是我们迎新晚会上台表演那天？"

凌可："嗯……"

戚枫有点内疚："你怎么不早说？"

凌可本性低调，既然戚枫之前没有问，他当然不会主动说。

和迎新晚会的日子撞上是纯属巧合，凌可也没想过哗众取宠，否则以戚枫张扬的性格，告诉对方那天恰好是自己的生日，反而会变得不太好应付。

而且，凌可可不认为戚枫没给自己过生日，尽管对方并不知情，但能在当天和他同台演出，而且还收到了那么多观众的掌声，这意义已经远远超出生日本身了。

比起精心准备的礼物，幸运的巧合和未曾预料到的收获才是让凌可真正感到幸福的。

不过，此刻的戚枫却没那么高兴了："我真不知道，对不起。"他无措地抬着手，又放下，像是忍不住想伸手拍拍凌可的肩膀以示安慰。

"这有什么对不起的？"凌可开玩笑说，"你不是还送我礼物了嘛。"

"什么礼物？"戚枫回忆了一下，只记得自己那天送了凌可一样东西，"你是说那一束花？"可那束花还是其他女生送给他后，他再转送给凌可的，而且他之后还抢走了凌可的熊……

"那根本不能算好吧！"戚枫懊悔道，"要不，我回头给你补一份正式点儿的生日礼物？"

"真不用，"凌可扯扯被子，戏谑道，"你搞这么严肃，那等你生日时我不精心准备都说不过去。"

戚枫两眼发亮，也不反驳，好像就是这个意思。

凌可在心里暗骂一声，背过身，不想再理戚枫。但没一会儿，他又听戚枫在耳边道："你是天蝎座的？"语气里还透着一丝惊讶。

"嗯？"凌可睁开眼睛，见戚枫拿着手机，不知道在看什么，边看还边嘀咕了一句"好可怕"。

"什么可怕？"凌可被勾起好奇心，也撑起身子想凑过去看看。

戚枫点了点手机屏幕，主动解释："网上说天蝎座可以为了达到某个目标忍受长期的孤寂、内心煎熬，以及身体与精神的双重折磨……而且心思深沉，从不喜形于色……"戚枫面色古怪地瞟了凌可一眼，继续念道，"还说你能屈能伸、思维缜密、隐忍腹黑、遇强则强……这还是人吗？"

165

凌可没想到戚枫会在网上搜他的星座性格，还给他对号入座，甚至露出这副被惊到的样子。

"那你怕我吗？"凌可眯了眯眼睛，难得起了点恶作剧的心思。

戚枫偏过头，梗着脖子道："不怕。"

"为什么？"凌可奇怪了，对方刚刚不还说"可怕"的吗？

戚枫悠悠地念了句张无忌的台词："他强由他强，清风拂山岗，他横由他横，明月照大江……"

凌可无语，原来戚枫刚刚那样子是装出来的，这家伙又在跟他开玩笑呢。但也因为这个玩笑，凌可整个人放松不少，手肘一松瘫了回去。

戚枫拿手机头戳戳凌可的肩膀，道："兄弟，我都问你生日了，你怎么还不问我？"

凌可配合道："那你生日什么时候啊？"

其实他早知道了……

很多年前，刚关注戚枫的QQ空间时，凌可就在对方的留言板里看到过网友们给他留言说"生日快乐"，他特地记下了那些人留言的时间。

"2月26日。"戚枫认真地回答。

凌可："哦。"

不知是不是凌可的回答太不走心，戚枫又特地补充了一句："我是双鱼座的。"

凌可毫不意外地又哦了一声，他还知道双鱼座的男生天生温柔多情，是典型的风流才子，且通常有些浪漫主义……这些描述也和戚枫很像。

比如今晚戚枫会提出坐花船、放花灯，正是出于浪漫主义的驱使，凌可会答应他也是考虑到对方的性格因素，否则两个大男人放花灯，蠢不蠢？

不止如此，凌可甚至知道，天蝎座和双鱼座都是水象星座，他们俩的性格匹配度高达98%，很容易成为朋友。

至于他是怎么知道的，那也是在很多年前，他无聊上网搜的……当然，这些他永远不会让戚枫知道，毕竟他可是神秘又可怕的天蝎座呢。

戚枫见他反应寡淡，又道："我二月份，你十月份，我比你大六个月哎。"

凌可问："你哪年的？"

戚枫报了个数字，和凌可同年，凌可有点狐疑："你生日月份这么大，怎么没早一年上学？"

戚枫道："我小学的时候有过一年gap year（空档年），跟我哥去美国做体能训练。"

"这样啊……"大六个月就大六个月呗，凌可摆手道，"行了，我记着呢，等你生日我会给你准备礼物的。"

戚枫对凌可明显敷衍的态度不太满意，见他又闭上了眼睛，纠缠道："你就这么睡了啊？"

凌可抬起一边的眼皮，懒洋洋道："十点多了哎，哥哥……"

戚枫被这一声"哥哥"彻底愉悦到了，虽然平时412宿舍四人也会在逗趣的时候称呼彼此"哥哥""老大""大哥"之类，但这个称呼从平日里严肃认真的凌可嘴里冒出来，感觉特别不一样。

戚枫美滋滋地回味了一番，像个小孩似的继续闹凌可："哎，这好歹是咱们第一次出游，就这么睡了多无趣啊。"

"那你想干吗？"早上起那么早，还跑了一天，戚枫不困，凌可可是困了。

"继续陪我聊天啊，要么一起做点什么？至少留下点什么美好回忆，"戚枫看起来还很兴奋，兀自在边上出谋划策，"要不我去问客栈老板要副扑克牌，我们打牌？"

"大少爷，打牌什么时候不能打啊？我真的困了。"凌可可不认为大晚上两个人不睡觉在房间里打牌是什么美好的回忆……说着，他又忍不住打了个哈欠。

戚枫见状也有些无奈，盯着凌可瞧了一会儿，忽然道："想睡也可以，不过，能不能在睡前给我个晚安吻？"

刚刚还昏昏欲睡的凌可被戚枫这句话吓得一个激灵："啊？"

戚枫像是总算找到折腾凌可的法子，一脸坏笑道："怎么说我们现在也算是在玩角色扮演吧？当初我们约定过找机会练习，我觉得今天这个时机就挺不错的啊。"

他知道凌可是个遵守约定的人，只要按着行为守则提出合理的要求，对方就很难拒绝。

凌可果然愣住了，语无伦次道："这难道不是你的初吻吗？"

戚枫一愣，点点头："是啊。"

凌可："那你这么轻易地把初吻给一个跟你假扮情侣的人合适吗？"

戚枫眼皮一跳，不答反问："难道你的不是初吻？"

凌可无意识地往坑里跳："当然是了。"

戚枫笑道："那不就得了，既然都是初吻，我又不亏。"

凌可："……"他问的是合不合适，和亏不亏有什么关系？

这时，戚枫又指了指自己的额头道："再说，只是晚安吻而已，亲这儿也可以啊。"

凌可张口结舌，被戚枫绕了个大圈子，他才反应过来，这根本不是初吻不初吻的问题，对两个男生来说，就算是亲额头也会显得很奇怪吧！

但他又不知道戚枫是不是在跟自己开玩笑，也不敢太较真，只能用同样揶揄的口吻化解自己的尴尬："少来，你不觉得亏我还觉得亏了呢！"

话音刚落，凌可就见戚枫面上一僵，露出一丝明显的错愕。

这反应让凌可有些傻眼，尽管戚枫很快恢复正常，还笑着打圆场道："好吧，那就算了……"但凌可依然捕捉到了对方语气中那一缕淡淡的失落。

167

戚枫说完，便安静地躺了下来，不再像刚才那样无理取闹。

空气仿佛在这一刻冻结了，凌可有些不知所措，可他并不觉得自己说错了什么，就算他们有过约定，也仅限于牵手和拥抱，晚安吻这样的要求确实有点过分了吧？可是，见戚枫这样子，为什么他心里这么不好受呢？

房间里的灯还亮着，凌可纠结了一会儿，无声地叹了口气，去关墙上的灯。

关灯前，凌可又偏头看了戚枫一眼。对方已经闭上眼睛，表情也没什么不自然的，凌可却莫名觉得被自己无情拒绝的戚枫，似乎有一点孤单和可怜。

一股夹杂着内疚的冲动从心底涌上来，在灯暗下去的那一瞬，凌可情不自禁地凑向戚枫，伸手揉了揉他的脑袋，低声道："好好睡一觉吧，晚安。"

这样总可以了吧？

凌可不安地躺了回去，但紧接着，有什么东西跟了过来，凌可只感觉枕边下陷，下一秒，他就被一股大力抱住了。

是戚枫，对方搂着他，把脸埋在他的肩颈处，让他几乎无法动弹。

凌可正想抬手推开他，却感觉脖子边的肌肤传来一阵热热的潮湿感……

怎么回事？

戚枫他……在哭？

凌可的大脑瞬间死机了，本欲推人的手也慢慢放了下来，整个人木木地任戚枫抱着。

不过戚枫很快就松开了他，这过程可能不到十秒钟，凌可都有点怀疑那温热感是不是他的错觉。

但他也不可能假装什么都没有发生，如果戚枫真哭了呢？

为了确认自己的猜测，凌可尽量用心平气和的口吻道："你还好吧？"

过了两秒，戚枫才道："没什么。"

虽没有明显的哭腔，但对方的嗓音果然有一点沙哑，这让凌可越发不安，就算戚枫没哭，刚刚应该"热泪盈眶"了。

如果说戚枫上一次落泪是因为电影情节的触动，那这一次是为什么？就算他再多愁善感，也不能上一秒还在跟凌可插科打诨，下一秒就哭出来吧？

凌可幽幽道："是我刚刚……说错话了吗？"

"没有，"戚枫立即反驳了他，"你别胡思乱想，是我自己……"

凌可一颗心再次吊了起来：是他自己什么？

但戚枫沉默半天，只叹了口气，什么都没解释，还催凌可道："也没什么，你不是困了吗？快睡吧。"

凌可："……"戚枫都哭了，他怎么还能若无其事地睡觉？他是畜生吗？

再说，对方明显有心事的样子也让他实在无法不介怀，而更让他难受的是戚枫的欲言而止。

眼看再不开口就要冷场了，凌可硬着头皮道："戚枫……我这个人在情绪方面比较迟钝，刚刚可能没有察觉到，如果你有什么心事，可以试着跟我说……"

戚枫："……"

凌可绞尽脑汁道："虽然我可能不怎么会安慰人，但作为朋友，无论如何，我都不想看到你不开心。"

耳边忽然传来戚枫低沉的笑声，夹杂在呼吸中，几不可闻，但就这么一点声响，也让凌可的独白显得不那么尴尬了。

大概又过了三五分钟，戚枫似乎终于下定决心，才缓缓开口道："你记不记得，我曾说过，我有个双胞胎哥哥？"

凌可嗯了一声，这是戚枫第二次提起他的双胞胎哥哥，但上一次戚枫似乎并不想主动讨论这个话题。

戚枫接着道："小时候我跟他住一个房间，也像这样，睡一张一米五左右的床。那时我们个头还小，也不觉得挤。"

凌可屏息听着，没敢打断戚枫的倾诉。

"每天晚上，我们都会一起看电视、看故事书，一起玩耍，当然，我们也会吵架……"

"为了让我们兄弟俩相亲相爱，不管白天我们吵得多凶，晚上都得睡一起，互道晚安，而且，妈妈还要求哥哥给我晚安吻……就亲这儿。"戚枫笑着碰了碰自己的额头，"因为他是哥哥，妈妈要他时刻记着谦让我、爱护我，而我呢，也要尊重他、敬爱他。

"不过，自从我爸妈离婚，他就跟着爸爸去了美国……就算我们见面，也不会再睡在一起了，因为我们都长大了。"

凌可也是第一次知道，原来外表看上去这么阳光灿烂、没心没肺的戚枫，也有无法释怀的心结。

戚枫沉默了一会儿，忽然又道："高中时有个胆子比较大的女生追我，一次我们聊天，聊着聊着，她居然直接凑上来偷亲我，还好当初我反应快，躲开了。"

凌可一愣，一时没能把这两件事联系起来。

不过戚枫很快解释道："其实我还挺反感跟别人肢体接触的，无论是男生还是女生。"

凌可："呃，沈岳哲也没有吗？"

"没有，他倒是经常来找我睡觉，我们两家距离很近，但我也不习惯，总是把他赶去客房，"戚枫偏过头，笑道，"但是不知道为什么，你不一样……你是除了我哥以外，第一个跟我挤一张床铺的人。"

难怪刚刚戚枫会提那种要求，原来是触景生情。

所以，戚枫刚刚用力抱住他，是因为被他摸头的行为感动到了，才会如此？

"我现在已经好多了，"戚枫说着说着，也开始犯困了，"谢谢你听我唠叨，快睡吧。"

凌可嗯了一声，低声说了句"晚安"。

但刚刚的对话导致凌可睡意全消，思绪万千。数了半宿的羊，他才重新找回睡意。

再醒来的时候，就只有凌可一个人躺在床上了。他恍惚地看了看四周，只听洗手间传来一阵水声，猜戚枫也才起来没多久。

凌可半靠在床上，一边活动自己被压得有些发麻的胳膊，一边回忆昨晚发生的事。

看样子，戚枫父母的离异和他被迫与哥哥分离的经历还是在他心底留下了阴影，导致他内心缺乏安全感……

以前凌可还有点奇怪，为什么戚枫明明不缺朋友，还这么受欢迎，却依然在自己面前表现得黏人过头。

听了戚枫昨晚的话，他才理解，其实戚枫内心仍然是一个缺爱的人。

他正想着，洗漱室的门开了，戚枫从里头走出来："你醒了？"

对方的表情和语气都格外镇定，丝毫没有昨晚那副孤单、可怜的模样。

凌可愣了愣：呃，戚枫已经恢复了啊！

两人心照不宣，谁都没有再提昨晚的话题，与此同时，外头也响起了一阵敲门声——"戚枫，凌可，你们是在这个房间吗？"

是姚静的声音，戚枫走过去开了一条门缝。

"你们起了吗？在群里发了消息都没回……啊！你们的房间好有爱啊！"姚静看见他们房间内的布置，直接伸着脖子推门进来，想一探究竟。

戚枫手疾眼快地抓起床边的毛衣丢给凌可，笑着驱逐她："去去去，看什么，你还有没有一点身为女生的矜持？凌可还没起床呢！"

还穿着短袖睡衣的凌可躲在被子里套上衣服，只听戚枫赶走姚静后说："女生那边已经收拾好了，就等着我们退房，一会儿一起去吃早饭，我们得快一点了。"

凌可抓起裤子去洗手间，洗漱完又出来赶紧收拾，但没过一会儿，几个女生就来了，估计是听姚静说了什么，都想来参观一下他俩的房间。

戴依薇："哇，你们这个居然还是河景房，也太浪漫了吧？"

岑彤："是啊，我们那个是暗房，都没有窗户，好气哦！"

章文沁："明明只差了不到二十块钱一个人的房费……"

姚静："就是，感觉这条件天差地别！"

戚枫一把揽住凌可的肩膀，揶揄她们道："行了行了，别羡慕了，等你们有男朋友了再来一次呗！"

几人女生见戚枫得了便宜还卖乖，气得对他一通穷追猛打："瞧你这嘚瑟劲儿！"

戚枫吓得松开凌可往外逃窜："哇，你们女生怎么一个比一个暴力！"

凌可："……"

一群人笑闹着退了房，去外面简单吃了早饭，决定再逛逛。

女生的住宿费比他们便宜，又没坐什么花船，都还有些闲钱，几人吃过饭还打算看看有没有便宜的小饰品，买回去留作纪念。

相对而言，戚枫和凌可就比较悲惨了，一顿早饭吃了七八块钱，现在两人除去车票费各自手上只剩下二十来块钱，要是再买什么就没钱吃中饭了。

于是，在别人买买买的时候，这两个穷光蛋就只能站在店门口凄凉地吹着冷风等。

四个女生先在一家店里各买了一串小巧的风铃，又在另一家店各买了一把印着古镇剪影的折扇。戚枫跟在她们身后，见她们买什么，就上网搜一搜，悄声告诉凌可："那个风铃某宝只要八块钱，她们买亏了……那个折扇阿里巴巴批发价才三块三，居然卖十五，啧啧啧……暴利啊！"

凌可听得直想笑，他知道戚枫这么做有点自我安慰的成分，但还是被对方的言行给萌得不行。

"我们就别酸葡萄心理了，直接承认自己没钱花不就好了嘛。"凌可笑说。

"不不不，这不是酸葡萄心理，就算我现在还有钱，也不会去买哪里都能买到的东西，这没什么意义。"戚枫认真道。

凌可："那你有钱的话想买什么？"

戚枫："目前还没看到我特别想要的，等看到再说。"

走着走着，一行人经过一家木雕馆，那馆子门上挂着"××祖传木雕"的牌匾，和其他商铺比起来，门面显得有些简陋，店内也很冷清。只有一个老伯蹲在铺里，正对着一块原木安静地雕着。

门口陈列着几样他的作品，有木雕椅子、木雕矮凳之类的大物件，上面还摆着些木雕坛子、木雕匣子。都是纯手工的，样式有些老旧，只偶尔有些大叔大伯路过瞧上两眼。但戚枫走到这里，就挪不动脚步了，低着头绕来绕去打量那几样东西。

正好女生们走进不远处一家小店看民族风的手串，凌可便陪戚枫在这里看木雕。他想起对方刚刚说的话，问："你想买这个？"

戚枫拿起一个木雕碗道："这碗挺不错，要不我买了去街头卖个艺吧？"

凌可忍俊不禁："你会什么艺，跟人合照？"他知道戚枫还会拉小提琴，但戚枫又没带。

戚枫耸耸肩膀："我还学过街舞。"

就在这时，一个苍凉的嗓音幽幽响起："这个碗一百八十块钱。"正在里头工作的老伯被他俩的光顾吸引了注意力，抬起头来报价。

戚枫瞬间没话说了，讪讪地把碗放下，又装模作样地摸了摸边上的木匣子。

结果老伯就这么看着他，见他摸哪一个，就主动报价格："匣子四百，木坛五百，椅子一千二……"

戚枫颤悠悠地收回手。

老伯见他不吭声，道："你若诚心想要，这椅子算你一千块钱吧，纯手工雕刻的花

171

梨木，买了绝对不吃亏。"

戚枫欲哭无泪，他看上去就这么像是个有钱人吗？

"大伯，我就看看……"戚枫弱弱地说。

那老伯和蔼道："那你看吧，小心点。"说着他又低头忙碌起来。

凌可看着戚枫一脸寒碜的样子，忍笑忍得肚子疼。

戚枫一边欣赏木雕一边跟那老伯聊了起来："您刻这么一个东西要多少时间啊？"

老伯："小的三五天吧，大的得小半个月。"

戚枫张了张嘴，有些惊讶："那才要这么点儿钱，您不会亏吗？"

老伯实诚道："我这是政府扶植的传统手工艺，说要传承我们镇的文化，还上过地方电视台宣传的，具体我也不懂，反正我这儿不用付门租，雕了东西纯卖个原材料费，打发打发时间吧。"

戚枫感慨道："您雕得这么漂亮，只要原材料费怎么够？至少再加三五成工艺费吧。"

老伯笑笑："再贵就没人买了，现在懂欣赏这些老玩意儿的人不多，卖不出去的东西雕得再好看有什么用？"

戚枫无言以对。

这时，在隔壁买饰品的几个女生探出头来，想让凌可和戚枫过去帮忙看看她们挑的手串好不好看。

凌可见戚枫还在跟老伯谈，就先过去了。

等他们买完，却见戚枫一脸欣喜地从木雕店里出来，像是得了什么宝贝。

没等凌可问，戚枫就主动凑过来，献宝似的伸出手给他看。

只见他手心里躺着一块扁扁的木块，上面雕了一行字：Lin_K。

凌可："……"

戚枫把刻了字的木牌放进他手里，笑着解释："大伯说这是紫檀木，还给打了个小孔，可以穿根绳子当手链，也可以当钥匙扣，随身携带，越磨越亮！"

凌可手一颤，一股热流涌上心头："为什么给我？你自己做了吗？"

戚枫："没，就给你做了一个，那什么，不是答应你，给你补的生日礼物吗？虽然只花了二十块钱，但你可别嫌弃啊，这是我除了回去的车费仅剩的钱了。"

几个女生见状也好奇地凑上来瞄了两眼，那牌子不过拇指一半的宽度和大小，奇形怪状的，做工还有点粗糙。

"就这玩意儿还要二十块钱？"众人无语。

戚枫没多解释，等几人再次上路，凌可才奇怪道："刚刚我好像没有看见木雕馆里有定制这种东西。"

戚枫笑笑："我见那个老伯工作台下面有一堆雕下来的废木，就问他那些木头还要不要，他说不要了，我才拣了一块，想请他帮忙加工一下做成小牌子。他一开始没问我要钱，不过把牌子给我的时候，说我眼光不错，一拣就拣一块紫檀木，还说这块木头是他前几天雕一尊弥勒佛时切下来的，弥勒佛在雕完当天就被人买走了。"

凌可："……"

戚枫："我本来只想给个十块钱的手工费意思一下，一听这玩意儿是菩萨身上掉下来的，忽然想到以前去寺庙时一个师父对我说的话，他说，'天雨不浇无根树，妙法只传有缘人'，我就觉得，既然这么有缘，我要不诚心一点好像说不过去，于是就给二十啦。"

这不是平时，戚枫有钱给两百块钱都无所谓，现在他身上只有二十块钱，为了什么所谓的"诚心"，一冲动全给了，还真有点傻。

不过这样的真性情反而让凌可觉得难能可贵，毕竟戚枫没把回去的车票费一股脑儿给出去，这说明他的冲动还是在理智范围内的。

凌可低头打量着手中的小木块，道："可惜只雕了个游戏名，估计只能在我玩《DotA》的时候显出点菩萨的神力。"

戚枫哈哈一笑："我当时不知道这块木头这么有意义，只觉得英文字母刻起来可能简单一些，早知道的话，我就让老伯刻你的本名了。"

"算了，名字只是个象征而已，礼物……很喜欢，"凌可珍惜地把木块塞进裤兜，笑看戚枫一眼，道，"谢谢。"

戚枫抬手摸了摸自己的脖子，嘴角也不自主地上扬。

两人一番风花雪月，到中午吃饭的时候就再次傻了。

女生们不知道戚枫把钱花了个精光，挑了个正经的快餐店，各自点了份二十块钱左右的套餐，就先进去替他们占位子了。

等饭菜上来，她们才发现，戚枫和凌可只点了一份饭，而且是最便宜的套餐。

"怎么回事？"章文沁奇怪道，"你俩一起吃？"

凌可从筷筒里抽了双筷子递给戚枫，也不帮他掩饰，直接坦白道："他没钱吃饭了。"

众人抽了抽嘴角，章文沁也担忧道："你们怎么不早说？"

戚枫笑了笑："没事，你们吃你们的，不用管我们。"

说罢，他就和凌可你一口我一口地分享起来。

女生们各自看着眼前的套餐，感觉那不是饭，是成吨的"狗粮"……要不是她们自己的钱也花得差不多了，都想每人甩出十块钱求求他俩再去买一份饭了！

饭后，六人坐火车返回学校，回去当晚，戚枫就拉着凌可上校外下了馆子，足足点了七八个大菜，仿佛要在一晚上把之前一天半挨的饿都补回来。

由于大伙儿都恪守规则，限制经费，这一趟旅行也让所有人"印象深刻"。

事后女生那边还悄悄向207宿舍成员们打听跟校草和系草一同旅行的感觉，调侃她们被两大帅哥同时"宠幸"是不是很爽。对此，吃够了"狗粮"的207宿舍四人集体摆出了冷漠脸，表示下次再也不想跟这两人一起出去玩了！

之后一周，几人趁热打铁，齐心协力写完了采访报告，这一次作业才算圆满结束。

Part 14　歌手比赛

天气渐冷，周末戚枫和凌可各自回了趟家，添补冬衣。

谢奇宝对他们这种本地学生想回家就回家的行径羡慕不已，晚上跟他妈打电话时忍不住诉了苦。结果几天后，谢妈妈就给他寄来五条保暖秋裤，外加一大堆特产美食。

谢奇宝热情地在宿舍里分享，四人一边吃，一边有一句没一句地聊起了圣诞节的打算。

圣诞节本来是西方的节日，这几年却在中国快速流行。被抽掉了宗教色彩，又不用履行传统节日的义务，这个节日反而成了年轻人们搞活动、聚餐聚会的大好时机。

临近十二月底，F大校园各处也纷纷挂起了不少和圣诞捆绑在一起的元旦跨年活动，包括各色社团举办的新年音乐剧、漫展、校园cosplay秀等。

凌可所在的钢琴社也将在平安夜前夕于学校小礼堂举办一场演奏会，届时凌可会上台弹奏一首圣诞颂歌。

小礼堂只能容纳不足两百个人，因此演奏会是小范围的，社团活动一般会收取少部分观赏费用做经费。由于他们在宣传时打出了"凌可"的名字，已有不少通过迎新晚会认识他的人决定前来捧场。

作为出演成员，凌可得了几张内部免费票，可以赠送给朋友或同学，正巧谢奇宝问起来，凌可便送了两张给他和高俊飞。

"戚哥不去听吗？"谢奇宝奇怪道。

"那天晚上我们流行歌社也有活动。"戚枫一脸遗憾。

谢奇宝："流行歌社？是啥地方？"

戚枫："就是我加的社团啊，原本是叫'流行乐曲研究社'，我当初以为是搞研究的，结果加入以后才知道，大家平时就凑在一起唱唱歌、录录歌，也有人自己写歌什么的，就是所谓的'研究'了……我听了，感觉都是玩儿的性质。"

高俊飞笑道："一个普通的大学社团能搞出什么研究？你参加之前也不提前跟我打听打听，我还当你就是冲着唱歌去的呢。"

谢奇宝好奇道："那你们歌社圣诞节搞什么活动啊？"

高俊飞争抢着解答："F大每年的校园十佳歌手比赛就是他们社团联合学生会一起搞的啊，你不知道？"

谢奇宝激动得两眼放光，显然是第一次听说。

高俊飞："我记得前年我哥还在学校里的时候，梁锐希也参加了一届，得了个第三。"

这事儿戚枫已经听当事人说了，上次迎新晚会后他就加了梁锐希的微信，两人私底下也有联系。

"圣诞节一般是决赛吧？"高俊飞瞥了戚枫一眼，问，"你入选了吗？"

"入了，"戚枫耸耸肩，"不过还没决定唱哪一首……"

谢奇宝兴奋道："厉害啊，好想去听！"

可他手里还捏着凌可给他的票子，一时又有点纠结。

凌可察言观色道："你想去听戚枫唱歌就去，不用管我们那个演奏会，我手上的票子除了给你和高俊飞也没什么熟人能送。"

谢奇宝斟酌道："我要是去不了的话，要不就送给别的同学，否则有点浪费。"

凌可无所谓道："你自己看着办吧。"

不过谢奇宝又暗暗想，凌可和戚枫关系这么好，正好这天晚上各自有演出，戚枫听不了凌可弹琴，凌可听不了戚枫唱歌，不会觉得可惜吗？

还真不可惜，因为凌可很早就知道戚枫加的是这种社团了，之前有空的时候，他还跟着戚枫一起去玩过，不止一次听过他唱歌。

在圣诞节的校园十佳歌手竞选之前，流行歌社内部已经通过数次甄选选出十位选手。

他们两个人独处的时候，戚枫总是不由自主地轻声哼哼，偶尔兴头上来了，还非拉着凌可专心听他唱歌。更有一次，他俩晚饭后在操场散步，戚枫这个疯子忽然爬到观众台上，对着还在下方的凌可忘情唱起歌来，把凌可搞得一脸尴尬。

而且戚枫唱的可不是什么"一条大河波浪宽""五星红旗迎风飘扬"，而是各种各样的情歌，什么"我越来越爱你，每个眼神触动我的心""我已经，无能为力，无法抗拒，无路可退""天空好想下雨，我好想住你隔壁，傻站在你家楼下"……

第一次听，凌可想挖个地洞把脑袋埋进去，假装跟戚枫不认识；第二次听，他硬着头皮听到脑壳发麻浑身起鸡皮疙瘩；第三次、第四次……现在，他已经听得耳朵起茧，彻底麻木了。

尽管他承认戚枫唱得很好听，而且非常动情，但他是个男生啊，一个男生听另一个男生对自己含情脉脉地唱情歌，只会觉得尴尬。

反正戚枫已经唱过那么多歌给他听了，既然凌可的社团活动和平安夜的歌唱比赛有冲突，那么不去也罢。

活动当晚，学校大礼堂内外又是人满为患。与只能申请在小礼堂举办演奏会的钢琴社相比，流行歌社每年一度的校园十佳歌手比赛可谓声势浩大。

十位参选歌手的照片早在一周前就被做成大幅海报挂在礼堂门口，吸引着来往学生的关注。尤其当大家发现戚枫的身影也一同出现在海报上时，纷纷上校园论坛八卦起戚枫参加歌手比赛到底是靠颜值还是靠歌喉。

带上了"校草"的噱头，今年的歌手比赛更是备受瞩目。

所以，很少有社团在这天晚上举办活动，生怕被这个比赛衬托得门庭冷落，唯一抗衡至今的也只有凌可所在的钢琴社了。

钢琴社的社长同样是一位业余十级的学长，本人沉迷肖邦、李斯特这个级别的古典音乐，对流行歌曲嗤之以鼻。而且，加入钢琴社的人大都是社长精心挑选，志同道合，所以与其说那是现任社长的理念，不如说是整个钢琴社的理念。正因为如此，他们才锲而不舍地和流行歌社同期举办活动——非要同学们二选其一。

当然，任性的结果是每次都输得很惨，演奏会对外一共卖一百五十张票子，往届每次能卖掉二分之一就不错了，今年有凌可在，勉强卖掉了三分之二，但和歌手比赛的人气也相去甚远。不过，凌可对此倒是宠辱不惊，觉得人少一点更好。

小礼堂的后台连着前台，还有一间耳室能直接看到观众席的情况，由于人不多，准备上台的社员都比较轻松，纷纷待在耳室里看台下的情况。

凌可扫了一圈，见谢奇宝和高俊飞没来，但来了他们班的两个女生，是章文沁和姚静。

两个女生不去看戚枫的比赛，反而跑来听钢琴曲，让凌可有点意外。不过歌手比赛是在七点半以后开始，凌可一想，也许她俩是打算先来听半个小时钢琴曲再去大礼堂听戚枫唱歌。

观众席靠前处还扎堆坐着一群妹子，其中一个女生手上还捧着一束鲜花。社友们见了，纷纷打趣凌可："哇，那个是不是你的追求者啊？"

凌可偏开视线："不确定的事先别乱开玩笑。"

大伙儿被他不苟言笑的样子噎得说不出话来……唉，敢给凌可这种冰山男告白的女生，也得敬她是个汉子啊！

七点，演奏准时开始。

最先上场的是些名不见经传的"小杂鱼"，凌可作为他们当中还算有点名气的弹奏者，得留到后面当压轴。

音乐会虽借了"圣诞"的主题，但中间仍然穿插了一些古典乐，有两个人直接上台弹了考级曲目，凌可听了几首，实话实说，他自己都感觉有些沉闷。果然没多久，就有一部分人觉得无趣离开了。

等七点半一过，隔壁大礼堂传出热闹的开场音乐，又陆陆续续吸引走一批观众。社员们都纷纷自我解嘲，说能听到最后的，肯定是他们的真爱粉。

凌可往外瞄了一眼，见章文沁和姚静仍坐在台下。他正觉得奇怪，姚静就给他发了条微信消息："凌可，我和章文沁来看你弹琴了，你第几个出场啊？"

"谢谢，我排在挺后面的，还有七八个人。"凌可趁机向她们确认了票子是不是高俊飞和谢奇宝送的，得到确切的回答后，他又奇怪道，"你们怎么不去听戚枫唱歌？"

姚静："咱们班几乎所有人都给他捧场去了，少我们两个也没什么，而且沁沁不喜欢人多的场合，就拉我来听你弹琴啦！你好歹也是咱们的'系草'，一个都不来的话也太不给你面子了[吐舌]。"

凌可心里一热，回复道："没事。"

姚静道："反倒是戚枫，就他黏你那样儿，这种情况不应该歌也不唱直接跑来听你弹钢琴的吗？"

凌可看到这话，又想起之前高俊飞在群里开玩笑说的那句"戚枫还没断奶"，忍不住一乐，随手发了个"捂嘴笑"的表情。

原来戚枫黏他已经黏到尽人皆知的程度了吗？这让凌可觉得，自己好像在戚枫身上敲了个属于他的印章，无论对方去哪里，都会被人默认跟自己捆绑在一起。

凌可点开戚枫的头像，问道："你在干吗？"

等了几分钟都没等到回复，凌可猜他估计在忙，刚打算收起手机，却见戚枫一下子回了数条消息——

戚枫："刚换好衣服，在后台准备。"

戚枫："梁学长也来了，他是评委之一，刚才在跟他聊天。"

戚枫："信号好像不大好，能收到吗？"

凌可："收到了。"

戚枫："你呢？上台了吗？我原本还想看看这边的安排，要是能溜出去的话顺便溜出去看一下你，不过现场好像蛮紧张的，好多人盯着我，看来溜不掉了[哀怨]。"

凌可勾唇一笑："别来了，不就弹个琴，你又不是没见过。"

戚枫："[委屈][委屈][委屈]。"

钢琴社一个社员难得见凌可满脸笑容的模样，好奇道："凌可，你在跟谁聊天啊？"

"嗯？"凌可抬头，笑了笑，"哦，和我同学，戚枫。"

社员嘴角一抽，默默地把还没调侃出口的"是不是你女朋友"咽回了肚子里。

过了没多久，戚枫又发了条消息来："抽好签了，我在第六个上场。"

177

凌可估算了一下，七八分钟一个人，差不多四十分钟才轮到戚枫，如果他弹完琴赶过去，兴许还赶得上。他正想着，戚枫就问："你一会儿过来听我唱歌吗？"

　　凌可："看情况吧。"

　　戚枫："[委屈][委屈][委屈]。"

　　凌可看着那三个对手指的表情，都有点好奇戚枫的撒娇本事是跟谁学的。

　　方才那个社员看凌可乐不可支的样子，不信邪，凑过去瞄了一眼他手机上的微信界面，果然看到对话框上面的名字"枫"，当然也看到了戚枫发的三个表情。

　　他一脸蒙地想：校草同学私底下这么嗲……那些女生知道吗？

　　几分钟后，朋友圈里就已经能刷出大礼堂那边的盛况转播了，连钢琴社的社员们都有些蠢蠢欲动，一个个想着等弹奏完就偷溜出去听歌。

　　小礼堂没有无线网络，凌可刷出几个小视频，都点不开。好不容易轮到他，他心里想着戚枫，弹得有些心不在焉，匆匆结束后，就打算鞠躬下台。

　　就在这时，坐在前排那个捧花的女生忽然被边上几个女生推着站了起来，场内顿时响起一阵呼声，连耳室里的那群钢琴社社员都纷纷探出头来。

　　凌可僵在舞台上，也不知道用什么样的表情面对她——这还是他开学以来第一次被人当众告白。

　　迎新晚会那次，虽然他也被人送了娃娃熊，但当初的女生送完礼物就跑，整个过程快得他都来不及反应就过去了。而且那会儿有戚枫在他身边，几乎大部分风头是戚枫扛着，所以凌可并没有觉得太尴尬。

　　但这次不一样，眼前的女生一看就是有备而来。她化了妆，穿得也很正式，满面红晕地走到凌可跟前："凌、凌可……"

　　刚念出他的名字，女生就紧张得说不出话来了。

　　台下陪她来的两个女生在下面对着她喊："苏怡萱！勇敢点！"

　　这一喊，全场观众也跟着鼓起掌来，你一句我一句地喊"加油"。

　　那个女生原本垂着眼睛，听到大家的起哄，才直视凌可。然而看了一眼，脸就更红了，她赶紧又低头，声细如蚊地来了一句"我是经济数学系的苏怡萱"，就把手中的鲜花递给了凌可。

　　当着那么多观众的面，凌可骑虎难下，接过花，还没说一声"谢谢"，对方就仓皇地转身跑下台去了。

　　台下陪同她来的两个女生颇为恨铁不成钢地跺跺脚，替她朝着舞台喊了一句："凌可！苏怡萱喜欢你！上次的娃娃熊就是她送的……"

　　凌可："……"难怪他觉得刚刚那个背影有点眼熟。

　　叫苏怡萱的女生羞恼地拉住同伴，捂着她的嘴不让她再说，可能是面薄，她直接扯着闺密们提前离场了。

　　三三两两的观众跟着闹了一通，本来想看好戏，见这个女生如此虎头蛇尾，也都有些讪讪的。但这反而让凌可松了口气，他如释重负地回到后台，又被大家围着起哄了一番，才算脱身。

一看时间快八点半了，凌可见演奏会差不多快结束了，声称有事先走一步，便急急地赶去大礼堂。等走到门口，他才反应过来自己手上还拎着一束鲜花，这感觉……怎么像是他专门去给戚枫送花的呢？

凌可囧了一下，花是妹子送的，他肯定不好再转送给戚枫。不过歌手比赛现场人这么多，他只是躲在人群里看一看，不一定会被认出来，再说，戚枫也很可能已经唱完了。

思及此，凌可甩甩头，把花藏在身后，朝大礼堂走去。

刚走到入口处，凌可就听到场内忽然间传出一阵狂热的尖叫声，还有人喊"戚枫"的名字。他一愣，加快脚步走入大堂，里头果然人声鼎沸，都已经没位置了，不少围观的学生就这么站在后排过道上听。

凌可站在最外一圈，伸长脖子看向舞台——竟然正好赶上戚枫上场！

只见戚枫上身穿着白色带链条挂饰的卫衣，胯间系一条烫银的闪扣腰带，下面是黑色铅笔裤和同色板鞋，特别处理过的头发在灯光下微微闪着光，看上去既时尚又有型。

这副装扮和先前钢琴合奏时穿演奏服的正式感不同，又比戚枫的日常打扮骚包数倍，几乎所有人都是头一次见，难怪他上台时大家的反应这么激烈。

凌可不知道戚枫今晚会唱什么，一直到傍晚两人分开前，戚枫都还未决定，不过凌可也并不为对方感到担心，因为戚枫会唱的歌很多，而且每一首都唱得很好听，就算即兴发挥也不会有什么问题。但是，当音乐声伴随着一串"yo"响起来的时候，凌可还是怔了怔。

这是……什么歌？

戚枫的歌声随即响起："如果你突然打了个喷嚏，那一定就是我在想你！如果半夜被手机吵醒，啊——那是因为我关心……"

全场瞬间就疯了！尤其是原本就站着的观众，像着了魔似的，跟着戚枫舞动的节拍举起双手，齐声打节奏！

"常常想你说的话是不是别有用心，明明很想相信，却又忍不住怀疑……"戚枫一手握着麦克风，一手捂着心口，笑着摇了摇头，"在你的心里，我是否就是唯一？爱，就是有我常烦着你！"

凌可目瞪口呆地望着在台上载歌载舞的戚枫，本以为对方会像平时在他身边常哼哼的一样，唱一首抒情的情歌，毕竟对方深情款款唱歌的模样几乎没人抵抗得了。但他万万没想到，戚枫会选择一首……少女感这么强烈的情歌！

这首歌，凌可也是第一次听，然而稀奇的是，对方唱起来竟丝毫没有违和感，反而显得更加热情、活泼、魅力四射。

"So baby情话多说一点，想我就多看一眼……"唱着这一句，戚枫还顺势朝着舞台下方做了个眨眼的表情。场下尖叫一片，全是被电倒的观众。

凌可目不转睛地盯着台上那个浑身闪耀的人，站在那么远的地方，戚枫依然是这么光彩夺目。

这种心情就像是他第一次关注戚枫的空间一样，明明认识，见过面，却又那样陌生。

"Oh Bye少说一点，想陪你不只一天，多一点，让我心甘情愿，爱你……"

高潮部分的演唱，戚枫一遍又一遍地重复着"情话多说一点"，伸长手臂指过全场观众，简直点燃了全场。

疯了……整个歌手比赛进展到这一刻，已经成了戚枫一个人的演唱会。

……

歌声结束的时候，观众们还沉浸在戚枫营造的欢快气氛里，亢奋得无法自拔。

直到本人的声音响起——"大家晚上好……"

鼓掌声、喧嚣声，依旧不绝于耳。

戚枫在台上微笑着做了个"停止"的手势，等鼓掌声小了点，才继续道："很高兴今晚能把这首《爱你》带给大家……"他的气息因为连歌带舞的表演而微微起伏，却又凸显出一股别样的性感。

"虽然这是一首情歌，但我想把它特别献给一个对我来说很重要的朋友，因为，这是我学会的第一首流行歌曲，它让我喜欢上唱歌，所以对我意义非凡。"戚枫站在舞台上，扫视着全场，缓声道，"我不知道那个人有没有到场……"

场上的观众嗅到了八卦的气息，都安静下来，一起左顾右盼。

原本掩藏在人群中的凌可很快被人发现了，尤其当众人发现他还带着花，舞台后方一下子就起了小范围的骚动，还自动在他身边围成了一个圈。

难道戚枫说的"重要的朋友"就是凌可？

由于学校里相传的那些八卦，大部分人都知道戚枫和凌可的关系，所以这会儿，凌可身边的同学都用一种暧昧的眼光打量着他。

戚枫也看向了骚动的方向，连带着全场的观众都朝着凌可所在的位置看过去，把凌可紧张得不知所措。其实在戚枫说那句话的时候，他并没有多想，可现在被众人一围观，他就不由自主地代入了戚枫口中的那个人。

就在这时，戚枫忽然道："不管那个人是谁，请大家不要随意对号入座，我不希望我的行为给任何人带来困扰。"

这句话顺利解救了水深火热中的凌可，观众们的视线重新回到戚枫身上。

戚枫的气息平缓了一点，目光显得深邃又温柔，他直视着前方一点，道："如果他来了，我想借这个舞台告诉他，谢谢你陪在我身边，你对我来说，不仅仅是朋友。"

这一句明显带有潜在含义的话让全场再一次沸腾了，连凌可的心脏都猛地一跳。

所以说，校草同学刚刚是在隐晦地跟他那位朋友告白？天哪，这简直是惊天大八卦啊！

"好了，最后，谢谢大家的支持与掌声，"戚枫也没想到自己随口一句话会引起这么大的波动，为了不影响接下来的比赛，赶紧朝大家鞠躬道谢，准备下台，"能为大家唱歌，我很高兴。"

但大伙儿根本没有因此而停止脑补，揶揄、试探的目光如同一道道X射线，从四面八方扫向凌可，把凌可看得坐立难安。他本还想故作镇定地听下一首歌，但最终还是扛不住四周射来的视线，先一步离场了。

好不容易挤出人山人海的礼堂，凌可深吸了一口气，脑子里还是戚枫说的那几句话——"不知道那个人有没有到场""不想给任何人带来困扰""不仅仅是朋友"……话里的每一个关键词都被凌可重新拿出来咀嚼了一遍，联系他先前和戚枫的微信聊天记录，凌可此刻也十分肯定戚枫在台上说的那个人就是自己了。

其实自古镇采访那次之后，他就感觉戚枫跟他的关系又进了一步，但这是他第一次听到戚枫主动表态说自己在对方心中的位置——还当着这么多人的面，凌可此前十九年都没有活得这么"轰轰烈烈"过。

他这么低调的一个人，自从和戚枫成了朋友，就仿佛被那个家伙拉到了光源下，一起成了人群的焦点。

也不知道这到底是祸是福，不过至少现在，凌可还不觉得讨厌。

凌可深吸了一口气，仍难以平复内心起伏的心情，转身往后台的方向走去。他想见一见戚枫，验证一下自己的猜想。

如果是真的，他可能会忍不住偷笑，因为没有什么比关注多年的人也关注他、重视他更让他感动了。

到了后台，凌可不敢贸然进去，就站在侧门边，拿出手机给戚枫发消息："我在后台出口处。"

戚枫没有及时回复，凌可等了一会儿，又怕这个位置太明显，到时引起学生会的人和其他歌手进出时围观，就又往无人处走了走。

正想给戚枫再发一条消息告诉对方自己的位置，凌可忽然听到一个熟悉的声音。

"你怎么不提前告诉我？"

凌可一抬头，只见自己想见的人竟然就在不远处的树荫下。

他的对面还站着一个女生。那个女生正甜腻道："我想给你个惊喜啊，我要是不偷偷来，也听不到那么精彩的告白……我回国的事前几天都发朋友圈了，你不是还给我点了个赞吗？你说你是不是早猜到我可能来这里找你？"

听到这句话，凌可一下从一头热的状态中冷静下来——难道戚枫刚刚在台上的话是对那个女生说的？

这个猜想让凌可陷入了一瞬间自作多情的羞耻感里……

但很快，凌可就发现事情不是他想象的那样，因为那个女生主动上前去想拥抱戚枫，戚枫却很不自然地往后退了一步，再被那个女生抓住手臂时浑身僵了一下。

他立即想起戚枫在古镇客栈那晚对他说过的话——他不喜欢被别人碰触，当然，凌可除外。

凌可眯起眼睛观察了一下形势，推翻了自己方才的想法，貌似是戚枫被那个女生找麻烦了。

"你可真够出名的啊，随便找个同学打听，就知道你……"那女生还在对戚枫说着什么。

对戚枫的保护欲让凌可握了下拳头，他犹豫着是否要前去帮忙。

却是戚枫先一步看见了他："凌可！你怎么来了？"戚枫喜形于色，立即甩开那个女生快步朝凌可走过来，"你刚才去看我唱歌了吗？"

凌可点点头："看了。"

戚枫眼神闪烁，张了张嘴，什么都没说，但又有种一切尽在不言中的意味。

凌可低声问："她是谁？"

那女生跟着戚枫走了过来，路灯打亮她精致甜美的面庞和窈窕的身材，凌可一愣，他竟然见过这个女生！

初中时他关注戚枫的空间，经常见到一个QQ名叫"追风女孩"的姑娘在戚枫的留言板里出现，他按图索骥摸过去看了一下，也顺便翻了对方的相册，对方精致可人的面庞给凌可留下了深刻的印象。

天生丽质的美女，加上家境优渥，见了真人更显气质非凡。

根据时间推测，这个女生应该从小学就认识戚枫了。不同于那些暗恋戚枫却没跟戚枫深入接触过的女生，她应该对戚枫很熟悉。

正当凌可心中摇摆不定之际，戚枫朝他投来了一个求助的眼神，并用哑声做了个口型："帮我。"

凌可顿时心领神会，给了他一个安慰的眼神，接着面向那个女生。

"这是……"女生瞥了戚枫一眼，还等着他介绍。

没等戚枫开口，凌可就上前一步，当着"追风女孩"的面，一把揽住了戚枫的腰。

戚枫："……"

这个暧昧的动作让那个女生眉头一皱，但凌可仿佛还嫌不够劲爆，收了收自己的手臂，把戚枫搂得更紧了点，道："你好，我叫凌可，是戚枫的男朋友。"

凌可的回答让那个女生浑身僵住，连戚枫都被这直白又露骨的介绍震得面皮抽搐。

"你、你说什么？！"女生难以置信地瞪着凌可，眼前的青年面容俊秀，虽然面上没有什么表情，但偏偏给人一种不容侵犯的冷傲感。

更别说刚刚揽住戚枫的那个霸气动作，仿佛宣示主权，把人轻轻松松圈在他的气场范围内。

凌可又重复了一遍，他也不知道自己是哪里来的勇气。也许是刚刚戚枫在台上的那几句话激励了他；也或许是见过戚枫的脆弱，让他下意识地对戚枫有了保护欲……总之，这一刻他非但不觉得紧张，反而有种正气凛然的感觉。

许君竺看着眼前发生的一幕，简直想怀疑这个世界。

她坐了十几个小时的飞机，千里迢迢从伦敦飞回来，不只是为了回来过个圣诞节，更主要的，是来看她单恋多年的青梅竹马，戚枫。

他们从小学开始就一个学校，一直到她高一那年出国。再没有一个人像戚枫一样，能与她建立十年的同窗之情，从懵懂的孩童到情窦初开……在不知觉间俘获了她的心。

只是，她也曾亲眼目睹这个人如何从一个笑得还挺好看的男孩，变得众星捧月，仿佛一夕之间，全世界都成了她的情敌。

三年前的离开，的确有点儿赌气的成分，喜欢了那么多年的人一直没给她回应，她很心累。但出国前，因为舍不得戚枫，她也一度后悔，想要留下。

她妈妈劝她，说真正的喜欢经得起时间和距离的考验，等他们再大一点，戚枫也会明白，他的选择很少。

这个世界是现实的，因为从小起步就高，见惯了各种各样的人，他们的眼光都已经很挑了——到时候，他肯定会重新注意到她。

毕竟，她有许多普通女孩都比不了的优势。

又或许，距离会让她单方面的热情冷却下来，或是趁机找到比戚枫更好的人，彻底忘记他。

这样也好，天涯何处无芳草。

可是这三年，从语言学校到私立高中，从私立高中又到名牌大学，她空闲时去过各式各样的派对，也见过各种各样的追求者，"过尽千帆"后回头一看，仍然没有一个比得上戚枫。

原本希冀着戚枫高中毕业后会选择去英国，届时他们又能在伦敦重逢，再次开始。可半年前她却听说，戚枫考了国内的大学。

她等不及了。

三年了，受国外环境的熏陶，她变了许多，更时尚、更漂亮，也更自信了。她相信自己对戚枫来说始终是不一样的。

好不容易到了圣诞，她从沈岳哲处打听到了戚枫的学校、专业，专程飞回来，挑在平安夜当晚来F大找他，想给戚枫一个惊喜。但她没想到，戚枫会在这一晚，给她一个"惊雷"！

许君竺面色一阵青一阵白，她早就知道戚枫招蜂的属性，当年在德音，几乎有点姿色的女生都想往戚枫身上靠，可他再怎么受欢迎，也、也没和男生在一起过啊！

不，也许凌可的所作所为算不得真，关键还是看戚枫的态度……许君竺将视线转向戚枫，眼神里充满了质问。

岂料，戚枫慢慢抓住凌可揽着他的那只手，紧紧握住，还意味深长地看了对方一眼，才道："嗯……就如你所见到的那样。"

这一刻，许君竺的内心是崩溃的。

戚枫这才想起他都还没跟凌可介绍对方，立即道："这是许君竺，我以前的同学。"

这句话把许君竺气得差点厥过去——什么叫"以前的同学"？

她把他当窗前的白月光、心头的朱砂痣，而她对他来说只是"以前的同学"？？？

戚枫略带歉疚地笑了笑，道："抱歉，可能吓到你了，我男朋友的醋劲比较大，看见你跟我在一起，以为你和那些女生……嗯，你懂的。"

许君竺简直抓狂：我懂什么？我能跟那些狂蜂浪蝶一样吗？

这副为了哄恋人开心就把她当炮灰的态度，让许君竺不爽到了极致，她忍不住挑拨道："不是吧戚枫，我可是你的前、女、友啊！"最后几个字，许君竺说得几乎咬牙切齿。

凌可闻言动作一僵，不动声色地瞥了戚枫一眼。

紧接着，许君竺又架起手臂，讥诮道："戚枫，你的胃口什么时候这么大了？这事儿沈岳哲他们知道吗？"

戚枫头疼地看着她，挑拣着能回答的道："不知道，没有人知道。"

许君竺不相信："连你最好的兄弟都没告诉？"

戚枫："这不是这么轻易能够理解的事吧？"

他说着，又略带歉意地看了凌可一眼。

许君竺的脸色变了又变，最后她一跺脚道："我走了！"

戚枫象征性地问了许君竺一句："我们送送你？"

高傲的许君竺扭过头去，轻哼了一声："用不着！"

见许君竺踩着小高跟快速走远，凌可才松开戚枫，但仍有些忧心彼此的不欢而散："你不送她真的没事吗？这么晚了……"

戚枫耸肩："没事，她家里有司机，打个电话就有人来接她。"

凌可长舒了一口气，问："她到底是谁？"

戚枫解释道："她是我的小学同学，外号'郡主'，我们认识很多年了，三年前，她去了英国念高中，很长时间没见了，我没想到她圣诞节会回来，还一声招呼不打就来F大找我。说实话，她是我经历过的……最难缠的一个追求者，今天多亏了你，否则我都不知道要怎么应付她了。"

凌可摇头表示无碍，不过，回想起刚才戚枫和许君竺对话的一个细节，凌可微微蹙了下眉头，问道："她说她是你的前女友，是什么意思？"戚枫不是说他一次恋爱都没谈过吗？

戚枫焦头烂额地跟凌可解释："你可别当真，那时候我们刚上初一，我根本不知道

184

男女朋友的意义。有一次她开玩笑说要当我的女朋友，我就随口答应了。之前跟你说起过，有个要偷亲我的那个女生，就是她。因为我拒绝跟她接吻，她很生气，就提出分手了。我们玩那个男女朋友的游戏才一个礼拜，所以我压根不认为这就是恋爱。"

当然，分手的原因除了戚枫不让许君竺亲自己，还因为许君竺的占有欲太强，大小姐脾气太严重。她发现戚枫在跟自己"交往"的情况下还跟其他女生说话，忍受不了。这种要求本就相当过分，加上戚枫也很清楚自己对许君竺没有那方面的感觉，最开始答应她做自己女朋友也只是把她当小孩子般迁就她、纵容她，所以当许君竺提出分手后，戚枫根本没反对。

对他来说，那只是一段儿戏般的经历，但是没料到，许君竺对他的执念会持续这么久。

等戚枫絮絮叨叨说完，凌可才似笑非笑道："你不用跟我解释这么仔细啊。"

戚枫一愣，讪笑道："我这不是……怕你误会嘛。"

凌可开玩笑："你还真当我会吃醋？"

戚枫："呃，我是不想你误会我对你撒谎。"

凌可闻言心底又一暖，他今天心情特别好，忍不住逗戚枫："原来你这么在意自己在我面前是不是'处男'啊。"

戚枫嘴角一抽，凌可什么时候学坏了，都会跟他开这种玩笑了？

他也不甘示弱，直接承认道："是啊，你不知道我喜欢你吗？刚刚搂我那个动作，简直叫我心花怒放啊！"

凌可吐血，论脸皮，他真的厚不过戚枫！

"还有……"戚枫瞟了眼凌可另一手上握着的鲜花，凌可刚出现的时候，他就看到那束花了，"这花，是特地给我准备的吗？"

凌可内心一阵万马奔腾："不是！"

恰好这时戚枫的手机振动起来，戚枫一接起来，电话那头就传来一阵河东狮吼："戚枫你到底上哪儿了？演唱结束都要公开评选结果了！你人呢！！！"

戚枫说了句"就来"，然后挂了电话对凌可道："我们社长催我……外头冷，我带你去后台吧。"

Part 15 想哥哥了

凌可跟着戚枫来到后台，一个化了烟熏妆的女生见了凌可就一阵怪笑，她也是当晚歌手比赛的歌者之一。此时见凌可手上拿着鲜花，兴奋道："这是送戚枫的？哦天，你俩也太浪漫了吧！"

没给凌可反驳的机会，又有两个学生会的女生凑了过来，围着凌可你一句我一句地调侃起来——

"哎，戚枫在台上那几句话是对你说的吗？"

"你们感情可真好啊，我在后台听见都感动死了！"

凌可："……"

戚枫无语地过来帮凌可解围："你们别随便开他玩笑了，台上的话我随便说着玩的，为了……渲染气氛！"

正巧梁锐希从前台回来催他们道："要公布结果了，准备上台吧。"

戚枫上台前，似乎又有些担心，叮嘱了凌可一句："等我回来。"

毫无意外，颜值、歌技与台风齐全的戚枫顺利获得了F大本年度的校园十佳歌手比赛第一名。虽然没有在现场，但凌可坐在后台，也在班群和朋友圈的新状态里第一时间看到了这结果。

照片里的戚枫被众人簇拥着站在舞台中央，手里捧着奖杯，笑得一脸灿烂。

等戚枫回来后，又有不少竞演者围上去向他道贺，嚷嚷着让冠军请客吃饭。凌可远远地站在角落，看着这一切，为戚枫感到高兴。

时间才九点半，吃夜宵正好，戚枫被大家一抬杠，根本无法拒绝，但顾虑到凌可在，他没有当即答应，而是先征求凌可的意见："一起去好不好？"

大伙儿见戚枫在凌可面前一副做小伏低的样子，一阵哄笑，也纷纷邀请凌可加入，甚至有人一把抢走了凌可手上的花，直接塞给戚枫："哎呀，看你捧着花这么久了，还送不送啊？我都替你着急！"

当着这么多人的面，凌可顾虑戚枫的面子，张了张嘴，挤出了一句"恭喜"。

戚枫喜滋滋地将花捧在怀里，眉飞色舞地朝他挤眼睛，仿佛在说："还说不是送给我的！"

凌可好气又好笑，心里想着只能晚点再跟戚枫解释了。

因为得了冠军，戚枫神清气爽，转眼把许君竺事件带来的小小烦恼抛在了脑后。一群人从后台出去后直接抄小路到了南门外，早有学长打电话定好了一家烧烤店的席位，众人吃吃喝喝一直狂欢到零点才散。

戚枫和凌可结伴回到宿舍时，高俊飞和谢奇宝都睡了，听到动静，两人又坐起来向戚枫道贺，高俊飞自然不忘调侃他在舞台上说的那几句话："是不是对凌可说的啊？"

戚枫挠挠头，在室友面前才不好意思地坦白道："是啊。"

凌可状似毫不关心地走进洗手间，趁机洗脸刷牙。

谢奇宝道："戚哥你说得也太暧昧了，不知道的还当你在跟哪个女生告白呢！"

高俊飞骂他蠢："除了凌可，戚枫跟谁走得近，哪来的告白对象？"

谢奇宝跟高俊飞斗了几句嘴，又羡慕道："哎，什么时候我也能有一个给我唱情歌的朋友啊！"

凌可："……"

等戚枫洗漱完上床，凌可已经睡下了，戚枫靠在床头，一边晾头发，一边打开了手机。忽略掉满屏的祝福和道贺，他直接点了姚静的头像。

在得知高俊飞和谢奇宝把音乐会的票子转送给姚静和章文沁后，戚枫就给她俩发了私信，拜托她们到时候帮忙录下凌可弹钢琴的视频，当时他还被姚静取笑了一句"果然还没断奶"。

姚静："你要的视频，回宿舍有网了才传的，看看后面，有惊喜[吐舌]。"

戚枫笑了笑，摸出耳机戴上，下载视频后点开，有点好奇姚静说的那个"惊喜"。

凌可上台时脱了外套，露出了里面的白衬衫和圣诞红毛衣。

他这个人平时性子清清冷冷的，不少衣服却颜色鲜艳，比如深红色的T恤、柠檬黄的帽衫之类，给人一种眼前一亮的感觉。

戚枫以前不知在哪里看过，说这一类人通常是内心比较奔放，但因平时性格压抑不常表达，所以会通过穿大红大紫的衣服来泄露内心的火热。

跟凌可相处了小半年，关于天蝎座的性格分析文章戚枫也看了一些，但到现在为止，他仍然觉得自己并不彻底了解凌可。

视频中，凌可弹琴的样子很认真，不过这只是假象，戚枫听出对方今天弹得似乎有点着急，好几个音符只是一带而过，透着点儿敷衍。当然糊弄外行人是足够了，他弹完后，台下果然一片掌声。

戚枫有些好奇姚静说的"惊喜"是不是凌可的致辞，不想就在这时，耳机里传出一阵噪声，镜头晃了一下，对准了舞台下一个双手捧花的女生。

戚枫一愣，这才反应过来，凌可那束花真不是特地为他准备的！

想起凌可被歌社那群人起哄着抢走花转送给自己那一幕，戚枫的心情顿时有点复杂……当时凌可估计很为难吧？

可在别人的围观下，他还对自己说了"恭喜"。

戚枫为凌可的善解人意感动，又觉得，自己似乎太自我为中心了。

因为这个视频也提醒他注意到一个事实——在自己不知道的地方，凌可也非常受欢迎，也有不少追求者。但在自己身边，凌可却只能被当成陪衬，而且，他还得忍受不明群众的八卦与误会。

自己是真的非要凌可陪他演戏不可吗？其实并不是，戚枫完全有能力自己拒绝那些追求者，只不过过程可能要曲折一点。

他现在这样做，方便是方便了，但利用的是凌可对他的友情，牺牲的是凌可的恋爱自由，对对方很不公平。

可戚枫忍不住，他就像一个好不容易找到伙伴的孤独小孩，想尽办法要把对方留在身边，而且，只要一想到凌可找了女朋友后就会抛开自己，戚枫就难受……

戚枫想着想着，迷迷糊糊地睡了过去，次日一早，他睡眼惺忪地起来刷微信，结果整个人蒙了。

私聊里炸出许多很久都没联系的老同学，纷纷问他是不是谈恋爱了，他们高中群里也在热火朝天地讨论此事！

戚枫点开朋友圈，才得知许君竺在昨天半夜放了个大招——"喜欢多年的男生当着你的面跟别人示爱是一种什么样的感受？反正我感觉我这辈子是不会再爱了[再见]！"

这条消息的发送时间就在许君竺离开F大之后不久，但戚枫昨晚忙着领奖聚餐，回宿舍后看完凌可的钢琴演奏视频困得眼皮打架，就这么错过了。

许君竺发在朋友圈里的那条状态虽然没有指名道姓，但她喜欢戚枫的事早已是他们德音公开的秘密。联系到她最近又发了回国的动态，他们都能猜出她指的是谁。

那条微信状态下面，戚枫能看到的回复就有一大串，全是他和许君竺共同的朋友。

"郡主看开点，好男人多的是[龇牙]。"

"说的不会是7f吧？"

"7f？不会吧！是不是他故意骗你啊[坏笑]？"

"完了，连7f也……"

……

一夜之间，天翻地覆。

戚枫欲哭无泪，忍不住也在朋友圈发了一条状态说明自己此刻的心情："乐极生悲……"

虽然他未明说，但围观群众自然把他发的消息跟许君竺的状态联系起来，猜他"悲"的是被郡主爆了料。

损友赵司、李恺星等人几乎是秒速给戚枫点了赞，他们非但没有同情，还纷纷调侃起来。

"真牛啊你，对谁下手了？！"

"到底是哪路神人把你这个妖精拿下的，快来张照片！"

……

哪路神人？戚枫看了一眼还对此毫不知情的凌可，心中叫苦不迭！

就在这时，手机一振，沈岳哲那个鬼畜的夜神月头像浮了上来。

某人已经在昨晚连着给戚枫发了十几条消息，但被新来的消息压在了最下面，现在估计是算准了戚枫的起床时间，才又发了条消息彰显存在感。

"起了没？起了就别装死！"

戚枫硬着头皮发了个"捂脸笑哭"的表情过去，才去看他前面的留言。

"我才几天没联系你，你怎么搞出这么大动静？"

"郡主去找你了？她说的那句话到底是什么意思？你有喜欢的人了？"

"你这么多年绯闻是多，但好像没跟什么女生有进一步关系……"

戚枫发了个鄙视的表情过去，坦白道："都是误会。"

沈岳哲追问道："那到底是怎么一回事？"

就在这时，凌可站在床下催了戚枫一句："你怎么还坐在床上看手机？不起了吗？"

戚枫给沈岳哲发了句"晚点说"，便快速爬下床来。

好在许君竺惹出的事也只在他高中那个小圈子里传播，德音的学生几乎全在国外，和戚枫目前所处的圈子交集很少，"战火"并没有传到F大，戚枫用冷水泼了泼自己的脸，试图让自己冷静一些。

和凌可去教室的路上，戚枫提起那束花，坦白自己看了姚静发给他的视频。

凌可倒是没再把这事放在心上，淡然道："没事，你不介意的话就送你吧。"

反正之前戚枫也转送过花给她，两清了，再说，两人在一个宿舍，那束花就在他们都能看到的地方，只要那个女生不知道，也没什么关系。

戚枫想起昨晚那段视频里，女生上台后对凌可说了句什么话，他没听清，倒是下面有人大声替她表明心意，但也没见到什么结局，好奇道："你拒绝她了吗？"

凌可："没有，她送完花就走了。"

戚枫有些担心那个女生会继续追求凌可，便主动提议道："需不需要我出面帮你解决？"

凌可："你要怎么解决？"

戚枫理所当然道："就像你每次帮我一样啊。"

凌可笑了笑："还是算了吧，我的追求者可不像你那些那么难缠，她就送了束花，没给我添什么麻烦。"

是啊，看见他连一句完整话都说不出来的害羞女孩，实在用不着太小题大做。

听凌可这么一说，戚枫又觉得自己没有用武之地，心中一阵失落。

到了教室，戚枫才得空继续与沈岳哲聊天，对话框里还有几条戚枫没来得及看的未读消息——

沈岳哲："你当着郡主的面做了什么？"

沈岳哲："那个人是谁？"

戚枫："嗯……这事说起来有点复杂。"

沈岳哲："那你快说啊，我都快急死了！"

戚枫先把自己为了挡桃花请求凌可配合自己进行角色扮演的事告诉了对方，而后才坦白昨晚的经历。

沈岳哲："你的意思是，凌可在许君竺面前……帮你打掩护？"

戚枫："嗯。"

沈岳哲将自己代入想象了一下，如果戚枫让自己陪他演戏，好像没什么问题。就帮个忙呗，作为好哥们儿，应该的。但这个尺度嘛，顶多在被别人问起的时候陈述一下，仅此而已。至于其他亲昵行为，恶作剧的情况倒还是有可能的，但搞这么严肃，除非是专业戏剧学院出身，否则哪个男生扛得住？

沈岳哲："你确定凌可那时候没笑场？"

戚枫："没，我和他私底下制定了一个行为准则，我们有过一些练习。"

接着，戚枫又把他和凌可签的行为准则发了过去。当初签完字后，记事本留在凌可手里，他拍了照片存在手机相册里。

听戚枫说他让凌可配合他演戏的时候，沈岳哲就觉得这操作够骚了，现在看到这张图片，简直傻眼！

什么叫"内容包括但不限于牵手、拥抱"，什么叫"适当进行练习，培养默契感"？？？

沈岳哲问道："这上面写的练习你俩都做过了？"

戚枫："差不多吧，不过以前都是我主动。"

沈岳哲："怎么个主动法？"

戚枫："比如晚上散步的时候会牵他的手啊，有次看电影的时候搂他的肩膀了……"

沈岳哲："你是不是变态啊！"

戚枫："……"

沈岳哲："凌可当时什么反应？"

戚枫："刚开始好像有点不自然，不过我们都签行为准则了，他知道是不当真的嘛，也没太抗拒。"

沈岳哲："他没揍你？没说你变态？"

戚枫："没有啊！"

沈岳哲："所以他就是默认了，你牵他的手他就让你牵，你抱他他就让你抱？"

戚枫："嗯，他后来表现得还挺淡定的。"

沈岳哲："你以前怎么没对我做过这种事？"

戚枫："对你我下不了手。"

沈岳哲都忍不住想咆哮了："为什么对凌可下得了手，对我就不行？"

戚枫："这我哪知道，我对你没那种感觉呗。"

沈岳哲："那种感觉是哪种感觉[惊恐]？"

戚枫："我不知道。"

沈岳哲："什么叫你不知道！"

戚枫："不瞒你说，我确实对他有一种特殊的感觉。"

沈岳哲差点没把手机砸自己脸上。

其实，发出刚刚那句话时，戚枫自己也愣了，昨天晚上入睡前盘旋在脑海中的问题重新浮了上来，让他再次开始思考——他到底把凌可当什么？

戚枫对沈岳哲道："还记不记得你陪我来F大报到那天？"

沈岳哲："当然记得，我那天还见到凌可了，那家伙看起来很酷啊。"加上之前一起玩游戏时，凌可也在他们面前表现出了很爷们儿的一面，所以沈岳哲实在无法理解，凌可怎么会配合戚枫做这些事。

戚枫："说实话，我第一次见到他，就有种似曾相识的感觉……"

沈岳哲："你是不是电视剧看多了？？？"

戚枫："不管你信不信……虽然他表现得很冷酷，但我特别想亲近他。"

可能是一直无人倾诉，心里憋得慌，现在跟沈岳哲一坦白，戚枫也不再遮遮掩掩，索性把自己的心事一股脑说了出来。

从一开始凌可的冷漠疏离，到成为形影不离的朋友，他们经历了萧芷事件、四手联弹、出游采访……包括他们在古镇客栈那天晚上，戚枫冲动求凌可给自己晚安吻的事。

沈岳哲强忍着内心的翻腾吐槽道："你还要他给你晚安吻？你是没断奶的小孩子吗？"

看见沈岳哲和他同学一样的评价，戚枫不由得抽了下嘴角。

沈岳哲："他给了没？"

戚枫："没有，但他摸了摸我的头，跟我说晚安……你不知道，那一瞬间我真的特别感动，他察觉到我的情绪，还安慰我，说不想看见我不开心。"

沈岳哲："……"

英国时间凌晨一点，沈岳哲抱着手机，瞪着天花板，毫无睡意。

他自诩最理解戚枫的人，但这样的戚枫，他像是头一次认识。

沈岳哲忽地想到了什么，一个激灵回过神来，再次拿起手机："疯子，我有个猜想……"

戚枫："什么？"

沈岳哲："我说，你是不是想你哥了？"

戚枫："没有！"

沈岳哲信誓旦旦道："肯定是，有次我在你家听你妈说起过，你哥小时候总给你晚安吻，他去美国后你还失眠了很长一段时间！"

戚枫："……"他妈妈什么时候背着自己跟沈岳哲说了他的黑历史？

沈岳哲接着道："我见过你哥几回，也见过凌可一次，虽然对他俩都不大了解，但他们给我的感觉还挺一致的，都很……高冷？很酷？说不定你也觉得凌可身上有你哥哥的影子，所以才觉得亲切。"

戚枫有点恍惚，悄悄偏头打量凌可，却正巧对上凌可扫过来的视线。

"你一节课都鬼鬼祟祟的干啥呢？"凌可低声问了一句话。他上课时戴眼镜，问话时镜片一闪，让戚枫瞬间有种被人彻底看透的惊慌感。

戚枫做贼心虚地说了句"没什么"，赶紧藏起手机。

但沈岳哲的话就像是被放大加粗的字体，在戚枫的脑海里循环闪现——说不定你也觉得凌可身上有你哥哥的影子，所以才觉得亲切……

不，不可能！他哥那个表面精英模样实则骄傲自恋、心机深沉的面瘫，怎么能跟善解人意又谦逊努力的凌可比！

戚枫咬咬牙，打死不承认自己是把凌可当成了双胞胎哥哥的代替品。

临近下课，戚枫问凌可："晚上有空吗？一起去外面吃个饭，我请你。"

凌可有些莫名："嗯？"

戚枫解释道："那什么，昨晚你帮了我，我想犒劳犒劳你嘛，正好今天是圣诞节，你没什么安排吧？"

原来是这样，戚枫推了推眼镜，道："哦，好啊。"

课后，戚枫瞄了眼手机微信，见沈岳哲在那之后发了数十条消息，基于都是刚才那个推测的相关分析。可惜他说了一通都没等到戚枫的回音，郁闷地吐槽了一句"先去睡了"便再没了动静。

英国和中国冬季有八个小时时差，算起来，那家伙也快陪他聊通宵了，戚枫发了个

192

晚安，打算等沈岳哲睡醒后再跟他聊。

下午还有一节新闻史，戚枫和凌可吃过午饭就马不停蹄地去上课教室。

临近期末，这几堂课老师偶尔也会提到一些考试会考的内容，但这个时间恰好容易犯困，不少学生都是强打精神。戚枫昨晚睡得晚，一早上起来又经历了这么多事，没过一会儿就不堪负荷地枕着手臂趴在了桌上。

这个姿势恰好能直视凌可的侧脸，戚枫盯着他挺直脊背的专注模样出神。

凌可真厉害啊，自己跟他待了快一个学习，就没见过他对什么课敷衍，连最无聊的课都能听得聚精会神……

这一点还真的蛮像戚枫他哥，他哥也是这样，做什么事都认真专注，跟懒散随性的戚枫完全不一样。

等凌可察觉到戚枫的视线，扭过头去，却见对方双眼无神，握在手里的笔松松垮垮，画在书上的线也歪歪扭扭的，明显快撑不住了。

凌可笑笑，主动去抽他手边的书，低声道："你睡一会儿吧，我替你画重点。"

不料这时，戚枫忽然抓住了他的手，像是还想挣扎一番，但很快就放弃了，说了句"拜托了"就缓缓闭上眼睛，但是抓着凌可的手并没有放开。

凌可皱着眉头抽了抽，没抽动，只能拽着对方的手藏在课桌下，这过程中戚枫也没有松开他，只在被拽下去的时候微微皱了一下眉头，也不知道是无意识的行为还是故意耍无赖。

还好凌可被抓的是左手，他俩又是坐在最后一排，没人发现。

教室里很安静，前排也有一个女生托着腮在打瞌睡，因为错过了一段重要的笔记，清醒后急急地扭头问两大帅哥借书。然而一转头，却见戚枫趴在桌上安睡，两人的手纷纷垂在一边，她奇怪地瞄了一眼，瞧见两人的姿势，扭过头去，没好意思再开口。

直到台上的老师开始为下课做准备，教室里响起一片窸窸窣窣声，戚枫才打着哈欠醒来，没事儿人似的松开对方的手，像一只懒洋洋、被宠坏的猫。

当晚，戚枫带凌可去了校南门的西餐馆，也就是开学初他和萧芷大半夜被人撞见"疑似约会"的那一家。

不过，当戚枫告诉前台他已预定过餐位时，凌可却颇感意外，因为今天是圣诞节，这样热门的约会场所自然是座无虚席。

而戚枫是今天上午才提出请他吃饭的，打的还是感谢他昨晚帮忙的名义。

"你什么时候定的桌子？"凌可奇怪道。

"呃，前天定的，本来我想，难得圣诞节，正好昨晚你又帮了我大忙，还有下午的笔记——请你吃饭的理由还不够吗？"戚枫笑问。

凌可有些紧张："那也不用来这家餐馆吧？"

戚枫挑眉："为什么不来？这儿的牛排和烤翅都很好吃，我一直想带你来这里尝尝。"

凌可无言以对，只能硬着头皮跟戚枫往餐厅里走。这里果不其然座无虚席，而且大都是成双成对的学生情侣。

戚枫和凌可作为F大的红人，没多久就被人认了出来，凌可几乎感觉到全餐馆的人都在往他们这个方向看。

戚枫被围观习惯了，对此浑不在意，到了桌边还绅士地替凌可拉开了椅子。

凌可头皮一阵发麻，难怪谢奇宝昨晚说戚枫在台上那通话让他也心动——眼前这家伙无论从哪个角度看，都是个撩人而不自知的万人迷！

凌可第一次来这儿，不知道什么好吃，让戚枫做主替他点了菜。

"要不要来点红酒？"戚枫问。

"不要了吧……"凌可还是对酒无感。

"那就来一壶柠檬水吧。"戚枫合上菜单，与凌可对视了一眼，发现他不知何时摘掉了眼镜。

两人课后没回宿舍，是直接过来的，刚出校门的时候，凌可还戴着眼镜。

戚枫微微一愣，莫名想起凌可作为新生代表致辞前把眼镜留在座位上的举动……依稀记得他说过，看得太清楚会紧张。

"你的眼镜呢？"戚枫问。

凌可："放包里了。"

戚枫边替他倒柠檬水边道："怎么不戴了？我觉得你戴眼镜更帅啊。"

凌可："下课就不想戴了。"

接下来的过程和平时两人在食堂吃饭没什么两样，边吃边聊，偶尔评价一下饭菜合不合口味。

不知道是不是因为沈岳哲上午说的那些话，戚枫下意识地又在凌可面前说起了他哥。

他提起自己一次出国的经历，说是初中毕业的时候去美国看他哥哥，在那儿住了一个月，那一个月，他被迫以西餐为日常主食，每天不是三明治、汉堡包就是比萨牛排，吃得他简直想吐。

"真不知道我哥是怎么忍下来的，吃这种东西，偶尔来一次还好，天天吃简直要我的命……"戚枫皱了皱鼻子道。

其实凌可也非常好奇戚枫小时候的经历，上一次在古镇客栈戚枫没展开聊，这一次既然戚枫开了话头，凌可便顺势问道："你们什么时候分开的？"

戚枫："小学三年级吧。"

凌可一怔："这么早？"

"嗯，那时候我爸的公司上市，要去纽约工作一段时间，说想带我和哥哥的其中一个人陪他一起去。我跟我哥觉得新鲜，都想跟过去玩玩，但爸爸说，如果我们都去了，妈妈一个人会寂寞，我们觉得也是。平时我妈比较宠我，舍不得我，哥哥就说他先过去，过几个月再跟我交换……"戚枫顿了两秒，才接着道，"不过他这一走，我们就再也没换回来过。"

凌可纳闷："为什么没换回来？"

戚枫淡然地笑了笑："我爸妈瞒着我们离婚了，当时他们让我们选，其实就是让我们选一个亲人……我哥跟了爸爸，我跟了妈妈，就是这样。"

说这句话的时候，戚枫慢条斯理地切着盘子里的牛排，像是在说一件稀疏平常的事情，但凌可竟然有一种胸口被扎了一下的感觉。

他是独生子，无法感同身受地理解亲兄弟从小分开的感觉，但此时此刻，他莫名感觉戚枫的表情有点哀伤……尽管对方在笑。

"你们两兄弟的感情很好吧？"凌可故作平静道。

戚枫笑哼："好什么，在一起的时候总是吵架。"

虽然戚枫这么说，凌可却不大相信，戚枫开朗温柔，不像是会跟人吵架的性格，如果真有人能让他"总是吵架"，那一定是个能让他放下所有防备、肆无忌惮发泄情绪的人。

"因为什么吵架？"凌可喝了口茶，随口问道。

戚枫又是一顿，想了想，才道："他学什么都比我快、比我好，我大概是不服气。"

凌可愣然，没想到戚枫会这么坦诚。

戚枫："而且，他还抢我的粉丝。"

凌可不解："什么粉丝？"

戚枫解释："妈妈为了避免我们兄弟俩竞争，我哥出国前跟我念的是不同的学校，当时有两个喜欢我的女同学来我家里玩，见了我哥后就去喜欢我哥了……明明我们是双胞胎！"戚枫叉了一块牛排塞进嘴里，愤愤道，"这件事我想起来就觉得特别郁闷。"

凌可笑问："你不是说你哥长得没你帅吗？"

戚枫自恋道："我是觉得他没我帅啊！"

凌可："……"

戚枫慢条斯理地咽下嘴里的牛肉，似有些出神，片刻后才低声道："不过吵归吵，跟我哥分开后，我感觉还是蛮寂寞的。"

当着凌可的面，戚枫终于承认自己对哥哥的依赖与思念，承认沈岳哲的分析是合理的。

一瞬间，戚枫竟然有点如释重负的感觉。

凌可想起他小学毕业第一次与戚枫见面时，对方曾提过一句"妈妈不想让我太早出国"，又问："你当时有想去国外找你哥吗？"

戚枫去美国找他哥那次，凌可回忆起来，正好是他中考完拥有第一部智能手机的时候，也是他刚关注戚枫的微信的时候。那个暑假戚枫的确发了不少在国外的照片，但没有放他哥哥的，当初凌可还以为他是在国外旅游。

有很长一段时间，凌可都觉得自己和戚枫是两个世界的人，也从没幻想过会和戚枫成为同学，直到他在微信里发那条决定考F大的信息。

凌可很疑惑，既然戚枫觉得跟哥哥分开后寂寞，为什么高考那年还会选择留在国内上学？

戚枫回答："想过的，高中头两年我就一直在为出国做准备，虽然我爸妈离婚了，但我妈还蛮希望我去美国找哥哥的。她和爸爸工作都忙，没什么时间管我们，我和哥哥在一起，相互有个照应。"

凌可："那为什么最后没去？"总不可能真像戚枫在朋友圈发的，是因为舍不得国内好吃好喝的和他养的那条狗吧？

果然，戚枫缓声解释道："因为我走了，我妈就只剩下一个人了，我有点放心不下她。"

这个理由让凌可有些讶异，他们这个年纪的独生子女普遍还在只考虑自身的阶段，尤其是戚枫这种大少爷……

戚枫："她这人吧，平时在外面挺强势的，但生活上很马虎。"

凌可脑海里浮现出姜莹精致的五官和干练的模样，很难把这个女强人与戚枫口中的"马虎女人"联系在一起。

"我爸走后，她男朋友也不找，把工作当一切，经常忽视自己的身体健康，去年体检还查出有颈椎病和浅表性胃炎，根本让人放心不下来。"戚枫细数着他妈妈的问题，眉间凝着一股忧虑，不过，这样的他倒是意外让人感觉成熟温柔，简直像件贴心的小棉袄，"但我在国内就不一样了，虽然我现在住校，也不常回家，但好歹在一座城市，她有什么事，一个电话我就过去了。"

跟戚枫对比起来，开学半年都没给家里打过两通电话的凌可实在是有些自惭形秽了。

戚枫接着道："反正我没有多大出国的执念，F大不也挺好的吗？再说我跟我哥也不是不见面了，他几乎每年都会回来一次，要么圣诞，要么暑假……不过今年他也刚上大学，申请到了斯坦福的商学院，听说挺忙的，这个圣诞就不回来了。"

两分钟前还在因为哥哥太优秀而不甘心的戚枫，现在又眉飞色舞的，一副恨不得全世界都知道他哥有多厉害的模样，简直让凌可忍俊不禁。

斯坦福，世界排名前五的名校，果然很厉害啊。

戚枫说到这儿，又抬头看凌可，问："你呢？"

凌可："我什么？"

戚枫："我还不知道你家情况。"

196

凌可："我家里很普通的，我爸妈都是普通上班族，爸爸是工程师，妈妈是会计，俩人平时工作都挺忙，不大管我。"

戚枫："……"

简单两句完事儿，凌可用实力解答了他父母关于"有一个性格很酷很独立的儿子是什么体验"的问题。

快吃完饭时，两人竟在餐馆里碰上了两个熟人，周琰和萧芷。

"戚枫？"萧芷先看到他俩，热情地走过来跟他俩打招呼。

戚枫展颜一笑："萧部长，你也和周主席出来约会？"

也……出来……约会……

呃……

凌可只觉得萧芷眼中迸出一丝精光，至于周琰，则将目光放在他和戚枫身上饶有兴味地扫了一圈，搞得凌可都想把脸埋进餐盘里！

好在周、萧二人情商都高，没有当面调侃他们。

他俩也预定了情侣桌，刚巧戚枫和凌可边上那一对情侣离席，两人便顺势坐了下来。

"正好，有个事儿一直想找你，"周琰面向戚枫，道，"我过完年就准备毕业论文和答辩了，之后可能没时间再参与学生会的工作，你想不想接任校园主持人的身份？我觉得你在这方面很有天赋，在学校里锻炼两年，不但能在个人履历上添一笔，对以后找工作也有好处。"

戚枫坦然道："这样啊，我以前没做过，不过可以试试。"

看戚枫如此干脆，周琰也很高兴："那行，最近也快考试了，没什么活动，等下学期开学的时候我找你，把工作交接一下，相信你能做好。"

Part 16   四人约会

餐厅的小插曲过后，戚枫和凌可便告别了萧芷和周琰，先一步离席。

回到宿舍，戚枫洗了把脸早早上了床，躺下后拿出手机，见沈岳哲又给他发了消息："疯子，我今天起床后又仔细想了想，我现在还有一个猜想。"

戚枫："什么猜想？"

沈岳哲："你可以否认自己的问题，但你不能忽视凌可的问题。"

戚枫："你还没完没了了是吧？他有什么问题？！"

沈岳哲认真地跟他分析道："你昨天跟我说的那些细节，我身为一个正常人，郑重、严肃地跟你申明：我是绝对不会为了帮你做到那种地步的。"

仿佛为了强调重点，沈岳哲又把那句"申明"复制粘贴了三遍，继续道："不可能毫无反应地跟你牵手、拥抱……我的意思是，这种事情对正常人来说是很难接受的，除非你对他来说非常特殊，特殊到他可以为了你牺牲自己。但凌可认识你才多久，何况他又是那么酷的性格，你不觉得他这么做有点奇怪吗？"

戚枫怔了怔，瞄了眼对铺，试着为凌可的行为找合理的理由："我觉得凌可这个人很特别，跟你想象的不太一样。"

沈岳哲："哪里不一样？"

戚枫："他是个非常能忍的人，就算不喜欢做的事，只要他做决定了，都能一丝不苟地完成。所以你刚才说的这种事，放你身上我觉得不正常，但放他身上，我觉得，他也许只是想执行自己承诺过的事。"

沈岳哲："可拉倒吧，你说他前不久还安慰你摸你的头？换作是我，没打爆你的头就不错了！"

戚枫："？？？"

沈岳哲："哦不！我说你能不能别在意这些细节！"

戚枫不想听他胡搅蛮缠，直接来了一句："你认识凌可久还是我认识他久？你不理解他不要瞎说。"

沈岳哲被噎了回去，气得再也不想回复他了。

戚枫却在那之后又看了几遍沈岳哲的分析，陷入沉思。

或许是太自信自己的魅力，他理所当然地觉得凌可是喜欢自己的，但这种喜欢只是出于一个人对另一个优秀的人的欣赏，并不掺杂暧昧的成分。

戚枫也是仗着这份喜欢，才会肆无忌惮地对凌可提出各种要求，包括角色扮演。

这个过程中，他们被人传流言蜚语，被八卦，被误会，凌可都对此表现出了让他惊人的宽容。

但戚枫仔细一想，虽然他跟以前那票朋友玩得很好，大家也都很open（开放），开起玩笑来更是没什么底线，可说到底，并没有人真的像凌可那样跟他玩过角色扮演这么暧昧的游戏。

所以，他确实不知道，凌可对此表现出宽容态度是不是正常的。

假设真如沈岳哲所说，凌可对他感情特殊，那么对正常人来说牺牲巨大的角色扮演，凌可会不会……反而乐在其中？

这个想法简直有毒！

戚枫一边吐槽自己中了邪，一边捂着耳朵发烫地缩进了被窝。

翌日傍晚，戚枫收到了许君竺的微信消息："戚枫，没想到我之前发的那条朋友圈状态会引起那么多人讨论你的事。抱歉，我当时有些冲动了，那条朋友圈状态我已经删了，不知道有没有给你惹麻烦？"

戚枫早知道许君竺是这种爱憎分明的性格，落落大方地回了句"没事"。

以前初中时一个班，许君竺还被男生起外号叫"小辣椒"，脾气来得快去得也快。总归是多年的老同学了，戚枫也隐隐希望许君竺能放下执念，这样两人才有可能继续做朋友。

许君竺又道："我那天忽然走掉也有点不礼貌……元旦你有空吗？带你朋友一起出来玩玩吧？就是那个凌可，我跟他也道个歉。"

戚枫觉得麻烦，打算拒绝，但莫名又想起沈岳哲前日跟自己说的那句话，鬼使神差地答应下来："好啊，不过我得先问问他愿不愿意。"

许君竺："那你快问。"

凌可就坐在戚枫边上，戚枫斟酌了一番，扭头道："哎，元旦有空吗？"

"怎么？"凌可正埋头看书，闻言抬头。

"平安夜那天来的女生，你还记得吧？她好像还不太相信我跟你的事，元旦想约我们去市中心一起吃个饭……"戚枫为难道，"那个，又要麻烦你了！"

凌可微蹙眉头，临近期末，他本想元旦待在学校里复习，可看着戚枫大狗狗般哀求的眼神，他实在无法拒绝。

凌可问："就吃个饭吗？"

戚枫道："暂定只吃个饭，就算有别的安排，顶多也就半天，晚上就能回学校。"

"好吧……"跟戚枫一起出去吃饭，凌可还是很愿意的，但他就怕到时候又要考验他的演技……不过光天化日的，估计也不会有太大问题。

征得凌可的同意后，戚枫就提前和许君竺约好了见面的具体时间与地点。

转眼到了约定日，戚枫特地找了一身和凌可同色系的衣服，两人看上去格外亮眼。

难得跟凌可一起出门消遣，戚枫的心情还比较轻松愉快，然而等他带着凌可跟许君竺碰头后，却傻眼了。

因为许君竺还带了一个戚枫完全意想不到的人。

"楚双双？"戚枫惊愕地叫出了站在许君竺身边的女孩的名字。

与烫了头发、做了指甲、大冷天还穿着黑丝的许君竺相比，楚双双的打扮要显得休闲舒适得多，羊毛衫配牛仔裤，外搭一件短款的风衣。

不过，后者见到戚枫显然也有些错愕，仿佛事先并没有被告知要约见的人是他。

许君竺站在边上，嘴角闪过一丝狡黠的笑意。

戚枫顿时一个头两个大，先前他隐隐有种不好的预感。因为以许君竺这张扬跋扈的性格，可能没有这么好打发。可他那会儿满脑子都是沈岳哲关于凌可的分析，既然许君竺提供了机会，他正好再观察一下凌可，也没有细想太多。

现在一看，许君竺果然又要出么蛾子！

"Hello，又见面了！"许君竺一脸狡黠，明显在酝酿着什么阴谋。

倒不是说有楚双双在，戚枫和凌可就演不下去了，而是楚双双这姑娘非常聪明，双商都极高。

高一时，戚枫和对方曾被一同选作德音的学生代表赴新加坡某高中交换访问，两人意气相投，也有许多共同话题，在途中建立了深厚的友谊，当时还开玩笑约定一起申请美国的大学。

不过从新加坡回来后，戚枫察觉到楚双双对自己的态度有点越线。

他虽是个万人迷，但在感情上还是相当有原则的，如果没有那方面的意思，绝不会随便跟女生玩暧昧。于是，那之后戚枫就与楚双双保持了一些距离，楚双双也很敏锐，接收到这个信号，不动声色地退回了原位。

正因为这份"聪明"，对方至今仍是戚枫为数不多的女性好友之一。

后来戚枫决定高考，埋头闭关了一年，和外界交流不多，高中毕业后楚双双又远赴美国，两人和所有戚枫的高中同学一样，关系变得不远不近。

今天若是只对付许君竺一个人，戚枫没什么心理负担，毕竟他确实是想借凌可打消许君竺对自己的念头。但要同时在楚双双面前演戏，戚枫有那么一点儿过意不去，也隐隐有些担忧对方会看出什么来。

　　这还不是最根本的问题，而是……许君竺和楚双双的交情很一般。

　　虽说楚双双初中就跟他们一个学校，但开始不在一个班，后来上了高中，三人一起进了留美班，一年之后许君竺就去了英国，有两三年没和他们高中同学联系了，所以这两人一起出现的画面让戚枫感觉非常微妙。不过女生之间私底下交情如何，戚枫也不好凭着自己的感觉断言。

　　这边戚枫的大脑正急速飞转，那边楚双双已经张开手臂给了他一个拥抱："戚枫，好久不见啊。"

　　和喜形于色的许君竺相比，楚双双的表面功夫要好得多，她已经从方才的错愕中镇定下来，这个美式的问候给得相当自然。

　　戚枫收回手："你这是从美国回来过圣诞？"

　　"嗯，前几天刚回来的。"楚双双不像许君竺那么高调，也不习惯在社交网上发布自己的动态，所以行踪有些神秘。

　　"这是我初高中同学，楚双双，"戚枫接着向凌可介绍，"那个许君竺，你上次已经见过了。"

　　楚双双朝凌可伸出手，彬彬有礼道："这位帅哥叫什么名字？"

　　凌可报了自己的名，与她握了下手，淡淡道："你好。"

　　许君竺瞄了楚双双一眼，意味深长道："你不是私聊问我那个人是谁吗？就是他咯。"

　　楚双双打量了戚枫和凌可一番，向戚枫求证："郡主说的是真的？"

　　凌可一脸不解，"郡主"说了什么？

　　戚枫也尴尬得不知道如何解释。

　　还是许君竺先转移话题道："好了好了，我们别站在外面了，先去吃饭吧！"

　　天寒地冻，两个女生选了一家港式火锅店吃火锅，四人坐一张靠窗的桌子，位子是长条形的皮座，两两之间没什么空隙，戚枫和凌可自然是坐在同一侧。

　　上了菜和饮料，许君竺才轻咳一声道："今天我请客哈，谁都别跟我抢！"

　　楚双双笑问："这么大方？遇上什么好事了？"

　　许君竺嗤笑了一声："有好事倒好了，我这是来赔礼道歉的。"

　　楚双双疑惑："赔什么礼？"

　　许君竺哀怨道："唉，因为我又自作多情了呗，惹某人的男朋友吃醋了……"

　　这句话凌可听懂了，却忍不住抚额。

　　楚双双追问道："你做了什么？"

　　许君竺解释道："平安夜那天我去F大找戚枫，想给他个惊喜，这不撞见他俩在我面

201

前秀恩爱吗？我当时气不过，才会发那条朋友圈。这两天我想了想，感觉有点不给戚枫面子，所以才约他们出来一块儿吃个饭。"

"原来是这样，"楚双双若有所思地点点头，又问许君竺，"那你叫我出来的时候怎么不跟我提前打声招呼？我这局外人在这里掺和，是不是不大合适？"

许君竺对着楚双双娇嗔道："哎哟，我要是一个人来，赔完礼道完歉接下来怎么面对他俩？发光发热照亮他们吗？一会儿还要看电影，今天有部热门大片刚上映，你就当陪陪我嘛，请你白吃饭白看电影还不好？"

楚双双无奈地笑了笑，似乎已理解许君竺的作风，没有提什么意见。

凌可闻言却问戚枫："还要看电影？"

许君竺抢答道："不只看电影，还有晚餐呢，我安排的可是午饭、电影加晚餐的'三合一节日相约大礼包'！"

戚枫干笑了一声："呵呵，用不着这么客气吧？"

许君竺朝他翻了个白眼，举起酒杯道："谁说只是请你的？还有凌可呢，来，凌可，碰个杯啊。"

凌可："……"

许君竺喝了口饮料，自顾自道："哪，平安夜那天，是我不对，我真不知道戚枫跟你的关系。我跟他很多年没见了，一回来正好碰上他在你们学校大礼堂唱歌，又说了那么一通话，情绪起伏比较大，我也不是故意要想歪的……"

听许君竺这么说，凌可反而有些心虚："没事，我已经不介意了。"

许君竺又道："其实我跟戚枫没什么，一直是我单方面喜欢他，我之前说的'前女友'，你也别放在心上，那就是我和戚枫年少无知的时候随便玩玩的，跟过家家没什么两样，他当时连亲都不给我亲！"许君竺好气又好笑地瞪了戚枫一眼。

这话算是验证了戚枫当时的解释，不过，凌可瞄了戚枫一眼，心中又有些奇怪：许君竺这不是挺放得下的嘛，为什么戚枫说她还不相信他们的关系？

楚双双听了许君竺刚才那一通话，也纳闷道："戚枫唱什么歌？他说了什么让你想歪了？"

许君竺怨念道："戚枫当时在参加他们F大的校园十佳歌手比赛，你知道他唱什么吗？王心凌的《爱你》！那是我小学时最喜欢听的歌，当时放在mp3里，每天单曲循环，还分享给戚枫一起听过，我记得戚枫听了一遍就学会了，有一阵子还天天唱给我听呢！那天晚上我去找他，他在台上又唱又跳的，唱完还说什么'这首歌对我意义非凡，我不知道那个人有没有到场……你对我来说不仅仅是朋友……'你说我能不想歪吗？"

凌可有些恍然，原来这首歌跟许君竺还有这层关系，这么一看，戚枫也确实有点无意识"渣"！

楚双双听了也道："不是对你说的？那戚枫那些话是对谁说的？凌可？"

戚枫伸手揽住凌可的肩膀，坦诚道："嗯。"

凌可禁不住打了个哆嗦……这家伙可真能演啊！

楚双双同情地望着许君竺道："这也……太巧了。"

许君竺怨愤道："是啊！"

当晚她听完歌，整个人便沉浸在如小说般浪漫的情节里。她找到戚枫，兴奋地问他台上那些话是不是对自己说的，之后凌可就出现了。

"他还当着我的面，嚣张地宣示了对戚枫的'主权'！"许君竺忍不住对楚双双控诉道。

凌可察觉到戚枫收紧的手掌，知道对方在暗示自己配合，微微偏开视线，轻咳了一声，不好意思道："抱歉……我、当时……有点吃味……"

戚枫深情款款地看了凌可一眼，对许君竺道："好了，凌可当时也不知道情况，你就别再怪罪他了。"

许君竺见他俩浓情蜜意的模样，感觉更委屈了，本以为自己是故事的主角，没想到反而成了促进别人感情的助攻！

楚双双拍了拍许君竺的肩膀以示安慰，同时也佩服她的勇气。经历了这么尴尬的事，她居然还敢主动请当事人出来吃饭，换作自己，估计都不想见人了！

为了避免许君竺怨妇上身，楚双双赶紧转移话题，八卦起戚枫和凌可的关系："你们两人是在F大认识的吗？"

戚枫终于松开凌可的肩膀："嗯，一个宿舍的。"

楚双双挑挑眉："日久生情？"

戚枫笑了笑，问："你信不信一见钟情？"

凌可一口水差点喷出来。

楚双双却被戚枫的反问问得一怔，一见钟情……怎么不信？她对戚枫就是"一见钟情"。

初中时第一次见面，她的恋爱神经就彻底被戚枫激活了，但她比许君竺矜持得多，只安安分分地做好自己，在远处关注着戚枫。

她通过自己的努力争取到了和戚枫并肩的机会，只可惜，戚枫无意于她。

感情不能强求，楚双双亦有自己的自尊，尽管现实让人失望，但世上本就有许多不尽如人意之事，她已经放下了。可那之后，她一直很想知道，到底是什么样的人能够俘获戚枫。

眼前的凌可，长得倒也算是清秀帅气，但跟戚枫比起来还是差远了。楚双双越发好奇，这人对戚枫到底有什么样的吸引力。

楚双双架起手臂，故意用怀疑的口吻道："我可不信，你说说，到底是一种什么样的感觉？"

戚枫解释道："就是第一眼看见，就觉得似曾相识。"

"喀、喀喀……"边上的凌可忽然咳了起来。

戚枫紧张地偏头，轻拍他的背："怎么了？还好吗？"

"没、喀喀、被一口水呛住了，喀……"凌可呛得脸颊发红，心里忍不住吐槽：什么"似曾相识"，他们早就见过的好吧！

不过听到戚枫这么说，凌可曾被对方二次遗忘的不甘和懊恼好像在这一刻平复不少——看来戚枫并没有完全忘记他啊，就算对方只是为了"演戏"瞎扯，凌可也要承认自己听到这句话时内心雀跃。

"行了你们，"许君竺哭笑不得，"不知道的还当你俩上演《红楼梦》呢，吃饭吧！"

戚枫讪讪地中止了这个话题，转而问道："双双，你和郡主的关系什么时候变得这么好了？"

许君竺道："还不是因为你。"

戚枫纳闷："跟我有什么关系？"

许君竺："你真不知道我高一出国是因为什么？"

戚枫心中一紧，难不成真像流言传的那样？

如今，许君竺是真放下了，开玩笑地把年少心事都袒露出来："我跟你在德音认识九年，双双跟你才认识三年，结果一上高中你就和双双一块儿去新加坡，回来后还跟她那么好，你这不是要气死我吗？所以我就出国啦，管你们怎么样，本小姐眼不见为净。"

戚枫："……"

楚双双忍俊不禁，一边扶额一边吐槽她："姐姐，我真没想跟你争啊，我们那会儿都只是同学、朋友的关系，你一个人脑补了多少宫斗大戏？"

戚枫尴尬地抽了抽嘴角，又小心翼翼地去看凌可的脸色。

凌可面上不怎么在意，不过心中确实吐槽不断：啧啧啧，瞧戚枫干的好事儿，到处惹桃花还不自知，真是人神共愤啊！

许君竺和楚双双斗了会儿嘴，又道："半年前在Facebook上联系上双双，我才知道她一个人去了美国，当年在德音当了四年同学都相互看不顺眼，结果一聊发现还挺聊得来，哈哈，同是天涯沦落人，反正就这么好上了呗。"

楚双双道："谁跟你天涯沦落人，幼稚。"

两个女生一斗嘴，戚枫根本插不上话，况且她们相互误会的过程好像又跟自己有关，戚枫只好默默吃饭，怕一个不好引起众怒。

吃到酱料用完了，他才找到合适的机会岔开话题："哎，凌可，帮我再调一点酱？"

戚枫对酱料的要求比较挑剔，蘸过后脏了要换，串味了也要换，但他坐在靠窗边，不方便出来，每次都是凌可帮他。凌可已经替他调了两次，这会儿可能也是因为许君竺和楚双双的刺激，忍不住挑刺道："你是来吃火锅的还是来吃酱料的？用这么快？"

戚枫莫名其妙被凌可怼了一句，眨巴了两下眼睛，显得格外无辜。

凌可眼皮一跳，还是站了起来。到了调料区，他目光一闪，使坏地给戚枫舀了几勺他最不爱吃的酱，搅拌在一起返回餐桌。

戚枫接过调料碟，尝了一口，面色大变："麻辣的！"

凌可淡淡道："爱吃不吃。"

戚枫皱了下眉头，竟然夹起一片肉蘸了一大勺酱，一口咽了下去，毫不意外被辣得眼泪都出来了。

凌可一惊，赶紧把自己的饮料递过去："你还真吃！"

戚枫接过饮料后猛灌了几口，又咳了两声，眼睛都红了，看上去格外可怜。

这下反轮到凌可过意不去了：唉，就算两个女生说的都是真的，也是些陈年旧事了，两个女生都没恶意，他有什么权利"惩罚"戚枫呢？

戚枫闪着泪花放下杯子，眼瞅着他，虚弱道："太坏了你。"语气里却满满的无奈和包容。

凌可见戚枫上演这番苦肉计，早已内疚得一塌糊涂，又纠结地替他多叫了几杯柠檬水。

这一幕看在两个女生眼里，自然是误会凌可又吃醋了，刚刚她们聊戚枫那些烂桃花，凌可可是一句话都没说呢。

两个妹子赶紧开启了新的话题，聊起各自在英美的留学生活，还有意引导着凌可也加入话题，不让他像刚才那样被冷落。

不过，明明是四个人在聊天，席间却仍然充斥着戚枫和凌可的低语，比如戚枫主动给凌可捞菜，小声问他："菠菜要不要？"

凌可："不要，要五花肉。"

戚枫："多吃点蔬菜嘛，老吃肉对身体不好。"

凌可："吃火锅不就是吃肉的吗？"

戚枫："啧，吃了也不见你长肉……"

他这么说，还是给凌可涮了一勺肉，完了还问他："肉没了，够吃吗？不够再点些。"

……

虽然戚枫和凌可某些默契十足的互动、眼神与平时的相处其实没什么两样，但两个女生仍被他们无意识的恩爱秀得不忍直视。

饭后，许君竺结了账，和楚双双结伴去上洗手间。

戚枫和凌可在餐馆门口等，戚枫趁机低声问凌可："你刚刚是不是生我的气了？"

凌可奇怪道："我生什么气？"

戚枫："没生气为什么给我调那么难吃的酱料？"

凌可反应过来，随便找了个借口："我逗你玩的。"

戚枫望着他，忽然问："你是不是觉得我很'渣'？"

凌可被看透了心里的想法，也不知道该怎么回答。

戚枫兀自解释道："《爱你》那首歌，我最初的确是在许君竺的mp3里听到的，但她说我唱歌给她听那一年，我才小学三年级，纯洁得不能再纯洁了。学这首歌的时候，我天天在家里哼唱，我爸爸妈妈很喜欢，而且我头一次发现，就唱歌这件事，我比我哥厉害，所以我才说，这首歌对我意义非凡。"

凌可垂着眼睛，报然道："我知道了，你不用跟我解释这……"

然而话未说完，凌可就感觉自己的脑袋被轻轻揉了揉，接着，他听见戚枫叹了口气，道："我很在乎你对我的看法。"

凌可张着嘴，一阵心慌意乱……

这可是在外面，来来往往那么多路人，戚枫怎么能做这么暧昧的动作啊？！

他刚想质问戚枫，就见许君竺和楚双双从洗手间的方向走来……刚刚那一幕，应该正好落在她们眼里。

所以刚才，戚枫也是在演戏？

凌可简直想爆粗了，戚枫也太投入了吧！

两个女生面色各异地走了过来，到他两跟前时，戚枫和凌可已经各自揣兜站着，恢复了平静。

"去看电影？"戚枫转身问许君竺。

"好、好啊……"许君竺僵笑了一下，都开始怀疑今天约戚枫和凌可出来是不是自找虐。

在国外三年，许君竺对国内的娱乐活动有些落伍，连电影票都不知道提前用App或优惠网站预定，到了影院才前往柜台点片定票，却发现她想看的那部热门电影早就没位置了。

元旦外出消费的人本来就多，一圈看下来，只剩下两部国产爱情片还余空座，而且位置也不太好，四人得分前后排坐。大家也无可奈何，来都来了，总不能不看走人，何况去别的地方他们还不知道能玩什么。

许君竺买票的时候，凌可和戚枫去买了咖啡，结账时凌可抢了单："我来吧。"

虽说是许君竺主动说要请客，但毕竟许君竺是戚枫的朋友，凌可吃了免费的午餐，又能享受一场免费电影，自己一分钱不花也过意不去。

回去时，戚枫喜滋滋地把女生要的两杯拿铁递给她们，炫耀道："凌可请的！"

凌可："没多少钱……"

许君竺和楚双双道了谢，四人进场后两两坐下，凌可才戴上了眼镜。

正好许君竺回过头来，惊了一下，笑道："你还戴眼镜？帅多了哎！"

戚枫听凌可被夸，比自己被夸还高兴，又去揽凌可的肩膀，那一脸嘚瑟样儿叫许君竺有些无语。

影片开始后，戚枫就松开了凌可，凌可本以为他安分了，不料戚枫收回手臂改去牵他的手。

难不成戚枫还在演戏？刚开始凌可还浑身僵硬不敢动弹，但很快他就发现，两个女生压根没注意他们

凌可有点不爽，尤其是戚枫看上去特别淡定，好像就他一个人在这儿瞎紧张！想到这，凌可不由得赌气地反扣住戚枫的手，跟他掰起了手腕。

戚枫惊讶地偏头，手上也开始用力……

好啊，还真较上劲儿了是不？那就比比，看谁力气更大！

电影开场放了什么，两人根本没留意，浑身的注意力都在手劲儿，像是小孩打架一样想争个高下。

凌可本以为自己会赢，因为他坐在戚枫左边，用的是右手，而戚枫是左手，两人都是右撇子，凌可自然有优势。

不料两人正僵持着，戚枫忽然把脸凑了过来，吓得凌可手腕一松，一下就输了。

戚枫凑到他耳边，却只是笑了一声，压低声音道："这么快就投降啦？"

用这种手段也太卑鄙了！

凌可气得赶紧抽出了手，恼羞成怒地瞪着戚枫，戚枫也偏头看他，黑暗中一双漂亮的眼眸闪闪发光，孩子气得不得了。

凌可一边用眼神警告对方不要太过分，一边抓起咖啡杯握在手中，表示休战。

虽然只是简单的掰手腕，戚枫却觉得意犹未尽，像又回到了小时候，什么都要跟他哥哥比试，比掰手腕，比下棋，比谁吃饭更快……只要赢了，他就浑身舒爽。

电影结束后，两个女生崩溃地吐槽着这部片子的无聊剧情和傻白爱情。

"哇，凭什么这女主这么野蛮男主就爱她？那男主角确定是暖男？我看就是个备胎之王吧！"

"我反倒担心自己也成为'早更女'哎……"

"就是啊，为什么我们这样的条件到现在都还没找到男朋友？不会变成剩女吧？"

"不……我坚持是我自己要求高，呵呵。"

许君竺看向戚枫和凌可："你们觉得呢，电影还好看吗？"

戚枫和凌可面面相觑，压根没get（理解）到电影的重点。

许君竺和楚双双万分无语，这两人都没看电影吗？那他俩在干吗？！

晚上吃饭，戚枫提议去了一家还算高档的螃蟹馆，请两位难得回国的同学尝国外吃不到的家乡味。

眼下不是螃蟹热季，螃蟹贵得要死，四个人稍稍点了几盘菜就花了戚枫一千多块钱。

但许君竺和楚双双的注意力不在螃蟹上，而是在戚枫手上——这家伙竟然一边聊天

一边给凌可剥了全程的螃蟹，自己都没吃两口！

这次聚会后，恐怕短时间内许君竺和楚双双都不想再看见戚枫了！

饭后四个人相互道别，目送女生上车离开后，戚枫才和凌可讨论怎么回去。

已经晚上九点多了，回学校太晚，凌可的家反倒还近些，坐地铁半个小时就能到。想到明天依然是假期，他打算回家住一晚。

"那我咋办？"戚枫有些无助地望着凌可。

凌可心说，什么咋办？你家不是也有司机嘛，不想叫司机就打车回家呗，你又不缺那个钱，难不成还想跟着我回家？

不是凌可小气不想让戚枫去自己家，而是他从来没带什么朋友回家过，一时没有这个概念。

但见戚枫眼瞅着自己，一副并不想跟他分开的样子，凌可脑海中终于还是蹦出了唯一的选项："要不……去我家？"

戚枫眼眸一亮，毫不客气道："好啊！"

Chapter 03　尾声

> "从今往后有福同享，有难同当，一生坚守，不离不弃……如有违背，就罚我做一辈子单身狗。"

与他的神秘约定

Part 01　义结金兰

凌可带了家里钥匙，怕太突兀，还是提前给家里打了通电话。他父母都在家，听儿子说带同学回去过夜，显得有些意外，但都表示欢迎，凌母挂了电话就去收拾房间了。

坐上地铁，凌可却越想越后悔。他家的房子是他小时候父母凑钱买的，还不到一百平方米，两室一厅，一家人在那儿住了十来年，装修已经非常陈旧了，跟戚枫发在朋友圈里的豪华大别墅一比，根本就是个麻雀窝。

"我家里很小，你到时候别嫌弃。"凌可不自在地道。

"不会的，你肯收留我就不错了。"戚枫笑着道。

到了安宁区某处普通公寓，戚枫一脸新鲜地跟凌可上了楼。

凌可的妈妈开了门，看见在凌可身后的戚枫，整个人都呆了呆，半晌才道："请进、请进！"

"阿姨好。"戚枫微笑地问候了一句，进了门也不探头探脑，安静地站在玄关处等主人指示，表现出了极好的教养。

换完鞋往里走，戚枫在客厅里见到在看报纸的凌父，又恭敬地道了声"叔叔好"，态度随和有礼，仪态大方自然，加上令人惊艳的长相，简直是人见人喜欢。

凌可从小在凌父凌母的交际圈里都属于"别人家的孩子"，无论是长相还是成绩都倍受亲朋好友赞美，虽然只有两夫妻自己知道儿子的性格有多沉闷孤僻，但听了这么多好话，也自然觉得儿子优秀。

如今看见戚枫，他们才明白什么叫"人外有人"。凌父凌母不由得在心里感慨：孩子努力考上名牌大学果然是百利无一害的，瞧瞧，现在接触的同学都不一样了。

凌可跟父母介绍说这是自己的室友，今天一块儿在外面玩，有点晚了，便邀请回家来住。

凌父惊讶道："你们一起出来玩？"

要知道，在上大学以前，夫妻俩从没听凌可说跟什么同学、朋友一起出去玩。不说年轻人都喜欢的KTV唱歌和蹦迪这种活动了，凌可碰都不碰，就连平时运动，他都是选择游泳、壁球这类一个人玩的项目，去社区篮球场玩，妥妥的独行侠。

凌可嗯了一声，并不知道此刻父母的心理活动有多剧烈。

凌母在边上露出欣慰的笑容，看戚枫的眼神也越发欣赏：俗话说物以类聚人以群分，凌可能走出自己的世界，恐怕都是这个小伙子的功劳，年轻人之间相互影响影响，多好啊！

知道儿子寡言，凌父凌母也没有多问。凌母为他们切了点儿水果作为简单招待，就先一步和凌父回房看电视了，把客厅的空间让给小伙子。

戚枫坐在沙发上，这才环顾四周。凌可家很干净，虽小，但让人感觉温馨舒适，而且看得出来凌父凌母对儿子比较尊重信任，难怪凌可那么独立。

时间已不早，两人在客厅吃了会儿水果，凌可便招呼戚枫睡觉了。

戚枫一下从沙发上弹起来，乐颠颠儿地跟着他去洗漱。

凌母为戚枫准备了崭新的牙刷，却忘了备毛巾。

凌可翻了翻柜子，对戚枫道："我下去一趟。"

戚枫："怎么了？"

凌可："没有备用的新毛巾了，我给你去楼下的二十四小时便利店买一条。"

戚枫阻止道："不用这么麻烦，用你的不就行了？"

凌可皱了下眉头："你不介意？"

戚枫从身后靠过来，长臂一伸勾住凌可的肩膀，戏谑道："我还介意这个？"

凌可浑身一僵，顿时像被踩了尾巴的猫，赶紧挣脱戚枫，压低声音道："你干吗？这可是在我家……"

戚枫纳闷地咕哝道："怎么了，我们又没见不得人？"

凌可把自己的毛巾甩在戚枫的胳膊上，瞪了他一眼，如果之前还能说戚枫是在做戏，那现在算什么？恶作剧吗？

戚枫扁扁嘴，眼神却是愉悦的，他轻哼着晚上才听的电影片尾曲，洗了把热水脸。这个房子虽然有些陈旧、拥挤，但处处都是凌可生活过的气息，并没有让戚枫感到丝毫不自在。

趁这间隙凌可回房间看了看，发现他妈妈为他们铺了两床被子，他松了口气，又开了点儿热空调，确保两人不会受凉。

"这是你的房间？"戚枫洗漱完摸了过来。

"嗯。"凌可放下空调遥控器，对戚枫道，"你睡里边，我睡外边，衣服挂这儿……我去洗漱，你先上床吧。"

洗脸时，凌可又回想了一番戚枫方才的举动，他发现，自从他们从古镇客栈回来后，戚枫就越来越喜欢对他动手动脚了。

　　不，与其说是动手动脚，不如说，是戚枫在他面前越来越没有拘束了。

　　凌可不知道戚枫对他以前那些朋友是什么样的，反正在F大，他只见过戚枫对自己这样。

　　而且，这种行为也不是今天才有的，一开始是为了演戏，后来就不仅限于演戏了，圣诞前一天戚枫在课上打瞌睡，不还下意识地牵了他的手吗？

　　戚枫做的亲密动作并不让凌可觉得猥琐，怎么说呢，反而有种孩子气的表现，就像同学们常调侃戚枫"没断奶"，让人无可奈何，所以还算是正常的吧？

　　但不管怎么说，凌可都觉得，自己应该跟戚枫保持点距离了。

　　凌可擦干脸，平复了一下心情，返回房间。

　　戚枫已经坐进了被窝，见他进来，放下手中的手机，托着下巴看着他换睡衣。

　　凌可被看得头皮发麻，快速掀开被窝躲了进去。

　　两人躺下后，凌可正想伸手去关灯，戚枫忽然道："我发现我碰到你的时候，你总是很紧张，为什么啊？"

　　凌可："我没有。"

　　戚枫："骗人，我都感觉出来了。"

　　凌可眼皮一跳，问："你怎么感觉出来的？"

　　戚枫语调上扬："你想知道？"

　　凌可听到这句话，就有种不好的预感，果不其然，下一秒，戚枫就撑起上半身凑过来，淡淡的薄荷味牙膏香随着对方的动作扑面而来，凌可下意识地抓紧了被沿。

　　戚枫嘴角微微勾着，居高临下地望着他，目光带着一丝探究。

　　凌可警觉地望着戚枫，如临大敌："你、你要干什么？"

　　戚枫似笑非笑地看着他："你说我要干什么？"

　　一瞬间，凌可脑海里又闪过无数与戚枫相关的回忆，初中时开始悄悄关注，看着对方发在朋友圈里的照片：戚枫微笑的样子、戚枫打球时帅气的样子、戚枫戴着墨镜酷酷自拍的样子……

　　老天，他关注了这么多年的"偶像"竟然对自己心存遐思，他还稀里糊涂地把人带回了家，放任对方上了自己的床！这算是引狼入室吗？！

　　如果戚枫要对自己动手，该怎么办？要反击吗？敲断他的门牙把他踹出家门，从此一刀两断不再往来？

　　正当凌可在脑内进行着激烈的天人交战之际，戚枫忽然伸手朝他探了过来。

　　凌可："……"啊啊啊……

　　但没想到，戚枫只是指了指他抓着被子的手，道："你看。"

　　凌可："……"看什么？

213

戚枫笑道："还说你不紧张，我这都还没碰到你呢。"

凌可："……"戚枫是在搞笑吗？

戚枫解释道："我发现你紧张的时候，会下意识地把手蜷缩起来，或是握成拳头。"

以前戚枫也觉得凌可遇事淡定，坐怀不乱。直到被沈岳哲提醒后，戚枫通过近距离观察，才发现凌可并不是没有反应，比如今天看电影的时候，戚枫去牵他的手，凌可聪明地把一个简单的动作转变成了比手劲儿，化解了紧张。

凌可无言以对，这个细节连他自己都不曾留意，但他又觉得，这不是人之常情吗？任谁被这么居高临下地俯视会不紧张？

戚枫又问："为什么要紧张啊？我又不会对你怎么样，还是……你希望我对你怎么样？"

凌可气急败坏道："滚！"

戚枫笑着放开凌可，躺回自己那侧。

凌可身上失去压力，顿时如缺氧已久的鱼，呆呆地望着天花板，胸膛不住起伏。但比起自己的生理反应，方才的胡思乱想更让他觉得羞耻。

就在这时，戚枫的声音又从边上传来："凌可，你讨厌我吗？"这句话戚枫问得格外认真，丝毫不带开玩笑的成分。

凌可还没从刚才那个乌龙事件中回过神来呢，闻言一怔，脱口而出道："没有啊……为什么这么问？"

戚枫解释道："我一直以来对你的态度，都是我的本能反应，包括平时那些可能会让你感到不自在的行为。"

确实，尽管戚枫已经通过自己的观察确认了沈岳哲的判断错误，但随之而来的不是释然，而是不安，他担心凌可一直在迁就他，才故意忍耐，这是戚枫无法接受的。

"我以前没有意识到这些，因为小时候我跟我哥哥玩耍打闹，都是这样的。"

听戚枫这么一说，凌可似乎有些理解他的行为了，但他仍皱眉道："这不一样。"

戚枫："哪里不一样？"

凌可："你们是亲兄弟……"再说，戚枫和他哥那时候都还是小屁孩吧？现在他们都多大人了，而且戚枫还长得这么"妖孽"，别说女生了，连有些男生都无法抵抗，他还指望凌可多淡定？

戚枫却很不解："不是亲兄弟就得泾渭分明吗？如果我说，我也把你当作我的亲人看待呢？"

这个意料之外的答案把凌可问哑了，他自认为无懈可击的理论在戚枫天真的质问下轰然倒塌。

戚枫把他当亲人？什么时候开始的？

戚枫没听到凌可的回应，叹了口气，继续解释道："我不是说过吗，自从第一次见到你，我就觉得你让我似曾相识。"

凌可的心脏又狂跳起来……

"其实我以前也不明白自己为什么会有这种感觉，尤其是开始跟你玩角色扮演后，我越来越享受这种亲密的关系，和你待在一起的时候，我觉得很舒服、很开心……我差点以为，自己对你是不是有特殊的想法……"戚枫轻笑了一声，道，"后来还是沈岳哲——就是和我们一起玩过游戏的'夜神月'提醒我，你跟我哥有点像，我这才反应过来，你跟我哥身上确实有一种相近的气质。"

凌可恍然大悟，难怪戚枫在古镇客栈会缠着自己给他晚安吻。当初他还以为戚枫是"触景生情"，原来不是，而是自己身上的气质让戚枫无意识间对自己有了"移情"行为。

"所以，你觉得我似曾相识，是因为你在我身上看到了你哥哥的影子？"凌可一时间又有点失落，戚枫还是把他给忘了，而他不过是沾了戚枫的哥的光，才会被特殊对待。

戚枫反驳道："当然不是，我哥是我哥，你是你，你们不一样的地方太多了。我认识你也有小半年了吧？你独立的性格、严谨的做事态度、炫酷的《DotA》技术，还有你的正直温柔——我是指你内心温柔，你很善解人意——连你有时候吐槽我，都让我觉得很可爱，呵呵……有时候我都觉得，自己是不是中你的毒了，看你哪哪儿都好，跟你在一起的每一天都是新鲜的。就算我哥从美国回来，也无法取代你在我心里的地位了。"

凌可一颗心被戚枫这番解释搞得忽冷忽热，都不知道要说什么好了。

戚枫："跟你解释这么多，只是想让你知道，我很在乎你，如果你觉得我对你的日常行为让你心生抵触，一定要告诉我，我会努力收敛的……"

凌可不是矫情的人，戚枫都这么说了，他不感动那肯定是假的。

或许是这煽情的气氛使然，凌可也不由自主地吐露自己的心意："你别多想，我只是……身体有点敏感，但不讨厌你碰我……我对你的感觉，也跟你一样。"

"嗯？"戚枫似乎没反应过来。

凌可轻咳了一声，他不像戚枫那样会说"甜言蜜语"，绞尽脑汁只憋出一句话："你是我见过的最有魅力的人。"

戚枫愣了半晌，心中忽然一阵狂喜，又撑起身体想扑过来。

凌可本能地抬手挡他："你、你这个人……"怎么热情得像条狗一样……动不动就扑人。

戚枫笑容满面，明显是听了凌可的话后喜不自胜："怎么啦？又紧张？"

凌可被影响，也忍不住笑了起来，嘴上却不客气："紧张你个头，再乱来小心我踹你下床了！"

戚枫被凌可的手抵着胸膛，无法靠近，只能伸手绕过去捏他的脸："知道啦，你比较敏感嘛。"

凌可："……"他可不可以把戚枫丢出去！！！

两人闹了一会儿，又笑着躺回原处，凌可平复了一会儿呼吸，等冷静下来，又有些担忧："你刚刚把我形容得太好了，我觉得自己没有这么多优点。"

戚枫："我觉得有不就行了？"

凌可想起自己还隐瞒着关注戚枫多年的事，偏头问道："如果有一天，你发现我身上也有缺点……怎么办？"

戚枫无所谓道："是人都有缺点啊，我又不是想找个圣人当朋友。"

凌可："如果这个缺点颠覆了你原本对我的看法呢？"

戚枫笃定道："我不觉得会有那样的事发生。"

凌可："凡事无绝对，就算是情侣都还有相互腻烦的一天呢，朋友之间因为一点小事而绝交的也大有人在，何况，你根本不缺朋友……"但戚枫是凌可十九年来交到的第一个好友。

戚枫一愣，偏过头柔声问道："你到底在担心什么？"

并非凌可患得患失，而是现在的戚枫对他太好了，他怕一旦失去，自己就会承受不住。毕竟他已经关注戚枫多年，可戚枫才认识他半年，他怎么肯定戚枫对他有多了解？

戚枫又道："不管我们之间有了什么误会，说开就好了啊，我像是那么不通情达理的人吗？还是你觉得我很喜新厌旧？"

凌可："没有……"

戚枫开玩笑道："要不我们去关帝庙上两炷香结拜一下？承诺生死相随，不离不弃？"

凌可被他逗笑了："你还信这个？"

戚枫："不管信不信，只要能让你安心点，都去试试呗。"

凌可："都快期末了，先准备考试，以后再说。"

戚枫："嗯，我随时奉陪。"说完他又伸手揉了揉凌可的脑袋，"晚安……"

凌可："晚安。"

第二天上午八点，凌母早起下楼买了些热点心，备着给两个孩子起来吃。

在凌母的印象中，儿子就算在节假日也是不睡懒觉的，今天却左等右等没见人出来。她忍不住悄悄推开门看了看，见两个孩子依偎在一起，那个叫戚枫的小帅哥头枕着自家儿子的颈窝，一只脚还缠在凌可身上，两床被子早已被踢乱了。

她无奈地笑了笑，没有进去打扰，关上门退了出来。

"还在睡？"凌父坐在沙发上边吃早饭边看早间新闻，音量调得有点低。

凌母乐道："嗯，睡得正香呢，年轻人嘛……等他们自己起来吧。"

昨晚两人聊了半宿，一两点才睡，凌可醒后天已经大亮，他偏头看了眼近在咫尺的戚枫，见对方闭着眼睛，长长的睫毛下垂着，不知道是不是还在赖床。

察觉到边上的动静，戚枫睫毛一颤，也睁开了眼睛，他懒洋洋地打了个哈欠，猫似的往凌可身边拱了拱脑袋，沙哑道："几点了？"

"十点了。"凌可赶紧起身穿衣服，催戚枫，"快起来去吃饭。"

两人挨个儿洗漱完，用微波炉热了热凌母早上买的早点，先垫垫肚子。临近十一点，凌父凌母亲自下厨，准备做几个小菜正式招待一下戚枫。

其间凌母支凌可下楼去买点饮料，等凌可回来，却见戚枫正和他妈妈坐在沙发上聊得欢。

"说什么呢？笑这么开心。"凌可从袋子里取出两罐饮料，也走了过去。

"聊我们在迎新晚会四手联弹的事。"戚枫朝他眨眨眼睛。

凌母看起来心情很好，又对戚枫埋怨："凌可太过内向，什么事都不主动跟我们说，我这还是难得听到他平时在学校里的情况。"

戚枫笑着对凌母道："阿姨，凌可不是内向，只是懒得理人。"

凌可一愣，的确，因为小时候和父母沟通过程中有过几次鸡同鸭讲的经历，自此以后，他就明白一个道理——多说无益，只要自己做得足够好，父母就没有任何怨言了。

起初他只是不想跟不理解他的人沟通，慢慢的，这个状态演变成了"不想跟人沟通"，最后就形成了这种沉默寡言的性格。

一旦习惯这种方式，凌可反而觉得轻松自在，因为他能沉浸在自己的精神世界里，省去了许多跟其他人沟通的时间以及思考怎么与人沟通的精力。

凌母还有些不信："真的吗？"

戚枫："是啊，他就是性格有点慢热，我刚认识他的时候他也不怎么理我，跟我聊天都是单个字往外蹦，后来我跟他熟了，才发现他也蛮会聊的。"

凌可眼神闪烁，有点讶异于戚枫对他的理解程度，

看来，他能跟戚枫有这么好的关系，也不仅止于他受戚枫的外表吸引，还有一个最重要的原因——他觉得戚枫懂他。

从来没有一个人像戚枫那样，一次次不厌其烦地靠近他，用阳光般的热情温暖他……而且随着相处，戚枫越来越懂他，有时候他都不需要说什么，戚枫就知道他所思所想。

凌母感慨道："唉，我们家可可要是有你一半开朗外向就好了。"

凌可不想听老妈抱怨自己，便去厨房帮爸爸端菜。

凌母看他转身离开的背影，无奈地笑了笑："我也知道没有十全十美的人，凌可这么独立优秀，我跟他爸也很欣慰了，但有时候我看到别人家小孩跟父母这么亲昵，无话不谈还会撒娇，我也挺羡慕，哪天他跟我多说两句话，我就能高兴很久。可能人就是不知足吧，有了这个就还想要那个。"

戚枫想了想，道："阿姨你有微信吗？"

凌母："嗯？有，是可可给我申请的，不过我不太用。"

戚枫往凌可的方向瞄了一眼，见他还在厨房，朝凌母眨眨眼睛，小声道："我们加个微信吧，以后你想知道凌可最近有什么动态，可以问我。"

凌母一喜，边拿出手机，边道谢："谢谢啊戚枫，凌可能交到你这样的朋友我真是欣慰。"

饭后，戚枫和凌可就坐地铁回学校了。

元旦一过便是紧张的考试周，所有人都进入了精神紧绷的复习状态，凌可他们虽然才大一，但身在名校，知识考察强度大，又有严格的作弊惩罚机制，不是混水摸鱼就能轻松过的。

新闻系的专业课大部分以背诵记忆为主，没有什么捷径，有些散漫了一学期的学生到这关头就恨不得撕书上吊，一时间附近几个宿舍的背书声便通宵达旦。

凌可复习时有个习惯，必须一个人待着，否则容易分心。

戚枫这么黏他，他更不能和对方在一起，于是两人说好分开复习，之后两个礼拜，凌可都是早出晚归独自去图书馆。

当然，也不是所有学生都像凌可那么有自制力，有些患有严重拖延症的总是要等死到临头才回过神来，比如谢奇宝，最后几天在高俊飞"挂科超过三门会被退学"的恐吓下，边哭边开始舔如来佛祖的脚趾头。

专注学习的时间总是过得特别快，转眼半个月就过去了，学生们如获大赦地从考场里出来，一个个憔悴得像是走了遭地狱。

"考得怎么样？"戚枫在考场外和凌可会合。

"还成吧。"驰骋考场多年，凌可算是比较气定神闲了。

大学里考完试是默认直接放假，要等半个月后才能上网查成绩。所以不管大家考得如何，都是下学期要面对的事情了，估计这几天，本地、外地的学生都会陆续离校了。

走到人稍少一些的地方，戚枫忽然问："这两天没事儿了吧？要不去趟关帝庙？"

凌可没想到戚枫还惦记着这事儿，惊讶道："真要去啊？"

戚枫笑笑："难道说着玩的？"

凌可摸了摸鼻子："那好吧……"反正考完试闲着也是闲着。

次日中午，412宿舍四人聚在一起吃了顿中饭，谢奇宝就去赶回老家的高铁了。高俊飞的哥哥毕业后在本市工作，高俊飞也直接收拾东西找他哥去了。

跟两人告了别，凌可和戚枫才准备出发。

本地有关帝庙，却在城市的另一端，隔着六十多公里，从F大出发得倒三次车，约三个小时才能到。

两人在网上查好路线时已是下午了，如果去了，晚上还不一定能回来。

"要不先过去，如果时间太晚，咱们就随便找个地方住一晚，明天再回来？"戚枫提议道。

"也行……"两个大男生外出，也无须担心安全问题。

于是两人简单收拾了一下，除了手机和钱包，其余啥都没带就上路了。

这个季节是旅游淡季，本地的关帝庙也不是什么热门景点，两人到了地方，趁天还未暗，花二十块钱买了两张门票，走进庙宇。

里头也没什么好参观的，就一个小小的院子，正面设有祠堂，约三人高的关公像伫立在祠堂内，面前摆着叩拜用的软垫，一览无余。

"好冷清啊。"戚枫道。

"嗯，都没什么游客……"凌可怀疑此刻整个关帝庙就他们两人光顾。

不过这样也好，清静隐蔽，免去了遭人围观的尴尬……毕竟这年代，像他和戚枫这样专门跑来关帝庙结拜的年轻人已经不多了，不知道的还当他们武侠小说看多了呢。

戚枫环顾了一圈，见祠堂不远处还有个小商铺，窗口挂着一个木匾，上头用红漆写着"结拜用具"四字。

"哈，还真有，"戚枫指了指那个木匾，道，"我去买，你等着。"

戚枫很快回来了，两人头凑着头拆包装，从那袋"结拜用具(二人)"里翻出一把香、一瓶一两装的二锅头、两个一次性迷你塑料杯，还有一枚绣花针、一包棉花。

"东西还不少！"戚枫拿起那一枚用透明袋包起来的针，奇怪道，"这干吗用的？"

"该不会还要滴血吧？"凌可拿起说明书，只见那张巴掌大的小字条上清楚地写着这些道具的用途和结拜步骤，凌可边看边念，"用绣花针挑破结拜者的指尖，各挤出一滴血滴入白酒中，将溶了血液的酒平均倒入塑料杯中……还真是，不过扎手指那一条上面备注着'酌情选用'，可能有些人怕疼，不放血也可以，酒精棉花是消毒止血的，最后是点香，喝血酒，念誓言。"

下方竟然还有供结拜者参考用的誓言范例，让人不得不感叹生产者的细致入微。

凌可哭笑不得地把说明书递给戚枫道："你也看看。"

戚枫扫了一眼，道："就这么来吧。"

两人来到关公像前，按部就班地根据说明书的指示放了血，倒了酒，点了香，然后双双跪下。

"开始吧，"戚枫深吸了一口气，道，"关公在上……"才四个字，戚枫就紧张地忘词了，扭头问凌可，"哎说明书上怎么写的？再让我瞅一眼！"

凌可无语，提醒他道："关公在上，天地为证。"

戚枫轻咳了一声："一起来一起来，关公在上，天地为证，今日，我戚枫和凌可在此结拜为异姓兄弟……"

凌可也跟着戚枫一起念："从今往后有福同享，有难同当，一生坚守，不离不弃……"

219

这誓言说起来还真是让人感到羞耻啊。

"如有违背，就如此杯！"戚枫大义凛然地念完最后一句，一口闷了那杯溶了两人指尖血的白酒，把杯子往地上一丢。杯子是塑料的，摔不碎，戚枫单手揣着裤兜，抬起一脚把杯子踩扁了，还面无表情地碾了几下。

凌可："……"真的狠。

戚枫偏头瞥了他一眼，催道："快喝啊。"

凌可咬牙把酒喝了，他很少喝白酒，这么一口下去还有点呛喉咙，之后两人齐齐给关公磕了三个头，携手站了起来。

"好了，从现在开始我们就是结拜兄弟了。"戚枫笑得神清气爽。

凌可掸了掸自己的膝盖，有点不好意思："不过是走个形式而已。"

戚枫挑眉："形式？我们都喝了彼此的血，你中有我，我中有你了，你不想认吗？"

"认，认……"凌可举手投降。其实就算不结拜，他也会珍惜戚枫这个朋友，一辈子都不离不弃的。

那小商铺里本还卖什么挂坠手串之类的，供游客或结拜者买了留作纪念，但戚枫和凌可去看了一圈，只觉得那些东西都粗制滥造，估计是某宝统一批发的廉价小礼品，便就此作罢。

离开关公庙，外头天也暗了，二人饥肠辘辘，在附近找了家小餐馆点了几个炒菜。

因为时间已晚，两人打定了主意不回校，打开手机找附近的住处，两公里内确实有几家快捷酒店，但看图片和评价都很一般，戚枫扫了一圈，总算看到一家能入眼的："有了，走吧。"

凌可知道戚枫对住处比自己挑剔，任由对方做了主，然而等戚枫领着他到了地方，他才傻眼道："你确定我们要住这里？"

只见眼前伫立着一幢富丽堂皇的高层酒店，凌可望着上面闪闪发光的金色招牌，如果他没记错，这酒店貌似是……五星级的？

"是啊，我也没想到这儿会有一家皇冠假日，"戚枫的语气听上去还格外欣喜，"我查了查，这附近好像有一片高尔夫球场和私人俱乐部，后面还有座山，叫什么古道，平时去爬山的游客比较多。"

凌可："那也没必要住这里吧，不会很贵吗？"

戚枫掏出银行卡，朝他眨眨眼睛："没事儿，我来付。"

凌可皱了下眉头，这可不是谁付不付的问题，如果戚枫的消费水平远高于他，会让他觉得他们有阶级感。

戚枫察觉到凌可的犹豫，又道："我们刚刚结拜，今天好歹算是个纪念日吧？就今晚住好一点，行不行？"这话说完，戚枫怕凌可再拒绝，又装可怜道，"你也知道我住不惯条件差的地方，万一那床铺没洗干净我又过敏了呢？你就依了我嘛。"

如此软硬兼施，凌可想拒绝都没法了，一脸无奈道："行吧。"

戚枫计谋得逞，喜滋滋地带着他去前台登记入住了。

"一间大床房。"戚枫对前台道。

"大床？"不是有标房吗？

"大床房便宜两百块钱。"戚枫解释道。

四位数一晚的房间都住了，戚枫还在乎这两百块钱？凌可才不信！可出钱的人是戚枫，他也没什么资格抗议。

进了房间，戚枫把自己往床上一丢，才感叹着坦白："睡一张床才温馨嘛……"

凌可拿他没办法，笑着摇摇头，在侧对着床铺的沙发椅上坐下，问他："你妈妈知道你花了这么大一笔钱，不会过问吗？"

戚枫往背后塞了两个靠枕，靠在床上边找遥控器开电视，边道："不会，我妈不管我花钱，再说，我平日花的钱也不是她给的。"

凌可："那是谁给的？你爸？"

戚枫："嗯，他拐跑了我哥，知道对不起我，可没少给我零花钱做补偿。"说这句话的时候，戚枫没有什么炫耀成分，语气反而有些讥诮。

凌可问："你怨他？"

戚枫轻哼了一声："这么多年他跟我说话都没超过十句，你说我怨不怨他？"

凌可没作声，有点后悔问戚枫的家事，尤其是他父亲，这貌似是戚枫的雷区。

但戚枫自己说完也知道语气有些冲了，赶紧调整情绪，笑道："我不怨他，毕竟我还花着他的钱呢。"

凌可起身给自己拿了瓶矿泉水，又问："他给你多少零花钱？"

戚枫："也不多，每个月就两万吧。"

凌可一口水差点喷出来："这还不多？"每个月两万都比得上本市一线白领的工资了吧？凌可都不确认自己毕业后能不能赚这么多钱，难怪戚枫刷卡进五星级酒店眼睛都不眨一下。

真是无形的装，最为致命啊……

戚枫似乎知道自己说错话了，赶紧道："你是不是觉得我像个讨人厌的富二代？"

凌可磨着牙道："富二代是没跑了，讨不讨人厌就看你装不装了。"

戚枫当即耷拉下眼皮，辩白道："我平时都挺低调的吧？而且我还特地观察过你的消费习惯，特地按照你的标准来要求自己的。"

凌可挑眉："还委屈你了？"

戚枫："没有没有，我觉得这样挺好的。"

从双方的经济能力上看，明明是戚枫的阶层更高，但凌可看他这样子，怎么反而像自己高人一等，而戚枫担心被自己看不起？

"你要不喜欢，以后我也不再住这种酒店了……"戚枫可怜巴巴道。

凌可扶额，他现在算是知道，他们去古镇采访那次的吃住条件是有多委屈戚大少爷了。

"好啦，我没说你的不是，想怎么花钱是你的自由，住得起谁不想住好的？"凌可实话实说道，"我也是沾你的光才能享受这么好的房间。"

戚枫这才笑逐颜开："你喜欢就好。"

两人又聊了一会儿，先后去洗了个热水澡。凌可从浴室出来时，戚枫正靠在床上看电视。见了凌可，戚枫笑着拍拍身边的空位，软声道："来，坐到哥哥身边来。"

凌可浑身一抖，怎么有种戚枫在调戏他的感觉？

他故意避开戚枫，绕到另一侧上床。

"要不要看电影？我点一部。"戚枫问他。

"随便。"

戚枫点了部谍战片，本来他还离着凌可一尺距离，等电影一开播，他就像是黏人的大狗似的靠过来。经过在他们家那一晚的夜聊，凌可也知道了戚枫的德行，只能放任他了。

看完一部不过瘾，戚枫又选了一部，抽空还叫了酒店夜宵服务，点了满满一大份日式烧烤。

"这么晚了还吃？"凌可瞄了眼手机，都快十二点了。

"长夜漫漫，边吃边看……"

也不知道戚枫哪儿来的精力，硬拉着凌可看到了凌晨，最后凌可是直接歪在戚枫身上睡过去的。

Part 02　这是我哥

　　次日很早凌可就被生物钟唤醒了，顶着黑眼圈跟戚枫去吃了酒店的自助早餐，吃过东西精神了点，戚枫又提议去爬那个古道，理由自然是"来都来了"……

　　好在考完试也没什么心事，凌可都依着他。不料天公不作美，两人刚爬到半山腰，天就开始下雨，一开始还小，后来越下越大，附近也没有卖伞的地方。爬到山顶倒是有个小卖部卖一次性雨衣，但两人的衣服早已被刚刚的雨水浸透，就算穿了雨衣，还是冻得瑟瑟发抖。

　　当晚回到学校，凌可的嗓子就开始不舒服。他喝了点热水早早睡了，然而到了半夜，身子还是控制不住地开始发热出汗，呼吸困难。

　　咳嗽声吵醒了戚枫，戚枫迷迷糊糊醒来，想起傍晚凌可面色就不大好，紧张道："你怎么了，还好吗？"

　　"没事……"凌可压着嗓子，却掩饰不了变调的嗓音。

　　戚枫立即掀开被子爬到凌可床上，伸手探了探对方的额头："你在发烧。"

　　凌可逞强道："可能今天淋了雨有点感冒，睡一觉就好了。"

　　戚枫急道："不行，得去医院，你身子太烫了。"

　　"大半夜的，上哪个医院啊？"放假后校医院就关门了，要去就得去五公里外的公立医院，凌可想想就觉得麻烦。

　　但戚枫不容他抗拒，直接穿上衣服用手机加钱叫了辆去医院的专车。

　　凌可昏昏沉沉地被戚枫拖起来，套上衣服裤子，脖子上还围了戚枫的厚羊毛围巾。半个小时后凌可被送到了医院，挂了急诊，医生给凌可开了瓶退烧药，需要连夜注射。

　　两人在注射室角落找了个位置，等挂上点滴，戚枫才坐下来。

"对不起……是我不好，我不该拉着你熬夜，也不该带你去爬什么古道……"看着虚弱的凌可，戚枫自责不已，"我这才第一天做你哥哥呢，就把你折腾病了。"

凌可安慰他道："是我自己体力不行，你不是一点事都没有吗？"

戚枫道："我十五岁之前都会被送去接受专门的体能训练，熬个夜淋个雨根本不在话下……但我忘了，你跟我不能比。"

凌可无语，戚枫这到底是在安慰他还是在贬低他？

"是谁第一天住宿舍就皮肤过敏的？"他忍不住反击了一句。

戚枫狡辩："那只是特殊情况……"

凌可笑笑，没力气再跟他抬杠。

两瓶点滴挂了足足三个小时，凌可醒来时才发现自己紧紧地靠着戚枫，两人依偎在一起，像两只冬眠的熊。

戚枫睡得很浅，察觉到动静也睁开眼睛，他熬了一宿，下巴都熬出一层青色的胡楂，见凌可醒来，掌在他脑后给他当枕头的手臂动了动。

凌可赶紧直起身子，戚枫活动了一下发麻的手，又揉了揉凌可的脑袋，动作轻柔得像在摸什么小动物："好点了吗？"

"嗯……"凌可心里酸酸胀胀的，他也不是没感冒过，可他没那么金贵，发个烧还要人这么照顾。但被人这样温柔地呵护着，他还是无比感动。

十九年来，凌可第一次觉得，自己遇到病痛也不需要多坚强，因为有戚枫在身边。

而且他意外地发现，自己的敏感症似乎被治好了，现在戚枫碰到他，他非但不觉得紧张，反而还很放松……

两人回到宿舍，戚枫又衣不解带地照顾了他一天，掐着时间给凌可烧水，提醒他吃药，到了饭点还亲自去外面买粥，就差亲自喂到他嘴边了。

幸好这是放假，宿舍里除了他俩也没别人，否则凌可都不好意思让戚枫这么付出。

到了第二天傍晚，凌可的体温就恢复正常了，只不过感冒有个必要过程，该熬的还是得慢慢熬，他也不想带病回家让父母瞎担心，索性决定在学校里把身体养好了再回家。

戚枫自然不会先舍他而去，于是两人就一块儿待在宿舍里，白天精神好的时候开黑打《DotA》，晚上下载电影一起看。

这天中午，戚枫去外面买饭，刚出门就收到一条微信消息，点开一看，竟然是凌可的妈妈发来的。

凌妈妈："戚枫你在吗？"

戚枫："在，阿姨好。"

凌妈妈："我想问问凌可有没有跟你在一起，我刚才打他的电话他没有接。"

224

戚枫："他可能在宿舍睡觉，我现在出来买吃的，一会儿回去就让他打你的电话。"

凌妈妈道："好的，你们放假了吧？我之前听他说过是1月20日放假，你们还在学校吗？"

戚枫扯谎道："是的，这几天在打扫宿舍卫生。"想到自己是导致凌可感冒的罪魁祸首，戚枫还有点心虚，忍不住在这句话后又发了个卖萌的动画表情。

凌妈妈也发了中老年鲜花表情包，道："那就好。"

凌妈妈："对了，还想问问你，凌可的微信还在用吗？我给他发信息他怎么总是不回？"

戚枫一愣，他平时和凌可都是用微信联系，也没听凌可说起跟他妈妈有什么矛盾，应该不会不回吧？

戚枫："阿姨别着急，我回去问问。"

凌妈妈："好，谢谢你。"

戚枫返回宿舍，凌可果然赖在床上，黄昏的微光透过狭窄的窗户弥漫进来，室内虽乱，却别有一股温馨感。

戚枫瞅了一眼凌可露在床栏外的胳膊，凑过去拍了拍他："你的外卖到了，麻烦给我五星好评。"

凌可懒洋洋地嗯了一声："好的，顺便把门口的垃圾带走。"

戚枫笑出声："早就带下去了！"

不知道是不是错觉，戚枫发现自从凌可生了一场病后，就有什么地方变了，变得会主动跟自己开玩笑，不再抗拒自己的碰触，甚至还会主动跟他亲近。非要形容的话，就是他感觉凌可变得"柔软"了，不像以前那样整个人紧绷绷的。

戚枫当然是喜欢这种改变的，哼着歌把外卖从包装袋里取出来，想起方才收到的微信，提醒凌可道："对了，你妈妈刚才联系我了，问你怎么不回她消息。"

凌可纳闷："她知道你的电话？"

戚枫道："元旦那天去你家，我加了她的微信。"

凌可一个激灵，赶紧从枕头下摸出手机，果然看见一通未接来电。他先给他妈妈回了个电话过去，才回答戚枫："我刚才没看到。"

"你明天要回去了？"戚枫刚才听到凌可跟他妈的对话了。

"嗯，我的感冒已经好多了，而且本来跟他们说好，三天前就回去的。每年过年外婆都跟我们一块儿，这几天外婆来，我爸妈还要上班，所以我妈想让我早点回去吧。"

戚枫心里有些失落："那我寒假再约你出来。"

凌可："好。"

次日一早，两人就收拾宿舍准备回家。

几天时间，学校里已经走了一大片人，连饭点食堂都人烟稀少，如果没有提前登记

225

留校，学校的宿舍也将在放假的一周内关闭。

收完东西，戚枫还舍不得走，说自己背上痒，让凌可帮忙抓几下。

"哪里痒？"凌可主动上前。

戚枫弓下腰，冬天衣服穿得多，不像夏天那样好掖衣服，凌可只能将手从戚枫后腰处探进去。

"哇，你的手好凉……"戚枫冻得一个哆嗦。

"正好借你的身子暖暖。"和开学初帮戚枫抹药不同，此时的凌可早已不会因为这样的小事而紧张，反而还学会了开对方玩笑。

"往上一点，左边'翅膀'那儿。"戚枫指示。

"翅膀？"凌可被戚枫的形容逗得笑出声来，调侃他道，"你是鸟人啊？"

"那我怎么说？"

"这叫肩胛骨！"

"哦好吧，再往下一点，腰那儿……"

凌可一只手往下，探索着戚枫说的位置，结果一不小心抓到戚枫的笑穴。

"喂喂，正经点，警告你别趁机揩油啊！"戚枫忍着笑道。

"你说啥？"凌可受到无故的指控，手上更加用力。

戚枫顿时痒得左右扭动起来："哈哈哈……"

这时，门边忽地传来一道几不可闻的轻咳声，两人吓了一大跳，扭头一看，竟是高俊飞。

"你俩这是干啥呢？"高俊飞面色古怪地看着他俩。

凌可这才发现，自己因为不想让戚枫挣脱，从后面揽着他的腰，一只手还在对方的衣服里……

"呃……"凌可赶紧把手抽出来，解释道，"我给戚枫挠痒。"

高俊飞翻了个白眼："我都在门口看十分钟了，你们还没完没了了！"

戚枫和凌可："……"

戚枫赶紧转移话题："你怎么又回来了？"

"我的身份证忘带了，在我哥那儿住了几天才想起来，回来拿一下。"高俊飞一边拉开抽屉翻找，一边戏谑道，"你们这两个本地人呢？放了假怎么还不回去？"

戚枫理了理自己的衣服，道："前几天凌可感冒了，不想带病回家，我就在宿舍里陪了他几天。"

凌可也背上书包，正色道："正打算走。"

高俊飞找到了身份证，关上抽屉，转身道："别找借口了，你俩的关系我一早就知道。"

戚枫问："知道什么？"高俊飞知道他俩结拜了？

高俊飞竖起一根食指摇了摇，故作深沉道："说出来就没意思了。"

戚枫和凌可面面相觑，没有听明白。

高俊飞继续自说自话："你们用不着紧张，我这个人思想很开放，不会歧视你们的。"

话毕，他就潇洒地甩了甩自己的身份证，与戚枫擦肩而过，道："我先走了，你们记得锁门，新年快乐！"

他拂衣去，深藏功与名，独留戚枫和凌可在风中凌乱……

"到底什么跟什么……"

两人也懒得刨根究底，各自坐车去了，几分钟后，凌可又收到了戚枫的微信消息。

戚枫："到哪儿了？"

凌可："才上地铁啊，怎么了？"

戚枫："唉，我觉得一个人有点孤单。"

凌可："……"戚枫这是有多缺乏安全感啊？

他提议道："刷刷知乎、微博，或者下个手机游戏玩玩呗。"

戚枫发了个沮丧的表情，不过没一会儿，他还真分享了一些好玩的帖子、文章给凌可看。

凌可笑着摇摇头，陪戚枫聊了一路。

自那天在宿舍里差点被戚枫发现微信号有端倪后，凌可心有余悸，一到家就用微信小号加了他妈妈，又找了个借口说原来的微信密码忘了，把这事儿掩盖了过去。

之后几天，凌可和戚枫时刻在微信上互动的状态也没有丝毫改变。戚枫什么都跟他说，睡到几点起的，早饭吃了什么，连自己蹲个厕所都要跟凌可汇报两句。

这日，戚枫忽然发来一张微信截图，上头是一个想约他出去玩的女生和他的对话记录。

戚枫："求教该怎么回？"

凌可："你自己掂量啊，问我干啥？"

戚枫："别忘了我们签过角色扮演的协议，不问你我能问谁[撇嘴]？"

凌可差点把自己这"责任"给忘了："你不想去？"

戚枫："想去还用得着问你吗？"

凌可："就说你对象不同意。"

戚枫："那你倒是配合我说点'不同意'的话啊，我也好有个凭证[坏笑]。"

凌可："不许去。"

戚枫："不行，不够强硬，正式来一次，我先问你，要保证对话的前后统一。"

戚枫："亲爱的，有个女生想约我出去唱K，我可以去吗？"

凌可："你要是敢赴约就等死吧[怒]！"

戚枫："哦，知道了[哭]。"

发出这句话，戚枫狂笑着按了截图。

两人的家隔了大半个城市，光坐地铁转车都要一个多小时，并不是很轻易能见到面。

年底凌母工作繁忙，趁凌可放假，她会把一些财会报表带回来让凌可帮忙统计；凌可的外婆年纪大，也需要看顾。所以从学校回来后，凌可只跟戚枫见了两次，一次是难得抽出空来，约好时间一起去吃饭看电影，还有一次是戚枫没打招呼来找凌可。

他去年暑假考了驾照，寒假跟家里的司机练车，顺便开过来，两人傍晚时分在凌可家附近的咖啡馆小坐了一会儿，戚枫就回去了。

结果当天晚上，凌母就在饭桌上问凌可："可可，你最近是不是恋爱了？"

"噗……"凌可喷出一口饭，"啥？"

凌母："不是，我就看你每天拿着手机傻笑，所以猜你是不是有喜欢的人了。"

凌可尴尬道："我没有。"

凌母笑道："其实有了也没什么，你都上大学了，不耽误学习的情况下，谈个恋爱很正常。"

凌父也点头许可道："是啊，谈恋爱能调剂心情，我跟你妈妈就是在大学里认识的，那会儿真是每天都很甜蜜啊。"

凌可："我真没有……"天知道，那是戚枫每天给他发一些搞笑视频，生生崩坏了他的高冷人设。

凌母自顾自提醒道："不过你是男孩子，如果有了喜欢的女孩子，记得谨慎些，在能承担责任之前，不要做对不起人家的事情。"

凌可叹了口气，他父母又开始跟他鸡同鸭讲了，看来他还是保持沉默比较轻松。

转眼过了年，正月之后，凌父凌母重新开始上班，外婆也在元宵之后回去了，凌可想约戚枫提前回学校，又担心学校食堂和宿舍还没开。

结果戚枫主动邀请："哎，你要不要来我家住几天？到时候我们再一起去学校？"

凌可想起自己早年在戚枫空间里看到的那些照片，还真有些好奇。他认识的人当中，只有戚枫是住别墅的，眼下戚枫主动邀请，凌可在确认不会给对方带来麻烦后，就收拾行李欣然前往。当然，对家人他谎称是先一步回学校了。

戚枫见他答应，迫不及待地想开车来接他，凌可拒绝道："别搞得这么兴师动众，我又不是不会认路。"

戚枫被凌可拂了好意，反而有些不高兴了。

凌可在电话里听出来了，解释道："我是担心你一个人开车不安全，你不是说你家司机回老家过年去了吗？你学车才多久啊，真把自己当秋名山老司机了啊。"

他原本是想安慰一下戚枫，结果话一出口，听起来反倒像是贬低，把戚枫气得哇哇叫："我好心来接你你还损我，地铁站距离我家两公里路呢，你就自己走过来吧！"

凌可无语，按着戚枫发给他的地址搜了路线，直到快到站了，才发消息告诉戚枫。

戚枫很快回复："1号口出。"

没想到凌可出站后，竟然看见一个身穿黑色羽绒服的长腿帅哥在地铁站1号口徘徊，一手抓着手机心不在焉地看，另一手牵着一条大白狗——戚枫还是忍不住来接他了。

"戚枫！"凌可心中一动，快步向他走去。

戚枫看见他，眼眸含笑，却撇嘴道："我只是遛狗顺便过来的啊。"

才一见面，两人在电话里那点小别扭就消散了。

凌可也不戳穿他，直接将视线转移到他身边的大白狗上："这是……雪妞？"

大狗听到有人叫它的名字，立即眯眼咧嘴露出傻笑，还愉悦地晃了两下尾巴。

戚枫一愣："你怎么知道它的名字？"问完他自己拍了下后脑勺，笑道，"啊，我好像在朋友圈发过它的照片……"

"嗯，我见过。"凌可立即接话，心中却一阵狂跳……差点露馅了，"这什么狗？"

戚枫揉揉雪妞的脑袋："萨摩耶。"

"养几年了？"凌可记得自己初中二年级第一次进戚枫的空间时就见过狗的照片了，应该养很久了吧。

"快十年了，"戚枫又揉了揉雪妞的耳朵，笑道，"是个老姑娘咯。"

凌可一算，十年，正好是戚枫小学三年级，莫非是他跟他哥哥分开后开始养的？

戚枫家在郊区，附近风景很好，视野开阔，到处都是绿化，不像凌可住的城区，全是房子。

两人走了约十五分钟才到他们家所在的别墅区，戚枫简单介绍了一下这边的大致情况。他说得随意，听在凌可耳朵里却各种吃惊，因为这里住了好多本城名流，除了姜莹这样的知名主持人，还有其他商界精英和社会权贵，有几个凌可还有耳闻。

"哎对了，沈岳哲他们家也在附近，"戚枫指了指另一个方向道，"就在最靠南边一排，等他回国我带你去他家玩。"

"好。"凌可打量着周围的一切，再次感慨人和人之间的差距。

不过，如今心智已趋向成熟的他不会再像小时候那样为此感觉到自卑了。

戚枫的妈妈上班去了，人不在家，戚枫把狗绳递给保姆，忙里忙外地带凌可参观。

"一楼基本上就是客厅餐厅，二楼有书房、琴房、游戏室……这是我哥的房间，要进去看看吗？"戚枫扭头问凌可。

凌可客随主便道："好啊。"

戚枫开了门，大方地带凌可进去参观，道："我哥一年才回来一次，这个房间基本上都是空着的，就阿姨偶尔进来打扫一下。"

凌可瞄见靠在墙角边的小提琴琴箱，怔了怔，想问戚枫关于小提琴的事，又被墙上挂着的照片吸引了注意力。

戚枫顺着他的视线看过去，解释道："这是我家以前的全家福，原本是挂在我爸妈房间的，他们离婚后我妈就让人挂到哥哥的房间了，估计是怕看了难受吧。"

照片应该是戚枫他们小时候拍的，但上头那两个长得完全一样的小男孩，还是让凌可愣住了——他竟然认不出哪一个是戚枫！

戚枫瞥了凌可一眼，也在打量他的表情。

还记得他们刚军训完那会儿，戚枫在宿舍里聊起他哥，凌可问他要照片看，戚枫谎称没有，其实是下意识地担心自己被哥哥抢了风头。但现在他们的关系不一样了，戚枫看凌可瞠目结舌的样子，反而觉得挺好笑。

接着他又从柜子里翻出一些他跟他哥小时候的合照，指着道："这是我，这是我哥，"戚枫搂着凌可的脖子，问道，"怎么样，我是不是长得比我哥帅？"

凌可一脸蒙：哪里帅？帅哪里？这俩根本就是一个模子刻出来的啊！

戚枫收紧手臂，凶巴巴道："快说啊。"

凌可嘴角一抽："你帅、你帅。"

戚枫乐了，用力揉了揉他的脑袋，这才道："其实我跟我哥要不开口说话，我爸妈都分不出我们谁是谁，哈哈哈！"

凌可："你们说话声音不一样？"

"不，是语气不一样……我也不好描述，"戚枫轻咳了一声，学着他哥的语调说了两句，又道，"我觉得他说话有点装腔作势，喜欢端着。"

凌可又看见墙角倚着一个小提琴箱，惊讶道："你哥会小提琴？"

"嗯，小时候妈妈让我们学音乐，我挑了钢琴，他就学小提琴了……哦对了，之前我们四手联弹时我带来的配乐，小提琴的部分就是他拉的。"戚枫道。

凌可的内心受到了巨大的冲击，不需要再多问，他就已经能确定自己在电视台碰上的人是戚枫的哥哥了！

回想起来，竞选的时间似乎也正是在圣诞节前后，根据戚枫之前给他的信息推测，他哥的确有可能出现在那个场合。难怪他当时感觉"戚枫"看自己的眼神很陌生，因为对方压根不认识他啊。而他竟然为一个素不相识的人"忘了自己"而赌气这么多年，甚至不惜在再一次见到戚枫时戴上孤傲的面具，只为了报复这人对自己的不重视。

凌可都不知道是该哭还是该笑了……所以说，他是因为一个误会，而被刺激着奋斗了多年，最终遇上了戚枫？

"你怎么了？"戚枫察觉到凌可的失神，忍不住掐了一下他的脸，"不会是看我跟我哥长得太像，看傻了吧？"

"有一点。"凌可一边消化眼前的信息，一边调整着自己的情绪。

戚枫掰过他的脑袋道："就算他跟我长得像，你也不能见异思迁，我才是你的结拜大哥！"

"我知道。"凌可好笑地看着戚枫。

尽管这事有些乌龙，但凌可并没有因为这个发现而心生摇摆。

230

当年他成为戚枫的窥屏狂魔确实有电视台事件的一部分助力，但这一切都只是因为戚枫——只是因为他把对方当成了戚枫。

如果说，在那之前他对戚枫的关注只是流于表面，甚至让他分不清戚枫和他哥哥到底是谁，那么现在，他很确定，从外表到性格再到灵魂，吸引他的就只有眼前这个人了。

而且，得知戚枫并没有忘了自己，凌可反而为自己误会对方而心生内疚。

早知如此，他刚开学的时候可能会对戚枫更好一点，而不是时常躲着他、冷落他，故意不给他好脸色……

幸好戚枫什么都不知道，其实仔细算起来，他们在大学重逢之前，也就只是在音乐学院的候考室见了一面。六年过去了，自己变化那么大，对方不记得才是正常的。

就让戚枫认为他们是从大学才相遇的吧，他会努力把电视台那段记忆从脑海里摒除，反正戚枫的哥哥在国外，以后也不一定会见到……

凌可将视线重新转回戚枫和他哥的照片上，低声道："不管你们长得有多像，你在我心里都是独一无二的。"

平时这么理智的人，忽然来一句这么煽情的话，戚枫的心脏差点受不了。

凌可瞄了一眼边上戚枫家的全家福，问："你妈妈什么时候回来？"

"估计得傍晚了，"戚枫傻笑道，"我跟她提过你。"

凌可好奇道："怎么说的？"

戚枫眨眨眼睛，狡黠道："我跟她说，我在外面给她找了个干儿子。"

凌可张口结舌："啊？"

戚枫笑道："我们不是结拜过了嘛，你是我弟弟，那我妈不就是你妈，你不是她干儿子？"

凌可被戚枫这通理论说得哑口无言，半晌才问："那你妈妈什么反应？"

戚枫："她觉得好笑，还跟我打听你是个什么样的人，我就跟她说你有多厉害多优秀，长得还很帅，肯定不会给她丢人，她听说我要叫你来家里，特别期待。"

凌可紧张道："你这么吹就不怕她对我期望太高，见了以后失望太大吗？"

戚枫："我哪里吹了？我都是实话实说。再说，放假这几天，我每天都跟你聊天，还常给你打电话，以前我朋友再多，都没像现在这样开心过，我妈又不瞎，自然能看出来，她一问我，我就什么都交代啦。"

听戚枫这么说，凌可越发忐忑了，原本只是以"同学"的身份来拜访，现在变成了干儿子……

戚枫安慰他道："你放心，我跟我妈关系特别好的，她从小教我把她当朋友，有什么说什么，我几乎没什么事瞒着她。她已经知道你是跟我一起拜过关公的弟弟，绝对会对你视如己出。"

凌可无言以对，一旦这干妈认成了，他是不是一辈子都得跟戚枫绑在一起了？

中午吃过饭，戚枫又带凌可去活动室打桌球、乒乓球，玩了一下午，累了回房间，戚枫又拿了许多小时候的照片给凌可看，教他分辨自己和戚屿的区别。

傍晚时分听到楼下有动静，戚枫立即走出去往楼下喊了一声："妈——"

下方传来一个熟悉的应声，带着专业主持人沉稳的气息和悦耳的口音："你朋友来了吗？"

"来了！"戚枫扭过头，朝凌可挤挤眼睛，"走吧，见见你干妈。"

凌可深吸了一口气，比起以"干儿子"的身份见姜莹，他比较担心对方还记得自己，万一姜莹想起那次电视台竞选的事，他就暴露了见过戚屿的秘密。

当然，这个可能性很小，因为事情已经过去很多年了，而且凌可去参加竞选的时候还未发育，与现在的模样相差很大。何况，竞选对凌可来说是一段特殊的记忆，但对姜莹这样的知名主持人而言，也许再普通不过……

凌可在心里默默祈祷了一番，跟着戚枫走下楼去。

姜莹刚脱了外套递给保姆，就看见两个孩子一前一后地走了下来。

她脸上带着滴水不漏的微笑，视线却已像最锋利的刀子，上上下下打量了凌可一通。

凌可也不动声色地看向姜莹，心中却格外讶异，因为眼前的女人保养得太好，竟还是他五年前第一次见到时的模样！这就是传说中的冻龄术？

凌可不失礼貌地对姜莹道："您好，我叫凌可，是戚枫的同学。"

戚枫在边上不满地插嘴："什么同学，我们是结拜兄弟！"

凌可很有自知之明，虽然戚枫表现得很热络，但这到底是他"第一次"见姜莹，他可不敢放肆。

姜莹笑了笑，在心里微微赞叹了一下凌可的沉稳自持，让两个孩子在沙发上坐下。

接着，她又以长辈的身份简单问了凌可几个问题，包括凌可家住何处，在哪儿念的高中，在学校里的情况等。

虽然这些问题都有点打听底细的意味，但姜莹问得相当有水平，丝毫没让凌可觉得被冒犯。

见凌可态度不卑不亢，姜莹眼中又露出一丝欣赏，眼前的年轻人果然很优秀，气质上还跟她大儿子有几分相似，难怪戚枫待他这么亲。

可发现这一点后，姜莹心中又不免有些哀伤。

早年的离异经历一直让姜莹觉得对孩子有所亏欠，尤其是戚枫和戚屿两兄弟的分别。她永远不会忘记，当戚枫得知他哥决定跟爸爸待在美国时有多悲伤难过。

他不哭也不闹，平日依然笑呵呵的，可一到晚上就彻夜失眠。

那一年他才九岁，就需要依靠安眠药才能入睡。

尽管后来在专业心理咨询师的治疗下，戚枫恢复正常，但姜莹知道，那段经历对他造成了严重的心理创伤。他用面具把自己伪装起来，看起来阳光灿烂、没心没肺，但这一切只是为了保护他内心深处那个害怕孤单的小男孩。

在那之后，她不再对戚枫有过高的要求，只希望儿子一辈子开开心心就好。

她感谢每一个陪伴戚枫的朋友，欢迎每一个被戚枫带到家里来的小伙伴。

不过，眼前这个叫凌可的孩子，对戚枫而言似乎特别与众不同。起初听戚枫说他认了个弟弟的时候，姜莹还有些担忧，毕竟戚枫自己是有兄弟的，尽管他跟他哥哥分隔两地，但戚屿平时很关心他。

姜莹很奇怪，为什么戚枫还要在外面认个弟弟？

直到见了凌可，她才隐约有些体会，一番试探下来，发现凌可竟比戚枫还成熟些。

比如刚刚她与凌可说话，凌可镇定自若，边上的戚枫反而坐立不安，一会儿想伸手绕过去摸摸凌可的肩膀，一会儿又用眼神示意自己不要问太多。

或许是对方身上那股跟戚屿相似的气质使然吧，凌可的出现，填补了戚枫从九岁那年起缺失的兄弟之情。

这个寒假，戚枫的快乐不再是浮于表面的，而是发自内心的。

姜莹感慨了一番，终于结束了初步观察，起身招呼保姆开饭。

戚枫面上一喜，立即拉着凌可去餐桌边，还在他耳边小声嘀咕："我就说我妈妈很好说话吧？"

凌可却悄悄松了一口气，看姜莹这样子，十有八九是不记得他了。

饭桌上的气氛轻松了些，几人有一搭没一搭地吃边聊，姜莹也在继续观察凌可。

戚枫把好菜全转到了凌可面前，贴心地让他尝尝这个，尝尝那个，眼里的温柔都快要溢出来了。

不过，戚枫在母亲面前毫不遮掩自己对凌可的喜爱，凌可却还是有点分寸的，全程都表现得很理智，还小声提醒了戚枫一句，说自己会吃。

这状态让姜莹忍不住想起了五年前电视台竞选时偶尔碰上的一个孩子，叫什么名字她忘了，但也和凌可一样，小小年纪看上去就沉着冷静。

"晚上你俩怎么睡？凌可睡客房吗？"姜莹问。

"我想让凌可睡我的房间。"戚枫道。

凌可道："我睡客房也可以。"

戚枫看向他道："我的床很大，够睡啊！"

姜莹听了这话，更加确认自己的猜想，做出一副宽容家长的派头，淡笑道："你们自己安排就好。"

饭后，两个孩子去遛了半个小时的狗，回来后就躲进房间，也不晓得在干什么。

姜莹在楼下看新闻，听着楼上传来的笑声，眼前又浮现多年前这个家庭还完整时的情景。

保姆替她泡了些消食的茶，笑着说："上一次见小枫这么开心，好像是他哥哥回来的时候吧？"

姜莹轻声叹了口气："是啊。"

如果戚屿没有出国，这会儿两兄弟估计也会在一起玩闹吧……不，还是不太一样，戚枫和戚屿在一起时，时常斗嘴，不像戚枫对凌可，仿佛有无止境的包容心。

她正想着，家里的电话响了起来，姜莹接起来一听，竟然是戚屿！

"妈，吃过晚饭了吗？"戚屿是算好了时间打电话的。

"吃过了，正想着你，你就来电话了。"姜莹笑道。

"怎么了？"戚屿似乎走在路上，身边还交杂着一些英文对话。

姜莹微微蹙起眉头，不知道从何说起。

"小枫呢？回学校去了吗？"戚屿问。

"没有，还在放假，"姜莹揉着太阳穴，终是没忍住，对戚屿道，"你……多了个弟弟。"

"什么弟弟？妈妈你……又怀孕了？"

"是你弟弟戚枫，"戚屿的误会让姜莹哭笑不得，解释道，"你弟弟给我找了个干儿子，说是他的结拜兄弟。"

那边许久没有说话，直到姜莹想开口问他的时候，戚屿忽然来了一句："我再过一个月放春假，到时候回国一趟吧。"

Part 03　我记得你

次日下午姜莹休息，回来时听见楼上传来钢琴声，走上去在门边悄悄看了一会儿两个孩子弹琴。两人弹得投入，一曲毕才看见姜莹。

"妈你怎么来了？"戚枫笑着问，"我们弹得怎么样，好听吗？"

姜莹有些不确定地问："凌可，你小时候有没有去电视台参加过一个才艺竞选？"

不知道为什么，凌可眉宇间的神色让姜莹觉得非常熟悉，她刚刚看着看着，又忍不住想起多年前见到的那个孩子。倒不是说凌可有多特别，而是这几年戚屿回国的次数屈指可数，恰好那一次他在国内，而且还去了电视台找她，被她拉去与那个孩子合奏，所以她连带着对那个孩子的印象比较深刻。

凌可被她这一问，差点心脏停跳，生怕这事说出来后惹戚枫不高兴，一本正经地装傻："嗯？没有。"

姜莹点点头，也没多问，这世上长相相似的人那么多，可能是她记错了，但这短暂的一问一答引起了边上戚枫的注意，他好奇道："什么才艺竞选？"

姜莹笑笑，解释说："五年前我们电视台举办过一个活动，在全市的中小学生里选拔能者参加，其实主要就是为了培养一个少儿节目的小主持人。"

德音的学生如果想去那种地方大都能找到后台，比如戚枫，如果他有兴趣，就姜莹一句话的事。但戚枫当时正迷一款电脑游戏，对什么事都兴致缺缺，所以姜莹也没跟他提。

"当时来了很多人，我看凌可有些面熟，又会弹钢琴，以为他也去过。"

戚枫哦了一声，凌可坐在边上没吭声，戚枫却敏锐地发现，对方撑着琴凳的手正紧紧地攀住了凳沿。

也许他妈妈看不出什么，戚枫却能从某些细微的表情和小动作上分辨出凌可的情绪。他觉得奇怪，为什么这个话题会让凌可紧张？

　　不过，戚枫还没细想凌可紧张的理由，姜莹已经岔开话题。

　　白天姜莹去上班，家里就剩戚枫和凌可两个人了，两人一起看电影、弹琴、逗雪妞，玩得不亦乐乎，戚枫甚至还缠着保姆教他做饭，亲自炒菜给凌可吃。

　　当晚姜莹回家，见饭桌上还摆着他们中午没吃完的菜，又听保姆说是戚枫自己做的，惊奇不已，搛了筷菜尝了尝，她竟觉得味道不错……想到这么多年来，儿子虽说贴心有余，但也从没亲自下过厨，第一次动手竟然是做给外人吃，她心里有些吃味呢。

　　"他俩人呢？"姜莹问。

　　保姆笑道："楼上呢，我刚刚给他们切了点儿水果端上去，见两个孩子在书房看书。"

　　姜莹听了越发讶异，戚枫从小贪玩，都是被管着或者被他哥刺激着才肯学习，现在难得放假，正是玩儿的时候，怎么还这么用功？

　　她轻手轻脚地上楼去，走到书房门口，果然一片安静。

　　门虚掩着没关，姜莹往里瞥了一眼，只见两个孩子坐在书房的小沙发上，还真是在看书，而且两人头凑着头，边看书边一本正经地讨论，看起来格外和谐。

　　姜莹欣慰地笑了笑，没再打扰他们。

　　晚上吃饭，姜莹才得知凌可刚刚是在书房看她写的书。

　　头两年有位书商老友找到她，想拿她的"知名财经节目主持人"做噱头出一本职场励志类的书籍，她盛情难却，便应了。

　　书出来后销量还挺高，但那只是儿戏之作，销量高归因出版社的营销，没什么太大的深度。

　　听戚枫说他俩看了她的书，姜莹笑道："职场上的事还是需要多历练，光看鸡汤对个人改变影响不大。"

　　凌可点点头，但当一个人的人生经历积累到一定程度的时候，长者的一句话反而有醍醐灌顶的作用，要不哪能有"听君一席话，胜读十年书"这样的真谛呢？

　　优秀是一种习惯，直到现在，凌可仍记得姜莹当年对他们说的那个"运气即实力"理论，那句话也是激发他奋斗的原因之一，让他在别的孩子还浑浑噩噩的时候，奋起努力，爬向金字塔顶端。

　　人这一生，有许许多多的"偶然"归因于一次次精心的计划与准备，比如他和戚枫，没有之前的一系列铺垫，也许他们也走不到现在这一步。

　　凌可没说什么吹捧的话，不过姜莹阅人无数，还是轻易地感受到了这孩子对自己的敬仰。

　　其实她对凌可也是欣赏有加，这孩子性格沉稳踏实，好好栽培必然是新闻行业的好苗子。

想起戚枫的随性散漫，姜莹忽然心生一计，问凌可道："凌可，你暑假有没有兴趣来电视台实习？我可以亲自带你。"

凌可愣然，但还未开口答应，戚枫却先一步叫了起来："妈，我们才大一哎。"

姜莹道："助理工作有很多只有高中文凭的都能学着做，何况你们还是F大的高才生，既然假期有空，过来电视台历练历练不挺好的吗？别人想要这机会都还没有。"

凌可很赞同姜莹的话，虽说对方主职是做播音主持，但以她的资历，毫无疑问，在新闻领域也是一位资深前辈，这可是一个千载难逢的机会。

戚枫郁闷地拿筷子戳米饭，他都已经开始计划明年暑假和凌可一起去西藏或北方大草原旅游了，他妈妈怎么可以跟他争夺凌可的时间。

姜莹心里打了个如意算盘，继续拿凌可做幌子刺激儿子："你看凌可多上进，你可别仗着我是你妈妈，就觉得这些资源可有可无，你要是想，就一起来实习，早点培养工作能力。"

戚枫看了凌可一眼，见他非但没有反驳的意思，还一脸期待地看着自己，果然再说不出反驳的话来。

"那等暑假到了再说吧。"戚枫只好郁闷地接受现实。

姜莹微微一笑，她貌似找到了很不错的方法来引导戚枫呢。

闲暇的日子转眼就过去了，戚枫和凌可返校后，已有不少同学在讨论上学期期末考试的成绩。

凌可早在年后就上网查过了，他的所有科目分数都在九十以上，绩点也是全满的。然而，当他得知自己考了全系第一时，仍有些意外。

在人才济济的F大还能保持这样的水平，这让戚枫对他的钦佩之情又深了一点。

"不愧是我弟啊……"戚枫咂舌感慨。

其实戚枫考得也不差，但他的名次并非数一数二，所以跟奖学金无缘了。

半个月后凌可领到奖学金，谢奇宝嚷嚷着要他请客吃饭，凌可也不推拒，大方地请412另外三人一块儿去校南门下了顿馆子。

等上菜的工夫，谢奇宝和凌可上洗手间，高俊飞给戚枫使眼色："我出去抽根烟，你一起吗？"

戚枫看出高俊飞有话单独跟自己说，微微一愣，点头起身。

两人走到餐馆外，高俊飞点了根烟，才开口道："我知道你和凌可关系好，但现在开学了，男生宿舍人多口杂，你俩还是谨慎点吧，万一叫谢奇宝那个蠢货知道了，估计他三观崩塌。"

戚枫："……"

高俊飞斜了他一眼，吐了口烟道："你别给我装傻，这学期你跟凌可都从脚对脚睡觉变成头凑着头睡了。"

戚枫："我们那是为了方便聊天啊……"

高俊飞嗤笑："得了吧，要宿舍那床够大你都恨不得爬凌可床上去了吧？"

尽管高俊飞说这话的语气有点古怪，但戚枫不得不汗颜地承认，确实如此。

高俊飞又道："如果你俩真喜欢过二人世界，我友情建议，不如去东门外找找出租房，那儿有不少单身的教师公寓出租，租金实惠，F大有不少小情侣住那儿，绝对隐蔽，而且自由自在。"

听到"小情侣"三个字，戚枫脑中电光一闪，瞬间悟了！

他尴尬地张了张口："高俊飞……"

高俊飞再次抬起手掌阻止了戚枫接下来想说的话，冷酷道："不用解释。"

戚枫嘴角一抽，终于知道年前最后一次高俊飞对他们说的话到底是什么意思了。

高俊飞往里瞅了一眼："上菜了，进去吧。"说罢他也不等戚枫解释，就掐灭烟转身走了。

这一顿饭吃得戚枫心中七上八下，饭后他找机会跟凌可一说，凌可也是哭笑不得："他是什么时候开始误会的？"

戚枫："谁知道……"

凌可："要不我们找机会跟他正式解释一下？"

戚枫："怎么解释？说我们不像他想象的那样？"

凌可也反问："不解释难道就任他这么误会下去？"

戚枫解释道："其实，在你答应配合我演戏的时候，我就预料到高俊飞和谢奇宝可能会误会，但我没想到，高俊飞即便误会了，也藏得这么好。要不是他今天对我说这几句话，我都不知道他想歪了。"

确实，要换作是别人，一旦猜测他俩有猫腻，肯定会戴上有色眼镜，不是好奇八卦，就是鄙夷远离。高俊飞却能做到一如平常，还好心给他俩出谋划策……面对这样喜欢自作聪明却无比善良的室友，凌可还真不忍心告诉他真相。

戚枫见凌可这表情，就知道他已经释然了。

"不过，关于租房的事儿，他不说我还没这个念头，他一说，我倒觉得还挺不错的。"戚枫偏头看凌可，笑问，"要不，我们一起上校外住？"

凌可被这个突如其来的转折搞得一个趔趄："啥？"

戚枫："说实话，我刚入学的时候没想过住宿舍。"

凌可："不住宿舍你住哪儿？走读？你家距离学校这么远，你每天来去都得花不少时间吧？"

"我妈在F大附近还有一套房产，自带装修，骑个车十来分钟就能到，这房子一直没人住，也从没出租过，我原本打算住那儿的。但报到那天不是见到了你吗？我就想试着住住看宿舍，"戚枫摸了摸自己的后颈，"但上学期我没有一天睡好过，床太小了，翻身都困难，我一直没说，担心你嫌弃我娇生惯养。"

凌可无语，怎么感觉戚枫睡不好都是他的错了？

戚枫再次向他抛出橄榄枝："所以，如果你愿意的话，这学期不如跟我搬出去住吧？我妈那个房子有两室一厅，我们一人一间也行，一间当卧室一间当书房也行，反正不要房租。"

凌可有些犹豫，戚枫的提议确实让他心动，住宿舍有住宿舍的利弊，但如果有能力外住，自然是外住好。何况，若他不答应，戚枫肯定不会一个人搬出去，凌可早知道这大少爷是养尊处优惯了的，他也不想对方因为迁就他而将就。

但是，如果他们就这么搬出去了，不就坐实了高俊飞的误会吗？

"你不会还在想高俊飞那个问题吧？"戚枫忽然问。

凌可被说破心思，也不掩饰，直接点了点头。

戚枫道："以高俊飞的人品，我不认为他的误会会对我们造成实质性的麻烦。那他怎么想跟我们有什么关系？只要我们自己开心，不就行了？"

凌可一愣，竟然觉得戚枫说的话很有道理。他独来独往这么多年，也不是个会在意别人看法的人啊。

思考片刻，凌可终于答应了："行吧。"

两人坐言起行，到了周末就去了趟戚枫所说的房子，那房子久不住人，落了不少灰，而且连张床都没有。

戚枫想到这就是他和凌可今后三年要住的地方，也不怕麻烦，当天就吭哧吭哧地打扫起卫生，之后又上网购置了不少家具饰品，两人隔三岔五往那儿跑，不到一个月就把那地方拾掇得有模有样。

不过床太贵，戚枫又挑剔，最终只买了一张，放在其中一间房，当作两人的主卧。

之后一阵子课业相对轻松，大伙儿搞校媒的搞校媒，玩社团的玩社团，各忙各的。戚枫也应周琰之邀进入了学生会，开始为最近一次的大型校园活动做主持筹备工作。

这天，他在学生会碰上齐秋蕊被一个女生缠着要凌可的微信号："学姐！拜托了嘛，告诉我一下！"

听到凌可的名字，戚枫本能地竖起耳朵，却听齐秋蕊道："那我把他的名片推送给你吧。"

戚枫心中有些不愉快，待那女生走后，他和颜悦色地质问齐秋蕊道："学姐，你怎么没经过凌可同意就把微信号给她？"

齐秋蕊笑了笑，小声告诉他："放心吧，我给她的是凌可不用的小号。"

戚枫一愣："凌可还有小号？"

齐秋蕊："是啊，我刚认识他的时候，他让我加的就是他的小号。"

戚枫想起上学期凌可说过认识齐秋蕊是在开学第一天，那时候凌可不是还没有微信号吗？如果那个是小号，之后加自己和高俊飞的那个是什么号？

齐秋蕊又道："我理解啦，你们这样的男生，追求者那么多，搞点拒绝的手段也很正常。说实话，跟我要凌可的微信号的也不止今天这一个女生，我总不好一个个去问凌可，那不给他添麻烦吗？但我要直接拒绝那些女生，她们又会说我不近人情，唉，我也不好办的。"

齐秋蕊考虑得很周到，但戚枫此刻的心思都在"凌可有小号"这件事上，这让他不由得联想到几个与之相关的细节。

一次是开学初，凌可拒绝加他的微信；第二次是在食堂门口，当时齐秋蕊与凌可正是在说微信小号的事，但戚枫只听到个话尾，也没多想；第三次就是放假前，他问凌可为什么不回复凌妈妈的微信消息，凌可含糊其辞的表现……

戚枫看向齐秋蕊："学姐，你能不能也把凌可的小号发我一个？"

"好啊，"齐秋蕊不疑有他，直接把凌可之前用的微信号推送过去，还顺便调侃了一句，"你跟凌可关系那么好，加他的小号有什么用？"

戚枫笑了笑，只当凌可的小号里可能有一些不为人知的黑历史，至于为什么给了齐秋蕊却没给其他人，就不得而知了。

然而，当他随手点开那个小号名片，却惊讶地发现，跳出来的界面显示并不需要将此人"添加到通讯录"，而是可以直接聊天，而且点开两人的对话框，还有一条三年半之前的加友信息！

"学姐，你没有给错吧？"戚枫皱眉道。

"没有啊，"齐秋蕊检查了一下，道，"这就是凌可的小号，我之前还跟他聊过两句呢。"

戚枫惊了，又点开对方的头像看了看，心道，难不成凌可早就认识他了？可他压根想不起来三年半之前自己和凌可还有过什么交集。

齐秋蕊见他表情有异，问道："怎么了？"

"没什么。"戚枫暂且压下心中的疑虑，收起手机，等和齐秋蕊分开后，才又打开微信，盯着凌可小号的对话框顶部那个时间，往回细想。

那个时候他刚开通微信不久，一下子加了许多QQ好友，有些都没有验证身份……等等，莫非凌可还是自己的QQ好友？

戚枫赶紧用手机登录QQ，在联系人里一个个查找可疑对象，还真被他找到一个。

昵称和那个微信小号一样，是一个简单的字母K。

显然，凌可认识他的时间比他想象中更早，但他们从来没有聊过天，也没有对话记录可供戚枫分析……看来凌可不想让他知道小号的存在，是不想让他知道他们早就认识。

傍晚戚枫和凌可一起吃饭时，并没有提及这件事，他和平时一样，体贴地帮凌可买了饭，吃饭时闲聊白天发生的事。

说了一会儿，戚枫才故意引入早年大家上网聊天的话题，试探着问："你有QQ吗？"

凌可一愣，道："有啊。"

戚枫笑问："Q号是什么？"

"呃……"凌可握着筷子的手一紧，果然开始逃避，"问这个干什么？都好多年不用了。"

戚枫："我好奇嘛。"

凌可："号码我背不出来。"

戚枫："那你的QQ名叫什么？"

凌可犹豫了一瞬，似乎觉得就算说了，戚枫也不会发现什么，才道："就是K，字母K……"

这个试探更证实了戚枫的猜测，但他百思不得其解，为什么凌可要隐瞒这件事？

当晚，疑惑不解的戚枫又找上了死党沈岳哲："在不，有事想找你聊聊。"

自从上一次为戚枫排忧解难却被无情否定后，沈岳哲就没主动联系过他了。两人当然不至于因为这点小事而生疏，只是隔着八小时时差，沈岳哲又沉溺自己的恋情中，哪有那个美国时间天天管戚枫和凌可的闲事。

彼时，沈岳哲正沐浴在温暖的冬日下陪女朋友喝英式下午茶，收到戚枫的信息，沈岳哲本能地眼皮一抽："有话快说，别耽误大爷我享受人生！"

戚枫把事情的来龙去脉都告诉了沈岳哲，而后道："我怀疑凌可很早就认识我了。"

沈岳哲立即丢开手上的茶杯，惊道："真的假的？你是说凌可第一次见你的时候装不认识你？一直在骗你？"

好一个心机深沉的boy！

戚枫："问题是我完全不记得我以前跟他是怎么认识的，我想不通他骗我的原因……"

沈岳哲忽地想到："哎？有没有可能，凌可认识的是你哥啊，你跟你哥小时候不是用一个QQ号吗？"

戚枫沉默了一瞬道："那他到底是怎么认识我哥的？"

沈岳哲："这就要问他或者问你哥呗。"

戚枫脑海里顿时闪过前阵子他妈妈问起凌可的电视台才艺竞选事件，凌可那会儿也依稀有什么事件要隐瞒。

戚枫没有再回复，因为对方已经点出了他潜意识里不想去承认的事实。

沈岳哲极其入戏地发了一通推测，结果半天没等到戚枫的回应，气得咬牙切齿："你能不能不要每次都撩完就跑？信不信下次再这样我拖黑你！"

当晚，戚枫就单独给他妈妈打了通电话，问了问电视台那件事。果不其然，让他妈

241

妈有印象的那个男孩竟然和难得回国的哥哥有过一次合奏表演。

　　戚枫想起来了，哥哥当初回家后也跟他提过那件事，还夸那个人弹琴比他弹得好，凌可很可能就是在那时候跟他哥交换联系方式的。

　　所以说，凌可从一开始就认识他哥，或者有可能，就是哥哥派他到自己身边来的？

　　戚枫被自己的脑补惊出了一身冷汗，但很快又推翻了这个猜测。

　　因为他第一次和凌可练习四手联弹时，凌可问过他会不会其他乐器……如果他和哥哥现在还有联系，凌可肯定不会那么问。

　　不过不管如何，戚枫都已经确认，凌可最先见到的人是哥哥，他似乎混淆了他们两个人，所以一开始见自己对他没有印象后，也佯装不认识自己。直到前不久去他家，看见他哥的照片，凌可才搞清楚。

　　戚枫并不怀疑凌可对自己的友情，毕竟这半年来，跟对方朝夕相处的是自己，但他仍然为凌可一开始把他当成戚屿而感到不爽，而且很明显，哥哥给凌可留下了"深刻的印象"。

　　周末，凌可问戚枫要不要去"小窝"，再过去收拾收拾，他们就能搬进去住了。

　　但戚枫满脑子还是自己最近的发现，别扭道："不去。"

　　既然凌可想隐瞒，戚枫也如他所愿，没有戳穿他给自己找尴尬。

　　凌可奇怪："你周末有事？"

　　戚枫："没什么事……"

　　凌可歪歪头打量他两秒，就转身去做自己的事了。

　　这反应再次激怒了戚枫，他转身一把拽住对方的手，气得胸膛起伏："你就不能……"

　　戚枫很郁闷：他不高兴，凌可看不出来吗？这家伙就不能多问一句"你怎么了"吗？

　　就在这时，戚枫口袋里的手机忽然响了起来，截断了他未说完的话。

　　戚枫烦躁地松开凌可，取出手机，看到来电显示，脸色骤变——竟是他哥国内的号码！

　　他哥回国了？

　　戚枫按下接通键，面色阴沉地嗯了两声，就魂不守舍地说要回去一趟。

　　"怎么忽然要回去？"凌可皱眉。

　　戚枫只说家里有事，也没讲具体原因。中午凌可独自吃过饭，又意外接到了姜莹的电话，对方问他晚上有没有时间过去一起吃个饭。

　　长辈邀请共赴晚餐，凌可不好拒绝，但他纳闷这事儿怎么不是由戚枫来说，却是姜莹亲自来问。

　　不过他很快就知道了理由，姜莹问他："你和戚枫闹别扭了吗？"

凌可一愣："没有。"

姜莹："那孩子也不知道怎么一回事，我刚才让他叫你一起来吃饭，他说想叫就让我自己打电话，我以为你跟他吵架了。"

凌可哑然，姜莹道："没吵架就好，一会儿我让家里的司机去接你，到了给你电话，你准备一下，留意手机。"

虽说两人没有吵架，但凌可总感觉这几天戚枫奇奇怪怪的，也不知道是什么原因，心中也一阵七上八下。

那边，姜莹挂了电话，看向身边一直在竖耳倾听的小儿子，无奈又好笑——明明很在意，却还要故作淡定。

"打好了。"姜莹晃晃手中的手机。

"哦。"戚枫低头玩手机，心中焦躁，凌可来了就会见到哥哥了，怎么办……

"你不一起去接他？"姜莹问。

戚枫盘腿坐在沙发上，不起身："司机一个人去就好了啊。"

姜莹无语，看来她猜得没错，戚枫和凌可肯定是吵架了，瞧这小子，嘴上倔强，心里、面上都放不下呢……

戚屿是昨天晚上到的，当时太晚，没来得及跟戚枫说，早上醒来才给对方打电话。上午他在家里穿着便服，这会儿想着一会儿"另一个弟弟"要来，才换了件正式点的衣服。

戚枫看见戚屿身上穿着他最喜欢的那件外衫，急得当场跳了起来："你干吗穿我的衣服！"

戚屿奇怪地看了一眼身上的衣服："你这么激动干什么？这衣服很特别？"

戚枫皱眉道："你自己没有衣服吗？"

戚屿走过去挨着他坐下："我就回来待两个礼拜，衣服你都有，我为什么要带？"他理所当然的语气就好像戚枫的一切都是他的，两人不分你我。

戚枫叫道："一会儿凌可来了认错了怎么办？"

"那就认错呗，又不是没人认错过，难不成你还担心我抢你朋友？"戚屿瞥了他一眼，嗤笑，"我要真抢得到手，那他也不值得你这么在乎，不是吗？"

这一句话恰好戳中了戚枫的死穴，把他气得简直要爆粗，又不知道能骂啥，最后只能甩手走人。

去戚枫家的路上，凌可主动给对方发了两条消息，但戚枫都没有回复。

凌可心情复杂地看着车窗外，以前戚枫都是秒回他消息，现在怎么理都不理他了？

巨大的落差让凌可心里无法接受，他悲观地想起了元旦那天晚上自己的担忧——戚枫是不是已经厌倦他了？

想到这个可能性，凌可整个人从头凉到了脚。

243

但他的自尊心又不容许被朋友这样轻视，于是不由得赌气地想：既然戚枫不欢迎他，要不还是不去了吧……烦他了就直说啊，这样不冷不热算什么意思？

沿街的绿化带已经开始抽新芽，绿草如茵。初春风景宜人，午后日光正暖。凌可心里却一阵伤春悲秋，只胡思乱想着他和戚枫的友情还能持续多久。

从来没有一个人像戚枫这样，每一个举动都牵动他的心神。

一朝喜，万物生辉；一朝悲，天地失色。

然而，到了戚枫家，凌可的沮丧之情又被仅存的理智压了下去。

他做了个深呼吸，穿过前院去敲门。心里正惴惴不安，门就打开了，戚枫出现在他面前。

一瞬间，凌可在车上的赌气念头全化作了服软的冲动。

——你到底怎么了？还是我做错了什么，你告诉我，别不理我。

但望着距离自己仅半米的青年，凌可忽然觉得有些陌生。

这陌生感并不是来自莫名其妙的冷战，而是一种客气的疏离，仿佛他们真的不太熟。

凌可一愣，谨慎道："你好……请问戚枫在吗？"

那人颇觉新奇地望着凌可："你怎么知道我不是戚枫？"

凌可一边暗自惊心，一边松了口气，也在仔细打量对方……这是戚枫的哥哥？

老天，真像，就算这么近距离地看也没有什么差别，就连衣服也穿的一样的。

"凭感觉。"凌可下意识地别开视线，不再对着眼前的人猛瞧。

戚屿似笑非笑地一挑眉毛，就这么站在门口看了凌可好几秒，在凌可感到不安之前才错开身子让他进去。

"我记得你。"戚屿没自我介绍，直接来了这么一句。

凌可一愣，记得什么？

戚屿："你是那个五年前我陪你合奏过《月光奏鸣曲》和《即兴幻想曲》的人。"

凌可第一反应是姜莹把这件事告诉了他，但又一想，前不久姜莹也问了自己电视台的事，他撒谎否认了，不应该是姜莹告诉他的……戚枫就更不可能了，那家伙什么都不知道。

戚屿领他到客厅沙发边，抬手比了比他的身高，笑道："你就是长大了一点，长高了一点，五官没什么变化。"

原来是戚屿自己记得，凌可一面震惊于对方的记忆力，一面慌张着一会儿该怎么和戚枫解释这段过往。

"坐吧，"戚屿看他心不在焉的样子，抬头看了一眼二楼的方向，道，"小枫在楼上，可能一会儿就下来了，我们先聊几句。"

保姆端了一壶茶来，戚屿亲自替凌可斟了一小杯，随口道："跟我说说你和小枫的事吧。"

244

凌可一脸蒙，不知道要从何说起。

戚屿："我们一起演奏过的事，他知道吗？我好像没听他提起过……以他那个事事要跟我争的性格，他知道了肯定会打电话找我麻烦。"

的确不知道，凌可一阵心虚，感觉自己辛苦遮掩的一切，都将在这个与戚枫长着同一副面孔的青年眼前彻底暴露。

他也在害怕，拼命斟酌着该怎么说才能把谎言的恶劣影响降到最低……还是继续撒谎说自己完全忘了电视台的事？

戚屿察觉到凌可的挣扎，抬眼一瞥，忽然问："你考F大，接近我弟弟，跟我有关吗？"

凌可倒吸一口冷气，本能道："没有关系！"

尽管他在考大学前看到过戚枫发的朋友圈，不能否认是否潜移默化的影响，但F大是本市最好的大学，在全国名列前茅，以凌可的成绩，就算没有看到戚枫发的信息，也会报考。

而说他接近戚枫，更是无稽之谈了，他们只是碰巧被分到一个宿舍。

戚屿笑看着他，并不觉得自己的问话犀利，语气反而像是和一个普通朋友聊天一样自然："可你最先见过的不是我吗？我还以为你把他当成我了。"

凌可彻底慌了，事到如今，再不解释清楚恐怕误会就大了。

他紧张地抠起了双手，坦白道："不是的，我第一次见戚枫，比五年前更早……是在我们小学毕业那一年。"

这一次轮到戚屿惊讶了："嗯？"

凌可简单几句说了六年半前钢琴考级的事，又道："两年后在电视台见到你，我以为是他把我忘了。"

戚屿微微歪头："所以你是把我当成戚枫了？而不是把戚枫当成了我？不爽我把你忘了，才在我问你名字时说……'不告诉你'？"

凌可尴尬地垂下了眼睛，觉得当年的自己真是幼稚得可以。

戚屿眼角一挑："那你现在可以告诉我你叫什么名字了吗？"

凌可硬着头皮道："凌可。"

戚屿看他小心翼翼的样子，却觉得很有意思，故意开玩笑道："听妈妈说，你和小枫感情很好，如果六年前你没有见过他，今天跟你做朋友的人会不会是我？"

凌可怔了怔，沉声道："很大概率，不会。"

戚屿："为什么？"

凌可："我跟你是两个世界的人。"

戚屿挑眉："你跟小枫不也是吗？"他这句话说得相当自负，一副把凌可划在他们世界外的姿态。

但凌可没有计较，解释道："如果不是戚枫，我不会因为感到被遗忘而受刺激，也

245

就不会有后续的一系列事件了。"

戚屿："什么事件？"

凌可："我悄悄关注了他很多年，因为憧憬他而努力学习。我考F大，不是为了他，是因为我考得上，所以我会选最好的。能和他在F大相遇，我也很意外，但因为自尊，我不想让他知道我关注过他，在那之前，我并不了解他到底是个什么样的人。"

为了让戚屿明白，他和戚枫的区别，凌可仔细回忆起他们进F大后发生的点点滴滴，从两人第一次见面，到一起四手联弹，再到陪戚枫演戏、一起去古镇采访……

"虽然认识才半年，但我们之间有了很多美好的回忆，他心地善良，待人真诚，走到哪里都是人群的焦点，但你别看他平时开朗爱笑的模样，其实内心还挺脆弱的。"

凌可笑了笑，又说到古镇那天晚上，戚枫耍赖要晚安吻的事。

"他说，是因为我身上有一种跟他哥相近的气质，所以才喜欢黏我……而我也很享受他依赖我、照顾我的感觉。"

在诉说的过程中，凌可的心慢慢柔软下来。他忽然想起了戚枫早上离开前扯住自己的动作，好像明白了戚枫跟自己"冷战"的原因……他怨戚枫态度疏离，可他不也没有留意到戚枫的情绪变化吗？戚枫似乎生他的气了，但为什么生气，他问过吗？

他明知道戚枫缺乏安全感，却没有在第一时间给他回应，正因为戚枫信任自己，才会跟自己赌气撒娇。

凌可沉浸在自己的思绪里，微蹙着眉头。但他不知道，在戚屿眼里，他此刻的表情有多温柔。

想通后，凌可承认是自己错了，决定一会儿就跟戚枫道歉，好好安慰他，解开两人的矛盾，他也不该再瞒着戚枫那些往事。

凌可抬起头，看向戚屿道："而我跟你隔着这么远的距离，就算我们当年交换了联系方式，也会因为生活的环境不同、时差、性格等问题，无法深交。"

戚屿轻轻地舒了一口气，扭头朝着楼梯后的方向道："喂，你还要在那里偷听多久？"

Part 04　真相大白

　　戚枫完全无法用语言描述自己跌宕的心情。在司机送凌可到家门口时，他就从楼上的窗户看见了，下来后想给他开门，却被哥哥抢了先。

　　他犹豫了一秒，明知道凌可可能分不太清自己和哥哥的长相，还是自虐地躲到了楼梯后，想亲眼看一看凌可的反应。

　　听到他哥说记得凌可时，戚枫一颗心都揪起来了……他们果然认识！

　　再听到哥说"今天跟你做朋友的人会不会是我"时，戚枫差点忍不住要冲出来一脚把他踹回美国去。

　　这家伙，小时候抢他的爱慕者，长大了还想抢他的好朋友，太过分了！

　　嫉妒使戚枫面目狰狞，他心想，就算他们以前认识，现在的凌可也只属于他。

　　但他没料到，凌可竟然说"不会"，还说，在比见哥哥更早的时候见过自己。

　　戚枫愣住了，听了一会儿，才恍惚想起来，那一年暑假考级时的确碰见过这么一个同龄男孩，对方让他非常有好感。

　　他记得自己当初问凌可喜不喜欢钢琴，凌可说不喜欢……那是他第一次碰到一个能坚持把不喜欢的事情做到这么好的人。换作是他，不喜欢肯定不会下功夫去练习，所以他觉得凌可很厉害。

　　他在对方的琴谱上留了QQ号码，那家伙却迟迟没有加自己为好友，久而久之，他便忘了这个小插曲。他哪里能想到，凌可不但加了他，还关注他这么多年……

　　凌可和哥哥说话时，声音放得很轻，也许是不想让他们之外的第三人知道，但戚枫还是一字不差地听到了。

　　他也没想到，戚屿会知道他在偷听，所以那些问题，也许是戚屿故意给凌可设置的陷阱。

唉，他这个哥哥，还是那么腹黑。

戚枫目不转睛地望着凌可，缓步朝他走了过去……

——所以，从我们去年第一次见面，你就认出是我了吗？

——你到底是从什么时候开始悄悄关注我的？

——在那之前，你一直假装不认识我？

萦绕心头的那么多问题，到最后却只化作一句感叹："你怎么忍得住不告诉我啊……"

这个猝不及防的转折彻底把凌可吓傻了，他根本料不到戚枫会在这种情况下得知真相。

"戚枫……"凌可紧张地想解释，可他刚念出这个名字，就被戚枫一把抱住了。

戚枫回想着凌可方才对哥哥说的那番话，都快热泪盈眶了。

看着戚枫抱住凌可，戚屿的心情也有点微妙：自己的弟弟无视他的一片良苦用心，却对一个结拜兄弟"投怀送抱"，他到底是该高兴还是忧伤呢？

凌可可无法像戚枫那样当他哥不存在，被抱住的时候，简直手足无措。

戚屿也看得出来他在努力维持姿态，可凌可刚刚说了那通话，连他一个外人听了都感动，何况是他那个感性的傻弟弟，没直接扑倒都算是客气了。

啊呀，凌可居然还抬手摸了摸戚枫的脑袋？他是在安抚小狗吗？

不对，按照戚枫的体形，应该是条大狗。

戚枫抱了凌可好一会儿，才发现他哥居然一直在围观他们。

"你还在这里干吗啊！"戚枫瞪了他哥一眼。

戚屿端起茶杯，还慢条斯理地喝了口水："我不能在这里吗？你又没叫我走开。"

戚枫气得面目狰狞，为什么同样是兄弟，他看见他哥就只想跟他哥吵架呢？

幸好姜莹从楼上下来，打破了兄弟俩剑拔弩张的气氛："都在了？"

戚屿给他妈妈让了个位置，姜莹瞄了一眼紧挨着凌可而坐的戚枫，笑道："和好了？怎么，怕凌可认错你跟你哥，所以不想让他来？"

戚屿："妈，凌可认出来了。"

姜莹惊讶："认出来了？"

戚屿："嗯，刚才我去给他开门，他一眼就看出我不是小枫。"

姜莹看向凌可道："厉害呀，我都经常搞错他们兄弟俩。"

戚屿："不过五年前他没认出来，把我当成小枫了。"

姜莹纳闷："五年前？"

凌可汗如雨下，为自己不久前说的谎倍感心虚。

不过姜莹听戚屿说完这段往事，并没有责备他，还抱着手臂直笑："我说怎么看着觉得你面熟，看来，你跟我们一家人还是挺有缘分的啊。"她又问凌可，"但我不明白，你当初为什么要弃权？你表现得不是挺好的吗？"

戚屿替他解释了一句："他把我当成戚枫，以为我把他忘了，所以故意赌气临时换了曲子，是吧？"

凌可一脸难堪地承认："嗯，我那时候心态不太好，要不是戚枫的哥哥应变能力强，一直配合我，可能就只有我一个人在弹。"

的确，他冲动弃权的时候，心里比起"被遗忘"的懊恼，更多的是"配不上"的不甘。

姜莹点头："原来是这样。"

戚屿道："也是你自己选曲选得巧，刚好那两首我都陪小枫练过，要换别的，说不定我就不会了。"

戚枫听他们谈论这段往事，自己却插不上嘴，格外不爽，于是单独针对他哥热讽道："那我是不是得替凌可谢谢你了？"

戚屿挑了下眉毛："听妈妈说，凌可跟你做了结拜兄弟，那么他也算是我弟弟吧？我这是给'弟弟'帮忙，你谢我什么？"他说完这句话又面向凌可，笑着诱哄道，"以后，你也可以叫我哥。"

对着戚屿的笑容，凌可只觉得头皮发麻。

戚枫像是担心凌可被人抢走，护着他道："不行，凌可是我一个人的！"

姜莹听得哭笑不得："你们兄弟俩，怎么每次见面都不能和和气气地说上三句话？"

戚屿故意歪曲姜莹的意思，一起数落戚枫："就是，这种事都要吃醋，真是个小孩子。"

戚枫果然被气得嗷嗷叫："你才小孩子！"

姜莹苦笑："好了好了，难得见个面，别吵了，都吃饭吧。"

吃过晚饭，戚枫就迫不及待地把凌可拉进自己房间"秋后算账"。

一想到这家伙早就认识自己，戚枫就来气：为什么要骗我这么久？让我像傻瓜一样，因为能和你成为至交好友而沾沾自喜，这样很好玩吗？

戚枫把凌可摁在椅子上，严肃道："你最好从头到尾再跟我坦白一遍，为什么要骗我，否则我真的会生你的气。"

凌可被唬住了，急着解释道："我不是故意的，钢琴考级回去后过了一年，我才看见你在琴谱上留的QQ号码。"

戚枫："然后呢？加了我为什么不跟我聊天？"

凌可张了张嘴，他当然不能说自己当年因为觉得戚枫是全钻贵族，所以不好意思勾搭……这个理由也太让人羞耻了。

"因为……"

凌可正想找借口，戚枫就警告他道："不许说谎！"

凌可一噎，一张脸腾腾燃烧："因为……我看了你的QQ空间，你那时候很帅，而且会很多东西，我怕你已经忘了我，不大好意思跟你聊。"

戚枫怔了一秒，惊愕道："枫之屿那个空间？"

凌可嗯了一声，不明白戚枫为什么露出这种表情。

戚枫面容扭曲了一下，咬牙切齿道："那是我跟我哥一起用的空间，里面不只有我一个人的状态！"

凌可脑海里像是被劈了一道雷，全身上下瞬间沁出一层冷汗，他紧张地问："我只在高中之前关注你的空间，后来你有了微信，就加了你的微信，微信只是你的吧？"

"是。"戚枫语气缓和了一点，这件事他已经自己查到了，但他的面色还是很可怕，"我前几天刚知道你有另一个微信号，也发现了你早就认识我。"

凌可哑然，这就是戚枫跟自己冷战的原因？他自知理亏，本能地低声道歉："对不起。"

戚枫："我不要你说'对不起'。"

凌可内疚道："那你想让我怎么办？"

戚枫叹了口气，卸下了虚张声势的霸道盔甲，无奈地看着他："你说我能把你怎么办？我这么在乎你，只希望以后你能对我诚实一点，关注我又不是什么见不得人的事，能被你这么重视，我只会觉得开心。"

凌可大脑嗡嗡的，心头仿佛被捶了一下。

他望着戚枫，郑重地应了一声："嗯。"

次日，凌可醒来，发现自己又被戚枫当了大型抱枕。

凌可动了动身子，想起昨天发生的一切，仍感到有些不真实。

不过，坦白以后，他心里竟然有种尘埃落定的踏实感，再不用为戚枫可能会发现他"表里不一"而担心。

戚枫也醒了，像只大猫似的，睡眼惺忪地拱了拱他的颈窝，凌可揉了揉他的后脑勺，也不急着起来，陪着戚枫赖床。

就在这时，忽然有人推门而入："查房了，查房了！"

戚枫面色一变，一边拉过被子将凌可严严实实盖住，一边扭头对声音的来源处粗声吼道："一大早你发什么神经病啊！"

戚屿拿着一瓶牛奶，边喝边道："早起的鸟儿有虫吃，晚起的笨蛋饿肚子。"

戚枫："你不是才回国时差都没调过来吗？现在是你平时的睡觉时间！"

戚屿看了一眼缩在被窝里的凌可，笑眯眯地晃了晃手上的瓶子，道："凌可也醒了呀，喝牛奶吗？"

凌可尴尬地抽了抽嘴角，戚枫急得当即下床赶人："你快点给我出去！"

随着重重的关门声，戚屿远去的笑声被彻底隔绝在门外。

戚枫钻回被窝，重新抱住凌可取暖，轻哼道："这个浑蛋，就爱惹我不痛快。"

凌可窃然，他以前猜戚枫跟他哥关系很好，但没想到会是这种"好"法……也不知道他们两兄弟是一直这样，还是两人被迫分离后逐渐导致的。

但这个世上，估计也就戚屿一个人能让戚枫不顾形象地暴跳如雷吧？

凌可安抚了戚枫一会儿，忽然想起来："昨晚忘了问你，为什么你以前和你哥用一个QQ？"

戚枫沉默了一瞬，道："我哥小时候不怎么玩QQ，只是偶尔需要和老同学联系一下，就把他的好友加在我的QQ里。后来他出了国，为了让我看他在国外的照片，便直接上传在我们共用的空间相册里，那些相册对我们来说就好像一个公用网盘一样。"

凌可奇怪道："那怎么没人发现你们是两个人？"

戚枫面上一热，道："我说了你会笑话我的。"

凌可自己的老底都被掀了个透，哪还敢笑话他："你都知道我的所有秘密了。"他捏捏戚枫的耳朵道，催他坦白。

戚枫果然没辙，解释道："除了相册，我哥别的都不会用，也不会看别人给我的留言。有一次他在空间里放一张在美国学击剑的照片，我在德音的同学以为是我，纷纷在下面留言说，'哇，戚枫你怎么什么都会'……这让我产生了很大的虚荣心，所以我一直没有解释过，哪些照片是我的，哪些不是我的，就沈岳哲一个人知道，为了保持神秘，我还叮嘱他不要戳穿。"

凌可眼皮一跳，当初他也被那些照片给骗过，觉得戚枫简直无敌，原来是戚屿的存在造就了神一样的戚枫……

戚枫看向凌可，酸涩道："你以前是不是也都误会了？"

凌可不予否认，但他觉得，以前他对戚枫的钦佩只是浮于表面，但现在的他更喜欢眼前这个活生生、优缺点分明的戚枫。

戚枫叹了口气，他自掘坟墓，也不好找凌可的碴："我哥这个人可是一肚子坏水，要是他假装成我来骗你玩，你可得机智点儿啊。"

"呃，我尽力吧。"凌可也无法保证，毕竟戚枫和戚屿长得太像了，之前看照片他还总是认错。昨天能分辨出来，凌可也不知道自己是运气好还是直觉准。

戚枫想想又觉得不放心，撑起身子道："不行，我得在我身上留点儿能让你一眼识别我的标记。"

凌可："啊？"

戚枫："要不我去打个耳洞？这样你就更好分辨出我跟我哥了！"

谁也不懂戚枫的担忧和不安，有一个和自己长相一模一样的人，就等于他们只能用内在分胜负……可在戚枫心里，哥哥那么优秀，他哥要真耍什么恶作剧的手段，凌可肯定扛不住。

戚枫太珍惜这段友情，丝毫不想他人来分散凌可的注意力。

他立即拉着凌可起床穿衣服，两人下楼吃了早饭，像是防贼似的躲着戚屿出了门。

到了耳饰店，戚枫咨询一番后，大义凛然地坐了下来，他怕疼，一耳枪下去，眼泪都被逼了出来。

尽管知道那是生理性眼泪，但凌可看戚枫红眼睛的样子，只觉得对方可怜又可爱。他心里一动，对工作人员道："我也打一个吧。"

戚枫怔了怔："你也要打？"

凌可解释："我们拜过关公，说过要同甘共苦，你打一个我打一个，以后买一对耳钉也不会浪费。"

戚枫感动不已，打完耳洞直接在店内挑了对样式简洁的钻石耳钉，待凌可一打完，就直接跟他一人一枚戴上了。

两人红着耳朵回了家，戚枫扬扬得意地跟戚屿显摆："怎么样，帅不帅？"

戚屿哭笑不得："你至于吗？"

下午三人围坐在一起聊天看电视，戚屿趁弟弟上洗手间，看了一眼凌可发红的耳朵，问："疼不疼？"

凌可淡定道："还好。"

戚屿沉默了一瞬，道："戚枫很幼稚吧？你多担待着些。"

凌可："我知道，不过，他有时候的孩子气也蛮可爱的。"

戚屿莞尔："虽然他说你是弟弟，但我感觉你比他成熟多了。"

凌可笑笑："是嘛……"

戚屿意味深长地看了他一眼："把你的手机给我。"

凌可一愣，递过手机问："怎么了？"

戚屿在他的手机里输入了一串号码以及电子邮箱，将手机还给他道："这是我在美国的联系方式和mail，不管你有什么事，都可以找我。"

凌可："……"为什么他有种在被戚屿下套的感觉？

当晚吃过饭，戚枫和凌可就返回学校了。

戚屿在国内待了一周，之后他们又见了一面，是在本城的国际机场。戚屿纠结了一晚上才决定带凌可一起去送送。

进安检前，戚屿邀请他们假期去美国玩，还举起手机朝着凌可晃了晃："回去后给你寄巧克力，之前答应你的，记得发我个地址。"

戚枫奇怪道："什么巧克力？"

凌可也很蒙："我不知道啊……"

戚枫忽然反应过来："你是不是背着我跟我哥交换了联系方式？"

瞥见戚屿在一旁坏笑，凌可恍然：原来在这儿等着他呢！

为了表明自己的清白，他赶紧解释，还乖乖上交手机让戚枫检查自己跟戚屿并没有关于巧克力的沟通。

戚枫不知翻到了什么，睁大眼睛道："为什么你手机里会有那么多我的照片？"

凌可顿时头大了……

戚屿看着他俩因为自己一个小小的诡计就吵起来的样子，笑得不可自抑。但他知道，他们很快会冷静下来，更加团结地同仇敌忾。

见弟弟充满活力的样子，戚屿终于放心地带着行李离开了。

戚枫和凌可返校后，很快有人发现他俩双双打了耳洞，一时间校内论坛又激起无数讨论。

1L回复："不知道有没有人发现校草和新闻系系草都打了耳洞，戴了同款耳钉！"

2L回复："那天在食堂我看见他们买饭还笑着对视，我眼睛都要瞎了！"

3L回复："呃，其实上学期放假头两天我还看见他俩一起去西门……"

4L回复："话筒！打光师！楼上！请说出你的故事！"

5L回复："这么暧昧，我都要怀疑他们是不是真的一对……"

6L回复："哪天他们要是公开关系了我估计都不会惊讶。"

7L回复："等等，楼上几个，我一直以为他们是真的啊！"

……

几天后又发生了一件事，上学期送过凌可小熊和鲜花的女生苏怡萱再次来袭。

凌可本以为自己这么长时间没有回应，对方就会放弃追求，没想到她越战越勇。

对方像是终于做好了心理准备，这次不再逃避也不再退缩，独自冲到了凌可面前。

当时凌可刚上完课，百来个人从多媒体教室出来看到这一幕，自发围成一个圈，兴奋地直起哄。

苏怡萱手捧鲜花，红着脸对凌可告白："凌可，自从第一次见到你，我就喜欢上了你，你可以跟我交往吗？"

凌可心中五味杂陈，为了顾及对方的面子，他本想带着苏怡萱单独找个地方说清楚。不料边上的戚枫竟然自作主张地搂住了他，似笑非笑地对苏怡萱道："有一句话，我从来没当众说过，在场的同学们也都留意一下——凌可是我的，谁想跟他交往，得先过我这一关。"

尽管戚枫表面客气，但他语气中的挑衅，很多人都能听出来。

围观者们一个个瞠目结舌，捂嘴抽气，凌可都能感觉到他们的内心受到了多大的

253

震动！

戚枫说完那句话，就错开一脸尴尬的苏怡萱，带着凌可挤出了人群。身后一阵诡异的沉默后，顿时哗然，口哨声、欢呼声不绝于耳。

不出半日，戚枫对凌可"宣示主权"的新闻就传遍校园，甚至还上了校网头条。

凌可对此愤懑不已："你怎么能做那种事？"

戚枫振振有词道："我那是在帮你啊，就像你每次帮我一样。"

"你！"凌可结舌，缓了口气才道，"许君竺那一次我帮你，是因为当场只有我们三个人，可你今天当着那么多人的面说这样的话，不觉得有点过分吗？"

戚枫："对付那样的女生，我比你有经验，你跟她口头解释没有用的。你没看出来吗，她在利用舆论压力'绑架'你，就是拿准了你不好意思当着这么多人的面拆她的台。如果你当场拒绝了她，以后就有女生说你冷酷无情，毫无同情心，但我出面就不一样了，你看大家现在都把矛头指向了我。我敢肯定，经过这一次，她以后肯定不会再来找你了，就算她来，也有我……"

"戚枫！"凌可急得打断他道，"你那么做之前，有没有问过我需不需要？"

戚枫第一次见凌可真正生气的样子，也有一点蒙，心中既委屈又郁闷，但仍服软道："好嘛，是我错了，我太冲动了……对不起。"

凌可叹了口气，平静下来道："我不是质疑你的经验，但我是个成年人，这种事我有能力自己处理好。以后遇到这种事，如果有需要，我会向你求助的。"

戚枫耷拉着脑袋自我反省，半晌后才低声道："我知道了。"

见凌可面色稍霁，戚枫又觍着脸凑过来，可怜巴巴地问："你还生气吗？"

凌可顿时像只被戳破的皮球。随着两人的深入接触，戚枫越来越熟悉凌可的脾性，知道他吃软不吃硬，每当他要生气，戚枫就卖萌撒娇，或是仗着自己的身高和体力优势展开八爪鱼功，总之十八般武艺轮番上，总有办法让凌可缴械投降。

凌可的死穴被他摸得透透的，哪还生得起气来？

"没事了……"他就奇怪了，明明受伤的人是他，为什么戚枫还一副受了天大委屈的样子？

五月的劳动节，戚枫和凌可趁着放假正式搬离宿舍。

刚搬进去那几天，戚枫兴奋得就像个刚结婚的小媳妇儿，白天一起上课，晚上回来还亲自下厨做饭。

尽管小菜卖相一般，但能让这大少爷亲自洗手做羹汤，凌可已相当感动，

戚枫做饭他洗碗，两人相互搭配，生活过得有滋有味。

这天，凌可洗碗时挽起袖口，戚枫竟然发现他的左臂上有一个红色枫叶图。

"这是什么，文身？"戚枫惊道。

"嗯……"凌可似乎很不好意思。

戚枫抓着他的手臂，皱眉道："什么时候文的？"

凌可低头道："两周前我不是回了趟家嘛，我家不远处有个文身店，那天在门口的广告上看到这个图案，就心血来潮文了一个。"

戚枫摸了摸，既激动又心疼："痛吗？"

凌可："不痛，已经掉痂了……"

他的嗓音淡淡的，仿佛在说一件很轻松的事。

戚枫提议道："要不我也去手臂上文个可可豆？"

凌可差点喷笑出来："你别这样……"

戚枫："听说文身很痛的，不是说好同甘共苦的吗？"

凌可扭头继续洗碗："那也没必要啊，我当时是有点冲动，而且你这么怕疼。"

戚枫思前想后，越想越感动，从身后一把抱住凌可，撒娇道："凌可，你真好！"

这天周末，凌可和戚枫刚起床，外头就响起了一阵敲门声。

"这么早是谁啊？"戚枫披上外套去开门，除了他的家人，没有人知道这套房子的地址，总不会是他妈妈吧？

他开门一看，见是快递小哥。

"请问凌可凌先生住这儿吗？这里有一份海外包裹指定今天一早投递到这个地址，说是要让凌先生签收。"

戚枫替他签了字，扭头道："凌可，有你的快递。"

凌可正在刷牙，含混道："我的？我没买啥东西啊，你帮我拆了看看是什么。"

戚枫仔细看了看包装上的地址……美国？他心中有些疑虑，打开一看，果然是他哥哥寄来的。

"我哥给你寄了巧克力！！"戚枫黑着脸嚷嚷。

"啊？"凌可走过来看了看，"他还真寄啊！可他怎么知道我们住在这里？"戚屿留在他手机里的联系方式早被戚枫删掉了。

戚枫道："估计是问我妈的。"

只见巧克力盒子上还贴着一张字条，写着："祝两个弟弟快乐——戚屿"

戚枫拆了两块巧克力，一块自己吃，一块塞进凌可嘴里。

巧克力味顿时在凌可刚刷完牙的口腔中弥漫开来，苦中带甜，浓郁芬芳，就像这五月的阳光，透过轻纱窗帘，洒在棕褐色的地板上，映出两人的身影。

"这家伙，过去这么多年都没给我寄过什么巧克力，偏偏今年寄给我们，还特地让你签收，我要打个电话问问他，到底是哪个意思！"

凌可听着戚枫的咕哝，脸上忍不住扬起微笑。

他似乎知道戚屿为什么总惹戚枫生气了，因为戚枫太在乎他的哥哥，所以潜意识里永远为对方当年的离开感到怨念。而戚屿对自己好，也许只是希望自己能代替对方好好地陪伴在戚枫身边。

　　他当然会珍惜这来之不易的幸福生活，也但愿他们的关系能如戚枫所期待的那般，持续永远。

【 正文完 】

Episode 番外

与他的
神秘约定

Episode 01　同学会

　　大一暑假，凌可的高中开同学会，老班长打电话邀请他参加。

　　大伙儿聚在以前学校附近的一家餐馆里，班长定了个双桌的大包厢，请来二十几个人，接近半个班的同学。

　　凌可长得帅，成绩又好，虽然性情高冷，但仍相当受欢迎，一到地方就被拉着坐到了女生较多的那桌。重点高中学风严谨，当初大家专注学习，很少谈起男女之事，如今上了大学，都开放多了。

　　几个能聊的先扯了一番各自大学里的趣事儿，尤其那几个跑去外地的，一个个分享着各地迥异的风俗饮食和生活习惯，说着说着，又开始八卦当年的高中同学谁脱单了，谁分手了。

　　一个女生见凌可一言不发地低头吃饭，主动搭话道："凌可，你在F大怎么样？"

　　凌可："挺好。"

　　眼见有人将注意力转移到凌可身上，同学们纷纷转过头来，八卦道："找女朋友了没啊？"

　　凌可："没有。"

　　有人道："之前看（3）班一个考到F大的同学发朋友圈说，凌可还是F大一草呢！"

　　另一人附和："我一点不意外，在我的大学里我还没见着比咱们凌可长得更帅的人，他要是去我们大学也绝对是校园一草！"

　　凌可心中暗想，等这些人见了戚枫，才知道真正的"草"长多帅，自己这样的算啥啊，顶多只是个草根。

　　"听说F大食堂的饭很好吃，之前有个传闻，说我们师大附中有个学霸，当年都拿到

259

保送清华的资格了，结果被往届学长带去F大吃了顿饭，就决定考F大了！"

"哈哈，这个笑话我也听说过，凌可快跟我们说说，F大的食堂真有那么好吗？"

凌可没在其他学校吃过，也没法做对比，不过F大食堂的菜色确实丰富，加上校南门外那些小餐馆，他跟戚枫到现在都还没吃遍。然而凌可东想西想，待话出口却只有一句："我觉得还行。"

兴致勃勃的女生们像是一拳打在了棉花上，完全不知道要如何跟凌可聊天。

一人忍不住调侃："凌可，你怎么还是这么高冷啊！"

凌可："……"

大家正聊着，包厢里忽然进来一个女生，众人爆出一阵欢呼，叫着她的名字："蒋亦珊来了！"

蒋亦珊原是凌可高中班上的团支部书记，又参加过高中学生会，算是个交际花类型的人物，人缘很好，也很会来事。她高考考得不错，上了本地另一所名牌大学，是他们班上除了凌可之外发展最好的。

蒋亦珊直接让服务员在凌可那桌加了个位置，落座后第一句话却是率先对凌可说的："好久不见啊凌可！"

大伙儿见状都瞅着蒋亦珊怪笑起来。

不错，蒋亦珊高中时期也对凌可献过几次殷勤，但凌可丝毫不近人情，让蒋亦珊有些悻悻。对方这点小心思凌可当然也知道，他无意回应，所以更加刻意地跟对方保持距离。

时隔一年，蒋亦珊一来就先跟凌可打招呼，所有人都等着看好戏，凌可却面无表情地朝对方点了点头，客气道："好久不见。"

蒋亦珊又问："你们刚才聊什么呢，我怎么听到你们在说凌可的事？"

一个女生嬉笑着答："我们说凌可现在在F大是校草呢！"

凌可立即申明："我不是啊。"

那女生不相信："还有比你更帅的？"

凌可正想着要不要搬出戚枫，蒋亦珊已抢先一步道："哦，F大的校草我知道，是叫戚枫吧？"

很多人没听过这个名字，奇怪道："戚枫是谁？蒋亦珊你怎么知道的？"

蒋亦珊："F大的十佳歌手比赛录像都传到我们学校论坛了，我也围观了一下。"说罢她直接打开手机找出戚枫的照片给大伙儿看。

"哇，真的帅哎！把我们凌可给比下去了！如果他是F大校草那我是服气的……"

"我知道这个人，他以前是不是在德音国际上高中的啊？我一个初中同学也给我看过他的照片！"

"好帅哦，不知道他有女朋友了没有！"

有人开玩笑问："凌可认识吗？介绍一下啊！"

凌可怎么可能不认识，戚枫不但是他的同班同学，现在还跟他一起住。两个小时前，某人得知凌可要来开同学会，还像牛皮糖一样想跟过来呢。

凌可知道戚枫是"知名人物"，现在网络这么发达，戚枫又喜欢发朋友圈，有点照片流传出去也很正常。但眼睁睁地看着一群跟戚枫毫无瓜葛的女生讨论他，凌可心里仍有些不是滋味。

见凌可微蹙眉头，蒋亦珊笑着对那开玩笑的女生道："哈哈，那种极品大帅哥能看上你？"她收起手机，又神秘兮兮道，"不是我泼你们冷水，我听说，那个戚枫好像有对象了哎。"

女生们吃惊道："真的假的？？"

蒋亦珊挑挑眉毛："是啊，听说他现在还跟女朋友在校外同居呢！"

凌可嘴角一抽，在边上不敢作声。

蒋亦珊的八卦把隔壁桌的女生都引来了，大伙儿你一句我一句地凑在一起提供自己听来的小道消息。几分钟前她们还对戚枫这人浑然不知，眼下一个个说得绘声绘色、眉飞色舞，什么脚踏多条船、四五个女友、几个待字闺中的未婚妻，把凌可听得瞠目结舌。

他不由得想起高中时一次相同的经历，那一次是他主动抛饵引鱼，还曾对那些八卦都信以为真。

唉，听信谣言果然是不对的，可怜戚枫这个纯情boy，估计根本不知道自己在外面被人传成了何等禽兽。

凌可正默默地在心里给戚枫点蜡烛，手机忽然振动了一下。

他打开一看，果然是"戚·黏人精·枫"发来的消息："可可，我过来了。"

凌可："你来干什么？"

戚枫："我来接你啊，不是说好下午去见我朋友的嘛，他们都在好乐迪开了大包了，就等我俩。"

凌可："我吃好自己会过去的，你别来了。"

戚枫："可我都到你之前告诉我的那家饭店门口了，现在在停车，你跟我说一下餐桌号，我一会儿上去，顺便见见你同学。"

凌可："别！我马上下去，你在楼下等我就行！"

戚枫看了凌可的消息，眉头一皱，有些不爽：是自己见不得人还是怎么的？凌可干吗这么紧张？难不成饭桌上发生了什么奇怪的事？凌可又被什么女生为难了……

戚枫摸摸下巴，觉得不无可能。凌可这么帅这么优秀，难保他高中时没有暗恋他的女生。这一脑补，戚枫更想上去瞅瞅了。

其实凌可他们已经吃得差不多了，但大伙儿还聊着，看样子一时半会儿散不了。他打算提出先走，蒋亦珊却又看向他道："凌可，我好像听说戚枫跟你一样是在F大新闻系的哎，你不认识他吗？"

凌可的额头又滴下一滴冷汗。

一个女生插嘴道："哎呀，凌可这么高冷，就算认识也不会跟什么人很熟吧？"

凌可本张口欲言，听到这话直接闭上了嘴巴——很好，看来有人比他自己更懂他，省得他再解释什么。

不过被这么一打岔，凌可又丧失了提出离开的时机。他考虑着要不要给戚枫发个消息，让他再等自己一刻钟，就在这时，一个女服务员推开包厢门道："有个帅哥说找人。"

凌可一扭头，只见戚枫已双手揣兜站在包厢门口，华丽登场。

一桌子人齐齐看向门口那个闪瞎人眼的大帅哥，都有些发傻。他们从没见过戚枫，刚刚只在蒋亦珊的手机上看了一眼对方的照片，一时也不敢把这人与八卦的主人公挂钩。

戚枫露出灿烂的笑容，朝众人打了个招呼，随即将目光落在凌可身上："我找凌可。"

凌可手足无措地站起来："你怎么上来了？"

戚枫面不改色心不跳道："我们不是约好一点半在楼下见面的吗？现在都快两点了，我发消息给你你也不回，我还以为你和老同学吃饭一高兴喝多了，就上来看看。"

凌可听他一通胡扯，无言以对……什么一点半，什么消息不回，压根没有的事好吗！

蒋亦珊热情道："凌可这是谁啊，你朋友吗？"

凌可嘴角又是一抽，你不是知道戚枫长啥样吗？

他正想介绍说这是自己大学同学，就听戚枫主动道："我是凌可的朋友，戚枫，抱歉打扰你们了。"

戚枫？是他们刚刚热议的那个戚枫？一瞬间全场蒙了！

凌可额边挂满了黑线，这家伙想干吗？

有个女生反应过来，僵硬道："那个，要不要让服务员加个位置，一起坐下吃点？"

凌可立即道："不了，我们下午还有点事，就先走一步了……实在不好意思，下次再聚。"说罢他跟大伙儿打了个手势，拉着戚枫转身就走。

包厢里的人沉浸在一片诡异的静默中，直到一个女生弱弱地问出声："这个戚枫是我们刚刚聊的那个戚枫吗？"

"呃，好像是……"

"老天，真人比照片帅多了！"

"他刚才说什么，他是凌可的朋友？我没听错吧？"

"你没听错……"

女生们陆陆续续爆出惨叫，捂着脸难以置信："完了完了，我们在背后这样嚼人舌

262

根，以后凌可怎么看待我们啊！"

当然，落荒而逃的凌可是没机会看同学们的反应了。

跟戚枫上车的时候，凌可还在头疼："你不知道自己无论上哪儿都能引起骚动吗？还真不嫌事大啊！"

戚枫毫不在意地勾唇一笑，一手推开挡位杆，启动车子上路。

凌可平静了一会儿，又忍不住想笑。

戚枫瞥了他一眼："笑什么啊？"

凌可："你知不知道你来之前我的同学都在聊什么？"

戚枫："我哪知道。"

凌可把她们八卦的事一一说给他听，戚枫头疼道："哎，这群人咋这么坏呢，就算她们觉得我太帅配不上我，也不能这么诋毁我啊！"

吐槽别人的同时还不忘自恋一把，凌可也是服了。

戚枫又问凌可："那以后的同学会你怎么办？会尴尬吗？"

凌可无奈道："被你这么一搅和，我估计都不敢再参加什么同学会了，生怕她们找我介绍对象。"

戚枫笑道："那以后就别去了，同学会不就是众筹吃饭吹牛嘛。"

凌可无言以对："这倒也是。"

到了KTV，戚枫在地下车库停了车，带凌可上楼。

"上面有几个人啊？"这是凌可第一次见戚枫那些狐朋狗友，难免有些紧张。

"五六个吧，都是我在德音的死党，"戚枫拍拍他的肩膀，"别担心，沈岳哲、李恺星、赵司这三人你都认识，我们不经常一起玩游戏吗？就当网友见面了。"

找到包厢号，两人一进门，就差点被一阵起哄声掀翻过去。

戚枫嚷嚷着控场："哎哎哎，你们有必要这么激动吗？没见过帅哥啊？"

"不一样啊，我们这是见游戏里的大神，心态就跟小粉丝见偶像一样好吗？这就是凌哥吗？久仰久仰，来坐来坐！"赵司热情地把中间的位置让给凌可，彻底无视了戚枫。

戚枫硬挤过去坐在凌可边上，坐下后还揽住他道："他是我的朋友还是你们的朋友？"

李恺星叫道："你是不是傻啊，你的朋友不就是我们的朋友嘛！来，上酒！"

戚枫无话可说，但见凌可这么受自己的朋友欢迎，心里也很高兴。

他拍拍凌可的肩膀道："那啥，就正式介绍一下吧，这是凌可，你们怎么待我就怎么待他！"

沈岳哲坏笑道："怎么待你就怎么待他？你认真的吗？"

沈岳哲："……唔唔唔！"

戚枫已经捂住他的嘴不让他再说了。

沈岳哲挣脱后背过身去掩面抽泣，故作伤心："啊，你个死相，有了新人忘旧人！"

边上众人看得一阵狂笑。

戚枫拿了个麦克风递给凌可："别理他们，要不要唱歌？"

凌可摆手："我不行。"他平时话都懒得说几句，更别说唱歌，果断拒绝献丑。

戚枫指了指点歌机，道："那你要听什么歌，我唱给你听。"

众人听了这话，又怪叫不止。

戚枫也不管他们，点了几首情歌，独自抱着麦克风沉醉其中。

凌可偏过头去跟戚枫的朋友聊天，那几个损友哪能放过这个好机会，逮着凌可便说起戚枫当年那些黑历史和烂桃花。

李恺星："我看这次郡主是彻底死心了，就是不知道公主怎么样。"

凌可问："公主是谁？"

赵司笑道："楚双双，认识不？也是戚枫的暗恋者之一！"

戚枫唱完一首歌，赶紧过来解释："凌可见过的。"他还把元旦四人一起出去玩的事简单提了提。

李恺星不可思议道："她俩没把你撕了？"

戚枫："人家识趣得很，哪有你说的那么不堪。"

凌可好奇："为什么叫楚双双'公主'？"

说起这个，大伙儿又有点来劲儿了："有一年的德音文化节，我们班排了个'白雪公主'的英文版戏剧，楚双双演公主，这个外号就沿用下去了。"

"哦……"凌可看向戚枫，"那你演什么？小矮人？"

戚枫刚喝了一口酸梅汁饮料，一听这话全喷了出来："你就这么贬低我？我怎么可能演小矮人？演小矮人的是他们，"他一指全场，骄傲道，"我演的当然是王子！"

一群人咬牙切齿，趁机群起攻之："是啊，戚枫演了王子，还在后台给我们表演'脱衣舞'。"

凌可："什么脱衣舞？"

戚枫急着解释："不是你想的那种，就跳着玩的。"

众人指着戚枫义正词严道："是真的，跳得那个风骚！"

戚枫简直有口难辩："我不是，我没有！"

凌可看看这个，看看那个，最后意味深长地对戚枫道："哦……"难怪戚枫还会在校园歌手大赛上热舞。

不知谁拿出手机道："我当年录了视频，不知道还在不在。"

戚枫捂脸哀号："你们到底是藏了多少跟我有关的黑历史，我不要面子啊？"

直到戚枫答应晚上请客吃饭，一群人才放过他。

凌可忍笑忍得内伤，看来戚枫这群朋友也是受够了他的自恋。

264

饭后，凌可又和其他几个初次见的朋友交换了微信联系方式，当晚，他就收到沈岳哲的一条消息："凌哥，白天我们在KTV说戚枫的那些事，都是玩笑，你别当真，戚枫这人其实很单纯。"

　　凌可："嗯，我知道。"

　　就冲沈岳哲这条短信，他就知道这群人跟戚枫关系是真铁。

Episode 02　实习与选择

大一暑假开始后，凌可如约去电视台实习，工作是给姜莹当助理。

他起初天真地以为，实习只是了解一下电视台各部门的工作情形，会比较轻松，而且姜莹又是戚枫的妈妈，估计会特地关照自己，不至于太折腾他。但他没想到，姜莹的确给了他"特殊关照"，但这个特殊关照和他想象中的完全不一样。

由于姜莹主持的财经新闻节目具有时效性，要求当天出稿直播，所以凌可实习第一天早上就被要求六点钟赶到电视台，全程陪同跟进。

姜莹在电视台有正式挂名的助理，叫董菡，是传媒大学播音主持专业毕业的，跟了她一年。

见面第一天，姜莹简单介绍了他俩认识："小董，这个是凌可，以后寒暑假都在我这儿实习，我顾不上的时候你带带他，有什么工作让他替你分担。"

凌可作为后来者，又是个"关系户"，开始自然只能给正式助理打下手。

董菡见有帮手，欣喜不已，赶紧吩咐凌可道："来帮忙检查一遍新闻稿，半个小时后姜姐直播用，等直播间亮灯后去打两份咖啡，不加牛奶不加糖……"

凌可还没反应过来，就被卷入快节奏的工作当中去了，好不容易到了中午吃饭时间，他才得空坐下喘口气。

董菡带他去电视台内部食堂吃饭，顺便详细打听了他的专业背景，又问："小帅哥，你和姜姐什么关系啊？"

凌可听她叫姜莹"姐"，顿时有点囧。

董菡才本科毕业，没比自己大几岁，而姜莹保养得好，电视台里的年轻一辈叫她"姐"没什么问题，凌可却是姜莹儿子的朋友，如果叫"姐"，辈分就乱了。

董菡神秘兮兮道："我很少见有本科在读生到这里来实习的，尤其是直接跟着姜姐，你是不是有什么后台啊？你放心告诉我，我肯定替你保密。"

凌可尴尬地点了下头……算是有吧。

董菡朝他挤眉弄眼地一笑，一副"我就知道"的表情："别放心上，就算我也不会小看你，在这个社会上，人脉也是实力嘛，而且姜姐为人公正，进来以后还是要看你自己。"

凌可点点头，正纠结着要不要如实相告，手机响了。

是戚枫打来的，那家伙睡到现在才醒，问凌可在干什么。

凌可小声道："我在和同事吃午饭。"

戚枫本想和凌可一起来实习的，可姜莹说人手够了，带多了反而麻烦，何况他们是母子，怎么都得避避嫌，如果戚枫想实习就安排他去别的部门。戚枫一打听，去别的部门和凌可根本见不着面，那还不如不去，于是一个人在家研究视频剪辑和无人机拍摄，姜莹在台里找了个后期制作部的小伙子线上指导他。

"女同事还是男同事？"戚枫在电话里问。

凌可瞥了董菡一眼，道："女的。"

戚枫笑问："怎么实习第一天就有女同事找你吃饭？多大年纪？漂亮不漂亮？"

凌可无语道："她是你妈妈的助理，我现在给她打下手。"

戚枫意味深长地哦了一声，先不打扰他了。

短暂的午休时间过后，凌可被姜莹叫去了办公室，姜莹不知从哪里找来了几本财经相关的入门书籍，让他在一周之内看完。凌可以前从没接触过财经专业，有点纳闷，做新闻连这个也要学吗？

姜莹见他犹豫，抱着茶杯道："怎么了？怕看不懂？"

凌可经不起激将，立即摇头道："没有。"

姜莹笑道："我知道你在疑惑什么，其实我刚从播音主持系毕业的时候，也对财经内容一窍不通，但我们做主持，上面安排去哪个栏目，就得对这个栏目有所了解和学习，有讲法律的，讲时政的，讲军事的——这些东西教主持的老师可不会教我们，如果自己学不会，就会被别人取而代之。"

凌可若有所思地点点头。

姜莹又鼓励他道："你能考上F大，我对你的智商和学习能力有自信。新闻这个专业，涉猎学习的内容越多，就越有含金量，你既然跟了我就先了解一下这一块的内容，多学点东西总没有坏处。"

凌可好强，被姜莹一激励，浑身都是动力，当即抱着书要走。

姜莹叫住他："你干什么去？"

凌可："看书。"

姜莹像看傻瓜一样看着他，笑道："这书是让你下班后看的，下午还有别的事情要做。"

凌可："……"

从早上六点一直到晚上六点，整整十二个小时，凌可忙得像个陀螺，连喘口气的时间都没有。到了下班时间，凌可正打算收拾收拾东西回家，忽闻外面传来一阵惊呼声。

"哇，小枫你来看你妈妈吗？"

"你怎么还是这么帅啊哈哈，快来跟阿姨合个照！"

"最近放假休息了吗？我听姜主持说你现在在F大的新闻系是吗？"

……

凌可扭头一看，果然是戚枫："你怎么来了？"

"来看你啊。"戚枫笑嘻嘻地凑了上来。

恰好董菡也忙完回来，惊讶道："你就是戚枫呀？"

董菡才跟姜莹工作一年，虽然早就听闻姜主持有个超级无敌帅的儿子，但今天还是第一次见。没有几个女性能抵挡戚枫这种颜值的帅哥，何况董菡是个漂亮的单身女孩，自然按捺不住地春心萌动："我是姜主持去年新招的助理，叫董菡。"

其实戚枫以前倒是常来电视台找他妈妈，台里许多人都认识他，可这一年上了大学，就没空来了。这不，他连妈妈新招了个助理都不知道。

"嘿。"戚枫跟对方打了个招呼，还礼貌地道了一声"菡姐好"。

董菡娇嗔道："哎呀，我也没比你大多少，叫名字就行了。"

凌可在边上尴尬地抽了抽嘴角。

"你来找姜主持吗？"董菡笑意盈盈道，"我帮你去叫啊。"

戚枫阻止道："不用不用，我是来找凌可的。"

"哎？"董菡一愣，看向凌可。

下一秒，戚枫已经揽住他的肩膀，笑道："他是我妈的干儿子。"

凌可："……"

和戚枫下楼时，凌可脑海里还是董菡最后看自己时一副"你小子果然不简单"的表情。

他数落戚枫道："我接下来一段时间还要在她手下工作，你那样一说，她都不会按标准要求我了。"

戚枫道："多给你一点优待不好吗？"

凌可："我是来学习的，正需要锻炼自己，要优待做什么？"

戚枫怨念道："我给你行方便你还埋怨我……"

凌可叹了口气，戚枫这种得天独厚的大少爷才是不懂他们普通人的辛苦呢。

两人在电视塔附近找了家餐馆吃饭，席间戚枫的电话响了。

"妈？嗯，我和凌可在外面吃饭呢……我们都好几天没有一起吃饭了，晚上就不回去了，你自己回去吃嘛，乖……"

凌可一愣，这满嘴的宠溺是儿子跟老妈打电话时该有的语气吗？还"乖"？

戚枫不知听他妈妈说了什么，看了凌可一眼，笑道："好，我一会儿问问他。"

他挂了电话就道："我妈让我问一下你，要不要考虑以后下了班直接跟她回家，这样周一到周五早上有直播的时候你可以跟着我妈的车走，也不用早起赶地铁，晚上看书有不懂的地方我妈还能指点指点你。"

凌可眉头一皱，这提议倒是不错，可他不知道父母会不会同意："我得回去跟我爸妈商量一下。"

戚枫给他夹了口菜，建议道："你就说是为了学业、事业，你爸不是我妈妈的粉丝吗？必要的时候还可以给他点粉丝福利，他们要是同意了，我们就能天天见面啦。"

当晚回去后，凌可就跟父母说了这件事，凌父凌母起初不知道戚枫是姜莹的儿子，凌可也一并坦白了，还说这个实习机会就是通过戚枫得到的。

有这等好事，凌父凌母开心还来不及，哪里还会阻拦，都恨不得亲自拜访姜莹，感谢她对自己儿子的提携照顾。

凌父搓着手道："你去他家住，会不会给姜主持一家人添麻烦？"

凌可："应该不会吧，姜主持和她丈夫很早就离婚了，她和她儿子一起生活，我去的话就和戚枫一起住一间。"

凌父惊讶道："啥？离婚？什么时候的事？"

凌可："很早啦，在戚枫小学的时候就离了。"

凌父："啊，那她这么多年一直没再结婚吗？"

凌可："是啊。"

凌母横了凌父一眼："你一个有家室的人，关心人家单身女性的婚姻情况干吗？"

凌父讪笑了一下，道："哎呀，总归是我的女神，八卦八卦嘛……我保证我对她没有什么非分之想！你不也喜欢那个谁，费翔嘛！"

凌母哼了一声，玩笑归玩笑，她对儿子的经历也格外庆幸："你们父子俩跟那个姜主持倒是挺有缘分的，一个粉了对方多年，一个跟人家儿子成了同学，说不定以后还有一张桌子吃饭的机会呢。"

一听这话，凌父又激动了，叮嘱儿子道："啊，凌可，你可要跟戚枫搞好关系。对了，去别人家里住，该尽的礼数该守的规矩也不要疏忽，争取给姜主持留下一个完好的印象！"

凌可淡定地哦了一声，心里却忍不住想：我要是告诉你们我认了姜莹做干妈，还不知道你们会激动成什么样呢。

就这样，凌可顺利住进了戚枫家，但这并不意味着幸福生活的开始。

由于工作期间凌可和姜莹相处的时间更多，除了专业相关的辅助，他还要帮姜莹买早饭、泡咖啡、准备胃药并且提醒她服用之类。姜莹也在这个过程中对凌可越发欣赏信赖，毕竟凌可做事认真踏实，好学勤恳，又有悟性，性格还不骄不躁，这样的年轻人谁不喜欢？于是闲暇之余越发抓紧时间教导他。

白天连轴转的工作几乎榨干了凌可的所有精力，晚上一到家，他都想倒头就睡了。可才吃过饭，姜莹又让凌可一会儿去自己书房，说晚上要给他讲讲政治对经济和股市的影响。

原本凌可住过来，戚枫都打好了如意算盘，等凌可一下班，两人吃完饭就一起遛狗，接着上网玩游戏玩到睡觉，但没想到他妈妈连喘口气的时间都不给凌可。

"妈，你就不能给凌可放天假吗？你看他的黑眼圈都快掉下来了。"戚枫忍不住抗议道。

姜莹翻着ipad看今日头条，闻言抬头道："每周不是让他放一天假了吗？"

戚枫哀怨道："这哪够，我们现在可是在放暑假，就算实习也不能太过分了啊。"

姜莹喝了口消食的茶，漫不经心地给两个小伙子灌"鸡汤"："人的一生是很公平的，要不趁着年轻苦一阵子，要不现在偷懒苦下半辈子。你们现在虽然放暑假，也恰好住在家里，正好晚上有时间我能指导凌可，谁知道以后还有没有这个机会？"说着她扭头看凌可，谆谆教诲道，"机会在眼前，就得紧紧抓住，凌可你说是吧？像戚枫这种好逸恶劳的性格，是万万不能有的。"

凌可："嗯。"

她又瞥了戚枫一眼，笑道："你弟弟这么上进，你不好好跟紧他的步伐，以后还打算靠他养你不成？"

戚枫再次在牙尖嘴利的老妈面前吃瘪，他愤愤地放下茶杯，一个人回房间去了。

凌可皱了下眉头，有点担心他的情绪。

姜莹道："不用管他，他从小闹别扭时间都不会超过半天，一会儿就好了。"

姜莹这么一说，凌可更加担心，戚枫脾气好他知道，但总觉得刚刚的戚枫有点可怜。

晚上凌可学得有些心不在焉，姜莹也看出来了，不动声色地让他早点回去休息。

凌可回到房间，发现戚枫一个人在玩《DotA》，听到他进门也没回头。

凌可见他玩得投入，没有打扰，先去冲了个澡，出来后戚枫已经关掉游戏上了床，背后枕着个大靠枕，手上拿着一本男装杂志，装模作样地翻看着。

凌可边擦头发边走过去问："怎么了？"

戚枫拉着张脸，也不理他。

凌可擦干头发上了床，凑过去看了一眼，道："这上头的模特儿还没你帅呢。"

戚枫憋了半天，还是忍不住，把杂志往边上一丢，靠向凌可。

凌可被他撒娇的举动逗笑了，揉揉对方的脑袋，道："还在生你妈妈的气呀？"

戚枫闷声道："辛苦你了。"

凌可愣了愣，没反应过来。

戚枫低声问："我妈妈是不是很难伺候啊？"

凌可笑了一声，钻进被窝，道："她是为我好。"

他怕自己的存在会造成戚枫和姜莹的矛盾，又解释了几句："如果我不是你朋友，她用得着这么费心吗？她工作了一天，也很累的，大晚上不去休息，还肯抽时间来教我，我感谢她都来不及。"

凌可抓住戚枫的手，劝道："你可别再因为我跟她争执，我会过意不去的。"

"知道啦，"戚枫叹了口气，道，"如果你觉得太辛苦，不好意思跟她开口，就告诉我，我去跟她说，让她给你放假。"

凌可打了个哈欠："我不需要放假。"

戚枫："都这样了还说不要放假？"

凌可强打着精神道："我觉得这个学习强度还可以，累是累了点，但可以忍受。"

戚枫皱眉道："你是不是一直这么拼？"

"嗯？"凌可没听明白。

"就是争取做好，争做第一……我现在发现，你跟我妈妈真像，她也是工作狂，从来不知道给自己放假休息，仿佛一停下来就是在浪费时间。"戚枫有点难以理解他们这种心态，"你们这样神经紧绷，不会累吗？也该适度地劳逸结合一下。"

凌可也被戚枫这段话给说得有点愣。

"我以为无论学习和工作，都是为了更快乐地生活，而不是把自己逼上悬崖。"戚枫见凌可又开始打哈欠，无奈道，"我也不多说你了，以免你和妈妈都觉得我是想劝你偷懒。"

凌可虽累，但没有很快睡着，因为他满脑子都是戚枫刚刚说的那几句话。

在这之前，他一直以为戚枫几次抱怨都是不满被冷落。

和姜莹的想法一样，凌可也觉得人生就是需要拼搏才有价值，他出身平凡，不像戚枫出身优渥，从小锦衣玉食，所以他必须付出更多努力，才能获得更多资源，更有底气地站在戚枫身边。

但现在他发现，也许自己错了。

戚枫的抱怨里虽然有被冷落的成分，但更多的是对他的关心，而他忽略了那些关心，反而劝戚枫要理解包容他和姜莹。

戚枫不是不理解，只是不认同他们这种生活方式。

仔细想来，姜莹对戚枫的评价也不正确，戚枫虽然爱玩，但他并不好逸恶劳。学习和娱乐，他自己安排得很好，他的专业课成绩不差，相反，课余时间他还会钻研很多在凌可看来目前没什么意义的东西，比如编曲、跳街舞、开车……前几天他还买了台跳舞机，想拉凌可一起玩。

如果说，凌可和姜莹追求的主要人生价值是输赢，那么戚枫追求的，大概是快乐。

……

凌可想了许多，看了一眼已在自己身边沉沉入睡的戚枫，心里有了一个决定。

次日下班，凌可坐在姜莹的车上，鼓起勇气道："姜阿姨，我想跟你商量一件事。"

工作之余，姜莹让他直接称呼自己阿姨。

"什么事？"她问。

凌可："我想，能不能到这个月底之后，就先不实习了。"

姜莹笑问："怎么？累了？"

凌可："不是累，我是想多陪陪戚枫。"

姜莹一愣："戚枫要求的？"

凌可摇头："是我自己的决定。"

姜莹对凌可会产生这样的念头而感到好奇，因为一个月相处下来，她能明显感觉到凌可跟戚枫不一样。她对戚枫是有些纵容的，但凌可有一个男人该有的上进心与野心，也对自己有严格的要求，这让姜莹很欣赏。

所以，当凌可表示说是"自己的决定"时，姜莹依旧不太相信，她主观还是认为，也许是戚枫怂恿凌可说的。

姜莹做出"看透一切"的表情，笑道："跟我说说你的想法吧。"

凌可沉吟了一瞬，解释道："我这个人，从小到大总是习惯往前看，习惯为未来做谋划，我更关注要完成的任务和需要接受的挑战，从而忽略了这个过程中自己的感觉。以前我不觉得这有什么问题，因为我一直是这么过来的，也在学习上获得了一些成就。可是我最近发现，戚枫在时间视角上跟我不一样，他更在乎当下，这就意味着，我眼中的未来等同于他眼中的现在，我现在和他在一起的感觉，对他来说可能是我们未来的常态。"

凌可记得戚枫跟自己抱怨过他妈妈的生活方式，这已经透露出戚枫的态度了，戚枫和他妈妈有血缘关系，所以他们不可能分割。

但若只是朋友呢？

他和戚枫的羁绊跟血缘关系相比实在太过脆弱，戚枫肯定不希望再有这样一个工作狂的好友吧？

"我冷落他一次，他可能只会有一点不开心，但这样下去，他的不开心肯定会不断累积，直到忍无可忍的地步，到时候，我们的关系就会越来越疏离……现在我们很好，戚枫也许会包容我，但我不想利用他的好脾气让他无止境地迁就我。"

凌可说到这里，才看向一言未发的姜莹，真诚道："姜阿姨，我很感谢你对我的栽培，但是，我希望自己能和戚枫维持好当下的关系，走得更远，所以我必须调整我目前的时间视角，做出一点让步。"

姜莹愣愣地看着他，不知道该说什么。

凌可这一席话让她大受触动，因为她想起了自己十年前那一段失败的婚姻。

从一开始如胶似漆的甜蜜，到两人各自为事业打拼，关系慢慢疏远……

电视台工作忙，她刚工作那几年一天三档直播，从早上六点忙到晚上九点是常有的事。

他的前夫——戚枫的父亲戚源诚也一样，那个男人在生意上叱咤风云，世界各地到处飞。

两天一个月难得有一次见面的机会，她还常因为加班而拒绝对方精心准备的浪漫晚餐。

他们不止一次为双方的忙碌起争执，戚源诚真诚地建议过她放弃自己的事业，他说："莹莹，我有能力养你，你完全不需要这么拼，我只希望你有多一点时间能陪陪我，陪陪两个孩子。"

可她听不进去，那时候她的事业正在上升期，也对戚源诚的提议表现出极大的不解——为什么要我为了家庭放弃事业，就不能是你？

戚源诚的事业的确做得很大，但她不甘心做一个被养在闺中的小女人。

就这样，两个骄傲的人，谁都不肯让一步，最后只能以离婚、分居两地为结局。

这十年，她也不止一次问过自己：后悔吗？

当然有过，那是她这辈子唯一深爱过的男人，每到夜深人静，她也希望身边有人陪伴，有人分享自己一天的喜怒哀乐、疲累欢愉。

听戚屿说，那人这几年偶尔也出入一些社交场合，与人逢场作戏，但十年来都没有再娶，没有固定的女伴。

她有时也曾幻想，既然这样，为什么当年要离婚，就算一年只能见一次面，也好过劳燕分飞不是吗？

可她心气高，如今又是国内一线城市数一数二的女主播，自然不想率先低头。

……

到现在，听到凌可说这一席话，姜莹才觉得醍醐灌顶。

她暗自苦笑，活了近五十年，她在事业上极度成功，可在感情上竟然还不如一个二十岁的小年轻。

凌可见姜莹久久不言，以为她对自己的言语不满，紧握着拳头，忐忑不安。

姜莹回过神来，伸手拍了拍他的肩膀，只说了三个字："好孩子。"

如果当年她有凌可一半的智慧，也不会落得如今家庭破碎吧？

凌可听了这三个字，心中一块巨石终于放下了。

他道："姜阿姨你放心，我不会放松对自己的要求的，专业上有什么问题，可能也会请教你，希望你不要对我失望。"

"傻孩子，别瞎想。"姜莹笑了起来，又忍不住摸了摸他的头。

别说不会失望，她还感谢凌可给自己上了一课呢。

273

姜莹的笑容里多了一缕以往没有的温柔，不是前辈对晚辈，也不是上司对下属，而是母亲对孩子的那种温柔，笑得凌可心里暖暖的。

凌可暗想，原来戚枫的笑是遗传了他妈妈啊，两人勾起嘴角的弧度一模一样。

两人到家时，戚枫和雪妞一起出门来迎接他们。

当晚吃饭，凌可没有提出这个月底就结束实习的事，姜莹也没有主动说。

直到他俩一起上了楼，楼上忽然爆出一阵兴奋的叫声，紧接着戚枫的声音就到了楼梯口，对着楼下激动万分地喊了一句："谢谢妈妈！妈妈我爱你！"

姜莹一愣，好笑地摇了摇头，淡淡的满足与喜悦充盈胸腔。

Episode 03　离婚十年之后

这天，家里电话铃响，姜莹看了一眼熟悉的号码开头，以为是戚屿，接起来唤了声"小屿"，结果对面沉默了两秒，道："是我。"

姜莹一愣，本能地端起架子，用播音腔道："哦，怎么有空打电话？"

电话那头不是戚屿，而是姜莹的前夫，戚源诚。

戚源诚开门见山道："听戚屿说，小枫找了个弟弟？"

姜莹一愣，轻笑了一声，道："你的消息也真够滞后的，怎么，特地打电话来，你很在意他吗？"

"当然，他也是我儿子……"戚源诚严肃道，"关于戚枫迟迟未过的叛逆期，我一直很担忧的。还有，我给他在美国安排了很好的学校，为什么他要考F大？是你不让他出国的吗？在关于孩子前途的问题上，我们能不能好好讨论一下？不要意气用事……"

姜莹一听他这态度，整个人也跟着有点恼火——离婚多年，戚源诚要真关心在意戚枫，他带戚屿走的时候怎么不问？戚枫出现心理问题的时候怎么不问？现在儿子好好地上了大学，开开心心地交了个朋友，他反倒开始问了，他不觉得迟了太久吗？

姜莹冷笑道："电话里我跟你没什么好说的，你要是在意，就自己回来问他啊。"

戚源诚顿了顿，道："我最近没时间。"

姜莹轻哼道："没关系，我看戚枫也懒得理你，你可以慢慢来。"

戚源诚："……"

姜莹挂了电话，架起胳膊，做出一副防御之态——婚都离了，两个儿子一人一个，他哪来的资格管这些事？

但让姜莹意想不到的是，戚源诚竟然真的在百忙之中抽空回了趟国！

小时候戚枫父母离婚，戚源诚欺骗戚枫带走戚岖的事让父子俩积下了很深的矛盾，两个儿子虽然分别判给了他和姜莹，但都是他的心头肉，他怎么会不关心？

但那时戚源诚在美国的事业还未站稳脚跟，工作繁忙，极少回国。久而久之，戚枫和他爸的感情便淡了，平时交流都通过他哥传话。

许是因为这些陈年旧事，戚源诚对戚枫也有很深的愧疚感，平时没少给戚枫零花钱补偿他缺失的父爱。

戚源诚致电姜莹，本是想询问一下戚枫的近况，无奈碰了一鼻子灰。

辗转反侧数日，他终于决定回国，亲自和戚枫坐下来好好谈一谈，以化解父子俩多年的矛盾。不料等他回来却扑了个空——就在一周前，戚枫带着提前结束实习的凌可一起去了内蒙古大草原游玩。

在电话里听前妻轻描淡写地说着戚枫的最新动向，戚源诚不由得微恼道："你怎么不提前跟我说戚枫出去玩了？"

姜莹好笑道："你一个当人爸爸的，自己不去问问儿子想不想见你，还怪我不成？"

戚源诚被她一句话噎得说不出话来。

的确，他没资格，多年没与儿子有过半句交流，他同样心存恐惧，也放不下架子，担心自己这一回来让戚枫更加反感，所以事先没打过招呼。但难得回来一趟，戚源诚也不想无功而返，犹豫了半天，再次打电话给姜莹，想在离开前约前妻出来见一面。

"行，在哪里见面方便，你定吧。"

"你……有空？"戚源诚有些惊讶，他以为姜莹会像以往一样称忙拒绝，他甚至已经想好了被拒绝后该如何回答才显得淡定坦然，不让气氛太尴尬。

姜莹淡淡地应了一声，道："见面的时间地点你短信发我就好。"

挂了电话，戚源诚仍有些难以置信。他们已经许多年没有见面了，上一次见面还是在七年前，因为戚岖在美国上学的事要姜莹帮忙办些手续。

戚源诚赶紧让助理为自己物色合适的约会地点："今天晚上……不，今晚太赶，明晚吧。"他后天一早的飞机，本打算明晚收拾行李，不过和姜莹见面后再收拾行李也不迟。

"找宝格丽附近的酒店，我住在宝格丽……等等，还是选河路大道附近的，没错，在市电视台那儿……对了，记得选三个不同的酒店发给我看，我自己决定哪家。"

他就像一个刚陷入初恋的毛头小子，为与前妻久违的会面而坐立难安。

收到了助理发来的候选餐馆，戚源诚又是一番挑挑拣拣——西式烛光晚餐的餐厅氛围太暧昧，他怕姜莹想歪；顶级日本料理店的招牌都是些新鲜生冷食物，听戚岖说姜莹的胃不好，不适合吃；至于金牌港式菜，似乎环境差了点……

等姜莹收到短信已经是两个小时后了，她还以为戚源诚提出约见却转眼把这事儿抛在了脑后呢。

约见的餐厅她还挺熟，就在她的工作单位附近，平时台里高端一点的庆功宴也会在那里举办，不知道戚源诚选这里是不是考虑她过去方便，这让她有些暖心。但她转念一想，如今身家上了百亿的戚源诚哪有时间亲自做这种事？大概是助理或是秘书帮忙定的吧。

次日，姜莹穿着一身工作装就去了餐厅，不是她不拘小节，而是她习惯了以这种干练女强人的姿态见人。

好在戚源诚也穿得很随意，这让她松了一口气。

两人坐下后，先像许久没见的朋友一样寒暄了几句，问候了一下彼此的健康和工作。

但他俩到底是不需要再逢场作戏的关系了，戚源诚很快摆出一副身为人父该有的态度，关心起儿子戚枫的问题，似乎想以此表明自己的约见"目的单纯"。

不料，他刚抛出话题，姜莹就放下了筷子，皱眉道："能不能别在饭桌上谈儿子？"

戚源诚一愣，如果不谈儿子，他们还能谈什么？

姜莹重新执起酒杯，道："我们难得见一面，不聊聊我们之间的问题吗？"

戚源诚纳闷道："我们之间……什么问题？"

他俩都离婚这么多年了，当年是姜莹自己选择走事业道路，他也如她所愿地成全了她……难道他还有亏欠姜莹的地方吗？

姜莹见他一副不开窍的样子，叹了口气，语气缓和了些，道："总是听小屿在电话里给我转述，从来没听你亲口说过，你这些年都是怎么过的，也跟我说说吧。"

戚源诚一怔，一颗沉寂许久的心忽然在这一瞬间跳快了一拍。

他抿了口红酒，心中发软道："这些年啊……"

这些年，他风里来雨里去，为了事业奋进拼搏，如今也已过了不惑之年。

金钱、事业、名利，他看似什么都有了，但唯独一件事能抹杀掉他作为一个成功男人背后的所有努力。

——破碎的家庭。

或许许多人觉得，职场得意情场失意是精英的常态，有了金钱与地位，哪还愁没有爱情？

可偏偏这是戚源诚十年来最大的一块心病。

眼前这个女人在他最懵懂的年纪，像一把烈火闯入他的生活，点燃他的人生，然后又在他以为生活能更好的时候，毅然转身离去。

她毫不留情地在他心口挖了个洞，让他在此后的十年，一想起这段失败的爱情就感到无边的空虚。

他努力用工作填满自己，直到事业占据他所有的时间。

……

戚源诚挑拣着说了些生活里的小事，大多是发生在自己和戚屿身上的。

比如十年前戚屿刚转学到美国时水土不服，时常感冒发烧，那时美国的保姆没有那么称心如意，戚源诚在对待孩子生病的问题上和以前姜莹的处理方式有很大不同，导致戚屿大半个月都没好转，把他急得团团转。

"那时才觉得，在家照顾孩子的工作也不简单……"

"知道带孩子不容易了吧？"姜莹笑嗔了一句，眼眸流转间灵动十足。

戚源诚低头躲避着对方迷人的视线："不过庆幸戚屿在那种环境下迅速成长起来，没让我这个当父亲的操太多心。"

"小屿像你，年少老成。"姜莹呵呵笑道。

戚源诚抬眼："那小枫像谁？"

姜莹想起戚枫平时的作风，扑哧笑道："小枫像雪妞。"

戚源诚挑了下眉梢："他哥给他买的那条狗？"

姜莹点点头，道："他很贴心，是个好孩子。"

似乎担心话题回到戚枫身上又会引发两人的争执，姜莹赶紧转移话题："你们到那里多久才习惯饮食？"

戚源诚苦笑着说到一件事，也是刚在美国定居那一阵，换保姆时有大概一个月的空当，没人给戚屿做饭，他都是让孩子自己叫外卖或者去外面的店里吃。那会儿他工作也忙，好不容易抽出空带儿子去高级餐厅吃大龙虾，结果忘了自己对龙虾过敏，当晚上吐下泻，还要戚屿反过头来照顾他。

"啊，我知道，我们第一次约会就是在传媒大学附近的美食街吃小龙虾，你吃完后吐了我一身。"姜莹哧哧笑了起来，笑得眉眼弯弯。

戚源诚已经没法把视线从对方身上移开，轻叹了一口气道："这么多年了，你都没变……但我变了，我是不是老了？"

姜莹也愣了愣，摸了摸自己的脸，笑道："女人都得保养啊，你肯定不知道我在医美上花了多少钱才能保持这个样子，你要是不想变老，也可以去做。"

戚源诚淡淡一笑，摇头道："我是男人，得接受自己不再年轻的事实，何况男人脸上的皱纹也是一种资历，明明都快五十岁的人了，还把自己做得跟三十岁的愣头青一样，除了出去骗骗小姑娘，还有什么用呢？"

姜莹好笑地看着他："那你是在说我用外貌骗人咯？"

戚源诚："哪里，你是女人，让美丽常驻是女人的权利。"

姜莹笑嗔道："真会说话。"

她顿了顿，微微垂下眼帘，低声问："哎，这么多年，你真没想过再找一个？"

戚源诚愣住了，他当然想过，但寻寻觅觅，再没有一个女人像姜莹那样，让他在强烈的爱与无法抓住的无力感中苦苦挣扎。

　　这些年他也在悄悄关注姜莹的动向，她发展得越来越好，在追求梦想的道路上勇往直前，风光无限，网上随便一搜就能搜到她做新闻节目的视频——她还是那么漂亮、知性，而且越发有成熟女人的魅力。

　　他应该为她感到高兴，像个绅士一样祝贺她的成功，逢年过节发千篇一律的祝福短信。只是，他只能远远看着，再也不敢放下防备，以柔软的身躯面对浑身是刺的她。

　　但今晚的姜莹好像有些不一样，她让他回想起了他们刚在一起的那段日子。那时候，她并不匆忙，不会在他们相处时频频看手表，好像跟他多待一秒都是浪费时间。

　　"想过，但找不到合适的。"戚源诚实诚道。

　　姜莹勾嘴笑了笑，眼眸越发明亮。

　　他们又聊了许久，最后都有点喝醉了，起身时，姜莹还有点站不稳，戚源诚及时搀住了她，让她靠在自己身上。

　　她身上有淡淡的香水味，是他所熟悉的那款香奈儿七号。她大概是个恋旧的人，这么多年过去，贴身用的香水品牌还是没有变。

　　戚源诚温柔地看了她一眼，又迅速恢复理智，让她打电话叫司机。

　　"你几点的飞机？"夜色中，姜莹双眼有些迷蒙地望着他。

　　"明早六点。"戚源诚回答。

　　姜莹有些愕然，看了一眼时间，现在十一点半，她慌道："那你只剩下六个半小时了。"

　　不，并没有六个半小时，国际航班要提前两个小时到机场办理登机手续，他还得回酒店，也许还未收拾行李——以前他出差收拾行李总是丢三落四，要么落了常配的领带，要么落了心爱的袖扣。

　　"你回去还睡吗？"姜莹问道。

　　戚源诚摇头："不睡了，飞机上睡吧，正好倒时差。"

　　"都这么大年纪了，还倒时差，辛苦了。"姜莹柔声劝道。

　　戚源诚低声埋怨："也不看看我这一趟是为谁回来的。"

　　夜风有些冷，姜莹抱着肩膀垂下了眼睛，片刻后道："我送送你吧。"

　　戚源诚愕然："怎么送？"

　　姜莹朝他笑了笑："去你酒店。"

　　戚源诚："……"

　　尽管他们已经离婚，从法律上说享有绝对的恋爱自由，但此时此刻，深更半夜，微醺的孤男寡女一块儿回酒店，谁都无法保证会发生些什么……何况，他仍对她有好感。

理智告诉戚源诚，他得拒绝，可是他也喝得有些醉了，拒绝不了。

戚源诚叫了车，两人回到他在宝格丽的高级套房。

进了门，果然如姜莹所料，一室的行李乱糟糟地丢在床头柜、软榻和沙发上，床尾还挂着一条戚源诚出门前换下来的领带。

戚源诚尴尬地找了个地方让姜莹坐下："抱歉……你累吗？要不要休息？可以睡我床上，我收拾东西。"

姜莹有点想笑，尤其是那句"睡我床上"，暧昧得她耳朵都在发痒。

戚源诚也感觉出来了，面色不大自然地走到一边去替她倒水。

其实这样的话不应让人觉得"暧昧"，他们毕竟在一起过八年，上过无数次床，还有两个帅气聪慧的孩子。

这一刻，姜莹又想问自己——到底是哪里出错了？

"我不睡，我和你一起收拾吧。"她深吸一口气，甩掉高跟鞋，赤着脚踩在地毯上。

"这……"戚源诚一脸为难。

"怎么？你这儿有我不能看的东西吗？"姜莹举起手做投降状，"当然，如果有，我尊重你的隐私。"

"当然不是，只是不想太麻烦你。"戚源诚端着一杯热水走过来，塞进她手里，"听话，都快一点了，喝杯热水就去躺会儿，我自己来。"

这句久违的"听话"让姜莹几乎泛泪，这一刻她才承认，剥掉女强人的外衣，她本质上就是个需要被疼爱、被呵护的女人。

这么多年独身一人带着孩子在这座城市摸爬滚打，她到底是何苦？

她深爱这个男人，渴望他的怀抱与亲吻，一直没有变过。

姜莹放下了骄傲，伸手抱住眼前的男人，主动送上了自己的唇。

接下来的事顺水推舟，戚源诚只微微愣了一下，就反搂住她，按着她的后脑勺激烈地吻了回来……

从眼角眉梢的深情、动作的粗鲁，和吮吸她的力道，她能感受到他的热情。

水杯掉在地上，浸湿了地毯，也没有人去管。

戚源诚将她抱起来压到床上，颤着手解她身上的衬衫纽扣，不知道是因为紧张还是着急，扯掉了一粒扣子。他稍稍清醒了些，僵在那里，视线闪烁着，不确定地说了声"对不起"。

姜莹抬手按住他的嘴唇："别说对不起，"她纤细的指尖滑过男人的下颌、喉结，低喃道，"继续。"

她多年坚持保养与锻炼，留住身上的美，为的就是让戚源诚在重见她时，再一次丧失理智。

刺啦一声，如她所愿，男人扯碎了她的衣服。

他们翻云覆雨，亲密地纠缠在一起，像两个在沙漠中受饥受渴的旅人，总算等来了甘泉……

两人醒来时，已是次日清晨七点。

姜莹躺在戚源诚的臂弯里，声音沙哑地提醒他："你的飞机飞走了。"

男人温柔地吻她的耳鬓："没关系，我让秘书帮我改签……"

姜莹没有接话，嘴角悄悄浮起一丝微笑。

戚源诚改签到了当天晚上九点的飞机，不过那一班不是直达纽约，而是得在东京中转——尽管比预计会晚整整二十个小时抵达目的地，但没办法，这已经是最快的了，戚源诚后天在美国还有一场重要会议。

两人起床后，谁也没再提起昨晚发生的事，就好像都市里常见的单身男女，这一夜各取所需，天亮后各走各路。

不过，在机场分别时，戚源诚仍表现出了不舍："等你什么时候有空了，可以去我那儿看看，顺便见见小屿。"虽然主动邀请，戚源诚却没抱什么希望。新闻主播几乎全年无休，姜莹不大可能有空。

却不想姜莹点点头道："好，这么多年我都还没出过国呢，等明年我助理接了我的班，我就请年假出去玩。"

戚源诚茫茫然地登了机，直到这座城市的夜景在视野中远去，他才察觉到，这段原以为枯死的爱情，似乎有死灰复燃的迹象……

回美国后，戚源诚试着主动给戚枫打电话，想跟他聊聊，只是言语间不知道哪句话刺痛了他，把戚枫激得发飙，直接甩了他一句："你管我？"然后挂了电话。

戚源诚又给姜莹打电话抱怨："你瞧瞧这孩子说的什么话，我不能管他了吗？他都二十岁了，怎么还跟个小孩一样！"

这段时间他们的交流频繁了许多，总是让戚源诚产生他和姜莹并未离婚的错觉。

姜莹在电话那头幸灾乐祸道："他又没说错，法律上来说他本来就不是判给你的，现在又已经成年了，无论从哪个立场看都不归你管啊。"

戚源诚："……"

姜莹漫不经心道："你现在不是美国公民了吗？美国的孩子十八岁就离家了，你也该放手了。"

"是这个问题吗？我是担心他拿自己的前途跟他的父母和家庭赌气。"戚源诚长叹了口气，语气中似有悔意。

姜莹顿了顿，忽然冲动地问他："你为我们离婚的事情后悔过吗？"

戚源诚并不否认："是，我后悔我们的分离让孩子承受本不该承受的成长挫折，误入歧途。"

姜莹沉默片刻，道："源诚，小枫没有误入歧途，他上了自己想上的学校，学了自己喜欢的专业，还交了个很不错的朋友。那孩子我见过，非常优秀，这么多年，我从来没有见小枫像现在这样开心过……"

良久，戚源诚才不甘心道："所以你也觉得我现在是多此一举吗？"

"不……我也不后悔我们离婚，我只是……"姜莹顿了顿，道，"后悔失去了你。"

戚源诚内心五味杂陈，这一瞬间，他感觉自己这些年来的寂寞与孤独，都没有白熬。

"有你这句话，就够了。"戚源诚在电话那头热泪盈眶道。